外国考古纪实丛书

图坦哈蒙

不为人知的故事

〔美〕托马斯·霍温 著

王海利等 译

商务印书馆

The Commercial Press

2016年·北京

涵芬楼文化 出品

1923 年，底比斯，帝王谷，霍华德·卡特正打开图坦哈蒙石棺外面那层镏金木棺（第二层棺）的门。

底比斯，戴尔·埃尔-巴哈里，卡特在哈特舍普苏特葬祭庙指挥移动一件雕刻品的巨大残片。

1923年，埃及帝王谷，霍华德·卡特（左）和卡纳冯勋爵（右）站在图坦哈蒙墓室门口。

卡特（左二）检查合作者卡伦德（左一）从图坦哈蒙墓中取出的器物。

图坦哈蒙金面具。出土于底比斯的帝王谷图坦哈蒙墓，现藏于埃及开罗博物馆。

图坦哈蒙金棺（第八层棺）的头部和胸部。出土于底比斯的帝王谷图坦哈蒙墓，现藏于埃及开罗博物馆。

图坦哈蒙镏金木制雕像，高 69.5 厘米。作为鱼叉手的国王，迈步向前，意欲投掷鱼
叉。出土于底比斯的帝王谷图坦哈蒙墓，现藏于埃及开罗博物馆。

图坦哈蒙的装饰着贝斯神头像的头靠（靠头之物，类似于枕头）。象牙材质，高19.5厘米，宽30厘米。出土于底比斯的帝王谷图坦哈蒙墓，现藏于埃及开罗博物馆。

图坦哈蒙413个夏伯梯雕像中的三个，中间一个是镏金木制雕像，手握象征王权的笏；左侧是头戴国王头巾、手握王鞭和笏的绿松石雕像；右侧是头戴蓝冠的彩色陶土雕像。出土于底比斯的帝王谷图坦哈蒙墓，现藏于埃及开罗博物馆。

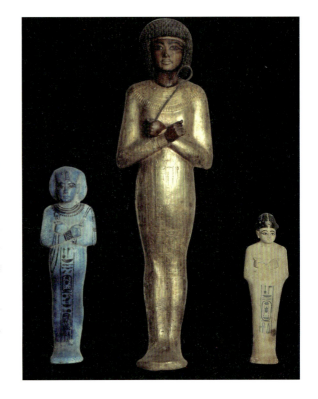

图坦哈蒙的可移动的阿努比斯镏金木神龛，长 270 厘米，高 118 厘米，宽 52 厘米。出
土于底比斯的帝王谷图坦哈蒙墓，现藏于埃及开罗博物馆。

图坦哈蒙的母牛镏金木床。用处不详，或许是在制作木乃伊过程中使用的仪式性的床。两只母牛是哈托尔女神的形象。出土于底比斯的帝王谷图坦哈蒙墓，现藏于埃及开罗博物馆。

图坦哈蒙的吊坠饰品，以黄金为架构，内部镶嵌着天青石、彩色玻璃和玉髓等。饰品最上部牛角举起的太阳圆盘上是太阳神哈拉凯悌（右）和智慧神托特（左）给图坦哈蒙（中）加冕；饰品由上往下第二部分是荷鲁斯之目，保护国王；饰品中间部分是玉髓圣甲虫，象征重生和力量；最下面是荷花和纸草花。出土于底比斯的帝王谷图坦哈蒙墓，现藏于埃及开罗博物馆。

图坦哈蒙墓中具有外国人形象的工艺品，具体作用不详。出土于底比斯的帝王谷图坦哈蒙墓，现藏于埃及开罗博物馆。

法老图坦哈蒙的镏金木王座，王座两侧的扶手是母亲神穆特张开翅膀保护着王名环里的图坦哈蒙。出土于底比斯的帝王谷图坦哈蒙墓，现藏于埃及开罗博物馆。

图坦哈蒙，一个神话的诞生

金寿福

　　从古埃及历史看，图坦哈蒙在位的时间很短，也无赫赫战功，并且在后世的王表里未占据应有的一席之地，几乎被后人遗忘。

　　埃及学诞生之初，学者们并不知道，在古埃及历史上确实有他这位君主。直到 1844 年，莱普修斯率领的普鲁士考古队在阿玛尔那发现了古墓群，图坦哈蒙才进入学者们的视线。随着 1912 年著名的奈弗尔提提头像在阿玛尔那出土，1922 年保存完好的图坦哈蒙陵墓在帝王谷被发现，这位在古埃及历史记载上几乎没有留下多少痕迹的国王逐渐成为我们现代人的历史观念中声名显赫的古埃及君主，甚至演变成为一位神话人物。

　　图坦哈蒙的父亲就是古埃及历史上试图废除多神崇拜并推行一神教的埃赫那吞。这位热衷于宗教改革的国王在登基之后的第六年放弃首都底比斯，在今天被称为阿玛尔那的中埃及一处荒凉的地方建造了新的都城。埃赫那吞于在位的第十七年驾崩，由其王后奈弗尔提提执掌权力。奈弗尔提提与埃赫那吞共育有六个女儿，但却没有继承王位的男性后裔。以前，在学界占据主导地位的观点是，奈弗尔提提先于埃赫那吞去世；许多学者甚至相信，她离世之前已经失宠。不过，越来越多的证据表明，这位王后在埃赫那吞在位的后期已经重权在握，并且随着埃赫那吞的驾崩而成为实际上的国王。不少学者相信，在埃赫那吞之后，有一位名叫斯门卡拉的国王，在位时间很短；这位国王不是别人，正是奈弗尔提提本人。这一点可以解释为什么奈弗尔提提与斯门卡拉两人的登基名相同。

奈弗尔提提驾崩以后，图坦哈吞作为唯一的男性王位继承人被推上王位，时年不足十岁。当时，他的名字仍然叫图坦哈吞，意思是"阿吞神显灵"。他登基不久，名字便被改为图坦哈蒙，意即"阿蒙神显灵"。他的配偶叫安开萨吞，意为"她因阿吞而生"，是埃赫那吞与奈弗尔提提所生的第三个女儿。安开萨吞后来更名为安开萨蒙，意思是"她因阿蒙而生"。安开萨蒙为图坦哈蒙生下两个女儿，但均夭折。考古人员在图坦哈蒙的陵墓里发现了两个胎儿的木乃伊。

图坦哈蒙几乎在更名的同时，把宫廷迁至孟菲斯，阿玛尔那逐渐被废弃。图坦哈蒙选择了孟菲斯为官邸，而并未回到被其父王埃赫那吞离弃的都城底比斯。从这方面我们或许可以管窥图坦哈蒙或者说埃赫那吞的旧臣不愿向阿蒙神祭司完全妥协的意志。在孟菲斯，图坦哈蒙颁布敕令，宣布恢复阿蒙神崇拜并修复所有被破坏或年久失修的神庙。敕令所刻石碑被称为"复辟石碑"。石碑的顶端有图坦哈蒙向阿蒙神及其配偶献祭的画面，图坦哈蒙身后的安开萨蒙像遭到人为毁坏。碑文描写了埃及经历的灾难，称众神离弃埃及，所以任何祈祷都得不到回应，派往西亚的军队也无法再像从前那样屡战屡胜。

图坦哈蒙继位之后，大兴土木，启动了许多建筑工程，其中最值得关注的是两个相互关联又相悖的举措。第一，图坦哈蒙在底比斯甚至在遥远的努比亚，完成了他的祖父阿蒙霍特普三世在位时开始但未能完成的建筑；第二，图坦哈蒙拆除了埃赫那吞曾经为阿吞建造的神庙。被拆除的阿吞神庙为新建的阿蒙等神的庙宇提供了廉价的建筑材料。图坦哈蒙在位的后期，埃赫那吞的名字和画像也开始被凿除。最初，学者们以为有系统地清除阿玛尔那记忆的行为始于拉美西斯时期；现在看来，这一认识需要改变。不过，埃赫那吞等人的尸体并没有成为被毁坏的对象。由于阿玛尔那已经变成了废墟，图坦哈蒙命人着手把葬在那里的王室成员的尸体迁至底比斯。埃赫那吞死后，最初就安葬在阿玛尔那第26号墓里，后来移到了帝王谷。学者们相信，在帝王谷第55号陵墓发现的木乃伊当中的男性尸体就是埃赫那吞的。

很显然，图坦哈蒙登基后采取的一系列重大措施不可能全部出自他个人的主张。他在统治后期继续实施这一政策是因为被迫还是认同，我们不得而知。能够确认的是，两位辅助图坦哈蒙执政的大臣曾经在埃赫那吞和奈弗尔提提手下掌握大权，他们的立场应当起到了至关重要的作用。其中一位是埃伊，他的妻子曾经是奈弗尔提提的奶妈；有的学者甚至认为，埃伊与奈弗尔提提之间是父女关系。另一位是军队统帅哈伦希布，他甚至从图坦哈蒙那里获得了摄政王的头衔。不管是出于自愿还是被迫，图坦哈蒙试图把自己的统治绕开或跳过埃赫那吞与其祖父衔接的意图不言而喻。在一座木制的天文仪上刻写的象形文字中，图坦哈蒙称图特摩斯四世——阿蒙霍特普三世的父亲——为其祖父，而实际上图特摩斯四世是其曾祖父。

图坦哈蒙在登基后的第十年突然驾崩。此时，正值埃及与赫梯的关系处于紧张状态。不仅如此，图坦哈蒙的突然逝世令那些建造王陵和准备墓葬品的人措手不及。古埃及君主一般登基以后就着手为自己建造陵墓。陵墓的大小通常与墓主人在位时间的长短相关。从图坦哈蒙在位时把埃赫那吞和奈弗尔提提等人的尸体迁到底比斯的事实判断，他应当选址于帝王谷，为自己建造陵墓。考古人员在帝王谷第62号墓里发现了图坦哈蒙的棺椁。问题在于，今天这个被称作图坦哈蒙墓的第62号墓是否就是那座在他活着的时候选定的地方建造的陵墓。多数学者一直认为，这座陵墓最初应该是为王室的其他成员建造的，恰遇图坦哈蒙早逝，只能易主。如此观点，不无其道理。第62号墓不仅规模小，至关重要的是缺少王陵应当具备的结构；也就是说，缺少一个比较长的墓道和墓道尽头画着太阳东升场面的堵头。在古埃及人的来世观念中，王陵里面的墓道被想象为太阳夜行的轨道，王陵的墓道堵头象征太阳开始新的一天的地平线，国王的尸体从墓室入口至墓道堵头的行程相当于太阳孕育新的生命的夜行。这样，安卧在墓道堵头棺椁里的国王随着升起的太阳享受新的生命。

在图坦哈蒙陵墓的棺材室北面墙的壁画上，可以看到两个人面对面站立，左边的人呈现木乃伊形状，右边的人右手拿着一个类似钩子的器械。绝大多数学者一直认为，这两个人分别是图坦哈蒙和埃伊。按照古代埃及的习俗，已故国王的葬礼由长子主持。葬礼上最为重要的环节是，儿子将那把被认为具有魔力的钩子放到已经做成木乃伊的已故国王嘴边，象征着恢复了死者嘴的功能，促使他开口说话、吃饭、喝水，由此获得再生。埃伊通过主持这个意义重大的仪式，强化了其继位的资格。另外，在一只用玻璃制作的戒指上的王名环里，安开萨蒙的名字与埃伊的名字一起出现；这是否意味着埃伊迫使这位寡妇与之结婚，以便他的王权具有合法性？不过，在帝王谷的埃伊陵墓中，人们却找不到安开萨蒙的痕迹；陪伴在埃伊身边的是他的原配妻子。同样奇怪的是，在图坦哈蒙的墓里也找不到任何安开萨蒙的迹象，众多的墓葬品也没有哪一件与这位王后有关。

更加令人不可思议的是，学者们在赫梯王国档案中发现了由安开萨蒙写给赫梯国王苏皮鲁里乌玛的两封信。在第一封信中，安开萨蒙请求苏皮鲁里乌玛派一位王子来埃及与其结婚并继承王位，这位年龄不足二十岁的王后似乎充满了绝望："我的丈夫死了，而我没有儿子。他们告诉我，你有好几个儿子。如果你为我派来一个儿子，他就可以成为我的丈夫。我无论如何不想让我的仆人成为我的丈夫。"在信的末尾，安开萨蒙说："我害怕"。赫梯国王苏皮鲁里乌玛可能是考虑到当时埃及与赫梯处在敌对状态，不愿贸然行事；所以，他特意派遣一个使者赴埃及打探虚实。这位使者返回赫梯时，不仅带着安开萨蒙的第二封信，而且还有一个埃及特使伴随他。在第二封信中，安开萨蒙质问苏皮鲁里乌玛："假如我有儿子，难道我会给别国写信，说及我和我的国家的耻辱吗？"终于，苏皮鲁里乌玛派遣一个儿子带着若干随从远赴埃及。不料，这位赫梯王子在途中被杀，极有可能是中了哈伦希布设下的埋伏。

有的学者根据赫梯的文献记载推算出，从图坦哈蒙去世至其葬礼，这之间相隔近五个月；而通常的间隔时间应为七十天，即把死者的尸体做成木乃伊需要的时间。这里多出的两个多月是否为等待赫梯王子的到来而耽搁的时间？我们无从知晓。假设赫梯国王苏皮鲁里乌玛在收到安开萨蒙的第一封信后便让他的一位王子带上足够的兵力赶赴埃及，埃及这边反对王后这一做法的人或许来不及采取措施，之后埃及的局势可能完全不一样。安开萨蒙可能是为了借助赫梯的势力掌握王权，抑或出于与赫梯和解并稳定埃及局势之目的，抑或两个动机兼而有之。似乎第一个可能性更大。

埃伊登基时年事已高，在位时间可能未超过三年。他死前立其孙子为继承人，显然是为了防止王位旁落没有任何血缘关系的哈伦希布手里；但未能奏效。哈伦希布军权在握，不仅登上了王位，而且上台伊始便着手与阿玛尔那时期彻底决裂。图坦哈蒙在世时建造的许多建筑物被拆除，建筑材料挪作他用；不过图坦哈蒙的陵墓却幸免于难。到了由哈伦希布的宰相及其子嗣掌权时期，从新编纂的王表中不仅看不到埃赫那吞、奈弗尔提提的名字，连图坦哈蒙的名字也被剔除，因为他们被当政者视为不符合古埃及由来已久的王权观念，不配留在后人的记忆之中。哈伦希布的名字紧接在阿蒙霍特普三世的名字之下，图坦哈蒙被强行忘掉了。

长期以来，关于图坦哈蒙的死因，学界争论不休。在对图坦哈蒙的木乃伊进行透视时，研究人员在其脑后发现了一处类似遭受钝器击打形成的裂痕。有人据此以为，图坦哈蒙在狩猎时从马车上摔下来致死，也有人倾向于阴谋说，认为图坦哈蒙是被谋杀的。图坦哈蒙被谋杀的观点最早由美国病理学家布赖尔（Bob Brier）于1998年比较系统地提出来。此后，研究人员于2005年又对图坦哈蒙的头部进行了CAT扫描，结果没有发现任何异常，X光片上被怀疑是致命伤的痕迹很有可能是因射线紊乱造成的。据这些参与检查的人员介绍，图坦哈蒙的左股骨有裂痕，这样的伤口在没有现代药物的情况下会发生感染，很容易导致死亡，而且图坦哈蒙去世时患有疟疾。此外，图坦哈蒙生前遭受骨坏死症的折磨，骨坏死症似乎与遗传有关系。图坦哈蒙墓室里放置了许多拐杖，可以被视为他行走不便的旁证。如果引用检测团队里一位德国专家的话：图坦哈蒙生前是个"很可怜的家伙"。

图坦哈蒙不仅死因不明，关于其身世，学界亦是莫衷一是。在2007年至2009年间，技术人员对可能与图坦哈蒙相关的十一具尸体做了基因检测，以便确定他们之间的血缘和亲属关系。根据检测结果，可以确定，埃赫那吞是图坦哈蒙的父亲。那么图坦哈蒙的母亲究竟是谁呢？研究人员初步认为，在进行基因检测的这十一具尸体中，来自帝王谷第35号墓的一具年轻女子的尸体是图坦哈蒙的母亲。至于这个年轻女子的身世如何，检测组的人员也不得而知。有人相信她是奈弗尔提提，也有人觉得她是埃赫那吞的长女梅丽塔吞；但多数人认为，这位女子是埃赫那吞的另外一个王后吉雅。

有关图坦哈蒙的死因和身世的专业论文和著作以及通俗读物不断面世。现存的问题尚未得到解决，新的疑问又被摆到桌面上。最不可思议的是，2015 年 8 月，长期从事图坦哈蒙研究的英国埃及学家里夫斯（Nicholas Reeves）提出，被视为图坦哈蒙陵墓的第 62 号墓最初并非属于图坦哈蒙；换句话说，图坦哈蒙在位时为自己选定的墓址并不是第 62 号墓。里弗斯认为，图坦哈蒙墓室墙壁上的人物是按照二十方格的规格刻画的，这种格式在图坦哈蒙登基后便被废除；棺材室北侧墙壁画面上那个被认为是图坦哈蒙的人物其实是奈弗尔提提，而被视为埃伊的人则应当是图坦哈蒙。如此说来，该图所表现的是图坦哈蒙为奈弗尔提提举行"开口仪式"。实际上，人物周围后来补加的黄褐色涂料是为了把先前文字说明中的奈弗尔提提改为图坦哈蒙，把图坦哈蒙改为埃伊。里弗斯称，图坦哈蒙去世时，属于他自己的陵墓尚未完工，相关人员只好在奈弗尔提提陵墓中腾出几个墓室，放置他的棺椁和墓葬品。

同年 11 月，里弗斯邀请日本专家对图坦哈蒙墓棺材室北侧墙壁进行了雷达扫描。后者宣称，他不仅探测到对面的空间，而且捕捉到其中的有机物和金属物质。有趣的是，许多雷达专家认为，雷达并不具备这种功能。今年年初，美国国家地理学会派专家对图坦哈蒙墓棺材室北侧墙壁进行雷达扫描，结果似乎无法证明日本技术人员的发现。然而，日本学者和里弗斯都对他们的判断坚信无疑；里弗斯甚至称，他辨认出了墙壁上原来设置的通向对面墓室入口的痕迹。尽管争议纷纷，奈弗尔提提与图坦哈蒙隔着一面薄墙长眠了三千多年的说法很容易让人感慨万千，同时也令人浮想联翩。或许，奈弗尔提提果真是图坦哈蒙的生身母亲。

图坦哈蒙在世的古埃及新王国时期，曾经流传着这样一句谚语："一个人因其名字被后人念道而长生。"在古埃及法老时代的后期，图坦哈蒙的名字被视为禁忌，再后来则被逐渐遗忘。然而，人生百态，世事无常。没想到时光流逝了几千年之后，图坦哈蒙被今人发现，而且几乎妇孺皆知。摆在读者面前的这本书的作者采用丰富的资料，详尽地描述了"图坦哈蒙神话"产生的来龙去脉。许多人为使图坦哈蒙知名天下而倾注了毕生的精力，有人甚至为此献出了宝贵的生命。当然，这其中也不乏意欲借图坦哈蒙成名的人。不管怎样，假若图坦哈蒙在天有灵，他非但不应责怪今人，反而感到宽慰才是。

　　金寿福，德国海德堡大学埃及学博士，首都师范大学历史学院教授、博士生导师，中国世界古代中世纪史研究会古代史专业委员会副会长。主要从事古代埃及历史、古代文明比较、文化记忆等领域的研究。

目录

致 谢

我对在历史上最激动人心的考古发掘——图坦哈蒙墓的发掘过程中做出贡献的所有人员，以及在本书撰写过程中提供帮助的所有人员，致以诚挚的谢意。他们分别是：

大都会艺术博物馆埃及部的所有工作人员。他们就这一主题进行过非常有价值的指导和讨论，尤其是克里斯汀·利利圭斯特馆员、托马斯·洛根副馆员。

大英博物馆埃及学前馆员I.E.S.爱德华兹。他的研究兴趣和专长，以及他的回忆和奇闻逸事，都对我帮助很大。

布鲁克林博物馆埃及部馆员伯纳德·博特默，以及中东部的前馆员查尔斯·威尔金森。

克利夫兰艺术博物馆古代艺术馆员约翰·库尼。他帮助我了解了墓中出土的一些文物在美国的情况，还帮我避免了书中的一些错误。

基迪克讲座办公室主席罗伯特·基迪克。他提供给我大量关于霍华德·卡特未发表过的资料，这些资料是由基迪克的父亲整理的，他曾经负责安排卡特赴美巡回演讲。

海克利尔的卡纳冯勋爵，他慷慨地允许我使用一些他的父亲——图坦哈蒙墓发掘的资助者未曾公开发表过的信件和笔记。

大都会艺术博物馆的秘书阿什顿·霍金斯。他允许我引用大都会艺术博物馆的资料。

《泰晤士报》出版商丹尼斯·汉密尔顿爵士。他对本书十分感兴趣，建议我详细查考《泰晤士报》关于图坦哈蒙墓的发掘档案。

《泰晤士报》档案管理员戈登·飞利浦斯。他热情友好，并充满幽默感。他允许我引用他悉心保管的信件和文件。

西蒙·舒斯特出版社编辑爱丽丝·梅休。感谢她在本书出版过程中提供的诸多帮助。同时，感谢薇拉·施耐德细心编辑最终的手稿。

大都会艺术博物馆玛丽·多尔蒂。她不辞劳苦地帮助我收集幻灯片和图片。

霍温联合公司的行政主管塞西莉亚·麦斯卡尔。她帮我准备书稿，不辞劳苦。

感谢我的妻子南希·霍温对我长期不懈的支持和评论。

文学代理商罗伯特·莱施尔。没有他们的持久的兴趣，专业的编辑技术，以及明智的建议，这本书是不可能面世的。

托马斯·霍温

献给我的妻子——南希

导言

1922 年 11 月 26 日深夜，在埃及充满传奇色彩的帝王谷，发现了国王图坦哈蒙的陵墓。清理工作花费了十年有余。墓中出土了近五千件珍贵文物，轰动了整个世界。这是迄今为止世界考古史上最为丰富的发现。

图坦哈蒙，这位生活在距今三千多年前的鲜为人知的古埃及国王，大约在公元前 1350 年前后，以十八九岁的年龄驾崩。但是，在 1920 年代，他却顿时成为了重量级名人。该坟墓的发掘者英国考古学家霍华德·卡特，以及富有的资助人乔治·爱德华·斯坦霍普·默利那·赫伯特，即卡纳冯勋爵，也同时不得已成为了世界名人。

经历了第一次世界大战的惨痛岁月，帝王谷中唯一幸存的法老陵墓，幸免于古代盗墓贼的破坏，未被洗劫一空，实在令人兴奋。所有专家已经明确告诉过两位发掘者，帝王谷这个"死人城"已经全部被挖掘过了，然而两位发掘者却固执地坚持寻找。几年来，一无所获。但是，将多年来坚持不懈地在帝王谷挖掘的线索汇集一起，他们得出了一个确凿无疑的结论，那就是帝王谷中还有一座被考古学者所忽略的陵墓。于是，资助人同意再支付最后一个季度的费用。就在近乎绝望的最后时刻，在他们猜测认为没有被破坏过的一块岩床处，取得了惊人的发现。成千上万的美妙绝伦的艺术品突然出现在面前，即当这些陵墓的来访者看到这一切时，他们都惊呆了。

帝王谷获得重大发现的消息很快传遍了整个世界。现代传媒技术的发展，如发掘现场架设的电报、电话，以及考古史上首次采用的快照技术、动态短片等技术，都开始派上了用场。这些技术大大推动了消息的传播。第二年，图坦哈蒙墓的资助人卡纳冯勋爵，在所谓的"木乃伊的诅咒"中死于非命，更是牢牢吸引了公众们的好奇和热情。

自从半个世纪前图坦哈蒙墓被发现之日以来，国王的珍宝一直在不断地激发着公众的想象力。在世界史上没有任何文物展的欢迎程度能超过"图坦哈蒙文物展"。该展览离开埃及本土，1967年来到巴黎，1972年大英博物馆，1973年去了苏联的四个城市。同年，还在美国的七个城市进行了巡回展出。正是因为这次展览，才使人们对图坦哈蒙法老的狂热不减。当华盛顿特区的国家艺术馆展出55件文物时，16周内共吸引了近百万的参观者。在芝加哥田野博物馆（Field Museum in Chicago）展览时，短短十周内，就破了百万人纪录。这次展览是埃及政府组织的作为纪念美国建国200周年的献礼，而在历时三年的美国巡回展中，大概有逾七百万的参观者对这位年轻的法老表达了敬意。

图坦哈蒙墓的发掘至今已经过去了56年，相继出版过几十种书籍和展览手册，新闻报道也成百上千。人们或许认为图坦哈蒙和围绕这次激动人心的发现的大事没有什么新鲜东西可说了。并非如此。事实上，迄今为止出版的所有书籍，包括霍华德·卡特和他的同事美国大都会艺术博物馆的A. C. 梅斯合撰的三卷本的《图坦哈蒙之墓》，都没有涉及该坟墓发现的前前后后的最重要的一些情节，有些是作者有意为之，有些是无意的。这些被人们忽视的或者被隐瞒的事实，大大改变了官方或目前为止无争议的故事。这些事实增添了人们远不止于对该发现的考古学重大意义的兴趣。

图坦哈蒙墓发掘背后的真实故事又是怎样的呢？凭直觉和探奇的性格，加上点儿探索的努力，我发出了这样的疑问。

我作为大都会艺术博物馆方面组织图坦哈蒙珍宝美国巡回展的负责

人，自 1975 年以来，一直沉浸于与这位神秘的年轻国王相关的各种事情之中。我认真地研读了各种文献，包括学术的和通俗的。我查考了保存在开罗埃及博物馆里的卡特亲笔手写的《条目汇编》中的 180 张散页，一件一件地研究了近五千件墓中出土的文物展品。我深深地被卡特和他的资助人卡纳冯勋爵所吸引——他们的性格，他们的工作方法，他们与大都会艺术博物馆埃及部的关系，以及他们与埃及古物部的种种交涉。我甚至为一般的展览的哲学的梦想所累。我搜捡四个墓室里的文物，尽可能地按照被发掘时的顺序摆放，目的是可以尽可能地再造卡特和他的助手们在几年发掘过程中所经历的种种场景。

　　我本人参与了将这些文物运装到大洋彼岸的各种琐碎而细致的管理工作，花费了数百小时与埃及方面进行紧张而烦琐的谈判。该项工作是在开罗的一间办公室里进行的。埃及方面与各国——英国、法国、东德、波兰、西德，更不用说，还有美国——代表挤在这间办公室内轮流谈判，代表们也相互偷听着彼此的谈判结果。他们与今日的埃及古物机构组织①负责人交涉，他们的要求五花八门，有人请求进行一次新的大规模发掘，有的则请求允许他们在大金字塔墓室里面过夜，甚至还有人请求在保护罩外面拥抱法老哈夫拉的雕像，来验证一下它赋予生命之光的能力。据说古代的神人可以治愈人类的大部分疾患（若不是全部的话），如过度忧郁，或者身体过度虚弱。

　　我参与过开罗博物馆黑暗角落的一个不太正式的通电方案，我当时负责监督修建一个影像工作室和一个生产模具的小型工厂。就在我到达开罗博物馆的前几个星期，别人告诉我说，可能已经通上电了。当我和

---

① 　其前身是埃及古物服务部。1971 年更名为埃及古物机构组织。1994 年更名为埃及最高文物委员会。——译者注

另外八位专家抵达之后，我确信真的已经能正常使用了，很可能在一两个月前就开始用了。很快，从大金字塔灯光秀那里借来200米电缆。电缆接在博物馆旁边街道的路灯上，沿着博物馆建筑，横过房顶，向下穿过一扇碎玻璃窗，最终抵达工作室。巴赫、莫扎特、维瓦尔第的音乐，首次也是唯一一次在开罗博物馆播放，就在这里开始了我的工作。

当经过几个月的反复研讨，涉及展览协议的每一个细节都落实以后，一个新的棘手问题又出现了，那就是展品的运装问题。该问题几乎使展览计划濒于流产。通过协商之后算是达成了协议，决定用商业航班运输。但是，埃及方面突然提出，要求货运包机，这等于要举办方额外支付50万美金的费用。我立即赶到美国使馆同赫尔曼·艾尔茨大使商讨这个难题。我对大使说，第二次世界大战刚刚结束后不久，美国海军从欧洲往美国运送过展品。大使回答说："我想，我可以给国务卿亨利·基辛格还有我的老校友吉姆·哈罗威发个电报，商谈运输中的技术问题。"哈罗威？他是当时的海军首长。正是美国海军成全了这次展览，他们用美舰萨克拉门托号免费运输了这些珍宝到美国。

虽然这些插曲很有趣，但是他们与图坦哈蒙、他的稀世珍宝、他的发掘者霍华德·卡特以及资助人卡纳冯勋爵无关。卡特著的三卷本《图坦哈蒙之墓》，我共读了六遍。不知道具体是什么时间，我开始变得困惑起来。然后，我怀疑，甚至对卡特的这次重大发现的记载感到怀疑。我开始疑惑当年卡特发现图坦哈蒙之墓的第一个夜晚所发生的一切，难道他仅仅是向坟墓里面瞥了一眼，然后重新封闭，遂即告退？这一切都不合乎人的本性。不管怎样，这截然不同于当年我在希腊城市西西里发掘时所经历的那种冲动。当我看到壕沟里泥土中裸露出来的一个陶俑的头部的鼻尖时，那是一个无比诱人的历史性时刻。这时，耐心和方法都统统阻挡不住我的手指。这可能就是当我读卡特的《图坦哈蒙之墓》第一卷，发现书中根本没有提及站在荷叶上的年轻国王木制的头部雕像这么一个美妙的文物时，我开始对自己说："接下来究竟发生了什么呢?"这可能就是当我尝试着将卡特从墓中迁移出来的所有文物进行排序，发现他在书中所述与大都会艺术博物馆摄影师哈利·伯尔顿拍摄的一千八百余张照片的顺序存在着巨大差异时，我开始彻底怀疑卡特的发掘记载。

　　我按照通常惯例，仔仔细细查考了大都会艺术博物馆与图坦哈蒙以及博物馆与卡特之间"合作"相关的所有档案，并没有发现什么特别有意义的材料。当然，一些关于美国国务卿查尔斯·伊凡·休斯与埃及政府之间的各种联络资料，多少还是让人感到好奇。休斯曾代表大都会艺术博物馆和卡纳冯勋爵向埃及政府方面施加压力，促成展览的成功。代表大都会艺术博物馆和卡纳冯勋爵? 一个令人疑惑的小小的注释提到，1922–1924 年间，美国国务卿的首席助手在博物馆埃及事件中干得"绝妙"。这名助手是一个名叫阿伦·杜勒斯的年轻人。阿伦·杜勒斯又是谁呢?

　　更多的信息没有了。1920 年代的这些档案已经不是什么秘密资料了。

　　我又按照通常惯例，咨询了大都会艺术博物馆埃及部，看他们是否还有其他档案材料。除了一些档案的复印件，没有其他的了。接下来，我有幸询问到了埃及部的一位职员，他的办公室紧挨着存放 27 册装订的图坦哈蒙出土文物的原始照片的地方，我问他是否能提供一些关于该事件的新的材料或者档案。他说倒是有一些，但是从来没有什么标注"秘密"的档案，也从来没有将这些档案转移到其他地方之说。这些材料包括与"木乃伊的诅咒"相关的描述，并带有处理埃及学中特别令人烦恼的问题的标准表格（当然可以视为没用的东西）。我看了几百份原始文件、信件、笔记、图表、评论，卡特和卡纳冯勋爵的部分手写日记，以及大都会艺术博物馆埃及部的一些职员的为发掘辛苦多年的记载，所有这些材料都准确按照时间顺序整理，还附有大量的剪报。

正是通过这些材料，一个最引人注目的关于此次考古发现的完整而真实的故事，活脱脱地展示在我们面前。整个故事并不全是为我们所熟知的，是一个崇高、光鲜、名副其实、凯旋的故事。故事的真相同样充满了阴谋、秘密交易、私下协议隐秘的政治活动，以及舞弊、自私、傲慢、谎言、无助、悲伤、痛苦等等一系列的事件。这些皆出于人性的脆弱，从而也导致了埃及考古的根本而持久的变革。

托马斯·霍温
1978 年 4 月于纽约

第 1 章
剧中人

图坦哈蒙是古代世界最著名的、同时又是最鲜为人知的统治者之一。或者正如霍华德·卡特所说："我们可以坦白地说，他一生中最典型的特征是，他死了并被埋葬了。"1907年，当埃及古物服务部总负责人加斯顿·马斯佩罗先生把霍华德·卡特介绍给卡纳冯伯爵乔治·赫伯特时，关于图坦哈蒙的活动几乎没有人了解或关心。马斯佩罗是法国著名的考古学家，欧洲和美国的许多埃及学家都对他在埃及考古发掘工作中给予一以贯之的支持表示敬意。

专家们知道图坦哈蒙有两个名字，一个是本名图坦哈蒙，意为"受全能的阿蒙神保佑的人"；另一个名字是登基名，奈布凯普鲁拉。他的王名环，用古埃及圣书体文字刻写，在一些文物上出现过。个别对古埃及王朝记载和皇室族谱有研究的专家，在第18王朝的后半期的国王名字中见过图坦哈蒙。第18王朝后半期出现过许多伟大的法老，如图特摩斯一世、图特摩斯三世、女王哈特舍普苏特，还有叛逆的法老埃赫那吞，他曾让新王国陷入混乱。但是没有人敢确信图坦哈蒙究竟属于第18王朝统治的哪个具体时间。尽管学者们大致同意，这个鲜为人知的法老应该列入一神教的倡导者埃赫那吞死后，拉美西斯大帝登上舞台之前，埃及政权陷于混乱时期出现的几位不重要的统治者之一。一些埃及学家认为，图坦哈蒙是埃赫那吞的女婿。他本人曾经赞同阿吞神崇拜，但是后来还是恢复了埃及原有的阿蒙神崇拜，并将埃及都城由埃赫那吞的圣城埃赫塔吞，即现在的阿玛尔那，迁回到了底比斯——阿蒙神的城市，恢复了埃及原来的古老宗教。

的确有一些建筑物以无声的方式记载过图坦哈蒙。在开罗博物馆中，有一个真人大小的图坦哈蒙的坐像，它是用一块黑色的、看起来不甚美观的石头雕刻的。该雕像塑造的这个年轻人虚弱无力，但是很有自信。还有人认为该形象完全是一个弱者，几乎是病人的形象。在卡尔那克的一些浮雕残块上，绘有他的太阳船。他的一个官员的坟墓中也提到关于图坦哈蒙的一些线索——叙利亚的一些部落被纳入他的统治，南部的苏丹也向他称臣，都给他带来了大量的贡品。

1907年，一位法国考古学家乔治·勒格林发表了在卡尔那克神庙中发现的一块石碑的铭文。铭文提到了图坦哈蒙登上王位的情况，内容大体翻译如下：

> 这个国家被疾病蹂躏。神龛被破坏。神灵忽略了这个国家。我请求神灵帮助，但是他们回绝了我。为了赢得他们的帮助，我非常努力地工作。我发现神庙变成了废墟，圣殿被推倒，庭院里长满了杂草。我重新建造了圣所；我重新捐赠神庙，赠予他们珍贵的礼物。我用黄金、琥珀金塑神灵雕像，并用天青石以及所有珍贵的石头进行装饰。

铭文还宣称，图坦哈蒙不辞辛苦地为国家制定法律，建造新的船只供以水上运输，船身由黄金覆盖，以便照亮尼罗河。铭文说他是一位仁慈的君主和法官。因此，无论是谁，身处何处，都为之欢欣鼓舞、赞颂他的仁慈。

但是，除此之外更多关于图坦哈蒙的事情就不为人所知了。与其他国王相关的大量历史记载、雕像、绘画相比，图坦哈蒙的少得可怜。既然历史并不怎么关注这位法老，不愿为他留下大量记载，即使是令人费解的记载，那么，20世纪早期涌现的考古学家们，一定感觉他们应该或多或少付出些努力，找到国王的葬身之处。当然，还要研究其他法老，尤其是备受世人关注的叛逆法老埃赫那吞。正是埃赫那吞，他的沉思，面带困惑的表情，怪异夸张得几乎像是一幅讽刺画的这些特点，大大唤起了人们的想象力。在1907年，没有迹象表明图坦哈蒙能够成为埃及考古史中最重大的考古发现。

1907年，几乎很少有人听说过乔治·爱德华·斯坦霍普·默利那·赫伯特，他是前任波彻斯特子爵，第五任卡纳冯伯爵。如果人们想不厌其烦地找出他是谁时，会发现卡纳冯勋爵是英国的一个富有的世袭贵族。他出生于1866年6月26日，事实上41年来根本就没有取得什么成就，看起来只是一个有爵位的浪荡子。他的个人成就是那样微不足道，甚至性格古怪，除了在体育运动方面，他甚至也不配"业余爱好者"这个头衔。但是，他却是一个具有吸引力且聪明的"浪荡子"。卡纳冯勋爵年轻时，衣着整洁，举止优雅，有点儿时髦。他一头浅茶色头发，侧面轮廓别有魅力，称得上维多利亚时代的典型形象：鼻子扁平，有修剪得整洁的小胡子，高高的额头，宽宽的下巴。但是1907年时，卡纳冯勋爵却面容憔悴，身材瘦削，显得有点儿虚弱。他总是穿着一件剪裁得非常合身的显得有点儿皱褶的粗花呢上衣，即使在埃及也是如此。当时的一些照片上，经常可以看到他一只手握手杖，另一只手插在夹克衫的口袋里，看起来像是刚刚受过伤的样子。

他的父亲，第四代卡纳冯伯爵是一位著名的政治家，曾担任英国首相迪斯雷利的内阁成员。他的一名亲属将他描绘成"一个从来不会因为个人野心，在违背良心的道路上，发生即使是一根头发丝宽度的偏斜的政治家"。与另外一些观察家相比,他更不会献媚奉承。因为第四代卡纳冯伯爵的富有足可以使他在任何职位上都保持独立。同时,他还是一个古典学家,能够阅读、书写,甚至会讲古希腊语和拉丁语。

这些才能好像都没有传给他的儿子波彻斯特子爵,即第五代卡纳冯伯爵。他早年读过好几所学校,家人也为他请过私人教师,都说他很聪明,也能够集中注意力,但是对于学习来说,似乎天生不是那块料。他最早在大纳冯家族的乡间别墅海克利尔城堡附近的一所公立学校就读,与英格兰其他许多豪华住宅相比较,行内人认为,那个地方奇美。卡纳冯勋爵很快辍学了,家人给他请了私人教师。后来,他进入了伊顿公学。在伊顿公学,他的表现并不佳,于是只好离开。当卡纳冯勋爵只有9岁时,他的母亲去世,姑妈承担起照料他的责任。他的姑妈这样说:"最为不幸的是,伊顿公学并没有对记忆力超强、思维敏捷超人的孩子提供行之有效的系统的训练方法。"

如果卡纳冯勋爵没有爵位,不是生活在那个光辉时代的富有的英国贵族,他可能会成为一个游民。当然,作为一个年轻人,尽管别人给了他一个定位,但他本身还是会寻找新的定位。伊顿辍学之后,卡纳冯勋爵对进入伦敦以及德国的一些平民学校表现出极大热情,并对参加军队抱有极大兴趣。然而很快,军队生涯变得黯淡。好在他进入了剑桥大学三一学院学习。他在剑桥待了两年时间,并没有毕业。值得一提的是,在剑桥大学求学期间,他曾经劝说剑桥大学有关方面将宿舍的镶板换掉,因为这些镶板几次被人涂鸦,至少在他看来已经不成样子。卡纳冯勋爵提出由他个人出资,但是他的要求还是遭到了校方的拒绝。在剑桥大学的这两年里,他开始收集艺术品,主要是法国绘画,这样培养他具有了很好的鉴赏眼光。他曾经妄想得到一些特别廉价品。但是,他的真正热情是在运动方面。

在剑桥短暂求学之后，卡纳冯勋爵花了七年时间进行环球旅行。即便在我们生活在航空时代的人看来，这也是非凡的。他先是航船旅行，横贯全球四分之三，然后去南非，接着成功地踏上澳洲。然后，他到了日本、法国、土耳其、瑞典、意大利、德国、美国。在美国，他穿越了整个大陆，足步遍及大洋两岸，接着又去了南美洲。他23岁时成为了伯爵，这就要求他在旅行过程中要经常返回海克利尔，然后匆匆离开，去巴黎、汉诺威或君士坦丁堡旅行，就像他匆匆返回英国那样。

　　卡纳冯勋爵喜欢一种晦涩的表述风格。他经常抛出这样的话，比如，"在那不勒斯，当我见到黑帮头子时……"或"当我在君士坦丁堡，被该死的国王拒绝时，我却享受到了土耳其最高级的礼遇"。他在与当时一些所谓"古怪的人"交往中获得了乐趣，并且认识了无数的地位并不高的朋友，从牧民到赛马师、理发师、铁道扳叉工。

　　卡纳冯勋爵看起来是历史上那个时代最肤浅的人之一，在当时有些人认为"肤浅"也是一个不错的称呼。但是，他的轻佻行为和生动谈话的背后却是钢铁般的严肃和认真，他具有聪明的头脑和智慧超人之处。卡纳冯勋爵看起来有些"伪装"。当被人发现正认真地研读一本严肃的书时，他会大叫起来说："喔！我刚开始翻就读完了，我认为我应该径直翻到末尾。"

　　事实证明，虽然卡纳冯有时伪装和掩饰，但他却是一个非常聪明的人，也许甚至是一个天才。

　　他足智多谋。他的姑妈威妮弗蕾德讲过一个能够证明卡纳冯这一特点的故事。一次，卡纳冯在去加利福尼亚的路上，短暂在纽约驻足。他曾经答应过一个朋友要去获取一桩生意的秘密信息。他先是向他的理发师去打听这家公司的董事长，理发师了解很多关于这个企业大亨的情况。卡纳冯勋爵精心设计好去面见这个企业大亨，征求他关于一些股票的建议，他被告知绝对不要去买。卡纳冯紧紧盯着他，向他致谢，然后飞快前往电报局，拍电报给他的经纪人，要求把这些股票统统买下来。当他从加利福尼亚返回时，他顺便造访了这位企业大亨，并感谢他的建议。因为正是他的建议使得卡纳冯获利颇丰。这位商业巨头大叫："但是，卡纳冯勋爵，可我当初是建议你不买这些股票呀！"卡纳冯勋爵回答说："噢，是的。我明白您说的，但是，当然我看您的意思是希望我按照反面去理解啊。"

在卡纳冯勋爵29岁生日时，他与一个非常漂亮而聪慧的姑娘阿尔米娜·伍姆韦尔结了婚。四年间，他们生了两个孩子，一个是儿子亨利，波彻斯特子爵，现在已经是八旬老人了，不过精神矍铄，谈吐如流，即第六代卡纳冯伯爵。另一个是女儿，伊芙琳·赫伯特小姐，她是她父亲最亲密的朋友，在埃及期间总陪伴在她父亲身边。

几年以后，卡纳冯勋爵遭遇了交通事故，这次事故彻底改变他的生活、前程，乃至他的命运。幸运的是，他活了下来。当初如果不是他的司机将他从出事汽车落入的泥沼中拉出来，及时用一桶凉水冲他的脸，他可能就一命呜呼了。因为正是这一桶冰凉的水，让卡纳冯勋爵的心脏恢复了跳动。作为一个年轻人，前程基本上就这样毁掉了。车祸给他造成了严重的脑震荡、短暂失明、胸部骨折、腿部骨折、下颚骨折、手臂错位。从此以后，他就没有彻底康复过，还经常遭受痛苦的折磨。但是，他以惊人的勇气承受住了伤痛。正是在这种情况下，卡纳冯勋爵变得越来越成熟、谨慎、周全而坚定。这时候卡纳冯勋爵本人才恍然认识到他曾蹉跎岁月。

卡纳冯勋爵也曾考虑涉入政界，或者开始他的学术生涯，但是一无进展。看起来一切都已经太晚了。毕竟对于这样一位身体部分残疾、从未受过正式教育、喜欢周游世界、狂恋运动的年轻的伯爵来说，前途黯淡。医生建议他去埃及休养。1903 年，卡纳冯勋爵去了埃及，并为埃及的古老文明的神奇魅力所迷恋，很快，他决定在埃及进行考古挖掘。

事实上，卡纳冯勋爵对考古感兴趣已经有些年头了，但是对旅行的狂热阻止了这一兴趣的发展。然而，他现在每到冬季就去埃及，逐渐将发掘作为了他的业余爱好。正如他自己所说的："这样可以使我远离痛苦，使得我有事情可做。"1906 年，他从埃及古物服务部和公共事务部获得允许，在底比斯山附近的一个金字塔形状的山岬处进行发掘。底比斯山位于埃及现代城市卢克索西部，当年许多古埃及国王被埋葬在了这里，人们习惯把这里称为"帝王谷"。卡纳冯勋爵开始在这里进行胡乱地发掘，当然，这一切皆出于热情而不是按照规矩真正发掘。

在今天看来，一个英国的"阔佬"（当地埃及人在当时给卡纳冯的称呼），在没有经过任何专业训练、没有任何监督的情况下，竟然能马上获得正式批准，径自来到埃及在这块法老时代神圣的坟墓区进行发掘，不仅令人困惑，而且令人震惊。但是说起来，20 世纪之交，在埃及以及其他地方对考古活动的所谓的规定和限制是很宽松的。那么，只要他足够富有，能在埃及找到一个合适的坑，就可以在法国掌控的埃及古物服务部获得发掘许可。法国人基本上代表埃及政府控制了在埃及所有古物的发掘工作。这种状况从 19 世纪之交，拿破仑·波拿巴占领埃及的1798－1801 年间就延续下来。1904 年，法国人加强了在埃及进行考古发掘的控制，当时英国和法国联合起来反对德国，将北非划分成两大利益集团。法国占领了摩洛哥，英国控制了埃及。但是在埃及，法国人则独揽考古大权。1904 年的协议中的第一条就规定："就埃及古物部总管这一职位达成一致协议，继续像往常一样交托给法国学者掌控。"

那个时代的发掘许可书看起来十分简单，更像日常的补白文件。许可书包括一个前言和 13 项规定。

发掘许可书

　　我（文末签署）作为古物服务部总管，行使古物服务部总管赋予的权力，现批准XXX，居住地XXX，负责在XXX进行科学发掘。发掘地应属国家所有、未被占用，上无建筑物，未耕作，不属于军事区，不包含墓地和采石场，等等，一般而言，非公共使用，并且发掘必须遵守以下规定……

就这些条款，唯一值得注意的是，特权获得者在发掘过程中要付出代价和风险。所有发掘工作必须服从于埃及古物部的监督和控制，当然，这一条款只是顺便附加的。如果发掘者发现一座墓，他必须立即告知古物部。发掘者并没有权利先进入墓室，他必须在古物部官员的陪同下才能进入。发掘工作结束后，所有的笔记、图表、数据等，都必须在两年内全部交给埃及古物部。木乃伊、棺材以及石棺等也必须悉数上交，属埃及国家所有。但是，对那些古代遭受盗掘过的坟墓中发掘得到的文物，则可以进行分成。埃及古物部有权得到具有考古和历史价值的最为重要的文物。其他文物则由持证发掘者和埃及古物部分成。

　　如此关键的出土文物的分成问题，竟然如此草率地进行处理。许可书中所说的基于惯例的不成文的规定是，发掘者和埃及古物部可以将文物五五分成。许可书中所说的，"保存完好的未遭盗掘的皇室或贵族坟墓中出土的文物全部归埃及国家所有"这一规定，似乎从来没有适用过，因为历史上还从来没有一座坟墓未遭受过古代盗墓贼的破坏和挖掘。

　　1906年，卡纳冯勋爵获得许可权之后，便开始了发掘。因为他身份高贵，显然官方不好意思要求他身边必须有一个考古学者或者受过训练的专家来帮助他。几年以后，当卡纳冯勋爵追忆自己第一季度的考古发掘时，他回忆道："我们突然撞到一个好像从来没有碰过的墓坑。"这让他很兴奋。当他平静下来后，发现这个墓坑尚未完工。经过六个星期的清理，他们清理掉大量的垃圾。卡纳冯勋爵坚持一天一天继续发掘，除了发现了一具猫木乃伊外，其他别无所获。他辛苦而繁重的挖掘努力似乎没有得到应有的回报。

随着越来越多的坟墓垃圾被清理，卡纳冯勋爵越来越觉得非常需要一个专家来帮助他。这个专家将是一个奇妙的人，他的名字叫霍华德·卡特。

1907年，卡特像其他人一样，并不被圈子之外的人所了解。他出身很卑微。1873年5月9日出生在英国诺福克的斯沃弗姆，一个人口不足2500人的小镇。他的父亲塞缪尔·约翰·卡特是一个绘图员，同时还是一名水彩画家，擅长画动物，常常为拥有土地的贵族们作动物画。家境的贫寒，使得卡特无法进入学校学习。卡特只是在家里学习，从来没有受过考古学或埃及学的任何正式的教育。卡特在父亲的指导下学习绘画，并成为一名水彩画家，像他的父亲一样，为动物作画，或者画朴素、平凡、宁静的乡村风景画。总之，似乎命中注定，他的前途并不乐观。

但是1890年的一个夏天发生的事情却彻底改变了卡特的命运。珀西·E. 纽伯利教授，时任开罗埃及博物馆的工作人员，兼开罗大学的埃及学讲师，偶然拜访了一个老熟人，哈克尼的阿莫斯特夫人。她的丈夫是一个古埃及文化迷。在他收藏的大量稀有图书中，有一份古埃及纸草，上面绘有帝王谷坟墓的线条图。纽伯利向阿莫斯特夫人讲述了他最近在埃及的工作情况，包括正用铅笔临摹中埃及贝尼哈桑遗址中的建筑物上的古埃及铭文。他期望能找到一个合适的人帮助他完成临摹工作。阿莫斯特夫人向他推荐霍华德·卡特。卡特当时只有17岁，居住在邻村。卡特的父亲曾经为阿莫斯特夫人作过画，因此她对卡特父子俩的情况十分了解。

于是，纽伯利教授见到了这个年轻人并雇佣了他。卡特先是在大英博物馆工作了三个月的时间。到秋季时，他成为了埃及探测基金会的最年轻的成员。埃及探测基金会是一个与大英博物馆相关的私人机构，负责在埃及进行挖掘工作，旨在"进一步阐明古埃及的历史与艺术，验证《旧约》中的相关记载"。

卡特后来成为了有史以来最伟大的埃及学家之一威廉·弗林德斯·皮特里爵士的助手。皮特里是一个面容憔悴、留有白胡子的、瘦骨嶙峋的智者。他发明了一套系统的断代方法，即序列断代法，将之运用到考古发掘中。在他那个时代，这种方法基本上不为人所知。从 1890 年到 1898 年，霍华德·卡特在纽伯利、皮特里及一个瑞士考古学家爱德华·纳维勒的指导下工作。他非常耐心地将古埃及历史上最著名的女王哈特舍普苏特命人在戴尔·埃尔－巴哈里修建的葬祭庙墙壁上的浮雕、绘画和铭文用水彩描摹下来。哈特舍普苏特成为女法老后的 20 年里，将埃及——尼罗河的国家，带入一个历史上最鼎盛的时期。

霍华德·卡特是这项工作最合适人选。他性格安静、腼腆。在任何看起来比他具有更高特权的人面前，他的表现似乎显得有些笨拙。他是一个孤独、不合群的人，但是工作起来却非常敬业。他的水彩画并没有显示其内在精神，或者说，没有显示出任何创作的火花，只是为了完成任务。他将自己的眼睛和手指只用于如实准确记载和描摹这些客观物体。他的一些水彩画作品正在大都会艺术博物馆埃及部展览，它们逼真、一丝不苟，但没有任何活力。

卡特身材不高，但健壮结实，暗色的头发和胡须，椭圆形的无表情的脸，再加上一双沉思的深棕色眼睛，这些都与他当年在埃及实习时的情景相吻合。他是一个缺乏幽默感、沉默寡言的人，但又蕴含着相当的能量。尽管卡特没有接受过正规的学校教育，但是他掌握考古学、埃及学知识很快，在皮特里和纽伯利的指导下，他自学了古埃及文字的基本知识。他头脑聪明，逻辑推理能力非常敏锐。他的敬业和对工作的热情终于赢得了主管者的器重。1899 年，卡特 25 岁时，也就是在卡特抵达埃及九年后，他被加斯顿·马斯佩罗任命为上埃及和努比亚纪念馆文物监察官，该纪念馆总部设在埃及古都底比斯——卢克索。担任监察官期间，卡特还为美国富翁西奥多·戴维斯①担任顾问。这位美国富翁通过法律和金融发迹，后来着迷于埃及考古。尽管戴维斯对霍华德·卡特的发掘非常满意，但是他们从未真正成为朋友。可能是因为在那时卡特锋芒逼人，或者暗含指责，或者可能是因为卡特的顽固、冲动，乃至他的火爆性子使然。

　　卡特在古物服务部的职业生涯进展顺利，但是到了 1903 年，这一切突然发生了改变。当时皮特里爵士在夫人以及三个女助手的陪伴下，正在埃及古王国时期的一个重要遗址萨卡拉墓区的一个坟墓中描摹铭文。根据皮特里的说法，晚上几个喝醉的法国人突然闯入了他们的营地，要求带他们去一个马斯塔巴墓参观，接着又试图强行进入女士们休息的房间。皮特里通知监察官霍华德·卡特，卡特闻讯后带上文物部配备的警察迅速赶到了皮特里的营地。埃及警察与法国人之间发生了冲突，其中的一个法国人被埃及警察打倒在地。后来，这个法国人向加斯顿·马斯佩罗申诉，要求惩罚卡特和警察。法国总领事要求卡特就此事必须做出正式道歉，但是却遭到了卡特的拒绝，理由是他在履行他的职责，

---

① 西奥多·戴维斯（Theodore M. Davis, 1837–1915 年），美国律师，靠经商发家后喜欢上埃及考古学，曾在埃及进行过多年的发掘。——译者注

相反，需要道歉的应该是法国人。马斯佩罗试图劝服卡特进行一次象征性的道歉，但毫无进展。法国醉汉被打伤这一事件，引发了一场政治风波，因为法国人受伤的不仅仅是身体，更严重的是挫伤了法国人的自豪感。马斯佩罗还是力促卡特为了保持盎格鲁－高卢之间的友好关系，向法国人道歉，然后将此事彻底遗忘。但是卡特，一个天生对危急政治不敏感，几乎对人情和人事关系的微妙一无所知的人，仍旧顽固拒绝道歉。马斯佩罗，一个和蔼的法国人，身为埃及古物服务部的总管，他对卡特的固执并不讨厌，因此他还是继续劝说，甚至是请求他的倔强的部下稍稍改变想法，但卡特仍旧不加理睬。马斯佩罗实在无奈，他终于意识到是他在全权掌控着整个埃及考古，于是只好解雇了卡特的职务。

接下来的四年中，卡特在埃及生活得很艰难。他做过导游，向游客兜售他的水彩画，甚至还偶尔做点儿文物（埃及本地人称之为古玩）买卖。当热心的加斯顿·马斯佩罗把卡特作为专家，介绍给卡纳冯勋爵时，卡特欣然接受。这对于卡特和卡纳冯勋爵二者来说，可谓两全其美。卡特，一个如此富有才华的专业的埃及考古学家，就这样轻而易举地被卡纳冯得到了。

第 2 章
舞台：帝王谷

有着图坦哈蒙、卡纳冯勋爵和霍华德·卡特等人物和非同寻常情节的这个复杂的剧本，所发生的舞台竟是令人敬畏的帝王谷。

帝王谷这个名字充满传奇色彩。人们无法想象在世界上有一个地方，还存在一个更偏僻的、更为炎热干燥的荒凉不毛的地方。山谷的尽头远离生命的喧嚣，一旦被埋葬在这里，就有可能睡上数千年。现在，在这里沉睡的 30 位最伟大的法老已被后人所知。

在古代，如同现在一样，人们需要从底比斯才能前往帝王谷旅行。底比斯，即现在城市卢克索，它位于开罗南部 400 英里（约 644 公里）处的尼罗河的东岸。一片绿色平原横穿过尼罗河，向西延展 3 英里有余。这片绿色平原是由尼罗河的季节性泛滥沉积下的淤泥形成的。然而，其他地方，则是一片荒芜，沙漠、岩石、巨石，毫无生机，偶尔长出一棵棕榈树或其他植物才打破了这片荒凉。从充满生机的可耕作的绿色平原，到那荒凉不毛的沙漠，二者之间的过渡地带只有几码远的距离。几千年来都是如此。从这个过渡地带开始，一片荒原逐渐向高处漫延开来，然后就到了被称为戴尔·埃尔-巴哈里的一处悬崖峭壁。从这里再向外，延伸出一大片大沙漠，它被古代埃及人视为永恒之地。

高耸的山崖的基部，面对的是开阔的平原和东升的太阳，这儿就是被阿拉伯人称为瓦迪·毕班·埃尔-马鲁克的帝王谷。正是在这个干涸的古老的山谷中，一位古埃及历史上最辉煌时期的最伟大的统治者之一，修建了一座颇有革新意义的陵墓，打破了几千年来法老墓葬的先例，这位国王就是图特摩斯一世。他是第 18 王朝的一位伟大的军事统治者，图坦哈蒙的统治也正属于这个王朝。图特摩斯一世是整个古埃及历史上最为雄心勃勃、孔武有力、富有创新意识的法老之一。就这一点来说，他曾让霍华德·卡特深为着迷。这个被图特摩斯一世选取作为永恒来世生活的地方，古埃及人将之称为"真理之地"。对卡特来说，这是一个神奇的、甚至有时令人恐惧的地方。最为突出的一个特点是这个被称为"触角"的山顶，它是底比斯地区的最高峰，像一个天然的金字塔，悄然耸立，照看着图特摩斯一世以及他的后继者们。

卡特在被埃及古物服务部解雇后以及与卡纳冯勋爵交往初期的那些失意的日子中，靠在帝王谷做导游为生，向游客介绍图特摩斯一世的丰功伟绩。为了理解图特摩斯一世的陵墓与传统墓葬相比所具有的如此巨大的转变，我们必须了解这位革新型法老之前的古埃及人的墓葬观念和陵墓设计的本质。

对于古埃及人来说，一个至关重要的事情是，人死后其尸体要完好保存，以备在来世之用，并且要保存在一个不受任何打扰的地方。卡特说，法老们"是豪华奢侈的、喜欢炫耀的东方君主"。他们死后在来世生活使用的这些装备，使用了大量黄金和其他珍宝。古埃及最早的一批国王，在图特摩斯一世统治一千多年前，通过建造金字塔——真正的石头山，来确保他们在来世的安全。但是遗憾的是，正是金字塔庞大的规模以及神奇之处，吸引了盗墓贼的光顾。最多过不了几代人，金字塔里面的木乃伊就被破坏了，财宝也被偷走了。

金字塔里面倒是精心设计了一些机关来保护里面的财富。金字塔的通道被巨大而笨重的整块花岗岩阻挡住。除此之外，还设计了一些秘密的门和假通道。但是这些都是徒劳的。在那些数不尽的年头里，藏匿无数财宝供来世之需者与千方百计想劫取这些财宝据为己有者，二者之间展开了拉锯战。结果还是藏匿财宝者被无可避免地征服了。

在金字塔时代之后，埃及国王们在地面上修建更为朴素的建筑来作为他们的坟墓。坟墓旁边还建有葬祭庙，在这里，埃及祭司们可以举行各种宗教仪式来确保国王的永恒的来世生活。但是，盗墓活动仍旧继续着。到第18王朝初期，整个埃及几乎没有一个坟墓幸免洗劫。正如卡特向他的游客所介绍的那样，"对图特摩斯一世来说，选择一个他死后可以永久栖身的地方，或多或少是一个非常令人不安和令人恐怖的想法"。与传统彻底决裂，图特摩斯一世最终决定建造一个绝对隐蔽的墓葬。他选取了山崖下的一处山谷。从他的都城底比斯跨过尼罗河就可以一下子看到这个山崖。卡特说这是一个绝妙的地方。亿万年前，当时间还只是个幽灵的时候，人类还没生活在埃及之前，强有力的水流冲刷着这些始新世时期的石灰岩和坚硬的石床，最终形成了山谷。因此，正是原始的洪流所具有的力量将这个地区猛烈冲刷才形成了今天这样的地貌，它们就像奇形怪状的爪状史前生物。洪水形成了无数的断层和裂沟，非常适合建造隐蔽的陵墓。山谷最西端的一个角落处最为隐蔽，被突出的岩石的棱堡半遮掩着。图特摩斯一世就把隐秘的坟墓选在了这里。这里很难被发现，很容易被游客忽略，当然游客也很少前来参观。卡特会说："但是，这却是一个非常特殊的地方，因为这是帝王谷里建造的第一个陵墓。"图特摩斯一世在做出决定之前显然也犹豫过好长时间。他一定备受煎熬，"因为对奢华的崇尚在每一位君主的头脑中根深蒂固，这种奢华尤其需要表现在陵墓中，图特摩斯一世从小就习惯于这种观念"。选在这样一个不起眼的地方修建陵墓，一定受到了负责葬祭仪礼活动的祭司们的反对，因为这给葬祭带来了不便。但是，图特摩斯一世只有这样做才能避免其先辈们的命运。

出乎意料的是，负责图特摩斯一世陵墓革新的建筑师是大家都知道的，他的名字叫伊南尼。他在他自己的墓室墙壁上描绘了自己一生中的惊人成就，其中最重要的成就就是为国王设计了这座陵墓。"我，伊南尼，独自一人，监督了为陛下图特摩斯一世开凿山崖修建陵墓的工作，没有其他人目睹过，也没有其他人听说过。"伊南尼省略了对陵墓修建工人们的处理情况的记载。这些工人们被雇佣来开凿坚硬的岩石，但是禁止他们以后谈及这些隐蔽的墓室。显然保密是图特摩斯一世和伊南尼考虑的最主要原因。图特摩斯一世以及追随者的陵墓都修建在了这个人迹罕至的地方。每个坟墓修造过程中产生的大量垃圾，也都精心地运到距离陵墓很远的地方。无论是图特摩斯一世的陵墓还是其他国王的陵墓都没有外部标记或纪念物显示其存在。

图特摩斯一世这个天才想法在其后的几个世纪中确立了范本。第18王朝其他的所有国王们都仿效了他的做法。在新王国的前半期，基本上没有盗墓发生。但是，这一秘密并非能够永久地守住。在后来的第19王朝和第20王朝期间，国家统治陷于混乱，一些法老软弱无能，因此盗墓活动猖獗。在这个时期，所有伟大的法老都遭到了亵渎。

卡特曾为帝王谷孤寂而荒凉的特点着迷。卡特形容帝王谷"散发着一种浓浓的宗教情感，以至于看起来似乎灌注了它自己的生命"。两侧"粗犷、贫瘠而荒凉的岩石，聚拢至裸露的山巅，山巅上洒满了日升、日落的万丈金色光芒"。卡特总是对这一情景记忆犹新。卡特常常喜欢独自一人骑在驴背上外出。经过山谷底部的一望无际的岩石时，他被这种庄严肃穆、几乎是沉寂的荒地鸿沟阴暗的特点所感染。驴子的脚步偶尔被豺狼令人恐惧的嚎叫和沙漠猎鹰的忧郁鸣叫所打扰。有时候穿过通往坟墓——在古代称为可以用来享受永恒宁静的伟大宅第——的这条蜿蜒崎岖、人迹罕至的荒地峡谷，竟如此令人毛骨悚然。这时候，人间万物似乎"卸下所有的威严站立在他的面前"。一切皆凝滞、静止、永恒延续。在这些时刻，卡特感觉自身"融入到了这片自然的宁静之中"。

卡特总是带着旅游观光团先来到图特摩斯一世的陵墓，告诉游客们，伊南尼在陡峭的山崖中建造的陵墓是何等隐蔽和精美。该陵墓的通道，游客只有在开凿在坚硬的岩床中的最上面的那个台阶处才可以看到。作为帝王谷中的第一个陵墓，这座墓规模相对较小，只算是一个试点方案，其后的陵墓变得越来越宏伟，第19王朝、第20王朝时期，国王陵墓变得规模异常庞大、设计精巧，达到了帝王谷陵墓的最高峰。通往后期陵墓的通道不计其数，建筑陡峭。墓室里面的绘画栩栩如生，这与岩石中开凿的崎岖不平的岩壁的颜色形成了鲜明对比。这些精心设计的陵墓对卡特来说，好像在荒无人烟地区的人类存在的证明。

当霍华德·卡特带游客参观新王国时期的这些最大陵墓（如塞提一世或拉美西斯二世的陵墓）时，他用充满诗意的语言形容坟墓的形状说："法老安静的灵魂看起来似乎与他们这种呈四周辐射状的陵墓共存。"人们可以从一个狭窄的入口进去，并穿过一个垂直的很长的通道，经过一个石灰岩雕凿出来的大的间隔，然后就是一个个的墓室，它们越来越深，一直深入到山崖。墙壁上绘有精美的浮雕和绘画，描绘关于来世生活的场景。来世被古埃及人称为"阿蒙提"。描绘国王的画面有许多，他或站立在神的面前，或为来世祈祷，或为尘世行为进行辩护。墓室一侧是义人终获安宁的画面，另一侧则是惩罚恶人的画面。

卡特尤其喜欢塞提一世墓室中的一幅绘画。上面有天空女神努特。她的整个身体被绘在天花板上，身体呈蓝色，她的背如同桌子一般支撑着永恒的星星，这些星星据说是从她的子宫里长出来的。白昼和黑夜的每个小时的标志也都描绘在墙壁上，对于古代埃及人来说，每一个都对人类有巨大的影响。所有这些画面，如同哥特教堂中的窗玻璃绘画一样，都用古埃及圣书体文字做了说明。卡特会充满轻蔑地说："它们当然不是，像一些傻瓜对我说的那样，疯子的涂鸦，而且每一个都有高贵而深奥的象征含义。只有古代的祭司才可以解读。"卡特会指着墙壁上成千上万的古埃及圣书体文字进行翻译：诸如这是献给太阳神——拉神（Ra）的一首圣歌，这是关于时间的一本书，这是阐述通向地下世界的各个门户的一本书。

这些文字的数量和复杂程度令人困惑。随着第 18 王朝的发展，这些地下墓室变得越来越大，刻画的咒语也越来越多。在第 18 王朝的某个时期，对于来世的悲观情绪也渗透其中。他们认为死去的国王，在来世中会被无数的可怕的危险所困扰。只有魔法套语才可以保护他。因此，为国王在来世生活中提供指导的手册开始大量出现，包括葬室、通道、其他小房间的整个复杂的墓室系统被精心设计出来，有的用来放置文字材料，有的用来放置物品，以确保国王在来世中战胜对手。

继续向前走，游客就来到了一系列大洞穴，它们所处的位置也越来越深。这里有大量精美的神灵画面。成千上万的眼镜蛇守护神千姿百态：长着人首的、长着人腿的、戴王冠的、不戴王冠的、躺着的、站着的，甚至头部尾部完全颠倒过来的。这就是王室眼镜蛇。

游客最后进入一个由立柱支撑的很大的被称为"金色大厅"的拱形墓室，它比其他任何房间都宽敞、都精美。通常有一个石棺占据主要空间，石棺里面就是作为太阳神拉后代的皇室木乃伊——永恒地平线。这个墓室是"最神圣的地方"，法老的永恒休息之处。近代以来发现的所有坟墓中，这个葬室里只发现有曾被劫掠过的石棺，此外，没发现任何金银财宝，因为它们早就被盗掉了。当年的盗墓贼们打开石棺，取走了里面的所有东西，只留下一些缠裹木乃伊的亚麻布片，以及一些石头、陶器的碎片。

未遭受盗劫过的最神圣的地方一定特别壮观。既然考古历史上从来没有发现一座国王陵墓能完好地（或者遭受很小破坏地）保存下来，我们只好靠发挥想象力去体验它的辉煌了。陵墓里面保存下来的壁画，以及保存下来的相关纸草文献可为我们提供参考。纸草文献上有时描绘王室陵墓规划示意图，以及不同墓室的具体设计。王室陵墓中的一些大大小小的房间，部分用来存放物品，如食物——鸭子、羊的腰腿肉，以及盛放啤酒和葡萄酒酒杯。这些供死去的国王来世之用。还有上百个精美的匣盒，用来盛放各种衣服；上千个瓶罐用来盛装油膏、香料等；可能还有军械库，用来放弓箭、标枪、飞镖、鱼叉等武器。此外，还有不计其数的雕像，木头的、彩陶的、金属的，描绘的国王形象千姿百态，这些都是国王的替身，以备他的木乃伊万一出现什么岔子时能派上用场。墓室中常常还有大量的木质仆人小雕像，称为"夏伯梯"。在古埃及语中，"夏伯梯"是"应答者"的意思。这些雕像负责应对主人的任何需求。

阿姆赫斯特纸草作为一个重要的资料来源，详细描述了"最神圣的地方"的本质。在这篇纸草上，五个长方形的龛围绕着石棺。它们很可能是一系列镀金的木棺。每个木棺上面都绘有彩色的文字图案。这些文本的目的是让死去的国王能够避开各种邪恶，并确保他在地下世界之旅安全。

在每一扇门上，匣盒、木龛上还揿有封印。考古中曾发现大量的此类封印。它们特别漂亮，别有特点。封印上绘有豺狼阿努比斯。它是墓地守护神，兼木乃伊保护神。在帝王谷中，现在有时还可以看到活着的豺狼。封印上的阿努比斯呈伏卧状，长长的优雅的脖子，尖尖的鼻子，样子看起来十分威严。在它下面有九个俘虏（或者跪着的奴隶），他们的肘部全都捆绑在一起。他们的胳膊被捆绑得如此之紧，像是马上要被处决。这种封印对于整个帝王谷来说，对于第 18 王朝、第 19 王朝、第 20

王朝来说,别具特色。没有人知道它究竟代表什么含义。但是,既然埃及人向来恐惧外国势力,因此我们可以推测,这些俘虏一定代表外国势力的联盟,喻示它们统统被永恒来世的保护神击垮、粉碎、消灭掉。如果有人能在陵墓外面的通道处发现封印,暗示着他很可能很快就可以亲身体验最令人敬畏的一幕——一个保存完好的陵墓。

卡特会告诉他的听众说,他了解很多皇室石棺里面的东西,因为很多信息可以从古代的一些相关记载中来了解。其中最重要的是中王国时期的一份纸草残片,上面有残片诗写道:"当你被装进木乃伊金棺,头戴纯青金石饰品,涂抹上油膏和缠上绷带时,便与大地合为一体。"从第19王朝留下了有关八个盗墓贼的惊人鲜活记载。其中几个人名字甚至还清晰可辨:石匠哈比、工匠伊拉姆尼、农民阿蒙尼姆卡布、运水工卡姆米色、黑奴伊尼弗尔。在拉美西斯九世统治时期,他们被指控亵渎了王家陵墓,并遭逮捕。审判的详细记录被完好地保存下来。按照惯例,记录是以这样开头的,"使用两根棍棒抽打罪犯的脚和手",这样是为了使他们老实交代。他们完全承认了。这些盗墓贼曾挖开通往葬室的岩石,发现石棺里面躺有一位国王和一位王后。纸草继续记载说,待他们看明白后,打开了棺材以及身上的包裹物,发现了国王的木乃伊。国王脖子上点缀着护身符和金质饰品。国王的头部罩有金面具。木乃伊上也镶嵌着金银饰品和宝石。盗墓贼摘掉了国王和王后身上的所有贵重物品。然后,把木乃伊身上的亚麻布烧掉了。他们还不满足,还偷走了坟墓里面的家具,以及发现的所有装饰陪葬品——金瓶、银瓶、铜瓶。最后,他们离开了坟墓,八个人均分了所获战利品。

再接下来究竟发生了什么,我们不得而知。但是,他们最终被判有罪,被囚禁起来,直到法老拉美西斯九世来对他们进行处罚。可以确信,处罚一定十分严厉。

在第 19 王朝和第 20 王朝，这种盗墓情况继续重复发生。所有这些最伟大法老们的坟墓——塞提一世、阿蒙霍特普三世、拉美西斯二世，不断出现在法庭的记录中。它们都遭受了亵渎。在第 20 王朝中，所有阻止坟墓被盗的努力全部遭放弃。守护者不得不采取权宜之计，充满绝望地与盗墓贼进行"时间赛跑"。他们捡起国王的木乃伊，从一个坟墓运往另一个坟墓，比盗墓贼抢先一步。拉美西斯三世的木乃伊至少被埋葬过三次，拉美西斯二世的木乃伊甚至也遭亵渎过，至少被埋葬两次。

随着第 20 王朝的灭亡，帝王谷的历史也走向终结。自从图特摩斯一世和他的建筑师伊南尼创造了这个别出心裁的陵墓以后，又持续了 500 年的时间。卡特会说："的确，在整个世界历史上，没有任何其他地方像帝王谷这样，享有 500 年之久的浪漫传奇的故事。"

从那以后，帝王谷被废弃，对埃及人来说，那里鬼魂萦绕。当年豪华的洞穴已被洗劫一空，许多洞穴的入口敞开着，成为豺狼、荒漠雕鸮和蝙蝠的巢穴。在基督教早期，成千上万的人抛弃尘世生活，接受冥想式的生活，这样一个理想的山谷自然不会逃过他们的注意。在公元 2 世纪和 4 世纪中，大量的隐士和遁世者来到这里并完全占据这个峡谷。打开的坟墓成为了隐士的洞穴，墓室里面甚至还建造起了礼拜堂。

卡特常常在导游结束时指出，对于古代帝王谷的最后一瞥，如今看起来是如此不协调。因为当年国王的豪华奢侈与骄横如今被贫穷所代替，"法老豪华的坟墓现在变成了隐士的巢室"。

第 3 章
四十位国王与库尔纳的盗贼

霍华德·卡特在为埃及古物部工作期间，与皮特里爵士多年合作中，编撰了大量的关于帝王谷的古代历史与记载，以及近代以来什么人去过什么地方的详细笔记。每一次考古发现他都仔细记录，不管这些发现是否具有重要意义：已发现的每一个国王的坟墓或者木乃伊，他都详细记录。卡特开始相信，在他职业生涯的早期，帝王谷并没有把它全部秘密展现出来。他认为，由于早期的研究者受到他们非系统的技术条件的限制，并没有对帝王谷进行正确检测。而霍华德·卡特推崇系统性。

他对早期旅行家以及寻金探宝者进行了研究，看看他们究竟去过帝王谷什么地方，曾有过什么发现，并详尽地研究他们的书和杂志。英国旅行家理查德·波考克在 1743 年出版的《东方述描》一书中，讲到他曾经进入过当时那个年代已经被打开的帝王谷中的陵墓，一共提到了其中的 14 座，卡特钦佩其记载的准确性。波考克开始对这些坟墓进行绘图，但是后来还是被迫停顿下来，因为可怕的成群的盗匪经常来侵扰这些僧侣和隐士。到了 18 世纪中叶，帝王谷变得更为危险，难以逗留。这些匪帮盘踞在位于通往帝王谷山脚下的库尔纳村，对这个地区实行恐怖统治。对古代埃及感兴趣的科学家们也不可能安全地在帝王谷进行长时间考察。卡特发现，即使"拿破仑"这个充满神奇的名字，也没有对帝王谷的这些匪帮起到丝毫的震慑作用。拿破仑的科学考察团成员，曾在 18 世纪末的最后的日子里造访了底比斯，但同样也遭到了匪帮的侵扰，匪徒们甚至还开了枪。但是，拿破仑的专家们冒着匪帮的侵扰，依然对帝王谷中的那些打开的坟墓进行了全面的考察，他们列出的名单曾被卡特仔仔细细地研究过。

在对该地区早期严格按照时间先后顺序记录准确的造访者名单的研究过程中，卡特被其中一个最为耀眼的人物所吸引。他是一位在考古史上在那个纯粹为了满足个人野心的时代，毫无限制的、寻金探宝式的发掘中最具有争议的人物。他就是意大利的发掘家乔万尼·贝尔佐尼。卡特称他为"整个埃及学历史上最为杰出的人物"。卡特在《图坦哈蒙之墓》第一卷中，对贝尔佐尼的介绍所花费的篇幅比其他任何考古学家都要多，甚至超过了他老师皮特里和纽伯利。可能是因为卡特本人的卑微出身、自我奋斗成长的经历，与贝尔佐尼具有惊人的相似性。卡特这样写道：

> 在 19 世纪初，一个年轻的名叫贝尔佐尼的意大利大力士，在英国的马戏团靠出卖体力赚取不稳定的微薄收入谋生。贝尔佐尼出生于帕多瓦一个受人尊重的罗马后裔家庭，他曾经想做一名僧侣，但是漂泊的天性……促使他去国外碰碰运气。在马戏团工作的业余时间里，贝尔佐尼学习了机械学。1815 年，他认为已经看到了自己的机遇，那就是向埃及推荐水轮机，他声称这种设备的效率是埃及本土设备的四倍。

水轮机的推广并没有取得预想的效果。虽然贝尔佐尼声称这是一个巨大的成功，但是埃及总督穆罕默德·阿里拒绝引进该设备。如此一来，贝尔佐尼在埃及陷入了窘地，无事可做，但是不久，他就找到了"考古"并以此为业。

卡特提到过贝尔佐尼的早期发掘。这个意大利考古学家想方设法说服英国驻埃及总领事，负责把"美侬巨像"（拉美西斯二世胸像，现保存在大英博物馆）从卢克索运送到亚历山大，并签订了合同。接下来，贝尔佐尼在埃及从事发掘长达五年之久，足迹踏遍了整个埃及。他为英国领事人员收集了大量的埃及文物，同时也为自己收集。他与其他的发掘者进行竞争，有时候也发生争论和口角。他的主要对手是德罗韦蒂。德罗韦蒂曾和法国领事结盟，排斥任何为英国领事效劳的人。对于卡特来说，这并不是第一次，也不是最后一次提到盎格鲁－高卢人之间的竞争。于是，卡特补充道："这些是收集古物的盛日，任何奇特的东西，从护身符到方尖碑都被瓜分，如果同伙之间发生意见分歧，就用枪把对方干掉。"

　　乔万尼·贝尔佐尼在埃及四处发掘，他出版了日记《在埃及和努比亚的近期发掘记述》（伦敦，1820 年）。对卡特来说，这是他所见到的关于埃及和早期考古学的最具有吸引力的文献资料。卡特习惯于一遍又一遍地拿力大无比、精力充沛的贝尔佐尼取悦他的朋友。例如，贝尔佐尼怎样运用机械原理将数百吨重的方尖碑投入尼罗河，又怎样将方尖碑"重新吊起来"。卡特兴致勃勃地将贝尔佐尼的系列活动讲述给他遇到的每一个朋友。在这方面，霍华德·卡特一定觉得自己与这个不同寻常的意大利人之间具有一种神秘的关系。

　　卡特怀着巨大兴趣，研究了贝尔佐尼在帝王谷的发掘记录。这个意大利人是历史上对坟墓区进行大规模考察的第一人。显然，这个"强人"其实一点儿也不像人们所想象的那样：手握来复枪，时刻准备向干扰他在帝王谷工作的任何人发起无情攻击，即使是底比斯山库尔纳村帝王谷的匪帮们，也会感到胆战心惊。卡特编撰了一个贝尔佐尼在帝王谷发现的所有坟墓及坟墓里面出土文物情况的名单。

卡特对贝尔佐尼工作中遵循的高度系统化的方法大加赞赏，尤其羡慕贝尔佐尼使用的大规模的工作方式——几百个农民劳动力每星期工作七天。然而，卡特也承认，他对在现代挖掘过程中出现的事故也深表震惊，尤其是对贝尔佐尼在处理不容易打开的墓门时使用炸药，借助暴力手段直接将墓门轰开这一手段表示吃惊。当然，对于贝尔佐尼的发掘结果，卡特还是非常满意的。

贝尔佐尼，如同他的后继者们在帝王谷中所进行的发掘工作一样，对整个帝王谷地区进行了彻底考察和发掘，卡特对此深信不疑，并对贝尔佐尼的行为甚感兴趣。

> 我深信，［贝尔佐尼在《在埃及和努比亚的近期发掘记述》一书中写到，］在毕班·埃尔·马鲁克的山谷中，已经没有尚未发掘的坟墓。根据我先后在该地区进行发掘所得的结果来看，我对此深信不疑。因为，在我放弃那个区域之前，我费尽所有气力试图去发现新的尚未被发掘过的坟墓，但是都没有成功。还有，除我发掘之外，还有更有力的证据，那就是在我放弃这个地点之后，英国领事萨尔特先生曾在这里进行过四个月的勘探工作，但是毫无所获。

1819 年贝尔佐尼离开帝王谷之后的 20 年中，先后有几十位真正的科学家冒称未来的科学家和寻金探宝者探测过帝王谷。卡特仔仔细细研究了所有的相关记载。每当有人宣称帝王谷已经彻底被发掘干净了的时候，他就做下笔记。1844 年，历史上最伟大的考古学家之一、德国人卡尔·理查德·莱普修斯来到帝王谷做了大量的工作。由于所有人都认为这位一丝不苟的学者在这里进行了最后的发掘，并没有取得真正有意义的成果，因此之后再没有进行任何严肃的发掘。

1875 年，最令人惊奇的发掘工作开始了，但不是在帝王谷，而是在帝王谷附近——戴尔·埃尔-巴哈里的悬崖上。那里有一个叫阿布德-埃尔-拉苏尔的家族，生活在库尔纳村，世世代代以盗墓职业为生。他们发现了一个藏有大量珍宝的岩窟。库尔纳村可能享有世界历史上人类盗窃行为最悠久的"美誉"。早在 13 世纪，这个地方的村民已经成为专业的盗贼。他们的偷盗行为取得了极大的成功，直到 1875 年及以后——这儿的盗窃行为甚至有三千多年的历史。拉苏尔家族的一个成员在帝王谷的悬崖上发现了一个岩窟墓室，里面藏有四十多具第 18-21 王朝的国王木乃伊。它们是从位于帝王谷中的各个坟墓里分别取出来，合葬到一个共同的墓室中的，目的是免遭盗墓贼的亵渎。

拉苏尔家族的头领看到这些珍宝是以前未曾见到的，要求家族成员宣誓一定严守秘密。他把包裹在木乃伊身上的精美的项链、金质护身符和其他装饰品，视为自己家族的银行，一旦缺钱花了，就拿几件到市场上去兜售。该头领变得越来越贪婪。官方很快就在古玩市场上发现各种不同的王室珍宝，而这些文物迟早会追溯到库尔纳村，随即官方决定审讯阿布德-埃尔-拉苏尔家族。

其实，埃及官方几乎不可能找到考古发现的任何证据。家族最年老的成员受到了柯纳省省长达瓦帕夏的亲自审问。族长否认自己知道任何关于文物的事情。库尔纳村所有的村民一窝蜂似的去省长那里为拉苏尔家族进行辩护。他们说每位村民及族长全都是正直而诚实的人。因为没有充足的证据，拉苏尔家族族长只好被释放，但是达瓦帕夏坚持不懈的审判，使得族长变得越来越担忧起来。

达瓦帕夏有一个别具特色的审讯体系，他审讯时用最冷酷无情的、最恶毒的一双眼睛来审讯嫌犯。卡特雇佣的一名工人年轻时曾因为盗窃被捕，接受过达瓦帕夏的审讯。根据他回忆说，当时达瓦帕夏坐在一个装满水的大坛罐里，脖子以下部分全都淹没在水里，只露出尖尖的脑袋，以及一双残酷的黑黑的眼珠子。样子看起来令人不寒而栗。卡特这样描绘下了这个场景：

> 省长从那个非同寻常的审判椅上看着他——只是看着他——"当他的眼睛看我的时候，我感觉自己的骨头也沉入到了水里……然后，他非常安静地对我说：'这是你初次来见我，你获释了。但是你要小心，注意不要再来见我。'我被吓坏了，决定以后洗手不干了，从此就再也没有犯过案。"

这个小插曲发生后不久，省长盯上了拉苏尔家族的一个成员，他直接全部招供了，并亲自带官方人员到位于悬崖的那个坟墓。在这个粗糙的、不深的坟墓里横七竖八地躺着一些木乃伊，他们都是古代埃及最伟大的国王。虔诚的祭司们发现国王的坟墓正在遭受盗劫的危险，于是将他们从各自的坟墓中转移出来，集中合葬到这个更为隐蔽的地方。在木棺上（上面的装饰品已被洗劫一空）和木乃伊身上的亚麻布包裹物上，祭司们留下了详细的转移木乃伊经过的记载。其中有一些国王的木乃伊在转运过程中曾被多次包裹，然而每一位国王的身份都可以具体确认。这一点使得卡特特别感兴趣，多年以后他仍旧记得王室中哪些国王的木乃伊丢失了。

这些木乃伊被古物部官员聚集到一起，坟墓在两天内即被清理干净。这种如此匆忙处理重大古代文物的行为实在令人难以置信。文物被运送到隶属于开罗博物馆的一只驳船上，一周后即抵达开罗。当船行驶在尼罗河上时，河岸两侧村庄的男人们鸣枪示意，就像他们在现代葬礼上会做的那样；成群的妇女们则沿着河岸慢慢走着，散开她们的头发，发出响亮的阿拉伯式的最高呼喊声——这种悼念仪式无疑是直接从古埃及流传下来的。

这次非同寻常的发现，使得所有研究古代埃及的历史学家都相信，帝王谷里从此以后真的空空如也。毕竟，从18世纪以来，先后有50位或更多的学者在这里进行发掘，一些人可能比另外一些人更为虔诚，更为精力充沛，然而，这里却没有被彻底探测。现代外国考古学者及专家在这里发现不了的东西，库尔纳的村民却有可能发现。

如果说帝王谷有生命的话，那么其中的一个特点就是它擅长搞恶作剧。当传统观点认为帝王谷已经空空如也时，某些东西却意外地被发现了。在库尔纳村民发现40位古埃及国王的木乃伊的25年后，埃及古物服务部发现了五座古埃及王室坟墓。这些坟墓逃过了早期研究者的视线，包括图特摩斯三世、阿蒙霍特普二世以及图特摩斯一世。图特摩斯一世是第一位来到帝王谷的古埃及国王。他的葬室相对狭小，周围被精美的壁画环绕，显得熠熠生辉；壁画颜色绚丽多彩，深铁锈红色、惊人的蓝色、强烈的绿色，描绘了通往来世生活的美好画面。在阿蒙霍特普二世的坟墓里，考古学家发现了不少于13具的木乃伊。卡特写道："这些国王，在他们能力所及挥霍在他们葬礼中的财富，虽然早就消失了，但是他们至少保留了最后的尊严。的确，他们的坟墓被打开了……但是，他们却逃过了大规模被破坏的厄运……木乃伊完好地保存了下来。"

第 4 章
图坦哈蒙最初的线索

到 1900 年，除了卡特之外，可能没有一位严肃的考古学家相信帝王谷里还能够发掘出任何令人感兴趣的东西。当时的卡特还没有条件能够做出一番事业来，因为他尚处于学徒期，他没有足够的钞票来支付发掘的费用。进行一次发掘需要雇佣几百名工人，仅仅一个季度就需要支付 5000 英镑的费用。粗略而言，这个数字相当于现在几十万美元的购买能力。

埃及古物服务部几乎不提供任何发掘资金。他们的活动局限在对现有古迹进行一般维护。他们允诺外国发掘者可以拿走所发掘文物数量的一半，以此作为对发掘者的犒赏。在 20 世纪之交，让普通埃及人对发掘或对所发现的文物产生兴趣，这个想法从来没有真正出现过。因此，在埃及的发掘工作主要是来自大学和博物馆的外国考古队，或者美国和英国的富翁们。然而，这些私人考古团体动机比较可疑。一位考古学家（引自阿诺德·布拉克曼著：《寻找图坦哈蒙的黄金》）在第一次世界大战之前这样写道：

> 多年来厌倦了不痛不痒的探险的欧洲和美国的百万富翁们，陆续在埃及获得了发掘许可权。他们发掘文物纯粹是玩票，期望获得一些惊人的发现来刺激他们慵懒的想象力。他们将发掘称之为"珍宝探寻"，希望能找到一位头戴镶满宝石的王冠的国王。在发掘过程

中充满浪漫的幻想，这是可以理解的，可是这种幻想也需要有所节制。过去的记载不能视为儿戏：对乌干达的猎象行动来说，这些记载应当永远铭记；埃及的古墓也应该严控发掘许可，只让那些专业人员从事。

这些话很可能是针对美国百万富商西奥多·戴维斯而发的。虽然他并没有不负责任，但是他自己坦言，对发现富有惊人之美的古代艺术品的兴趣，远远超过寻找普通的陶片、雕塑的碎片或者铭文的兴趣。然而，后者对于科学家而言，比起珍贵的财宝更具有价值。因为豪华壮丽的宝藏，往往可能并没有任何标注或者来源不明。对卡纳冯勋爵和霍华德·卡特来说，幸运的是，戴维斯关注的是珍宝，而不是文物本身。1902 年，西奥多·戴维斯获得了在帝王谷发掘许可权，为期 12 年。但是他在帝王谷的工作方式，卡特形容说一点儿也不系统。

当戴维斯在帝王谷进行发掘时，从 1907 年开始，卡纳冯勋爵和卡特就在尼罗河东岸的底比斯附近区域勘探了一些古代遗址，包括卡尔纳克、卢克索以及尼罗河西岸的一些地方。他们在那里工作了四年，除了两三个比较重要的发现外，用他们自己的话来说，那就是"非常贫瘠"。在 1912 年出版的与别人合著的《在底比斯的五年发掘》一书中，卡纳冯勋爵描述了他们的希望受阻及失望之情。

敞开的半填充的木乃伊坑，成堆的垃圾，巨大的石块，随处可见棺材的碎片，从沙土中突显出来的包裹木乃伊的亚麻布残片……墓区本身沿着沙漠的边缘绵延五英里，四处都可以看到探测者和盗墓者在这儿活动留下的证据。

无论卡特多么充满疑虑，西奥多·戴维斯还是在帝王谷相继取得了成功。戴维斯的发现包括国王图特摩斯四世的坟墓、女王哈特舍普苏特和国王西普塔赫的坟墓——但是这些坟墓都是空的；尤亚和他的妻子图雅的葬室里面藏有家具和两个硕大的木棺，木棺里面保存着完好的木乃伊；哈伦希布（后来他曾做过图坦哈蒙的将军，最终成为了埃及国王）的坟墓；一个地窖，不是真正的坟墓，戴维斯认为这是用来转移埃赫那吞的尸体的，他的尸体从位于阿玛尔那的最初坟墓中迁移出来暂存此处。据说这个地窖有这个叛逆法老的木乃伊和木棺，还包括其他一些小的陪葬品，以及他的母亲泰伊的葬龛碎片。

　　从 1906 年开始，戴维斯无意中发现了一系列的物品，直接指向国王图坦哈蒙的存在。他与加斯顿·马斯佩罗、乔治·达雷西、郎瑟洛·克兰合作出版了一卷本书《哈伦希布和图坦哈蒙的坟墓》。该书描述了戴维斯的一些发现："当在帝王谷一座高山的山脚下发掘时，……我的注意力被一块巨大的岩石所吸引，这块岩石向一侧倾斜。不知道是因为什么神秘的原因，我对这块石头竟产生了兴趣。"在这块岩石下面，他发现了一枚形状非常漂亮的淡蓝色釉杯，上面的王名环中，使用圣书体文字刻着奈布凯普鲁拉，图坦哈蒙的登基名字样。他简单地做了记录，并将发掘的文物上缴了开罗博物馆，然后将此事忘得一干二净。

　　在 1907–1908 年度的第一个星期，戴维斯和他的助手们偶然发现一个坟墓的标志。"在 25 英尺（约 7.6 米）深的地方，我们发现了一个房间，里面几乎全部被泥沙填充，显然里面曾进过水。"戴维斯这样描绘道："一个破损的盒子里面盛有几片金叶，上面印有图坦哈蒙以及他的妻子安开萨蒙的名字。"还发现了一件雪花石制作的男人小雕像，大约高两英尺（约 0.6 米）。当他把所有金箔拼凑起来后，显露的是一幅图坦哈蒙在马车上狩猎的情景。另一个残片描绘的是国王正在斩杀俘虏的情景，他的王后安开萨蒙站在一侧，正在催促国王。王后旁边的圣书体文字写着"所有对生命的保护就在他的身后，像太阳一样永恒"。

几天过后，戴维斯在山上塞提二世的坟墓上方，偶然发现了一个简陋的土坑。它距离拉美西斯六世的坟墓入口约有 130 码（约 118 米）远。这个坑的尺寸约为 4 英尺 × 4 × 7 英尺（约 1.2 英尺 × 1.2 厘米 × 2.1 厘米）见方。没有发现什么值得关注的东西，至少对戴维斯来说，里面的东西非常令人失望。他们发现约四十件里面装有亚麻布的陶罐，大量的陶杯，动物和鸟类的骨头，树叶和花做的花环，一对小扫帚。"一些里面装有粉末状东西的袋子"。戴维斯在笔记中唯一提及的是，在其中的一个瓶罐中发现了一件绘有淡黄色图案的丧葬面具。这些不吸引人的东西显然与图坦哈蒙有某种关系，这一点戴维斯毫不怀疑。戴维斯发现，"这些瓶罐的其中一个盖子破损了，上面缠着布条，布条上面写有图坦哈蒙字样"。但是，他并没有意识到它的重要性。有关图坦哈蒙这些遗存非常不起眼，在 1908 年时并没有引起戴维斯及其他任何人的注意。

在这个时刻，关于发现图坦哈蒙坟墓的剧本的第一幕中出现了一个极具吸引力、充满传奇色彩、自信而谦逊的人物。他的名字叫赫伯特·温劳克。在近二十年里，他对埃及考古事业的影响仅次于霍华德·卡特。温劳克当时是美国大都会艺术博物馆的埃及部副馆长，同时任驻卢克索埃及考察团成员。他身材矮小，外形看起来胖乎乎、圆滚滚的，一双短腿，加上外八字脚，温劳克给人的印象活像是一个秃顶的丘比娃娃。他总是充满激情，可以一触即发。温劳克是一位思维敏捷的非凡的考古学家，他的科学发掘颇受人们的尊敬。他性情开朗，拥有非凡的智慧和幽默感。他的风趣，像他的性格一样，即使遇到充满自负和妒忌之心的同行，也总是充满仁慈之心。有一次，温劳克写信给哈佛大学考古学家乔治·赖斯纳①，说到赖斯纳在吉萨毫无进展，却完全没有兴趣到卢克索参观图坦哈蒙墓时，温劳克说，相对于赖斯纳在努比亚的重大发现，这座华丽的墓不值得一看。

1932年成为美国大都会艺术博物馆馆长的赫伯特·温劳克，可能是涉猎埃及学中的最优秀的作家。1920年，他对发现的属于麦凯特瑞这个人的大量雕像、船只、农场、作坊的描述，具有很高的文学性，可谓那个时代考古学上最为优美，最充满神奇色彩的诗篇。

一缕阳光洒落在四千年前的这个小小世界，我凝视着这些身着艳丽色彩的彩色小雕像，思绪万千。一个身材苗条纤长的女孩，正目不转睛地看着我。几个男人，抬起胳膊，手握木棍儿，正在吆喝着牛群。水手们用力划着手里的船桨，一艘小船正从右面向我驶来，船头在空中摇摆着。所有这一切都似乎在一片静寂中往来穿梭，时光恍如倒退到40个世纪之前。一个伟大的回声萦绕在我的耳畔。

四千年时光非常遥远。在麦凯特瑞的葬礼结束后的这些过往日子里，虽然人们一再述说，但并没有形成时代久远的概念。停下来想一想，威廉这个伟大征服者距离我们有多远？似乎只能把你带回四分之一的路途。尤利乌斯·恺撒将你带回一半的路途中。所罗门和大卫，可以将你带回四分之三的路途。但是，还有另外一个一千年，在悄然等待着你的想象力。在那个干燥的、静谧而黯淡的小房间里，伫立着如此多的船只和雕像，它们无动于衷地面向另一

---

① 赖斯纳（G.A.Reisner，1867-1942年），美国埃及考古学家，曾任哈佛大学埃及学教授（1914-1942年）。——译者注

个世界。这个时代距离恺撒时代就如同恺撒时代同我们当今时代的距离。但是几乎没有什么变化，甚至当年人们留下的手印至今还清晰可辨。不仅仅是手印，还有蝇粪的污点、蜘蛛网，以及死去的蜘蛛。它们都是在这些器物被存放在这些贵族墓室的某个房间、等待他的死亡和葬礼时留下的。我甚至怀疑他的一些子孙，曾经偷偷地溜入位于古代底比斯的这些房间，把玩过这些文物。

温劳克的外向、安静和风趣与霍华德·卡特形成了鲜明的对比。正如古语所说，异性相吸，他们成为了最亲密的朋友，相互走访对方正在发掘的遗址。的确，多年来，卡特说温劳克是自己唯一的挚友。令人悲哀的是，几年过后，卡特对待另一个人的典型的愚钝的行为，使得他甚至背叛了他"唯一的"朋友。

1909 年，温劳克拜访了西奥多·戴维斯的营地，观察了院子里面随意堆放的从坑里发掘出来的文物。戴维斯表示对这些文物毫无兴趣，温劳克询问他是否可以送给大都会艺术博物馆供"科学研究之用"。对戴维斯来说，这是典型的趁火打劫。戴维斯愿意将这些文物移交大都会艺术博物馆。在这个时候，瓶罐、亚麻布碎片、几口袋干燥了的东西，对温劳克来说也没有巨大的直接利益。他想要这些东西的真正原因只有一个，即大都会艺术博物馆收购。

大都会艺术博物馆在埃及从事发掘的资金主要来自雅各布·罗杰斯的捐赠。罗杰斯曾经在新泽西的帕拉莫斯经营一家规模很大的机车工厂，获得了巨额利润。多年来，罗杰斯经常去大都会艺术博物馆，与不同部门主管商讨一些意义不大的事情。他似乎对艺术和考古不具备任何欣赏能力，但是喜欢博物馆。他的造访非常随意，探讨的都是一些普通的问题，但是，罗杰斯死后将他的遗产——1000 万美金捐赠给了大都会艺术博物馆，用来丰富博物馆的藏品。因此罗杰斯的行为就成了大都会艺术博物馆历史上最为惊人、最为轰动的事件。因为大都会艺术博物馆无法筹集到足够的发掘资金，于是博物馆负责人决定将罗杰斯的捐赠加以使用，因为埃及方面有具体条款规定，同意将发掘的文物的数量的半数归发掘者所有。董事会认为将资金用来发掘，比起纯粹从文物贩子手中购买文物更具有意义。因为从文物贩子手中购买来的文物常常不知道其具体出处。这个决定使得大都会艺术博物馆可以大大丰富古埃及文物，当然，其中最大的一个好处是可以确切掌握这些文物的出处和来源。

1909－1910 年间，温劳克显然经历了并不成功的一个季度，于是想要戴维斯的发现之物。这些物品被海运到美国。温劳克十一年都没有对这些文物给予过关注。

1912 年，西奥多·戴维斯在帝王谷的发掘受挫，这使得他对帝王谷失去了兴趣。他在那里并不进行发掘活动，但是又不愿放弃发掘权离开帝王谷。霍华德·卡特暗中仔细观察了戴维斯零星的来往。这期间，卡特经常喜欢说，如果他不是一个考古学家，他就会成为一个侦探。卡特变得越来越相信，帝王谷的墓里还沉睡着另一位国王，他的名字就叫图坦哈蒙。

当西奥多·戴维斯发表他的"深思熟虑的观点"——他发现金箔的墓室很可能就是图坦哈蒙的坟墓。卡特认为这是错误的。他仔细考虑了戴维斯的结论，感觉很荒谬。因为这个地窖实在太小了，不可能是第 18 王朝王室的墓葬。卡特认为，看起来属于图坦哈蒙墓中的一些文物，是晚些时候存放在那里的，这个墓室根本不可能与真正的坟墓有任何联系。

最终，戴维斯宣称帝王谷里已经空空如也，毫无任何坟墓可供发掘，因此放弃了他在帝王谷的发掘权。正是由于此举，促成卡纳冯勋爵和霍华德·卡特最终获取了在帝王谷发掘的权力。从 1914 年开始签订协议，1915 年埃及古物部总管乔治·达雷西签字生效，加斯顿·马斯佩罗爵士批准了卡纳冯勋爵在帝王谷合法从事发掘的权利。马斯佩罗在签署协议的最后，还特别告诉卡纳冯和卡特两人说，他认为帝王谷中已经没有尚未发掘的坟墓，在这里继续进行发掘根本不值得花费如此大的代价。

第 5 章
最初的探寻

　　传统观点认为，图坦哈蒙墓的发现只是卡特侥幸撞上大运取得的具有划时代意义的考古发现而已。真实情况恰好相反。卡特的一丝不苟、精明和所具有的天赋，促成了此次划时代的考古发现。为了寻找图坦哈蒙墓，卡特曾在帝王谷进行过四年的发掘。通过一系列线索和其他一些零碎的证据，他相信图坦哈蒙墓仍旧静静地躺在帝王谷里，未被考古学家发现。

　　卡特将这些证据煞费苦心地拼凑到一起后，得出结论：图坦哈蒙真实存在，他娶了安开萨蒙为王后，成为了埃赫那吞的继承者。后一结论是通过对一系列的线索进行分析得出的。勒格兰在卡尔纳克神庙发现的碑铭文中提及，图坦哈蒙登基之时，国家动荡不安。这正是在"叛逆法老"埃赫那吞统治后期发生的情况。有意思的是，同一个石碑上描绘了太阳神"阿吞"的充满奇异的象征。另外，弗林德斯·皮特里爵士和其他考古学家多年来也发现了刻有图坦哈蒙名字字样的王名环残片。显然，图坦哈蒙曾虔诚地信奉过"阿吞"神，但后来又重新恢复了原来的阿蒙–拉神信仰。阿蒙–拉神对底比斯和帝王谷来说是最为神圣的。卡尔纳克的石碑，记载了宫廷从埃赫那吞的新都城阿玛尔那迁回底比斯的经过。因此，卡特认为帝王谷——底比斯的墓区，一定是图坦哈蒙的死后安身之地。

　　卡特通过仔仔细细对 1875–1898 年所发现的坟墓和木乃伊进行研究

和鉴别，他确信图坦哈蒙的坟墓或木乃伊还没有被发现。关于埃及王室坟墓被盗的记载中，从来没有提及他的坟墓；也没有文献记载这位国王的木乃伊从一个地方转移到另一个地方。在卡特看来，所有证据都表明图坦哈蒙的坟墓并没有从地下消失，相反，只是尚未发现而已。

戴维斯在帝王谷发掘出来的与图坦哈蒙有关的材料表明，图坦哈蒙的坟墓一定在帝王谷。卡特认为蓝釉杯和金箔显然是盗墓贼的战利品。它们的出现有可能意味着，图坦哈蒙的坟墓在古代曾经被盗墓贼进入过，随后，不知出于什么原因，他们把这些战利品藏了起来。盗墓贼没有回来拿走他们的战利品表明，他们很可能被抓，或者被杀掉了，由于缺少与该事件相关的法庭审判记录（原因可能是相关记载损毁了），因此具体情况我们不得而知。不过，这至少说明，这个坟墓并没有遭受严重破坏。戴维斯发现的那个浅坑里面的东西显然不是来自图坦哈蒙的坟墓，但是瓶罐里面带有图坦哈蒙名字的亚麻布片，至少可以作为证据，来说明这位国王仍在帝王谷中的某个地方。

卡特认为，这个同样也是被戴维斯发现的墓室是一个非常有价值的线索，人们通常认为里面藏有埃赫那吞的木乃伊和石棺。卡特相信图坦哈蒙是埃赫那吞的儿子，或者是他的女婿。人们在地面上捡到了大量刻有图坦哈蒙王名环的护身符。对于卡特来说，这意味着图坦哈蒙曾经移走了位于阿玛尔那的他的前任者的木乃伊。他若将它安葬在帝王谷他为自己选定的墓地附近这一切合乎逻辑吗？

卡特甚至还有一个理论，可以解释为什么图坦哈蒙的坟墓成为了帝王谷中唯一未被盗墓贼亵渎的坟墓。他相信，某次罕见的大雨，很可能偶尔冲刷了帝王谷的缝隙，然后将墓室门口紧紧封闭，甚至比葬礼结束后封闭得更为严实。

霍华德·卡特非常重视帝王谷本身的"恶作剧"特点：每次人们都

认为帝王谷空了，但是总会不断有其他发现。他进一步意识到，曾来到这个地区进行大规模发掘的大多数人员，都不够系统，他们常常匆匆忙忙地在先前挖掘者的土堆上再继续堆放。另外，发掘者们都是在帝王谷的底端进行的，几乎很少超过在已知的规模较小的附属坟墓的上方进行挖掘。无论如何，不管卡特能否找到图坦哈蒙的坟墓，他都感觉有必要在这里进行"系统而彻底"的发掘，因为发现一些具有重要考古价值的材料的可能性还是很大的。从1914年10月至1915年4月，卡特和卡纳冯勋爵在帝王谷展开了全面发掘计划。但是由于正逢第一次世界大战爆发，所有这一切都被迫暂时中止下来。

1917年秋天，他们的发掘得以继续进行。为了绝对确保他们不是在别人已经勘测过的地区发掘，卡特决定，唯一能做的事就是越过所有早期发掘，直接向岩床挖掘。这种情况在埃及考古历史上还是第一次。卡特在三卷本的《图坦哈蒙之墓》的第一卷中写道："令我们感到困惑的是决定从哪儿开始发掘。地面上四周都是堆积如山的发掘垃圾，没有相关的记载能够告诉我们，哪儿已经彻底发掘过了，哪儿还尚未发掘。"这是一个十分奇特的声明，因为查看一下大都会艺术博物馆的相关笔记，以及根据至少一名博物馆同事的了解，都有力地证明，卡特对先前的发掘者进行过非常仔细的研究，知道他们曾经在哪块区域发掘过，甚至还预测到哪个区域是从未被发掘过的处女地。我说的这个博物馆同事就是查尔斯·威尔金森，他后来成为了大都会艺术博物馆古代近东部的馆长，他曾在图坦哈蒙墓被发现后的几年里在埃及工作。威尔金森对卡特的喜好，做了以下陈述：

卡特从来不想让其他人了解到自己的技巧。因为，你知道，他一直在计划在发掘出图坦哈蒙墓之后，继续寻找传说中的亚历山大大帝的坟墓。我认为，他还想继续使用他自己的方法，甚至依赖逻辑推理的结果来作为基础，来证明他是多么才华横溢。

卡特最终找到了这个坟墓，好像他可以读出帝王谷里胡乱堆放的每一块石头的方向，好像这些石头是按照一种无人能够认识的特殊语言堆放的。

无论如何，卡特建议卡纳冯勋爵直接向岩床挖掘，至少这可以作为一个开端。在拉美西斯二世、梅楞普塔赫、拉美西斯六世这三位国王的坟墓之间的地区构成一个三角地带。卡特根据先前发掘者的情况，认为图坦哈蒙的坟墓很可能就位于这个三角区域内。

为了确保即将进行的发掘工作系统化，卡特设计了一种"格构体系"，即战争中使用的"炮兵弹幕式"方案，逐一在这个区域进行发掘，从而确保任何一个角落都不放过。

这个三角区域面积并不大，约为 2.5 英亩（约 10 117 平方米）。但是发掘工作量却很惊人，因为以前堆积的垃圾已经很多。成千上万平方的沙子，不计其数的石块都需要清理。那个时代没有机械设备。卡特雇佣了大量的年轻小伙子和成人劳力，每天给他们五分镍币作为报酬。他们挥舞着镐头、锄头、小篮子等，热火朝天地忙碌着。他们每天使用小篮子，将垃圾装进去，再倒出来，数量达几千次之多。当时的连续镜头记载下了类似工作场景下成群的小伙子从一处向另一处快步疾走的画面，就像蚁族一样奔波。这些小伙子在每天收工时，工头会根据每天篮子使用的次数作为统计数据，分发给他们一定数量的报酬。

第一个季度，卡特清理了该三角区域内相当规模的上部土层，打通了通往拉美西斯六世的坟墓的入口。据专家们推算，拉美西斯六世的坟墓是在图坦哈蒙国王死后（约公元前 1350 年）约两百年后，在帝王谷里开凿出来的。距离拉美西斯六世坟墓入口大约 10-15 码（约 9-14 米）的地方，卡特突然发现了一片古代建筑工人的工棚区的地基，这些房舍都建筑在巨大的石灰岩上面。一般说来，这些巨大岩块的出现，向人们提供了一个确切的信号，即他们正在接近一个坟墓。但是，卡特却突然命令工人们停下来，指挥他们朝向该三角区域相对的另一个方向挖掘。

他的做法极其令人费解。卡特知道，位于岩床上的古代地基的发现是一个美妙的信号。那他为什么改向另一个方向挖掘呢？可能他认为这些工棚属于拉美西斯六世时期。距离这个空坟墓入口几码远处还有同样的遗存。更有可能是，因为卡特坚持他的系统发掘理念，既然已经开始，那么就应该贯彻执行下去。工棚刚好位于三角区域的边缘地带，稍稍超出了事先划定的三角区域这条线。

卡特给出的他对工棚不感兴趣的唯一的原因是，它们太接近拉美西斯六世的坟墓。如果在此处进行挖掘，就需要关闭此墓，这显然会影响到冬季来此处参观的游客。拉美西斯六世坟墓里面有帝王谷最精美的壁画，非常受欢迎。或许有人会认为，仅仅在此处进行勘探，并不阻碍游客来拉美西斯六世的坟墓参观。但是，要知道，卡特憎恨数目庞大的人群，尤其是游客。因为他们一旦来到他勘探的任何一个角落，都会向卡特提出一堆堆愚蠢的问题。于是，卡特离开了工棚区，继续在三角区域的另一端进行挖掘，继续执行他的"弹幕方案"。在接下来的两个月里，卡特的发现除了垃圾，就是沙子、岩石，间或还有几个陶片。这些陶片是陶器的碎片或石灰岩片。它们被古代人用作书写材料，在上面涂写一些东西。在第一个季度结束时，卡特一无所获。七个月以来，这些数量庞大的工人，每天冒着炎热、干燥、沙尘，尤其是偶尔的狂风，风沙肆虐使得他们的嗓子和鼻子无法呼吸，然而，这一切一切的回报就是面前这堆干燥的沙土。

第二个季度的发掘，开始于 1918 年 10 月，结果同样不乐观。卡特的想法是清理掉三角区域的所有垃圾，因此指挥工人一个方块接着一个方块地逐一进行发掘。为了能深入到最初的岩石仅仅清理表层的垃圾就花费了 6 个月的时间。这时，卡纳冯勋爵偕夫人抵达帝王谷，这是在他的陪伴下卡纳冯夫人的首次来访。他们知道已经抵达岩床处，在一个狭小的区域，他们发现了 13 个雪花石瓶罐，上面带有拉美西斯二世和梅楞普塔赫的名字。这是近两年以来，发掘取得的最具有意义的结果。十分令人兴奋，尤其是对于卡纳冯夫人来说，她亲手剥掉文物上的焦土。除此之外，没有什么值得可说的。

1919 年至 1922 年间，发掘的第三个、第四个、第五个季度，这期间没有发现图坦哈蒙坟墓的任何线索，也没有发掘出激动人心的结果。数月来，数量庞大的劳力，昂贵的费用，辛苦的劳动，都没有得到应有的回报。即使一个没有亲身经历过失败的发掘的人，也会理解一铲子一铲子的挖掘过后毫无所获的伤心失望。身体和精神两方面都精疲力竭。一场可怕的挫折和怨恨袭来。

在毫无收获的第五个季度的发掘中，卡纳冯勋爵逐渐对发掘失去了兴趣和耐心。1921 年，通货膨胀给英国带来了巨大影响，英镑开始下跌。在英格兰，卡纳冯勋爵需要支付大量工人和佣人的费用，位于海克利尔的 36 000 英亩的猎场，雇佣了大量的看守人和侍从，这些费用都在大幅度上涨。卡纳冯勋爵既要维持他在海克利尔的奢华的生活，同时还要支付大量的遥遥无期的发掘费用，他还能支撑多久？他回想起几年前，加斯顿·马斯佩罗曾警告过他们可能毫无所获，从而无法弥补支付的昂贵发掘费用。13 个雪花石瓶罐绝对不值 25 000 英镑，这个金额超过现在的 50 万美金。卡纳冯勋爵对其他埃及学家的勘探也不是一点儿也不信，虽然他们相互妒忌，因为他们曾经指出帝王谷已经发掘干净，空无一物了。卡纳冯和卡特的发掘工作这时成了人们的一种笑谈。卡特也在发掘的第四、第五个季度失去了信心。这时他也做了一些在他看来不正常的举动，他放弃了三角区域和格子划定，勘测了这个区域之外的一些地方。

1921 年，有一个发现，使得卡特和卡纳冯勋爵情绪再次高涨起来，至少能持续段时间。这个发现并不是在帝王谷取得的，而是在距此非常遥远的位于美国纽约市的大都会艺术博物馆的埃及艺术的库房，赫伯特·温劳克的工作取得的进展。

温劳克最终有机会研究 12 年前他从美国富商西奥多·戴维斯一些瓶罐、花环及其他文物。他发现，这些瓶罐、酒杯及黏土做的物品上面刻有大量图坦哈蒙的印章，以及王室坟墓的封印。正是这些东西，成为说明图坦哈蒙被埋葬在帝王谷的绝对可信的线索。但是，温劳克是通过推理得出的，而不是通过研究证据得出的。温劳克证明，这些文物是图坦哈蒙在被制作成木乃伊举行相关仪式时使用的。其他一些是举行最后的葬礼时使用的器具，然后坟墓被彻底封闭。

温劳克推断，几个亚麻布口袋中干燥的物质是泡碱，一种干燥尸体使用的脱水药品。他将所有这些证据拼凑到一起，不仅推断出葬礼的类型，而且推断出葬礼的菜单、客人的数量以及他们穿的某些衣服。八个人头上戴着用花朵和叶子编制的花环以及亚麻头巾。其中一个上面写有我们最后一次所见到的图坦哈蒙统治的日期——他统治的第六年。八人分享了五只鸭子，两只千鸟，一块羊肉，还有啤酒和葡萄酒，然后他们虔诚地用两把小扫帚将四周打扫干净。葬礼的最后，八名祭司或墓区看守人——很遗憾我们并不知道他们的名字，将所有的器具，盘子、杯子、陶罐搜集起来，并将剩下的物品塞进陶罐里，然后挖了一个土坑，将它们统统埋葬。若把象征最纯洁的仪式的东西留在墓中，则会给墓主来世带来不洁。

卡特在《图坦哈蒙之墓》中，对温劳克的发现描写得并不准确。他认为赫伯特·温劳克当年一看到被西奥多·戴维斯发掘出来的、后来被抛弃在后院里的东西，就意识到它们具有重要的价值。卡特描述了温劳克怎样获得这些东西，并转送到大都会艺术博物馆，并暗示他曾经在 1909 年或 1910 年进行系统研究，才有了他的重大发现。然而，根据 1941 年温劳克发表的一篇文章中提到的对这些文物的讨论，当他第一眼看到这些物品时，它们并没有给他留下太深的印象。只是在几年以后，他才发现这些东西究竟是什么。然后，他将这些告诉了卡特。

第 6 章
深度怀疑

1922 年 4 月，发掘的第五个季度的末期，发掘者的心情变得忧郁起来。尽管温劳克有重大发现，卡特他们在帝王谷的发掘却"极其缺乏结果"。因此，是继续在帝王谷进行发掘，还是另寻找一个更具有发掘意义的遗址，成为一个具有高度争议的问题。值得为继续发掘进行辩护吗？卡特自己的感觉是，在这个三角区域的任何区域，即使再小的地方，只要没有被发掘过，那么继续进行发掘的冒险就值得尝试。卡特向卡纳冯勋爵坦言说，与在埃及其他地方发掘相比，发掘者可能会花费更多时间、更多经费而收益更少。但是，他指出，如果交了好运，"多年来枯燥而无收获的工作"就会获得回报。

卡特坚持在靠近拉美西斯六世坟墓区域的燧石与工棚相交接处的下方，必须进行彻底的勘察。他头脑中有一个迷信的想法，即图坦哈蒙的坟墓就在那里。在帝王谷的这个特殊的角落里，他可能会找到失踪的国王。他说："我们终于决定在帝王谷进行最后一个季度的发掘。为了早点儿开工，首先要切断通往拉美西斯六世坟墓的通道，如果能够证明确实有必要的话，一定力求对游客产生的不便降到最小。"

在卡特对第五个季度末与第六个季度开始之间的这个关键时期的简明扼要的描述中，一个意义非凡、吸引人心的情节被省略了。我们可以根据他的笔记、信件，以及与赫伯特·温劳克之间的对话，还有 1950 年代末莱奥纳德·克特雷尔对考古学家阿兰·伽丁纳尔——一个与卡纳冯勋爵和霍华德·卡特都很亲密的人——所进行的采访中的相关内容，重新复原出来。

在没有取得成果的第五个季度的末期，卡纳冯勋爵下定决心不再支付以后的发掘费用。他对发掘的无效以及支付的高昂发掘费用，产生了彻底绝望。他的健康状况急剧下降。很多次，他的家人和朋友都发现他变得越来越沉默。他只有 47 岁，但是他的身体开始变得虚弱起来，身体和精神似乎都很疲惫。卡纳冯伯爵资助的埃及考古事业似乎很快就要终止。

古物服务部的氛围也使卡纳冯勋爵的性情愈加阴郁——古物部很可能要更改古物法。

戏剧进行到此处，需要介绍第四个重要的人物，他对于理解图坦哈蒙墓的发掘背景具有决定性意义。这个人物就是皮埃尔·拉考。1917年，他接替加斯顿·马斯佩罗爵士出任埃及古物服务部的总管。

拉考是一位法国耶稣会士，是位非常有能力的考古学家。他仪表非凡，眼睛炯炯有神。他对自己的管理才能十分自豪。他才华横溢，能力超人，每天可以对成打的事件应付自如，他尤其关注细节，据说"他有条不紊，精细之致"。

加斯顿·马斯佩罗亲自选定拉考作为他的继任者，因为他认为，拉考会支持他对外国考古学者极其开明的态度。但是，马斯佩罗，一个性格随和的埃及学家，对这个年轻的同事做了错误的判断。

马斯佩罗曾经非常坚定地鼓励外国发掘者在埃及进行发掘，确保他们可以保留至少二分之一的发掘品。发掘者一旦取得在埃及的发掘权，埃及官方必须严格保护他们的安全。拉考十分不赞成这个规定。他认为必须对外国发掘者进行严格的管理和控制。他曾经私下声称发掘者"毫无权利"。拉考在公开场合也表示，他想将原有的发掘标准中的较随意的语言修改得更为准确。他想使埃及古物服务部对任何发掘都享有绝对控制权，并且要求古物服务部的成员必须任何时候都要在场。

但是，对外国投资者和卡纳冯勋爵来说，更为不妙的是，1921年，拉考计划改变古物法中关于发掘分配问题的有关条款，即改变现有的发掘者五五分成的规定。拉考坚持，埃及古物服务部负责人可以拥有对埃及境内任何发掘的最终决定权，对发掘来的任何文物享有绝对支配权，即想留下哪件，就可以留下哪件，然后将剩下的文物送给发掘者。

拉考私下告诉他的熟人说，他十分憎恨富有的外国人来埃及，可以在他们喜欢的时间，喜欢的地方进行挖掘，然后将发掘得到的大量文物据为己有。他说现有的这种分配规则在实践中与规定相违背，因为发掘者经常把他们发掘来的想据为己有的文物匿藏起来，只是将其他一些文物上缴到埃及古物服务部来进行分配。拉考发誓要加强古物法标准中的这种宽松的语言，严格界定"一个从未被发掘过的"王室坟墓。

霍华德·卡特是一个以前自由发掘政策的支持者。作为一个私人资金赞助下的发掘者，他非常看不上拉考的行为。卡特将拉考视为法国官僚代表的化身，认为拉考是一个水平不高的考古学家和学者，一个无力胜任、心胸又狭隘的人。卡特对皮埃尔·拉考的认识，实际证明是他平生以来犯下的最大错误之一。

赫伯特·温劳克本人也不喜欢拉考，但是他非常欣赏拉考身上那种敏锐的耶稣会士式的律师般的头脑，敬重他那种不屈不挠的理想化的性格。温劳克建议卡特对拉考要小心对待，但是卡特从来不加理会。温劳克是一个喜欢进行侧面攻击的人，他力陈大都会艺术博物馆的上司埃及部馆员艾伯特·利思戈向拉考施加政治压力，以制止"拉考的纠缠不休的主张"。艾伯特·利思戈是一个严肃的、学究型的学者，他看起来是一个少有的、乐于在任何事情上都喜欢幕后操纵的人，但丝毫没有倾向和意愿来操纵权力。作为一个后台人物，他的一个老朋友愿意将他说成是一个"单纯"的人。

艾伯特·利思戈很快接受了温劳克的建议，为默顿·豪厄尔博士准备了一篇简短的文章。默顿·豪厄尔是一位代表着美国的年长且有点儿沉闷但十分和蔼的律师（在当时还不使用大使这个头衔，因为埃及还不是独立的国家，只是英国保护下的属国）。

关于古物法中发掘所得文物建议改变分配方案的事实

（第一次世界大战）战后，拉考先生担任埃及古物服务部总管这一职务后，他立即建议要改变现存古物法中，发掘者可以占有所得文物一半的规定，认为有权占有我们发掘的任何一件有价值的好文物。这严重违反古物法的精神，以及多年来我们一直执行的惯例。因此，我们被迫呼吁坚持我们权利的公正性。他多次声明，将尽所有可能，对古物法做出改变，这种倾向在最近的几次努力中，达到高峰。

拉考的主要争辩如下：

作为总管这个职位的担任者，他有权按其希望的样子采取行动而无需讨论。

我们一向最早认可，具有重要的历史意义和考古价值的文物，应该交予开罗博物馆。但是，在一些情况中，我们先前总是拿出其他令人满意的文物来进行抵消。拉考先生不情愿赞同这个程序。这个职位在加斯顿·马斯佩罗担任时，从来不是这样，作为古物部前任总管，多年来我们一直在他的领导下进行发掘。他视野开阔，多次让我们确信，不能剥夺埃及的文物进入开罗博物馆。他希望尽可能地鼓励发掘取得具有科学意义的和历史意义成果，同时可以帮助欧洲和美洲的最大的博物馆，组建起埃及文物的藏品，从而给人们带来精神的启迪和享受。

不幸的是，拉考并不是同样具备这一品质的人物，至少看起来他对这些并不感兴趣。

拉考曾经对我们说，我们应该只为科学的目的而发掘，而不是为了发掘某些文物来丰富我们的藏品，以达到教育的目的。

当我们向他指出，如果得不到相当的回报，我们不可能有大量资金保证工作顺利进行，拉考却说，我们的观点是站不住脚的，不管回报如何，我们也能获得资金支持，"就像在雅典和罗马的美国考古所已经获得资助一样"。我碰巧对这些考古机构获得的资助情况十分了解，这些国家的情况如拉考先生这里所希望的那样资金充足。我的岳父理查德森教授，曾担任美国驻雅典考古所所长多年。他说如果每年能够筹集到2500美元，那将是他期望的最高数额。我们博物馆每年为我们在这儿发掘所支付的费用大约是60 000美元，此外每年还有约40 000美元用于出版和其他方面。因为在雅典，法律规定，没有任何文物可以归发掘者所有，因此在那里从未有过充分的发掘，法国人在德尔菲、德国人在奥林匹亚的发掘除外。这些都是在法国和德国政府资助下进行的。英国和美国在埃及的发掘不可能得到政府的支持。

1909年，大都会艺术博物馆馆长皮尔庞特·摩尔根，第一次来到我们在埃及的发掘地。他告诉我完全同意并支持我提交的关于扩大我们在埃及的发掘机构从而提高效率的建议。在扩大我们的机构之前，我前去谒见马斯佩罗，要求他保证支持以备将来。他当时立即告诉我说，他太高兴了，但不能马上给我答复。他的立场如下：他退休时有权向法国驻开罗部长提名古物服务部总管下一任人选；

这个人选必须继续贯彻执行他已经确立下来的有关政策，"对于将来没有任何的担忧"地发展和贯彻我们的既有工作。后来拉考被任命为马斯佩罗的继任者。但是两年前，当拉考主张改变古物法的相关规定时，我提醒他注意马斯佩罗曾给我的保证，他拒绝做任何考虑。

我坚持说，我们有一个强有力的道义问题，因为我们花费了大量的资金并诚心建立起了我们的机构，我们已经实施了广泛的工作计划，其中一些已经完成了一半；我们现在面临这样一个局面：这个局面不但会毁掉我们的计划，而且我相信会有损于开罗博物馆本身，以及对整个考古科学带来灾难性后果。

我深信，如果这些改变一旦付诸实施，那么后果一定令人堪忧。在埃及工作的这些科学机构就会撤离，埃及官方很快就会意识到这一错误是因为执行了拉考的盲目政策而导致的。过去几年来的各种考古发掘已经给开罗博物馆提供了许多有价值的文物藏品，并雇佣了大量的埃及本土劳工，他们也将失去现有的赚钱的工作。我们大都会艺术博物馆的考古队，雇佣了大约 700-800 名埃及劳工。为了满足各种需要，如包装材料、交通运输费用等，我们每年在埃及花费的各种开支也数量可观。就在战争前夕，财政顾问爱德华·塞西尔勋爵，对我们在埃及的发掘声明留下深刻印象。他主动向我们提议，我们的发掘特别应该分得一部分文物。这是一个友好的提议，我对此十分感激，但是感觉必须谢绝。

不仅每一位英国和美国的埃及学家（不管他是正在进行发掘，还是完全没有利害关系的人）都联合起来反对拉考的行为，均认为这将毁掉过去 25 年来我们所付出的要完成的科学研究成果的所有努力，还引发了埃及古物服务部工作的英国考古学家私下表达反对拉考的行为。由于各种原因，他们不能公开地表达他们的意见，但是我敢说他们也乐意让艾伦比勋爵（英国驻埃及高级专员）知道他们的想法。

1922年夏天，就在帝王谷发掘的第五个季度末期，卡纳冯勋爵对拉考的新政策感到彻底失望，开始变得更为憔悴。他心爱的20岁的女儿伊芙琳小姐这样描述说："他陷入沉默的时间越来越长，有时无精打采地躺在摇椅上，他的身体看起来如此虚弱，甚至连拿住手中正在阅读的书的力气都没有。"卡纳冯勋爵不厌其烦地去美丽的海克利尔庄园散步，不过在他去的时候，他也没有任何惊叹，在过去他从来不这样，他常常对庄园的漂亮远景啧啧不已。

正常情况下，霍华德·卡特常常心情愉悦地陪同卡纳冯勋爵在海克利尔度周末。两人充满智慧和幽默的谈话常常长达几个小时，论及埃及、考古、卡特的经历、卡纳冯的收藏，以及他们两人希望发现一座王室坟墓的梦想，在这座坟墓里面从下到上都装满了珍宝。当卡纳冯勋爵有一个自己特别感兴趣的故事时，无论是关于他本人生活中的故事，还是从别人那里听来的一个传奇，他会一遍又一遍地讲。但是，他重复故事却从来不枯燥，卡纳冯勋爵拥有语言天赋，使得他能够不断地让故事充满魔力。他最喜欢的故事是，在他20多岁时，周游世界时所经历的种种传奇。他的姐姐在卡特的畅销书《图坦哈蒙之墓》第一卷中的导言中，做了这样的描绘：

> 有一次……卡纳冯勋爵租了艘小船，泊船到海岸远处的轮船那里去。他独自一人，看着两个强壮的渔夫划着桨。当船离开海岸很远，同时到目的地又有很远一段距离时，这两名渔夫突然提出给他两个选择：一个是加倍支付费用，另一个将他扔入水中。他很安静

地听着，示意他们将他的手提袋递过来。他们遵照执行了，头脑中开始想象着英国"勋爵"的大笔赎金。然而，这种情况突然间就发生了变化，卡纳冯勋爵手里拿出一把左轮手枪，瞄准这两个人，命令他们继续开船，否则他就开枪。每次他回忆起这段传奇经历，他就咯咯地笑出声来。这个故事至今还有听众。

在关于卡特本人的传奇故事中，有一件令卡纳冯勋爵特别感兴趣。卡特表现出来的非凡勇气和所遇到的危险令卡纳冯勋爵永远难忘。这个故事发生在第一次世界大战初期。有一次，当卡特在卢克索短期度假时，他发现自己突然卷入到了一项意想不到的非常危险的工作中去了。

战争复苏了大量的本地盗墓者的盗墓活动。以前的总督达瓦帕夏（已经死去很多年了），他做事非常有效率，从四面八方对盗墓团伙展开攻势。一天下午，有消息从库尔纳村传出，一个家族在库尔纳山的西部从未被勘探过的地区发现了坟墓。盗匪们立即带上枪只赶往此处，他们想使用武力分享成果。经过一阵叫嚷、尖叫，以及几次枪声相互还击后，第一支盗匪团伙落败而逃。

村里的一些显贵人物与霍华德·卡特取得了联系，请求卡特采取行动以避免以后的冲突。虽然卡特没有埃及古物服务部的固定职位，但他依然决定采取行动。那天，已经是下午很晚的时候了，他急忙召集了附近几个工人，赶赴案发现场。这真是一个令人难以置信的极端冒险的行动。首先，卡特他们不得不借着月光，爬到距离库尔纳山脚 1800 英尺（约 548 米）高的地方。到午夜时分，他们到达一个非常陡峭的悬崖上，这个悬崖位于距离帝王谷基部 350 英尺（约 106 米）高，看到一条沿着峭壁直垂下去的绳索。可以听到盗匪们在底下盗墓发出的空旷的令人毛骨悚然的声音，具体在什么位置卡特并不清楚，他们正在试图打开通往密室的通道。

卡特毫不犹豫地切断盗匪的绳索，然后将自己带去的一条绳索系好，直接顺着绳索来到了"常年不闲的盗墓贼的老巢"。他说："这是种消遣，至少一点儿也不缺乏兴奋之情。"卡特发现有 8 个盗墓贼在盗墓。卡特的降临使得他们很难堪。他提出来两条路供他们选择，要么沿着卡特的绳索赶快离开，要么留在原地再也休想出去，因为他们已经没有绳索了。盗匪们最终醒悟过来，走掉了。

卡特沿着绳索爬到山崖上，并在这里过了夜。早晨天亮后，他再次下到崖底，仔细察看。他发现这是一个别具心裁的坟墓，它的通道是一个自然的水蚀的竖井，非常隐蔽，即使是能够明察秋毫的观察者，无论是从上面看，还是从下面看，都很难发现该坟墓的存在。卡特发现了一条直接开凿在悬崖的通道，约有 50 英尺（约 15 米）长，然后突然改变方向，通向一个 18 英尺（约 5.5 米）见方的房间。

盗墓贼已经清理了堆满碎石的通道，开凿了一条仅仅容纳一个人穿过的入口。卡特决定对这个设计完美的墓室进行彻底清理。他相信这一定是一个封闭完好的坟墓，因为坟墓中隐蔽技术如此之高。但是，令卡特失望的是，坟墓的通道以及墓室都尚未完工，显然这是一座从来没有使用过的坟墓。墓室里面只有一个硕大的空石棺，并且也未完工。根据上面的铭文看，石棺属于女王哈特舍普苏特。卡特相信，这个荣耀的女人，一定在她还是图特摩斯二世的王后时，就已经下令开凿这个设计精巧的坟墓了，但是后来，她本人取得埃及王位做了法老之后，显然觉得有必要在帝王谷建造一个合适的坟墓，与第 18 王朝的其他法老们并列。因此，位于悬崖上的这个坟墓被遗弃。卡特考察了这个坟墓，认为一定有人建议女王保留原初的计划。在这个隐秘的地方，一定有女王木乃伊合适的藏身之地。在帝王谷，没有比这里更合适了。她当上女王后，一定关注来世的永恒。哈特舍普苏特法老，像其他所有国王一样享有特权。

但是，我们可以确信，1922年夏天，灰了心的卡纳冯勋爵，肯定不想再听到这种充满传奇色彩的故事了。因为作为寻找图坦哈蒙坟墓计划的资助者，面临这样一个不得不说的事实，即告诉他的密友和合作者，他将不再支付发掘资金。没有了卡纳冯勋爵经济方面的支持，发掘工作将无法继续进行。卡特很坚定，但是，在这个时候，根据阿兰·伽丁纳尔的回忆说，卡特做了一个令人困惑和难以置信的声明。他表示说，如果卡纳冯勋爵同意，卡特将使用自己的资金继续发掘。卡纳冯勋爵被卡特的执着而无私的行为所感动，他很快改变了主意，答应卡特说愿意再继续支付一个季度，但仅仅是一个季度的发掘。借用伽丁纳尔的话说，这是卡特的"最后一次机会"。

最后一次机会究竟会是怎样呢？阿兰·伽丁纳尔爵士不知道，没有人知道情况会是怎样。霍华德·卡特有资金可以继续进行发掘了，当然，他至少可以进一步获得其他资助者的支持。

虽然卡特是一个容易冲动的人，1903年他突然从埃及古物服务部辞职，证明他对自己的将来，或者他将来如何获得资助，并没有过多的考虑，但是经过这么多年的磨练，卡特变得更加谨慎。卡纳冯勋爵鼓励过他要为自己的将来做计划。凭借与这位富有的伯爵的关系，让卡特认识一些以前没有机会认识的、与考古发掘没有任何联系的其他人物。没多少年，卡特很顺利地成为了一个非常成功的经营古埃及文物的"绅士商人"。他不仅个人拥有虽然数量不甚多，但是非常有价值的埃及古物收藏，而且他已经成为了收藏者如卡纳冯勋爵以及大都会艺术博物馆董事会主席爱德华·哈克尼斯的顾问。他还做过大都会艺术博物馆一次最大的文物藏品的秘密代理商。霍华德·卡特还曾为酬金向中东石油巨商卡鲁斯特·古尔班基提供过收藏咨询。

如果他把自己的收藏品卖掉，加上所有的储蓄，卡特的确可以支付在帝王谷继续发掘的费用，至少一个季度没有问题。但是他不需要自己投资，因为他还有其他途径获取其他赞助商的支持。当然不是古尔班基。现有足够的证明显示，卡特曾经和大都会艺术博物馆的赫伯特·温劳克讨论过资助的可能性。毫无疑问，博物馆非常感兴趣，代替卡纳冯勋爵来为卡特提供继续在帝王谷发掘的资助。尤其是当温劳克在帝王谷发现了图坦哈蒙坟墓存在的"绝对线索"，即便这是一座空墓。在他的通信中，温劳克两次提到大都会艺术博物馆将扩大在帝王谷某些区域进行发掘的可能。温劳克是一个绝对没有个人私心的学者和科学合作的典范，他并没有向他的朋友兼同事霍华德·卡特隐瞒他的这一发现的重要性。显然，他更喜欢让事情发展顺其自然。如果卡纳冯勋爵决定放弃他的资助计划，大都会艺术博物馆肯定会取而代之。但是，如果卡纳冯勋爵想继续发掘，博物馆将会提供尽可能的帮助。

当然也有可能，温劳克提到的这些，并不只是针对图坦哈蒙墓，而是针对整个帝王谷。不仅如此，自从我开始在大都会艺术博物馆工作的那些年里，也同样支持这个设想。当时的大都会艺术博物馆馆长詹姆斯·罗米默尔曾告诉我，温劳克曾经告诉过罗米默尔说，卡特有一次与他谈论到关于博物馆全力与他合作的问题，资助将不仅仅限于图坦哈蒙坟墓的探寻，假若卡纳冯勋爵决定放弃继续资助的话。温劳克还说，这看起来好像是游戏中的关键时刻。当然，这只是一个失实的传闻，但是符合逻辑，十分可信，符合温劳克的写作风格。卡特究竟是否告诉过卡纳冯勋爵这个安排，我们并不清楚，因为没有任何证据显示他这样做过。

第 7 章
"金鸟墓"

　　卡特于 1922 年 10 月 28 日抵达帝王谷，进行"最后"一个季度的发掘。他花费了几天时间购买设备和物资，并与他的三个工头商讨工作事宜，包括如何雇佣挖掘人员，参加上季度的发掘人员中哪些人可以继续雇佣，哪些人员无法再继续雇佣。不能继续雇佣的原因很多，比如女儿出嫁，以及曾有过很小的"没有被发现"的违法行为。卡特购买的这些设备和物资并不都是供考古发掘使用的。其中，包括大量的肉类罐头、成盒的饼干、甜食罐头、梅子布丁，还有最上等的红葡萄酒、勃艮第酒等，都是由卡纳冯勋爵亲自从福特纳姆梅森百货商店（Fortnum & Mason）——世界著名的为贵族人士提供食品和葡萄酒的供应商——精心挑选的。卡纳冯勋爵不与其他卖家来往，只与这些讲究的葡萄酒商打交道，出手阔绰。一个顺便来该地区的造访者，很容易误认为这里就是位于尼罗河上的福特纳姆梅森百货商店，因为这里有很多引人注目的板条箱，十分整齐地被钢箍捆扎着，每一个都根据里面的内容一丝不苟地贴上了标签，下面还有准确的图案，以最优雅的形式来标注它们的名字。

　　卡特也带了一个让他寂寞的房间突然充满了欢乐和甜美歌声的"伙伴"。这个"伙伴"就是一只金丝雀。它很快成为工人们的一件倍感兴趣的玩物。他们亲切地把这只鸟称为"金鸟"。它是一个幸运的象征，似乎预示着接下来的这个季度的发掘肯定会大获成功。

　　11 月 1 日，卡特招募完了挖掘工人，发掘工作也一切准备就绪。他首先从五年前曾抱有极大希望的那个地点开始挖掘，他以前曾探测过，后来放弃了：修建于古代的这个地基被证明是工人的工棚区。工棚区覆盖了拉美西斯六世坟墓前面的整个区域，并且向南与山谷的另一个方向的类似的一个工棚区相接。

11月3日晚上，卡特他们已经挖掘了这个地方的大部分区域，并对此有了比较清楚的了解。他绘制了地图，还拍了几张照片作为记录。然后，他们清理了工棚。当天晚上很晚时候，卡特可以看到位于工棚下面岩基上面之间还有约3英尺（约0.9米）的土层。第二天可以继续在此处进行清理。

当第二天一大早卡特来到帝王谷后，他对工人们的一种不正常的沉默感到惊奇。因为正常情况下，工人们一整天都叽里咕噜地说个不停。卡特很快就意识到，可能发生了不寻常的事情。卡特回想起以前曾发生过的一个事故。当时他的一个工头告诉他，在岩石中发现了一个台阶，就在第一个工棚的下面，已经在前一天被清理掉了。

几年后，当卡特赴美国巡回演讲时，他告诉负责此次活动的负责人李·基迪克，挖掘队中一个最不令人关注的工人曾发现过一个台阶。这个台阶不像他在书中所说的在工棚下面，而是在这个区域之外的某个地方。这个地方就是卡特傍晚前让工头开挖的地方。基迪克回忆卡特的故事时这样写道：

> 整个挖掘队都很沮丧。大获成功的期待已经荡然无存——除了那个运水男孩，与他的利害关系很小，但丝毫不影响他的积极性。像其他一些勤奋的小男孩一样，他模仿着成年人，手握铁锹在沙土中挖掘。这时他突然挖到一个坚硬的表面。他一顿狂挖，很快就发现了一个石头台阶。他的心脏几乎停止了跳动。他迅速从沙土中清理出

了这个石头台阶。其他的发掘人员可能还没有注意到他的一举一动。男孩以尽可能快的速度奔跑着去告诉霍华德·卡特他所发现的一切。

这个台阶的发现实在令卡特难以置信。很快，稍微清理一下周围的沙土，卡特就发现他已经站在了一个入口面前。这个陡峭的入口直切入岩石，大约在拉美西斯六世墓入口下面 13 英尺（约 4 米）的地方。他意识到这种精心雕砌的台阶式的通道很可能是一座王室墓穴，这种情况在帝王谷十分常见。他大胆期望他终于找到了陵墓。

11 月 4 日的一整天，发掘工作都在高度兴奋中持续进行，一直到 5 日上午。到下午的时候，工人们已经清理了堆放在周围的大量的垃圾，卡特可以十分清楚地分辨出通道的长方形台阶。对当时在场的每一个人来说，毫无疑问，这是他们在帝王谷可能轻视的最稀罕且最令人兴奋的事物——墓室入口。

台阶的样式以及他们所直面的事实告诉他们，他们已经来到了一座第 18 王朝的陵墓入口前，可能这座陵墓就是图坦哈蒙时期的。入口是什么样子的？显然不是像第 19 王朝或第 20 王朝那样水平开放的。所有的人都高度兴奋起来。其中的一些工人开始将它说成"金鸟墓"，因为卡特买来的金丝雀给他们带来了具有纪念性的幸运。

但是卡特还是感到疑惑，考虑到了以前失望的经历，当日下午他没有告诉其他任何人。卡特回想起自己以前在帝王谷发掘出的墓都是空的，如阿蒙霍特普二世还有女王哈特舍普苏特的未完工的墓。因此，他头脑中都是一些"恐怖的可能"，也许这座墓没有完工，或者从来没有使用过。当然，也有百分之一的可能性是墓已经被盗劫过。还有万分之一的可能性是墓保存完好。他无法控制住自己那令人窒息的兴奋。他挨个地仔细察看挖掘出的台阶。

在接下来的四五个小时里，伴随着工人们一步一步的清理，可能是霍华德·卡特在帝王谷从事发掘多年来最为兴奋的时刻。我们可以想象，发掘工作有时候进展异常缓慢，甚至面临半途而废的结果。看起来，他们的工作昏昏欲睡，就好像他们在水下工作一切都如同梦境般缓慢，卡特心里肯定期望发掘工作能够进展快一些，但是他又不得不抑制住内心的急躁，因为发掘工作不可能一蹴而就。卡特必须仔细察看发掘出来的每一步，然后再决定下一步的工作如何进行。一切都看起来太缓慢了。毫无疑问，这种兴奋的感觉有时候会变得令人困惑起来。取而代之的是怀疑、疑惑，甚至恐惧，因为他们担心最终结果会显示这只是几个台阶而已，通道里面堆放的是满满的垃圾，墓室里面却空空如也。曾经辉煌灿烂的陵墓早已被盗墓贼破坏并洗劫一空，剩下的只是一座空坟。

这些台阶全部都是在岩石里刻成的，以大体 45° 角度倾向一个小丘。随着一个接一个的台阶显露出来，起初是五个，接着八个，再接着十个，西边的台阶边缘逐渐变成一个带顶的房间，这些台阶变成了一个台阶状的隧道，上面有顶覆盖，面积约为 10 英尺（约 3 米）高，6 英尺（约 1.8 米）宽。

发掘工作进展顺利，一个台阶接着一个台阶地被发现，发掘到第 12 个台阶时，太阳已经落山了。卡特来到了一个门的上半部分。这个门由巨石建成，巨石之间用石膏涂抹，还有一些俘虏图案以及圣书体文字的封印。我的天啊，这一切都是真的！

卡特可能根本没有想到，自己辛辛苦苦在帝王谷多年来毫无成效的发掘，现在似乎一切都要有了回报。他的第一感觉是应该对自己坚信帝王谷并没有被发掘干净的执着的信念进行祝贺。坦白地说，在焦急的期待中他对这些封印进行了研究，发现每一个封印大概有他的手指的长度，封印上的名字是鉴定墓主人的证据。但是，遗憾的是，他在封印上并没有找到名字。封印的数量大概有 12 个，它们是随意地印到石膏上去的，一些是垂直的，还有一些是带有一定的角度。卡特唯一能够解读的是王室墓地印章，即一只豺狼和九个被捆绑的俘虏的形象。但是，上面的确没有主人的名字。卡特变得困惑起来。他觉得上面应该刻有墓主人的名字，因为王室陵墓上面绝对要刻有名字，这是帝王谷中一个神圣的程序。没有发现名字这一事实，使得卡特认为这并不是一个国王的陵墓。

然而，封闭的墓门和墓地印章，使得卡特可以明确两个问题：一个是墓地印章至少说明墓主肯定是一个地位相当显贵的人；另一个是，至少从第 12 王朝末期以来（3000 多年以前），该墓就没有人进入过。因为这个墓门完全被拉美西斯六世墓的建筑工人的工棚所覆盖。

当卡特仔细研究印章的时候，他注意到门的最上部有一处灰泥已经脱落下来，露出了木头门楣。就在门楣的下方，卡特挖了一个小洞，正好可以放进一个手电筒。门口后面全部被大大小小的石头填充，这也进一步证明了该坟墓保存完好。

对卡特来说，这是他生涯中最激动人心的时刻。除了他的阿拉伯工人之外，卡特即将独自一人拉开埃及考古史上非同寻常的发现的帷幕。在那个封闭的门口里面有成群的墓室，里面有不可思议的珍宝和令人难以置信的发现。卡特提醒自己必须严格按照科学发掘的规则进行，他不能破坏这个门口，直接进入这个令人心动且充满神秘的空间。

卡特是一个反复无常的人，他的兴高采烈一会儿就不见了。当他盯着这扇门看时，疑惑又开始袭上心头。这扇墓门是如此小，怎么会是国王的坟墓呢？因此，它很可能是第 18 王朝某个显贵的衣冠冢，是在王室的允许下埋葬在这儿的。不过，这种猜测好像并不正确，因为贵族墓是从第 19 王朝才开始出现的，而不是第 18 王朝。或者，这不是一座坟墓？或许只是王室的衣冠冢，或者只是随便挖的一个墓坑，用来存放国王的木乃伊的，以避免国王的木乃伊在原来的坟墓被盗墓贼的洗劫，或者它正是霍华德·卡特苦苦寻找多年的图坦哈蒙墓？

卡特再次察看了除墓地封印之外的其他封印，还是毫无所获。如果卡特再稍微继续向下挖一下，那么他一定能够发现相当数量的刻有奈布凯普鲁拉——图坦哈蒙的登基名——这一名字的封印。倘若如此，正如他本人所说的那样，当晚一定能让他睡一个好觉，而不用多煎熬三个多星期了。接下来，他并没有提及当时为什么没有继续挖的具体原因。黑暗在几个小时后降临，当时在帝王谷中还用不上电灯而不是手电筒。他需要在接下来的几个小时里，重新填充挖掘出来的坟墓，尽可能地来好好保护坟墓。另外，还有一个说起来出于"绅士形象"考虑的原因。那就是，卡特决定不再动密封的门口的上半部分，直到等到他的资助者卡纳冯勋爵从英格兰赶到埃及。因为这样才光明正大。

卡特只好带着几分不情愿将门楣处打开的那个小洞重新封上，然后再将挖掘的地方重新填上。他挑选了几个特别令他放心的工人，让他们留在坟墓处严加看守，确保万无一失后，他骑上一头毛驴，借着晚上的月光下了山。在他的下榻之地，卡特度过了一个难眠之夜——兴奋、疑惑、希望时时萦绕着他。

第二天早晨，即 11 月 6 日，他从卢克索给在英国海克利尔的卡纳冯勋爵发了一封电报："我们最终在帝王谷获得了惊人发现：一个宏伟壮丽的坟墓，封印保存完好。已重新封闭，等待您的到来。祝贺。"

卡特还给在埃尔芒特发掘的英国考古学家卡伦德发了电报，邀请他的加入。卡伦德的发掘是在英国埃及考古基金会的资助下进行的。卡伦德是一个低调的、性格温和、沉默寡言的人，因此是一个"理想的第二人选"。卡伦德可以承担发掘工作中的任何事情——架设电线，修建结实的门，判断捆扎所需的木头及其他材料的具体数量，这些工作他都得心应手。卡伦德与卡特有过多次合作，与卡特搭档十分合手。温劳克说："因为卡伦德是真正能与卡特密切合作共事的几个不多的人手之一，无需说服且合作时间灵活。"

在卡特的监视下，工人们将挖掘出来的沙土重新填回，一直填到第一个石头台阶的顶部，然后用巨砾作伪装盖住整个坟墓。当天晚上，也就是在他们发掘出第一个石头台阶的48个小时后，坟墓就如同消失了一样，恢复了原来的面貌。卡特简直不敢相信所发生的这一切不是一场梦。

卡纳冯勋爵回电报说，他和女儿伊芙琳·赫伯特将于11月20日抵达亚历山大。这样，卡特还有两个星期的时间，一来他可以做好充足的准备，迎接卡纳冯勋爵的到来；二来他可以去开罗购买足量的电缆和电灯，以便将电缆与拉美西斯六世墓的电缆连接起来，为将来的发掘工作提供照明之用。

所有的人都异常兴奋，简直难以想象。一切进展顺利。这时，埃及古物服务部的相关官员也十分配合，因此电缆等很容易地就架设完毕。这个时候，只有两件事情让卡特心烦：一件是大量的游客蜂拥而至，因为消息在埃及传播迅速；另一件是伴随着台阶和墓门的发现，成千上万的电报和信件雪片般飞来，它们表示愿意向卡特提供各种帮助。这些都需要卡特来答复。面临如此庞大的一项任务，令卡特十分烦恼。

接下来发生的一切彻底地令工人们和工头所不安。那只能给带来好运被卡特的工人们亲切地称为"金鸟"的黄色金丝雀，不知道什么奇怪的原因，死掉了。赫伯特·温劳克在写给爱德华·罗宾逊的信中描述了这一事件：

> 当去年10月卡特来的时候，很孤单。他从开罗带来一只金丝雀，装在一个镀金的笼子里，打算用来驱散他屋里的孤寂。卡特和

他的侍从阿卜杜·阿里回到了他的屋子，阿里跟在卡特后面，手里拿着那只装有金丝雀的笼子。门卫和工人们都向卡特问候，当他们看到那只金丝雀时说道："哦，是一只金鸟，它可以带来好运的。这次肯定能发现一座装满黄金的墓。"一个星期后，当他们首次发现陵墓时，埃及本地人就将它称为"金鸟墓"。这只金丝雀几乎带有神一般的光环。

卡特发现陵墓后立即邀请埃尔芒特的卡伦德，卡纳冯抵达埃及后不久卡特便前去开罗迎接卡伦德。来到帝王谷后，卡伦德独自一人住在卡特的房屋里，与这只金丝雀为伴，并对它悉心照料。一天下午，卡伦德突然听到一声惨叫，他立即冲到隔壁房间，发现笼子中的金丝雀正在被一条眼镜蛇吞噬。

以前就听说过曾有眼镜蛇在周围一带活动。每一个埃及人都知道，眼镜蛇长在古代国王的头上。因为国王的眼镜蛇是一种吉祥物，它往往可以告诉我们坟墓的秘密。结局自然对他们来说也同样明显——虽然我承认丢掉了一些关于争论的具体环节——某个人在冬季到来前将会死掉。这一切听起来很凄凉。然而，卡特似乎并不重视他的老工头的预言。

第 8 章
"美妙绝伦的珍宝"

11 月 23 日，卡纳冯勋爵和他的女儿伊芙琳·赫伯特小姐，在卡特的陪同下从开罗乘火车抵达卢克索。在卢克索火车站，他们一行受到卢克索省长的热烈欢迎。关于此事的一张照片显示，卡纳冯勋爵看上去很开心，但有些疲惫。年轻的伊芙琳小姐手捧一束鲜花，看上去光艳迷人。当时她 20 岁，举止稳重，是一个十分漂亮的姑娘，只是脸蛋稍微有些方，其他五官无可挑剔。她活泼可爱，充满活力，具有从父亲身上遗传下来的幽默感。她性格直率，十分勇敢。

然后，卡纳冯勋爵一行骑上驴子，行进了 6 英里（约 9.6 公里）路程才抵达帝王谷。一路上，驴子嘶叫声不断，导游不断用鞭子抽打催促。午饭后，他们开始察看坟墓的台阶和通道。卡伦德当时正在进行清理工作。虽然他们都很渴望工作赶快进行，但是每个人都早早地回去休息了。因为他们知道睡眠对于将来几天的工作和挖掘来说更为必要。

11 月 24 日早上，工人们清理了台阶附近的垃圾。这时候发掘者们就可以察看整个密封的门口了。位于下部的封印看上去更为清楚。他们毫不费劲地就认出了几处封印中的图坦哈蒙这一名字。这实在令人难以置信。

这是一个值得庆贺的时刻。因为他们最终实现了梦想——发现了他们苦苦寻找了多年的坟墓。以前发掘中经历的失望、烦恼、无收获等种种不愉快都彻底被忘掉了。

伊芙琳小姐发现，眼前这出即将上演的戏剧令她异常兴奋，当她看到古代的历史可以一步一步地被回放出来时，她就精神抖擞，看看工人们究竟会从泥土掩埋的台阶下挖出什么东西呢？不管是什么东西，即使是一次最为司空见惯的发掘，她同样充满期待和好奇。在靠近下部的底层挖掘时，他们发现了一些散落陶片和木箱残片。伊芙琳小姐每次都十分兴奋。但是，卡特并不兴奋。当他捡起一片又一片的残片拿到手里翻过来调过去看时，他变得困惑起来。因为残片上面的王名环中的名字不仅刻有图坦哈蒙，而且还有埃赫那吞、斯门卡拉等国王的名字。埃及学家认为斯门卡拉是图坦哈蒙的同父异母兄弟。令卡特更感到困惑的是，他发现一枚圣甲虫护身符上竟然刻有图特摩斯三世，另外还有一个陶片上刻有阿蒙霍特普三世的名字，这两位国王在图坦哈蒙之前统治了近半个世纪。

为什么会有多个人的名字呢？这对卡特来说，可能意味着，他们发现的根本就不是一座坟墓，而是一个假墓而已。这令卡特非常失望。他想即使里面有东西的话，那也是属于第 18 王朝的不同国王的各种东西的大杂烩，它们很可能是被图坦哈蒙国王从埃及新的都城阿玛尔那，为了安全的原因迁移过来的。

第二天，11 月 25 日，他们清理了所有古代遗留下来的垃圾。台阶上已经一尘不染，他们准备好了一个重的木栅栏，待门口拆掉后取而代之。卡特陪同埃及古物服务部的监察官雷金纳德·恩格尔巴赫参观了坟墓的发掘情况。皮埃尔·拉考坚持埃及古物服务部的人员，在图坦哈蒙墓打开后尽快赶到，并留下来负责打开并进入墓室，他全然无视发掘合同中规定的发掘者享有首先进入的权利。卡特反对恩格尔巴赫这个尖刻、易怒的英国人负责进入坟墓。但是，恩格尔巴赫（被卡特和卡纳冯勋爵称为"顽固的家伙"）却告诉卡特说，拉考的立场是坚定的，并以一种非常谨慎而枯燥的方式解释说，虽然发掘合同中有一条规定，进入墓室是发掘者的权利，但是还有一条说，督察官必须当时要在场。因此，这个问题产生了争议。不过，在当时，卡特因为太兴奋了，根本就没有理会此事。

勘测工作继续进行，卡特做了笔记，还绘制了关于整个墓门的草图。卡纳冯勋爵也对封印进行了拍照。卡纳冯勋爵曾经做过英国海克利尔附近的当地摄影协会的主席，对自己的摄影技术颇为满意。但是，接下来发生了令人不安的事情。

毫无疑问，先前的研究者们曾经到过这里，因为墓门曾至少两次被打开过并封闭过。这个事实无可否认。周围到处可见的墓地印章（绘有一只豺狼和九个被捆绑的俘虏的形象）显示，它们曾被打开过，并被重新封闭过。图坦哈蒙的印章在墓门上未被损坏过的区域清晰可见，它们自始至终都密封着法老的坟墓或假墓。

这个坟墓——如果它真是一座坟墓的话——一定不是从未打开过。盗墓贼已经进入过，看起来似乎不止一次动过手脚。但是，盗墓行为并不是发生在近代以来。事实上，盗墓行为不会迟于拉美西斯六世墓的修建，即在图坦哈蒙统治后的两百多年间。虽然卡特和卡纳冯勋爵十分担心发掘出一个残破不堪的墓室，但是他们还是抱有希望，因为他们发现事实上这个坟墓在古代曾被封闭过两次。这就意味着，当初进入坟墓的盗贼并没有将里面的东西洗劫一空。卡特尽力向恩格尔巴赫指出，该墓曾被破坏过并被重新封闭过的证据——墓门靠上部的左侧部位有一个半圆形的洞口，可以容纳一个人爬进去。卡特和卡纳冯两人想让恩格尔巴赫在写给埃及古物服务部的报告书上，一定要强调指出这个坟墓（或假墓）的入口，事实上在古代就已经被破坏过了。

当天的中午时分，卡特指挥工人们移除构成墓门的巨石块。当石块被移除后，一个相当奇怪的现象发生了。一条没有台阶的通道，以约25度的角度向下倾斜。令人困惑的是，里面堆有大量的白色的燧石小碎片，还夹杂着一些垃圾。卡特观察了这些碎片，他发现这些碎片是当初修建坟墓时铲切下来的。但是还有一些是盗墓贼当初光顾坟墓时留下的证据，那就是靠近左侧的上部的一些颜色稍暗的燧石块。

当挖掘完通道之后，他们好奇地发现了一个形状不规则的隧道，它是盗墓贼留下的，里面有陶器的碎片和木头箱子的碎片。不像先前在台阶处所发现的情况，这些碎片上面没有任何图坦哈蒙的标志。在通道的地面上，有白色的燧石片，卡特还发现了更多的残片、罐封、陶片、无数小物件的残片，还有皮革残片。这些东西像水槽一样是用来封住墓门的。这些证据使得卡特相信，盗墓贼的一伙是从通道进入坟墓的。然后被墓地守护人员发现，守护人员于是用燧石重新封闭了通道。还有另外一伙盗墓贼，他们打通一个狭窄的隧道进入坟墓。盗墓贼或者他们挖的隧道被守墓人发现，然后守墓人将隧道重新封闭。

当夜幕降临时，工人们已经清理了约20英尺（约6米）距离的通道，并没有发现第二道门。第二天，即11月26日的整个上午，工人们一篮子一篮子地继续清理通道。工作进行得比较缓慢，每当他们发掘出一个瓶罐、箱子的残片，或者干燥的皮革残片，或者珠子，他们都必须将发掘暂停下来，进行详细的记录，然后移走这些物品。他们发现了几十件这样的东西。

刚到下午，他们（卡纳冯勋爵、伊芙琳小姐、卡伦德）在距离第一个门口30英尺（约9米）远的地方，就发现了第二道墓门。这道墓门和第一道墓门几乎一模一样。上面同样也揿有墓地封印和图坦哈蒙登基名字的封印。这里也露出一个盗墓贼留下的半圆形的洞口。到这个时候，卡特他们意识到他们发掘的并不是一座坟墓，而是大量的堆积物。此处发现的台阶、通道、墓门，简直与几年前美国富商西奥多·戴维斯在帝王谷发现的埃赫那吞的假墓一模一样。

缓慢地，对当时在场的人看来是相当缓慢地，逐渐将通道里面的堆积物清理干净。第二道墓门完全显露出来。一个令人难以置信的时刻到来了，卡特用颤抖的手，接过卡伦德递来的铁棍，在靠近上部左侧的地方挖开一个小洞，里面是空的，似乎没有台阶和通道之类的东西。卡特点燃了一根蜡烛，将火苗靠近洞口，检测一下是否有毒气体排出。他用手中的铁管将洞口扩大，然后向里面望去。

接下来，考古史上最富有戏剧性和最为著名的一章即将拉开帷幕。卡特描绘了这个下午所发生的一切：

> 我放进蜡烛向里面望去，卡纳冯勋爵、伊芙琳小姐、卡伦德站在我旁边焦急地等待着我的判断。起初，我什么也看不到。墓室里面的热气使得烛光摇曳不定。但是，当我的眼睛很快适应了里面的光线的时候，墓室的细节逐渐从昏暗中显露出来，奇怪的动物、雕像、黄金，所有的一切都笼罩在一片金色之中。这个时刻，我被眼前的一切惊得目瞪口呆，而对站在旁边的人来说，时间似乎凝固了。站在一旁的卡纳冯勋爵已经等得迫不及待了，他充满好奇地问我：“可以看到什么东西吗？”我禁不住说出了这样的话：“是的，美妙绝伦的珍宝。”于是，我扩大了洞口，这样可以两个人同时看，我们放进了一只手电筒。

卡特发表的几十篇，甚至上百篇的报道中，详细描绘了在1922年11月26日发生的这几分钟之内的令人感到神奇的事情。报道称，四人看到了坟墓的第一个房间（可以称之为前厅），在手电的光线下映入眼帘的是一件件美妙壮观的文物。发现者还看到了前厅的北面墙上还有另一个密封的墓门。卡特后来多次重复说，当时他们只是简单地看了一下，然后很快就封闭了洞口，在沉默和抑制中离开了帝王谷。他还描述了他们四人对坟墓里面究竟有多少个墓室而产生的疑惑之情。只有当他们最终进入墓室以后，才会发现实际情况。

卡特和他的同事对前厅北面尽头处的密封的一扇门感到十分困惑。他们为里面会有什么东西展开了争论，直到深夜。他们期待至少可以发现一个房间，但是这还不够，为什么呢？因为，如果接连几个房间一直通向葬室——"最神圣的地方"，这才更为理想。如果这些被古代的盗墓贼们光顾过，他们又是怎样成功地打开第三道封闭的墓门的呢？从他们站立的地方来看（第一个房间的外面），这个门看起来并没有打开过。卡特在报告中说，这个讨论一直持续到夜晚。当天晚上，他们几乎无法入眠。

事实上，虽然卡特、卡纳冯勋爵、伊芙琳小姐和卡伦德四人，那天晚上的确提出了这样令人争论的问题，可能使得他们"所有人那天晚上睡眠都很少"，但是事实上，他们无法入眠与这些问题的争论并没有关系，因为他们基本上已经获得了这些所有问题的答案。卡特书中对他第一次勘察前厅及其内容的描述带有高度欺骗性，因为那只是一个谎言。当时发生的真实情况，卡特在正式的描述和官方的报道中故意闭口不谈。

他们"那天晚上睡眠很少"的真正原因是，因为他们必须将坟墓里面的东西进行清理和移动，以便他们能够进入每一个墓室，直到进入葬室——卡特把它称作"最神圣的地方"，而且还要进入库房，将里面的东西移动开，当然最后，他们还要掩盖他们已经进入过留下的痕迹。整个事情不能让他们自己这个特殊圈子之外的任何人了解。那天晚上所发生的真实故事，我们在美国大都会艺术博物馆埃及部未正式出版的笔记中发现了。1942 年和 1947 年，在一份学术性杂志上发表了三篇个人笔记，作者参与了图坦哈蒙的发掘。正是通过这些内容，以及通过发掘者本人的观察和逻辑推理，我们可以重构那个非同寻常的晚上和夜晚所发生的真实故事。

第 9 章
漫 漫 长 夜

当卡特打开一个小洞向里面察看时，起初他根本分辨不出里面的具体东西，因为微弱的烛光摇曳不定。但是，他很快就意识到，自己眼前看到的并不是壁画，而是三维的物品。看起来好像是无数的金条堆靠在墙壁上，看得卡特瞠目结舌，惊愕不已。他愣在那里自言自语，最后说出了这样的话："精彩，美妙绝伦，我的天啊，实在太精彩了！"

卡纳冯勋爵站在旁边已经迫不及待了，他开始伸出了胳膊，失去了耐心。"喂，让我也看一看！"他向卡特说道。但是，卡特站在那里丝毫没有让开的意思。因为他彻底被眼前所看到的一切惊呆了。最终，卡特被卡纳冯勋爵从洞口推开，"像从酒瓶中拔出一个软木塞"。卡纳冯勋爵来到了洞口，其次是伊芙琳小姐，最后是卡伦德。

起初，发掘者们无法相信他们眼前所看到的一切。他们都被眼前看到的景象所震撼，深深地被打动。同时，他们又感到一种不安，因为正是他们打扰了几千年前古埃及人怀着无限虔诚紧紧封闭的圣所。现在看来这一切都还是崭新如初、如此完美，似乎三千年的历史停滞了下来。

当卡特扩大了洞口后，卡伦德匆忙赶去找一些电灯过来。看起来，他们几个人，尤其是卡特，都没有想到在这个时刻进入墓室。卡特是一个专业的、训练有素的，严格遵守系统发掘规则的考古学家，因此他必须抑制住自己的冲动。但是，这一结果使得卡特眼花缭乱、困惑不已，并且无法抗拒。卡特和卡纳冯勋爵事先都没有期望过能看到什么结果。

当然，他们从来做梦也没有想到，能看到眼前的一切。这是一个拥挤不堪的房间，看起来像是一个博物馆，里面摆满了琳琅满目的文物，一些是他们所熟悉的，也有一些是他们几乎无法理解的。这些珍宝交叠堆放，看起来不计其数。

在卡特他们"毫无所获"的那些年头过后，突然降临的宏伟壮观的、非同寻常的发现，可谓整个埃及考古史上最令人兴奋的篇章。很可能是卡纳冯勋爵或者伊芙琳小姐最早向卡特提出建议，并劝说他，从门口清理掉大量的障碍物，以便他们可以爬进坟墓。当然，我们永远不会知道确切答案了。但是，在一篇文章的草稿中，向我们描绘了他们几人的第一印象和所发生的事情。这篇文章是由卡纳冯勋爵亲自写的，但是从未正式发表过。卡纳冯勋爵告诉霍华德·卡特，要求他在里面的那个门口上打开一个洞口，以便能让他们"稍微带有困难"地跳进前厅里去。伊芙琳可以进入这个小洞，因为她是他们中间身材最小的人，自然成为第一个进入墓室的人。当她打开手电向周围照去时，眼前站立的琳琅满目的雪花石瓶使得她目瞪口呆。很快，其他人都接连进入了墓室。

我们可以想象这个场面。一个狭小、昏暗的房间，里面充满了几千年来都没有换过的空气。从当年安葬国王的人离开，一直到卡特他们的到来。当然，其间还有古代盗墓贼的突然闯入。坟墓中成千上万的物品，每一件都需要花费一个季度的时间，甚至 7 个整月的时间来进行细细发掘。

前厅面积并不大，约 26 英尺（约 7.9 米）长，12 英尺（约 3.6 米）宽，墙壁上没有壁画，天花板很矮，只有大约 7.5 英尺（约 2.3 米）高。这个长方形的房间是从帝王谷的岩石中凿出来的。每面墙壁所对的方向就像指南针上的东西南北一样准确。他们进来的这个门口，位于房间的东面，正好位于中心位置。

卡特回忆说，每一面墙都堆满了"杂乱无章的，但多少还是有些眉目的"珍宝。这是一间库房，巨大的珍宝、家具和艺术品随处可见。地板上散落着小的物品和亚麻布、筐篮、芦苇残片。闯入者一定要尽可能小心翼翼地避免踩踏到这些东西。散落满地的东西也证明了卡特的设想，即盗墓贼一定在古代就亵渎过这个墓室。

他们作为闯入者，一种不安袭上他们的心头。试想，自从另一个人站在他们现在所站的位置，转眼几千年流逝了。但是，这一切恍惚就在昨天。所有的东西看起来崭新如初——一个灰泥做成的碗，一盏看起来似乎刚刚熄灭的灯，地面上留下的一个脚印仍旧清晰可见。门槛旁边留下的花束，仍旧保存完好。所有的一切看起来如此的亲近。对于生活的热望永恒停留在古代的这个墓室里。眼前的景象使得卡特等人感觉到他们就是冒犯者。

但是，他们还被其他方面的多种情感所困惑：令人难以抑制的兴奋和冲动；他们要克制自己务必谨慎；控制自己不能随意弄掉封印，也不能打开匣盒；意识到他们自己正在书写历史，解决最重大的一个考古难题；猎获珍宝的紧张之情。

另外，还有一种担心，他们必须谨小慎微，监督好自己的每一步。他们知道必须追求科学化，小心谨慎。的确，他们十分渴望赶快将东西移走，并尽快打开一个个的匣盒，看看里面究竟是什么宝贝。他们意识到他们自己的行为与古代的盗墓贼是何等相似。事实上，他们无力阻挡眼前这些琳琅满目的珍宝的诱惑。在昏暗的灯光下，他们拿起一件珍宝欣赏片刻，然后传给旁边的人欣赏。坟墓里面散发出来的气味令他们陶醉。他们分辨不出究竟是花束的香味，还是油膏的香味，或者是各种珍贵的木头散发出来的香味。

在昏暗的坟墓中，有一些文物在他们架设的灯光的照射下，发出炫目的光，有时候令他们感到恐惧。在这个长方形的房间的西面墙上，正对门口的位置摆放着三件躺椅。尽管他们四个人都注意到躺椅的存在，但是，当时他们似乎不敢相信它们真的存在，感觉像是幻觉。躺椅的边缘是镀金的，雕刻成怪物的形象，十分纤细。它们令人惊讶，感觉如此逼真，同时又感觉不真实：奇怪的动物，一只狮子，一头母牛，还有一只半似河马，半似鳄鱼。它们在发掘者的昏暗的灯光的照射下，灿烂的表面从昏暗中凸显出来。静谧的墓室，昏暗的灯光，这些动物头部的影子投在墙壁上，显得过于夸张、怪诞、变幻莫测，似乎这些动物都在移动，片刻间恢复了生命。

发掘者最终控制住了他们的情绪，借着手电筒还有一盏灯光，他们可以清楚地看到墓室里面的所有内容，并对其进行了粗略的检查。这盏灯对发掘者来说真是天赐之物。光线是现存世界的一部分，当然，同时也是古代世界的一部分，正是光线帮助他们缓解了紧张情绪。

北面，即通道的右侧，是一面墙。两尊巨大的雕像分别站立在两个角落处。它们是国王的真人大小的黑色雕像，像哨兵一样对视而立。国王身着金色短裙，脚上穿着镀金凉鞋，手里握着金质权杖。雕像看上去安静、宏伟、高贵，虽然经过了几千年的时间，但是保存得仍旧完好。玻璃镶嵌的眼睛，十分逼真，看上去像真人一样。面部是一张典型的年轻人的脸，看上去年龄不会超过 20 岁。

这些镀金的木质躺椅和国王雕像是首先映入发掘者们眼帘的第一批文物。在这些文物的周围堆放着上百个匣盒，上面带有彩绘，还有镶嵌物。此外，还有雪花石瓶、封闭的黑色木龛、几束叶子和花朵编成的花环、满地堆放的蛋形的白色盒子、镶金的马车，其中还隐藏着法老真人一半大小的小雕像。

他们四个人一件一件地移动着这些文物，难以置信地摇着头，偶尔发出几声惊讶。我们相信，他们当时并没有严格按照顺序察看这些文物。他们只是简单地从一件文物冲到另一件文物：从带有两个狮头的镀金木质躺椅，只要光线能照到，它们的石英岩眼睛就像猫的眼睛一样发光；到几个青铜的生命符号的护身符，它们每一个护身符都系着一个打结的绳子，下面十分精致地雕刻着手指。对卡特来说，那盏灯也"别具特色"。他用脚尖站立着，一遍又一遍地重复着这句话，一会儿又屈膝，甚至俯卧到地板上，来仔细察看这些在世界历史上过去3200年来从未见过的东西。

在北面墙靠近中间部位的地板上，卡特惊讶地发现了一大束鲜花，花瓣和叶子都保存完好。附近还有一个彩绘匣盒，约有两英尺（约0.6米）长。匣盒上面盖着一个优雅的弧形盖子。当卡特察看这个匣盒时，几乎控制不住自己的惊讶和兴奋。画面上描绘的是图坦哈蒙的敌人——几百个努比亚人、赫梯人和叙利亚人。这些敌人都在国王的马车前面，惊慌失措地准备逃走。法老的形象比俘虏们以及周围其他的人都高大得多。国王笔直地站立在马车上面，镇定自若，拉弓搭箭。同时，几个士兵围绕成一个扇形，向国王提供帮助。对于卡特来说，这幅画面令他赞叹不已，比他在埃及发现的任何东西都漂亮。它具有意大利文艺复兴时期那些伟大的艺术家创作的经典作品的优雅和人性。此时此刻，卡特甚至感到困惑了，眼前的这件精致的匣盒仿佛不是出自3200年前古埃及人之手，但是，当然这的的确确出自古埃及人之手。

当时在场的人建议打开这个匣盒，卡特非常小心地打开了匣盒的盖子，发现了里面杂乱地堆满了各种东西：一双用纸草做的草鞋，已经脆弱得不成样子。在草鞋的下面是一件亚麻布长袍，上面点缀着几千个珠子，绿色的、红色的、蓝色的、黄色的，以及无数的金质小光片。

匣盒里面的杂乱是盗墓贼曾经进入过该坟墓的又一个证据。他们拿走了里面的多少东西？这些东西又流向了哪里？这个坟墓里面到底有多少个墓室？这些问题困惑着发掘者们的大脑。无论怎样，他们当时并没有发现有关棺材和木乃伊的任何痕迹。因此，一个具有争议的问题又开始困扰他们——这究竟是一个坟墓，还是一个假墓？这个困惑打消了他们所有的兴奋。他们每人都不时地发现精美的艺术珍品，然后马上告诉周围的其他人，共同分享这份喜悦和欢喜。卡纳冯勋爵被大量的白色的、镶有金边的雪花石瓶所吸引，他呆呆地站立着。石瓶制作得如此精致，看起来好像是使用有机材料制作的。伊芙琳小姐惊叫一声，原来她发现了国王的宝座。在这个宝座的后背上，描绘有国王图坦哈蒙和王后安开萨蒙的形象，镶嵌着红玉髓和青金石。这个画面向人们传递了这样一幅情景：国王图坦哈蒙坐在宝座上，王后站在国王面前，她年轻的身体略微向前倾，充满爱意地快要触及到国王的肩膀。四个发掘者被深深地感染，他们安静了片刻。试想，该场景是何等的充满人性啊！卡特后来说"这是在埃及发现的一件最为漂亮的东西"。

他们一定在此处逗留过几个小时的时间，充满了敬畏地仔仔细细察看这些艺术珍品。他们又发现了另一个宝座，这个宝座是用雪松木做的，镶嵌着的金盘象征着永恒之神——赫（Heh），他跪倒在表示金子的圣书体文字上。那儿的金子丰富，专供国王使用。

除了这些令人神往的东西外，卡特正在寻找对他更为重要的东西——其他房间的证据。他真的找到了，它位于西南角。在这里，卡特发现了一个小洞。他从这个小洞向里面望去，令他高兴的是，他看到了另外一个房间。这个房间是方形的，像前厅一样。房间整个位于岩石里面，四面墙壁正对着四个方向，像指南针一样。房间里面堆满了东西，看起来像是一个经受过地震的库房。金床、金色白色相间的椅子、雪花石瓶，布满了地板，一直堆放到最西面的墙壁上。地板上还随处可见一些小艺术品的残片。卡特相信，这个房间（卡特称之为"耳室"）一定曾经被盗墓贼当作工作室，用来进行检查珍宝，以及打开装饰品。前厅里面的东西被搞得乱七八糟——似乎还有些次序，坟墓守护者一定尽力整理过这些物品，但是很可能当他们意识到整理这些东西实在太不容易时，便放弃了。

但是，在这些杂乱无序的物品当中，仍旧可以发现一些艺术珍品。有一些漂亮的雪花石雕刻，其中一个呈狮子的形象，狮子的爪子伸到空中，似乎在向卡特打招呼。另一个是大船的形象，船舱中央由一根雪花石柱支撑，石柱呈纸草的形状。掌舵的位置上是一个小矮人，船头处站立着一位漂亮的小王子。还有各种各样的家具，甚至玩具，卡特发现了一个黑檀木和象牙制作的玩具。国王生前一定十分喜欢这个玩具吧。

卡特回到前厅与其他人会合，在这里卡伦德开始对通道、门口，以及洞口进行系统地研究。石棺和木乃伊究竟在哪儿呢？到这个时候卡特完全相信他们发掘的是图坦哈蒙的坟墓，而不是属于多个古埃及国王的随意堆放的一些文物的合葬墓。所有的这些文物都具有一个共同的风格，而且具有连贯性。这些文物的风格一致，使得卡特印象非常深刻，丝毫不同于他以前在帝王谷发掘的埃赫那吞的衣冠冢。卡特仔细检查的这些文物几乎都装饰着图坦哈蒙的名字。当然，如果真的是坟墓，的确应该具有一些特别之处。坟墓的规模和设计都比较适中。会不会在一个接一个的房间后面，通过一条长长的、直直的、豪华的隧道通向一个石柱支撑的花岗岩墓室——最神圣的地方，墓室里面放有国王的石棺。那么，这个石棺会在什么地方呢？

通过进行仔细的检查，卡特发现除了耳室的入口外，还有另一个可能的门。北面墙上的中间位置，位于两个雕像之间有一个用灰泥涂抹封闭留下的痕迹。当卡特仔细察看这个密封痕迹时，他有点儿沮丧，因为盗墓者已经侵入过了。在下面，几乎靠近中间的位置，灰泥中有一个半圆形的斑点，看起来与先前发现的两个门口的情况类似。这个区域有 3.5 英尺（约 1 米）高。卡特仔细察看重新封闭的区域，像以前看到的那两个门一样，有一系列的墓地封印。这个封印显示，坟墓看护人将盗墓贼打开的洞口处进行了重新封闭。但是，封闭活动进行得比较匆忙。因为底部有大的裂纹，通过这些裂纹，可以看到里面不规则的石头。

卡特用了几分钟的时间将裂缝撬开。当他将手电筒放入这个小洞口时，他一定十分失望，因为他没有看到金色的东西，没有成堆的宝物，只有一个小的走廊，向北延伸，约有 12 英尺（约 3.6 米），走廊的尽头被一面墙挡住。因此，他很可能想到，盗墓贼已经将里面的东西洗劫一空。

卡特迫切想知道他看到的究竟是一个已遭盗劫的墓室，还是这个走廊能通向其他的房间，最终能够发现葬室。他和卡伦德一起移走了走廊中许多的石块，直到打开一个小洞，能够容纳卡特蜷伏着身体钻进去。其他人仔细地看着卡特钻进这个小洞，很可能首先是先进脚，然后再进背部。这看起来似乎有点儿危险，因为人们可以设想，没有人知道里面到底是什么情况。

这个走廊大概低于前厅 3 英尺（约 0.9 米）。卡特消失了几秒钟的时间。当他发现自己的立足点时，他打开手电筒，光线照射到狭窄的走廊的西面墙上，令卡特惊讶的是，他发现了一面镶嵌黄金和彩陶的墙壁，非常漂亮。但是，这面墙并没有从地面延伸到天花板。这根本就不是墙壁，相反，他发现自己来到了一个方形的房间，里面放着一个巨大的非常壮观的木龛。他完全被惊呆了，待他缓过神儿来，他赶快告诉其他人，他正站在葬室里。当他的脸转向西方时，他发现眼前是木龛的两扇门。这个门并没有密封。

卡纳冯勋爵和伊芙琳·赫伯特小姐父女两人蹲下身子，从这个小洞里钻进来。卡伦德身材过于高大，根本钻不进来。但是，卡特并没有决定将洞口扩大一些。因为他们很可能意识到，他们是在进行一次冒险行为，因为他们进入墓室并没有获得埃及古物部的允许，私自进入是不合法的，弄不好有可能古物部会取消他们的发掘权。但是他们已经破坏了规定，不可能再恢复到从前的样子，他们也不希望这么做。他们仔细检查了精美绝伦的木龛的门后完全被征服，一种敬畏感油然而生。他们在这个静谧的房间中恍然意识到，3000 年来没有人闯入过这个静谧的房间，打扰过国王的安宁。然而，卡特他们却成为三千余年来打扰古埃及世界的第一批冒犯者。

　　他们应该打开木龛的门吗？他们不应该，因为从某种角度上讲，他们并没有这个权利。或者他们应该有这样一个想法，即在安静中悄然离开，将他们留下的足迹轻轻抹掉，永远地封闭这个神圣的墓室。但是，无论他们的感觉如何难受，他们还是无法抑制住这份好奇。他们一定要打开龛门，发现里面所隐藏的所有秘密。卡特告诉他的同伴，木龛可能还套有一个镀金的神龛，镀金的木龛应该是一个套一个的，可能多达 5个，可能像阿莫斯特纸草中所描绘的那样，木龛里面套着一个巨大的石棺，石棺里面包含金棺，金棺里面沉睡着国王的木乃伊，每到夜晚降临，他就进入地下王国，他的显赫的皇家身份可以照亮地下世界的黑暗。

　　卡特试着将龛门上的两个黑檀木做的门闩慢慢拉出来，他的动作很温柔，但是门闩似乎并不配合他。卡特增大了一些力量，但是还是不行，他只好使出了几乎是浑身的力量才将门闩拉出来。这时，一个历史性时刻到来了。龛门缓缓地打开了，灯光下显示出一块薄薄的亚麻布，薄得似乎是用空气中的尘埃做成的。亚麻布上点缀的是几十个纯金制作的玫瑰花饰，有硬币大小。当卡特的手触碰到其中的一枚时，好像是它静静地等待了 3000 年的时间来等待卡特的摘取。卡特摘了一枚放进自己的口袋里。卡特十分小心地将亚麻布取下来后，接着又露出了第二个木龛。这个木龛整体镀金，还刻满了古埃及圣书体文字，显得金碧辉煌。在中间部位，在两个门闩的上部，有一个绳索编织的结，上面带有一个墓地印章——一只豺狼和九个被俘的敌人。卡特屏住气息仔细观察了一下这枚印章，他发现国王一定没有被打扰过。这个时刻，后来他形容说，这是他整个生命中最为激动人心的时刻。

在第一个木龛的龛门与第二个木龛之间放有一些贵重物品，看起来好像是桶板、手杖、几个雪花石瓶罐。其中的一个瓶罐的顶部雕刻着一头狮子的形象，狮子伸出红红的舌头。"这是一件十分漂亮的小东西……一只猫伸出红舌头，吓了我的眼睛一大跳。"卡纳冯勋爵几个月后，当他在大量旁观者的注目下正式打开这个木龛时这样回忆说。当然这些旁观者中，没有人会想到木龛里面还有木龛，共有这样三个木龛。卡纳冯勋爵则是一个例外。每一个木龛里面都存放有珍宝吗？看起来似乎有可能，每一个木龛的角落都应该有艺术珍品。

在位于两个木龛之间的拥挤的空间里，有一件令人好奇的东西，它的形状看起来像一个字母 m，两侧都有顶。卡特感到十分困惑，不知道这究竟是个什么东西。他借助手电筒的光芒仔细察看。这是一个手掌大小的小盒子，镶嵌着像是国王图坦哈蒙形象的两具蹲踞的黄金小雕像。两个雕像面对面，雕像上镶嵌着天青石、玛瑙、黑曜石，每一个雕像上系着一根具有光泽的黑色头发，与头部相连接。原来这是一个香料盒。今天我们看起来，实在难以想象这个香料盒制作得如此精致，如此富有活力。盒子闪烁着金光，虽然不是很强。国王的面部制作得如此精致，毫无瑕疵。看起来它们是从半珍贵的石头中进行精心提炼加工做成的。卡特明白，这是典型的古埃及艺术风格。然后，他将这件文物放进了自己的口袋里，待空闲时再仔细研究。

当看完这个绳结和保存完好的封印后，卡特小心地将镀金的龛门关上，并把门闩恢复了原来的位置。然后，他们慢慢地向北面走。卡特起初认为这是一个走廊，他们不时地停下来察看木龛的右侧。一个惊人的场面出现了。映入他们眼帘的是地面上躺着的九只船桨。卡特解释说，这是供国王在地下世界航行使用的。这九只船桨摆放得十分整齐，看上去像是静止的水面上留下的神奇的脚印。

葬室的墙壁上绘有几幅绘画，描绘的是国王的葬礼的各种场面，包括制作木乃伊，以及传统的来世审判"称量心脏"的场景，以此来检验国王生前是否诚实、公道。整个画面从风格上来说，显得毫无活力，制作得也十分匆忙，一切看起来是如此粗糙，因此卡特感到有些失望。但是，当他看到这些珍宝时，他内心里还是希望接下来能发现更具有吸引力的东西。整个墓室设计风格陈腐，这是一个鲜明的标志说明这个坟墓非同寻常。它不同于帝王谷里发现的其他国王的坟墓，如塞提一世、阿蒙霍特普三世、拉美西斯二世的坟墓。这对于卡特来说，它是能够反映图坦哈蒙非正常死亡的第一个信号。因为他的坟墓制作得是如此匆忙和粗糙。

但是，如果说卡特暂时有些失望的话，那么，这种失望持续的时间一定并不长。他径直继续向北走，来到位于木龛与东面墙壁之间的这个位置。房间的东北角落处有一个打开着的门。卡特拿手电筒向里面照去，发现了另一个方形的房间。正对门口处是一只黑色的木头做的豺狼神——阿努比斯。它卧在一个抬高的底座上，看起来十分漂亮。阿努比斯头部抬起，充满警觉，耳朵竖起来，好像正在听动静。它的凝视十分紧张，令人不安。豺狼细长的脖子上围着一块亚麻布，一直拖到地面上。这也是霍华德·卡特一生中见到的让他印象最为深刻的文物之一。

当卡特来到豺狼的身体附近时，他告诉卡纳冯勋爵和伊芙琳·赫伯特小姐注意脚下的东西，因为地面上撒满了一些小的物品——灯、芦苇篮子、带釉的瓶罐。豺狼身后摆放着一排盒子，远处是一只真实大小的母牛头——哈托尔女神，头上戴着金角，熠熠发光。立于其背后的是卡特见过的最为漂亮、最为精致的文物。这些文物看起来如此精致，使得卡特禁不住惊叫起来。

房间中间是一个龛状的巨大匣盒，约有 8 英尺（约 2.4 米）高，周围全部用黄金镶嵌。檐口上有几只眼镜蛇。四个站立的女神雕像将匣盒围住。每一个雕像约有 3 英尺（约 0.9 米）高。她们形象高雅，伸出手臂保护着这个龛状的匣盒。她们脸上的表情是如此安详，使得发掘者们有亵渎的感觉。木龛的每一侧各有一个女神守护。前后两个女神的眼神坚定地注释着木龛的四周，另外两个女神眼神注释着远处的房间的入口。这些精美的雕像，长久地激发着卡特的想象力。他后来并不羞于承认说，当时自己感觉嗓子里如同有东西堵住了。

这个木龛里面可能装有什么东西呢？卡特解释说，这是用来盛装内脏罐的盒子，里面装有四个瓶罐，分别用来保存制作木乃伊后取出的人体内脏——肝、肺、肠、胃。根据古代埃及人制作木乃伊的惯例，这些内脏需要从人体中取出，但并不扔掉，而是要保存下来，一般放置于石棺的外面。

卡特的手电筒照亮了房间的其他部位，卡特将这个房间称为"珍宝间"。各种各样的匣盒，或大或小，或高或矮，有的是封闭的，有的是打开的。还有全部是黑色的匣盒，摆放在房间的墙边。匣盒的上面是几十个船只的模型，使得这个房间看起来似乎是尼罗河的河面，这些船只都准备就绪，时刻可以起航。此外，还有一些小舢板，上面有船帆、绳索等设备。看起来似乎一旦有人一声令下，这些船只都会即刻开始远航。

房间的西北角落处是国王的镀金马车。样子看起来与前厅里面的相似。研究者发现当年的盗墓贼仅仅打开了这里面的其中的两三个匣盒。卡特他们打开了几个没有密封的匣盒，看到里面堆放有一串串的项链，琳琅满目。其中有一件像飞鹰形象的项链。当他们的手触碰到这条项链时，他们似乎再次感觉回到了几千年前的古埃及，被已经消失了几千年的那种宗教的虔诚和神圣所感染。这条项链看起来还是崭新如初，当年的国王一定在某一天摘下了这条项链，束之高阁。时光似乎停滞了下来。

　　其中一个黑色的高大的龛半开着，卡特的手电筒立刻映照出令人惊讶的景象。原来里面是两个几乎一模一样的国王的木质镀金小雕像，他们站在一只凶猛的黑色豹子的背上。两个雕像都用亚麻布片包裹。这是什么意思呢？卡特并不清楚。但是，他猜测这两个几乎一模一样的小雕像一定与国王在地下世界的黑暗旅行有着某种联系。

　　进入坟墓的卡特四人小组一定花费了数小时的时间，来仔细研究坟墓中的这四个房间。我们可以想象他们的疲惫，这种疲惫不仅仅是来自情绪上的紧张，还有来自过度兴奋方面的刺激。他们所有人都意识到，没有足够的精力来应对如此重大的发现。他们非常明白，在埃及古物服务部不知情的情况下，他们没有权利仔仔细细检查这些文物，否则是不合法的。于是，他们又回到了棺室，静静地停留了片刻，在沉默中又观察了这些神秘的木龛。然后，他们再次从卡特和卡伦德两人先前扩大后的洞口中爬了出来，这个洞口最早是由许多世纪以前盗墓贼留下的。卡特一定上气不接下气地向卡伦德描述他和其他人在里面所看到的一切。因为正是他们两人拆掉了封泥和墓地印章附近的石块，才看到了如此令人兴奋的一幕。最后，卡特拿起一个芦苇筐的盖子，紧靠着国王的一个雕像坐了下来。然后将另一束松散的芦苇倚靠在墙上，以此掩盖住他们进入的那个洞口。

就在他们走出坟墓内部的门口，离开通道，爬出洞口前，他们可能蹲下来在坟墓里停留了最后几分钟的时间，全神贯注于他们自己的想法。

在前厅的门口处，卡特向下看到一件比较漂亮的文物——雪花石杯。他翻译了一下杯口边缘的古埃及圣书体文字。杯口边缘呈一枚开放的荷花状。卡特将这个杯子亲切地称为国王的"祝酒杯"。上面的文字写道："国王享受着来自北方的凉爽的微风，他的眼睛里荡漾着幸福的涟漪，几百万年的时光将永恒持续。"他们离开了，卡特手里拿着这枚"祝酒杯"。他们将门口重新封闭后，骑着毛驴下山了，帝王谷恢复了沉寂和宁静。

第 10 章
泄密

卡特在 1923 年出版的《图坦哈蒙之墓》第一卷中说，第二天，即 11 月 27 日，小组一大早就来到了帝王谷，因为大量的工作需要处理。事实上，他们所有的人可能并没有上床睡觉，而最多只是休息了一两个小时的时间。头天晚上进入前厅之前，卡特给监察官雷克斯·恩格尔巴赫匆忙写了一张便条，向他建议对坟墓内门门道进行最后的清理，并要求他进行一次正式的视察。这张便条送交给了位于卢克索的埃及古物服务部总部时，似乎太晚了，恩格尔巴赫来不及做出任何反应。

时机可能真是充满天意。11 月 27 日，恩格尔巴赫由于有其他公务缠身，无法成行。中午时分，一个名叫易卜拉欣的官员来到了帝王谷。在他到来之前，卡特一行早已将现场进行了充分的伪装和掩盖，所有能看得出卡特他们曾经进入墓室的痕迹都丝毫见不到。读读卡特书中的相关内容，人们根本不会怀疑，就在古物部的人员进入墓室前的几个小时之前，卡特他们早已经对现场进行了伪装，根本就没有耐心等到古物部的官员亲自来才将坟墓打开。这些内容的描述绝对是令人信服的。卡纳冯勋爵亲自为英国《泰晤士报》写了一篇文章，其草稿没有发表，其中描绘了坟墓内部房间门口的破坏，以及他看到的一些文物。如果不是卡纳冯的文章及其他两项证据，人们绝对会相信卡特编的故事：他在埃及古物服务部的官员们的监视下，察看了位于两座国王雕像之间的封闭的门，并十分失望地发现了一个盗墓贼留下的洞口。虽然他急于打开房间的这扇密封的门，但是不得不强迫自己忍耐，等到清理完前厅后再做决定。

除了霍华德·卡特、卡纳冯勋爵、伊芙琳·赫伯特小姐、卡伦德，以及在外面耐心地等待的工头们，没有任何人注意到卡特的不当行为以及他的书中的虚假叙述。或者说，这个小组之外的任何人对真相都毫不知情，或知情不宣。但是有一个例外人物，他就是埃及政府化学部的总管艾尔弗雷德·卢卡斯。他在卡特发现图坦哈蒙墓时，正好在进行为期三个月的休养，然后从他供职的埃及政府化学部退休。1922 年 12 月 20日，卢卡斯参加了对图坦哈蒙墓的发掘工作。在接下来的三个月里，卢卡斯付出大量精力从事图坦哈蒙墓的清理和文物搬运工作，接下来的十年中，他仍时不时地加入到坟墓清理的相关工作中。1947 年，即霍华德·卡特去世八年后，卢卡斯已是高龄老人，他撰写了三篇短文，先后发表在埃及古物服务部主办的《埃及古物服务部年鉴》上，其中涉及到书中的某些内容。这些文章向我们透露了大量内情。

其中一篇文章涉及葬室里面的那个盗墓贼留下的洞口问题。卢卡斯说："关于盗墓贼留下的这个洞口具有很大的神秘性。当我于 12 月 20 日第一次看到这个洞口时，该洞口被一个篮子底或盖子遮盖，还有一些垃圾，是卡特先生从地面上弄来的，堆放到前面的。"卢卡斯还说："卡特先生、卡纳冯勋爵以及他的女儿无疑在正式打开坟墓之前就已经进入过这个葬室和前厅。前厅没有门。"正式打开是在 11 月 26 日的三天后，即29 日。

1947 年发表在《埃及古物服务部年鉴》上的另一篇文章中，卢卡斯再次写到关于可以进入葬室的那个神秘的洞口。

关于可以进入葬室的那个盗墓贼留下的神秘的洞口，我相信

"卡纳冯勋爵，他的女儿，还有卡特先生无疑进入过葬室"。先前的照片显示这个洞口是封闭的。

这就给我们留下了足够的想象力，究竟是谁封闭了这个洞口，以及封闭洞口的时间问题。这些在某种程度上具有相当大的困惑性。现在我想解决这个困惑。卡特书中说，这个洞口曾经被封闭，后被重新封闭，这令人产生误解。这个洞口，不像坟墓最外部的那个门口，并没有被封闭，后来也没有被墓地官员重新封闭。但是，却被卡特先生重新封闭过。我与卡特先生共事后不久（12 月 20日），他曾经向我展示封闭和重新封闭的情景，当我告诉他这一切看起来并不像古代人的行为时，他承认说这是他自己干的。

卢卡斯通过自己的观察对卡特四个人进入坟墓的研究得出结论认为，卡特在位于第一个木龛和第二个木龛之间的空间处发现的那个香料盒，肯定不是像卡特自己所说的是他在石棺中"看到的"，而是在"卡特先生自己的家里，在正式打开坟墓之前……显然，是卡纳冯勋爵和卡特先生第一次打开葬室时所为"。

为什么这么多写图坦哈蒙墓的作者们，自从 1947 年以来，无一提到卢卡斯的观察呢？这的确令人困惑。原因可能有两个：一、他们不喜欢让卡纳冯勋爵和卡特的名声受辱，而故意回避了对他们两人不利的证据；二、他们根本就不知道这个事实。因为《埃及古物服务部年鉴》毕竟只是一个供专业的埃及学家研究使用的出版物。更进一步说，人们可能认为这种事情不可能发生在 1922 年，而只是在 1947 年之后一两个参与者撰写的文章才会讲这件事情。

在保存下来的卡纳冯勋爵和霍华德·卡特两人之间的书信中，并没有发现他们冒险的任何线索。但是，在 1922 年 12 月 27 日，即他们进入坟墓整整一个月零一天后，伊芙琳小姐要跟随父亲返回英格兰度圣诞假日前夕，她写给卡特的一封书信中，不自觉透露了其中的秘密。在这封热情洋溢，充满爱意的信中，伊芙琳·赫伯特小姐对卡特大加赞赏，祝福他生活万事如意——幸福，并成为一个成功男士。她愉快地告诉卡特说，当她的父亲达到疲倦极限时，她需要做的事情，就是让他恢复精力。因此她一遍又一遍地向她的父亲描述他们进入"最神圣的地方"——葬室时的情景。伊芙琳感谢卡特让她进入图坦哈蒙墓，这使得她热情奔放，兴奋溢于言表。因为这个事件是伊芙琳·赫伯特小姐一生中最为扣人心弦、永恒难忘的事件。通过这封信，我们至少可以看得出这位妙龄女郎对这位年长的考古学家是何等迷恋。

第 11 章
聚光灯

这四位发掘者究竟是否在图坦哈蒙墓被"正式打开"之前，又再次进入坟墓中的"最神圣的地方"——葬室呢？我们不得而知。但是，情况似乎并不是这样。在易卜拉欣于 11 月 27 日视察陵墓后，卡特他们似乎没有机会这样做。因为从那天开始，埃及古物服务部的工作人员就天天甚至时时刻刻待在图坦哈蒙墓的发掘现场。卡特显然不敢破坏伪装的篮盖子和芦苇束，因为一旦他这样做，就会泄露所有的秘密，从而严重危及到他们在埃及的发掘许可权。

在被人称为"空无"和"被彻底发掘干净"的帝王谷，却取得了令人难以置信的发现的消息，很快传遍了整个埃及。"关于该发现的所有令人振奋和令人遐想的报道迅速传遍了全世界，"卡特说，"有一件事情令所有本土埃及人深信不疑，那就是据说有三架直升机在帝王谷着陆，满载财宝不知道飞向了何处。"

为了平息发掘者已经偷走图坦哈蒙墓中无数珍宝的谣言，卡纳冯勋爵和卡特在没有征得埃及古物服务部同意的情况下，决定在 11 月 29 日正式打开坟墓。他们自己邀请了英国驻埃及高级专员艾伦比伯爵、埃及省政府首脑阿布德-埃尔-阿兹斯·耶黑亚贝伊、该区警察局主管穆罕默德贝伊，以及"其他一些埃及官员和显贵"。但是，皮埃尔·拉考以及第二号人物保罗·托特纳姆——埃及公共事务部负责文化与考古事务的顾问，都没有受到邀请。卡纳冯勋爵和卡特为什么不向埃及古物服务部征求意见呢？这是一个令人费解的问题。很可能是因为他们觉得图坦哈蒙墓"该由他们自己支配"——他们已经向埃及方面付了钱并获得了发掘权。此外，卡纳冯勋爵和卡特两人都比较讨厌皮埃尔·拉考以及他的同僚们。卡特只邀请了一位国际新闻界成员亚瑟·米尔顿——英国《泰晤士报》驻埃及负责人，米尔顿也是卡特的一个私人朋友。相反，埃及新闻界没有任何人被告知在帝王谷获得埃及学历史上最为激动人心的考古发现的消息。没有任何人能够代表欧洲和美洲，被允许进入这个排外的"正式考古发现"。《纽约时报》的一名高级记者，名叫布拉德斯特里特，脾气暴躁，当他得知图坦哈蒙墓发掘成为英国《泰晤士报》的独家特大秘闻的消息后勃然大怒。卡纳冯勋爵和卡特的错误决定，以及不够深思熟虑，过于偏激的行为，使得他们疏远了真正需要的朋友，以至于将来能够真正同情他们的友人。

英国伦敦《泰晤士报》派去帝王谷的记者们，创造了全世界范围内新闻史上最为冗长的报道，持续的时间竟长达八年之久。这八年中，报道几乎每天都有，每周都有，永不枯竭。亚瑟·米尔顿报道说，此次考古发现是"那个世纪中最为轰动的考古发现"，第二天，英国路透社、埃及的各大报纸，以及世界其他各地的新闻机构也紧紧抓住了这个令人难以置信的新闻故事。这个发现被称为"埃及学上最为轰动的发现"。这些珍宝价值"数百万英镑"。从一开始，某些失实的报道，使得卡特和他的资助人饱受数年的折磨。一些报纸声称从这个"从未受过破坏的"坟墓中出土了"重要的纸草"和历史文献。

自从第一个新闻报道开始出现之后，卡纳冯勋爵和霍华德·卡特的生活，以及图坦哈蒙的形象，在公众面前不断出现戏剧性的变化，甚至每一分钟都变幻无穷。在这种恶劣的、持续不断的媒体密切关注下，这三个人当中只有一个人能够发迹。

对于卡特来说，兴奋令他困惑，甚至令他尴尬。他着实从来没有想到，考古作为一项为数不多的专家学者们的专业活动，竟引发如此纷繁复杂的政治问题，激发起这么多人，甚至全世界人的兴趣。卡特几乎不得不每个小时都要应对世界各地新闻记者的采访，向他们介绍考古工作的进展状况，甚至在坟墓中"每个隐蔽的角落处所发现的秘密"。卡特猜测，这种兴趣是由于战后各种政治关系角逐，公众们对沉闷冗长的、繁文缛节的政治命令，以及接连不断的政治会议，产生强烈的反感而导致的。正好图坦哈蒙墓的发现给公众带来了极大的兴趣。但是，这种吸引力有其更深刻的根源。图坦哈蒙墓的发现给普通公众们，甚至卡特本人都带来了极大的困惑，当卡特第一次在前厅里看到那个镀金的木龛时，还怀疑它是一座金山呢，甚至担心里面是否有国王图坦哈蒙的木乃伊。当然，"埃及"这个名字一向充满着各种神奇和秘密，它能将我们日常生活中发生的种种不如意抛到九霄云外。它的历史如此丰富，看似那些神奇的过去距离我们如此遥远，但对生活在今天的人，总是不断有来自埃及的令人惊奇的考古发现。

来自地球上几乎各个国家的电报、信件、信息，大大干扰了考古学家们的工作。各种贺信、贺电接踵而至。接着，愿意主动提供各种帮助，包括各种发掘建议，以及主动加入发掘团队无偿提供服务的各种要求纷至沓来。还有，上百个想得到纪念品——一粒沙子、一两条黄金——的请求都向发掘者涌来。还有更滑稽的资金援助，发展合作伙伴关系，制作电影的协议，以及版权协议等不断向卡特提出。还有人向卡特提出建议如何保护发掘出来的文物，怎样平息和应对"来自各个方面的各种突发情况"。卡特成批成批地打开各种信件，会发现"各种想当然的充满诙谐的交流"，也有人批评卡特亵渎了圣物，也有人向卡特主动攀亲叙故，"您一定是 1893 年生活在坎伯威尔①的表哥，因为从那以后就没有他的任何消息了"。还有一封信件十分严肃地咨询图坦哈蒙墓的发现能否为最近发生在刚果的比利时人的暴行提供解释。

新闻界的各种反应，以及来自世界各地的大量记者、新闻评论家们陆续云集卢克索，抵达帝王谷，将发掘者置于被动位置。潮水般涌入帝王谷的大量游客几乎令人恐慌。的确，帝王谷一向吸引着众多的游客前来参观。20 世纪早期以来，络绎不绝的游客每逢秋冬季节，来到帝王谷这个充满神秘的地方旅游观光。但是，图坦哈蒙墓发现之前游客们比较遵守秩序。他们一般手里拿着旅游指南书，在导游的引导下，排成长长的如同羊群般的队伍，井然有序地进行参观。他们耐心地听着导游的讲解，不时地点着头，参观完一座墓再进入另一座墓。卡特对这种情况十分了解，当年他做导游时就是这样引导他的游客参观帝王谷的，他就是这样确立了他的"步伐"节奏——一种十分系统的"步伐"节奏。但是，现在随着图坦哈蒙墓的发现，卡特却被这些蜂拥而至的游客搞得苦不堪言。他们随时会来帝王谷，几乎很少有导游陪伴，他们一来就向卡特提出各种要求和问题，还附带各种借口和托辞。没有人想真正了解图坦哈蒙墓的有关情况，而只是想告诉别人自己曾经到过帝王谷。

游客们一般于早晨 5 点 30 分或者 6 点整从卢克索开始帝王谷的旅行，乘坐马车、驴车，甚至汽车前往帝王谷。他们到达帝王谷的时间基本上是卡特开始一天工作的时间。有时候，几种不同语言的可怕的喧嚣出现，争论谁有权利应该坐在坟墓入口处的那个矮墙上。游客们常常整天待在闷热的空气中，阅读、闲谈、编织、玩字谜游戏，空空地望着远处的悬崖，以及帝王谷中早已干涸的支流，充满耐心地等待帝王谷里传

---

① 坎伯威尔（Camberwell），原英国伦敦的一个区。——译者注

来令人振奋的消息，虽然这种情况很少发生。但是，对其中大多数人来说，长时间的等待却似乎十分值得，因为他们盯着黑漆漆的坟墓入口，时而会传出发掘者不清晰的说话声。

每当卡特和他的助手们将坟墓中的东西搬出来时，都会引发一次忙乱。任何文物搬出来后都会停留片刻，那堵石墙感觉似乎就会倒掉砸向发掘者。游客们的嚷嚷声，夹杂着他们早已习惯了的真实的昆虫的叫声，照相机快门的咔嚓声，以及"请往这边放！"的叫喊声，都令人心烦意乱。

有一些特殊的游客，手里拿着各种入场许可券，对霍华德·卡特来说尤其心烦。几百封来自朋友的，或者朋友的朋友的介绍信，他们都是卡特从来不认识的。其中有一些是合法、合理的，也有一些是不合法、不合理的。这些介绍信有些是从位于开罗的埃及各部委或者部门官员那里得来的，也有的是从考古机构同行那里得来的，甚至也有一些是从个人手中得来的，以此坚持允许他们进入坟墓，甚至还有人冒充电报工或特别信使，要求进入图坦哈蒙墓里面瞥上一眼。

允许参观坟墓内部的资格成为卡特的一种烦恼，他只好以个人名望、社会地位，以及政治地位来决定。一群美国政客们经过种种困难最终获得了允许进入坟墓的权利，他们警告说，如果不允许他们进入坟墓（即便参观两分钟就可以），他们的立宪就失去了其存在的基础。亚拉巴马州的参议员奥斯卡·安德伍德说，"我希望卡纳冯勋爵允许我进入他发现的墓里面参观，当我完成了7600英里（约12 231公里）的旅程后，却发现坟墓已经被封闭，因此我非常失望"。一些在政治方面或者其他方面享有崇高威望的个人，虽然得到了卡特亲自引导下的参观，但是，当他们听到卡特说"好了，能让你们看的就这么多"时也会勃然大怒。卡特谴责参观者们浪费了他如此多时间和精力，甚至说每一位参观者都是破坏他人或公共财产的嫌犯。

随着请求进入图坦哈蒙墓的人员越来越多，蜂拥而至的游客数量陆续下降，卡特不再以个人的名义允许他所轻慢的任何参观者入场。卡特不时地为自己的不得体的态度付出了惨重的代价。

第 12 章
"发现重大，急需人手"

卡特多年来一直对朋友说，一想到耳室的状况及其杂乱堆放的宝藏，他对这座墓的热情便骤然减少。他意识到他面对的将是长达数年的异常烦琐的工作。这让他清醒，有时也令他感到沮丧。在某种意义上说，他已经开始一项涉及考古学方方面面的全新技术的崭新事业。

除了几次田野考古的经历外，卡特事实上并没有处理图坦哈蒙墓的经验。那时他还能处理那些几周或者最多一个月便能轻易完成的考古发掘工作。更何况，他对这次发现毫无思想准备——他怀疑这次发现对于任何人类群体，甚至是专业考古学家们来说都难以胜任。

仅仅修复一件饰有几百个金叶的皇室长袍就需要两个月。一想到前厅东南角落里杂乱堆放的镀金马车便让他不知所措。事实上，在他搬运即使是最小的物品前，都需要进行大量的准备工作。他必须准备防腐剂和打包用品，必须雇佣文物保护专家；他必须找到懂得文献和铭文的专家，因为每一件物品似乎都覆盖着大量的铭文；他必须建立一个实验室、库房和保护区；他必须架设电源；他必须建立绘画室和暗室，聘用绘画人员和目录人员。卡特孤身一人，他该到何处求助呢？

他打消了求助埃及古物服务部的念头，因为其实力令人怀疑，并且其想法和卡特往往冲突。他甚至没有想过向大英博物馆或者英国的其他考古机构求助。明显且唯一的选择是美国大都会艺术博物馆，它的负责人已慷慨激昂地说服美国国务院向埃及政府施压，不要修改文物发现五五分成的法规。大都会艺术博物馆拥有卓越的埃及考古人员，赫伯特·温劳克是其中的一位，他曾向卡特提供发掘坟墓的宝贵线索，那是一种高尚无私的情怀。

最优秀的考古摄影师也在大都会艺术博物馆。他的名字叫哈利·波尔顿，一个十分活跃的精力旺盛的人。他可以同时控制多个摄影机，就好比马戏团一流的杂技师可以平衡许多盘子一样。传说他能捕捉到最晶莹的玻璃杯没人注意的光暗面，能准确灵敏地捕捉到自己内心的感情变化和飞走的苍蝇以及从盘子中滴落的微小沙粒。波尔顿的天赋不仅在于他精湛的技艺，更在于温和的性格，这种性格被其同事表述为"完美地适合考古事业——既能忍受寂寞和独处，也能够和各种人合作"。波尔顿认为，必须在考古学中同时运用科学和美学两种截然不同的摄影手法。他是一位罕见的追求并实现了科学与美学完美融合的人。

大都会艺术博物馆还有卡特认可的其他卓越人才。其中有一个叫A.C.梅斯的人。他身材瘦削、性格内敛，被同行誉为文物保存奇才，同时他还是卡特的老师皮特里爵士的侄子。此外，大都会艺术博物馆还拥有沃尔特·豪泽和林斯利·霍尔这样天衣无缝的绘画组合。一个朋友曾打趣说，如果当沃尔特·豪泽和林斯利·霍尔在描绘神庙中的浮雕线条时，如果埃及历史上最凶猛的沙暴来袭，他们不但会逼真地复制出浮雕的线条，而且还会雕刻出每一粒沙子的大小、比例、方向和速度。

除这些专业因素外，卡特和卡纳冯勋爵考虑到多年来和大都会艺术博物馆的特殊财务关系，至今这还是大都会艺术博物馆历史上最大的秘密之一。这无疑也是促使双方并肩作战的原因之一。

卡纳冯勋爵还想招募两个私友——英国埃及学家阿兰·伽丁纳尔爵士，以及来自美国芝加哥东方学会的才华横溢的詹姆斯·亨利·布雷斯特德教授。布雷斯特德是一位意志坚定的埃及学家，无疑也是当时最卓越的考古学家，他以超人的智慧积累了深厚的学识。布雷斯特德的专长是解读古埃及圣书体文字和揭示古埃及语的无穷奥妙。他在该领域独享天赋，以至于有人戏说詹姆斯·亨利·布雷斯特德人生中唯一遗憾是，在早年他发现，身边无人能用中期埃及语与他进行超过数分钟的对话。卡特当即接纳了这两个人。

卡特很快又遇到了一件幸运事，埃及政府化学部的负责人艾尔弗雷德·卢卡斯愿意提供援助，负责文物的保存工作。卡特欣然接受了这份援助。

在组织团队期间，卡特又一次将墓室入口封闭。政府派遣埃及士兵在周边密集守卫。为监督他们，卡特还雇佣了当地的监督者。当卡纳冯勋爵和伊芙琳·赫伯特小姐在 12 月 4 日到英国海克利尔过圣诞节时，卡特来到开罗购买设备，包括准备放置在通道里的一个厚重的铁栅栏。卡伦德留下来，大部分时间抱着沉重的步枪，守卫着这座巨大宝藏的隐形入口。

卡特给在伦敦的艾伯特·利思戈致电说："这次考古发现重大，处处需要帮助。你能够向哈利·波尔顿申请援助吗？"艾伯特·利思戈立即回复道："我非常乐意以任何方式提供帮助。你可向哈利·波尔顿申请援助，也可以邀请我们中的任何成员加盟。"艾伯特·利思戈数日后追写一信，信中强调他和其他人员提供给卡特的所有帮助都是为了"目前最重大的考古事业"，并将会付诸"最大的热情"。利思戈希望这件事被完全理解为——对任何在图坦哈蒙墓中受雇的大都会艺术博物馆成员来说"均不涉及报酬问题"。博物馆的负责人近年来"急于以某种适当的方式对卡纳冯勋爵和卡特为大都会的贡献表达他们最深的谢意"。

大都会艺术博物馆当时的发掘计划和卡特所遇到的困难并不十分契合。他们在埃及主要遗址的挖掘基本上停滞不前，梅斯和温劳克曾专注于底比斯附近第 11 王朝某些坟墓的发掘工作。利思戈鼓励卡特立即雇佣梅斯、哈利·波尔顿和沃尔特·豪泽，他们会成为"得力的助手"。他还向卡特提供大都会艺术博物馆有关埃及学者的个人资料，以便卡特随时取用。同时，艾伯特·利思戈还拍电报给开罗大陆酒店的温劳克，吩咐他为卡特提供尽可能的帮助。

所有人都会把这看成是考古学历史上最为无私的一次合作。最初可能的确如此，但是后来它发展成为一个为了相互利益而结成的协约，协议双方冷漠地盘算着谋取最大的利益。

卡特在开罗还购买了一辆汽车、一个特殊装备了的仓库、摄像器材、化学材料和各种规格的包装箱子，外加 32 捆棉花、超过 1 英里的软纸、2 英里长的外用绷带。此时，詹姆斯·亨利·布雷斯特德教授应卡纳冯勋爵的邀请正急速赶往帝王谷。他带着儿子查尔斯一同赶来，但没有发现令他特别兴奋的东西。他看到的只是一个新挖了的大坑，三面用墙围着。中间是一堆石头，上面盖着一大块石灰岩，有人在石灰岩上画下了卡纳冯勋爵的家族盾徽。卡伦德手拿来复枪，漠然地坐在那里。布雷斯特德观察，不时有游客向洞里察看，而在炎炎烈日下，他会先看到"卡伦德先生的秃头上冒出的大滴汗珠"。

卡特于 12 月 15 日返回卢克索，径直造访了布雷斯特德的游艇，告诉这位大考古学家他亲身经历的这次发现的经过。当卡特描述在打开前厅之前的那几天发生的状况时，布雷斯特德的眼睛里充满了喜悦；卡特并没有提到他曾进入了坟墓中所有的墓室。据布雷斯特德说，在这次谈话中，卡特大叫起来说："想想吧！之前我曾两次距离第一个台阶不足两码远！第一次是几年前我为戴维斯发掘时，他曾建议我说应该把工作转向'更有希望的位置'。第二次是几个季度以前，当卡纳冯勋爵和我决定花费时间用来清理这块地区，以免妨碍游客参观拉美西斯六世的坟墓。"

当卡特描述自己第一次往坟墓里面察看时的感受时，布雷斯特德激动万分，他回忆说，卡特的声音"令他失望"。卡特从口袋里掏出一封旧信，描绘墓室前厅、耳室的布局草图。布雷斯特德推断他发现的肯定是个贮藏室——一个异常丰富的贮藏室，但也仅仅是个贮藏室而已。布雷斯特德甚至推测说，即使是在封闭的北门后也不会找到木乃伊。但是，卡特平静地说他自己并不这样认为，布雷斯特德便不再言语。

当卡特离开时，他告诉布雷斯特德和查尔斯说："三天后你们渡过尼罗河，就像前往底比斯神庙的一次常规旅行一样，登上山顶看看，然后进入帝王谷。计划在下午三点钟到达坟墓。需要带上充足的替换衣服，因为坟墓里面的温度很高，即使在里面稍作停留，也会汗流浃背！"

在约定的那天，布雷斯特德和查尔斯来到了墓室入口，见到了卡特、卡伦德、哈利·波尔顿、赫伯特·温劳克等人。温劳克身边还有妻子和女儿。距离布雷斯特德第一次来到图坦哈蒙坟墓不到十天，守卫棚房已经建起来，从台阶和通道处清理出了几吨残骸，并在台阶顶端安放了座椅，"一切都有条不紊"，查尔斯·布雷斯特德在回忆录中这样说。

这些坟墓造访者显得格外紧张。那些还没有看见或者听到有关介绍的人，在他们旧识的陪伴下显得紧张而拘谨。简单寒暄后，卡特站在台阶前端说："大家准备好了吗？请跟我来。"

他们下了台阶，沿着缓坡通道往深处走，来到卡特以前安装的铁门前。卡特打开铁门处安放的罩着白纸的蓄电池灯泡。穿过白色纸片散发出的神奇的光线，透过光线只能看到阻隔通道的铁门柱子的黑色轮廓。犹如时间的羊皮纸模糊了无限空间，卡特停下来。接着，提着铁门左前方的罩着不透明纸片的灯，他指出盗墓贼几千年前曾在那里闯入过，他缓缓移开纸片。

效果令人震惊，完全不同于卡特在几周前的第一印象。当时模糊难辨的形状和色彩在朦胧中映入眼帘时，着实让人震惊。如此突如其来，如此戏剧性，以至于让观众踉跄后退。当看到自己的发现如此令人震撼时，卡特异常兴奋。

对于布雷斯特德而言，这绝对是"一幅难以置信的景象"——完全不可能的一幕。这完全不可能是真实的，这如同一个传说，是幻想和现实的独特组合。他感觉好像是在没有提醒的情况下，闯入了一个为疯狂的难以想象的歌剧表演而准备的各种物品的、广阔而令人沉迷的剧院道具室。

观众惊讶地大喊大叫。卡特已经对主要物品：座椅、静穆的雕像、成堆的雪花石器皿、金座做了充分说明。灯的摆放位置非常巧妙，以至这些珍宝看起来好像是从暗棕色的石灰岩墙壁中跳跃出来一样。参观者凝视着眼前所看到的难以置信的立体镶嵌品，它们是用数百种色彩艳丽的镶嵌物制成的——金色、棕色、黄色、蓝色、琥珀色、黄褐色、黑色。

卡特慢慢解开捆绑铁门的长链。金属的碰撞声、链条从铁条中抽出的撞击声，并没有打破降临在被施以催眠术的观赏者身上的诅咒。卡特转向他的访客，低声问："你们不进去吗?"人群踟蹰不前。好像他们如果进入这个最神圣的地方，里面的财富会全部消失。他们终于跟着卡特进入最神圣的地方。刚一进入，布雷斯特德和赫伯特·温劳克就呆住了。最后，他们转向卡特相互对视，三人全都热泪盈眶，一时间谁也说不出话。随后是一阵阵道贺和爆笑，游客们也在擦拭着眼角不断涌出的泪水。

布雷斯特德回忆称，他只能反复握着卡特的手。他努力去控制自己的感情，并尝试用"专业的考察"取而代之，但他却做不到。他的批判机能被击垮，"在大量的富丽堂皇的物品前面，只能观察，没有系统，没有理性"。他认识到自己在经历着古代生活的重现，这种古代生活超越了迄今为止的任何现代人的视野。在他面前所展现的富丽堂皇除了古埃及文明，没有任何文明能设想和达到。布雷斯特德认为，考古史上的任何发现都难以和他在图坦哈蒙墓中所经历的第一幕相媲美。

马车尤其让布雷斯特德着迷，因为尽管它们完全覆盖着金叶，雕刻着最为成熟的艺术形式的浮雕，包裹着大量的珍贵石料，饰以各种镶嵌，轮子却有明显的使用痕迹。它们很明显曾在"底比斯大道上驰骋过"，因此，它们并不仅仅是为国王的来世生活而准备的装饰品。

人群慢慢地游荡着——最初是相当梦幻般地——从一件伟大的艺术品到另一件伟大的艺术品，不断被他们眼前看到的事物所震惊。在整个艺术史上还没有发现任何这样的物品！国王如同哨兵般沉着安静的雕像，因其镇静和逼真让人们胆战心惊。布雷斯特德评论说，尽管他们外表华丽，但是其表层也出现了氧化，导致"国王生活的光辉日环下的黯淡景象"。

温劳克10岁的女儿弗朗西斯，手里抱着一个手电筒，穿过洞口进入耳室。她匍匐着，脚伸向洞口，在摇曳的灯光里突然映出了宝藏，她于是大叫起来："爸爸！金子，金子，金子!"对于她妈妈来说，劝说女儿离开所在的魔法般的位置十分费劲，最后，妈妈不得不拖着她的小脚将女儿拽出来。

当人们察看完墓室里面的惊人物品的时候，他们更强烈地意识到了古代盗墓贼的造访。因为大多数物品表面的金饰被抠掉了，马车上的金片被撬掉，地面上散落着雪花石膏瓶子的瓶塞。盗贼们进入坟墓后，可能因为没有找到他们梦想的金饰而恼火，于是拿起日常家居使用的小板凳，粗暴地砸向西面的墙，小板凳反弹落在一个动物躺椅上，然后停留在兽头的一只角上，现在卡在躺椅的皮条编成的椅座上。

有关盗墓发生的时间问题，卡特和卡纳冯勋爵曾提出过一种理论。

卡纳冯勋爵在一次接受伦敦《泰晤士报》的访谈中，强调这个坟墓在拉美西斯九世统治时期遭盗墓贼闯入并洗劫。拉美西斯九世是第19王朝——埃及帝国衰落几百年后的一位国王。卡特坚信在任何一位第18王朝国王统治时期都不曾出现过盗墓现象。因为这些统治者拥有令人畏惧的权威和财富，以及他们兢兢业业的奉献精神，防止了该行为的发生。卡特辩解说，第18王朝的文献记载中从未提及盗墓行为，相反第19、第20、第21王朝，帝国秩序崩溃时期确有多次盗墓行为发生，当这些伟大的统治者们失去最高权力后，所有混乱出现了。同时，卡特宣称已经找到了可以追溯到拉美西斯九世时期的坟墓封闭痕迹。

卡特的理论令人不好理解。人们会提出疑问，为什么卡特曾经提出过这个想法，但是后来并不能长期支持他的这种理论。看起来似乎是，卡纳冯勋爵和卡特认为该坟墓在埋葬很久后才遭到洗劫，是为了强调该墓绝对不是保存完好的。

埃及古物服务部总体上将这个墓葬认定为一个曾遭受盗劫的皇家墓葬，即在第19-21王朝埃及统治羸弱时期被盗过。卡特和卡纳冯勋爵显然很担心图坦哈蒙坟墓被证实在第18王朝时期就已经被盗。这个坟墓在技术上一旦认定为"完整无损"，那么，该坟墓的文物分配方案将会把发掘者排除在外。

布雷斯特德对此十分感兴趣，他希望明确鉴定出盗墓贼的造访究竟发生在何时。在接下来的几周中，他一次次返回到前厅。有一天，当他在解读封印时，经历了一件可怕的事情。当他全神贯注地试图将北墙重新封洞口的石膏碎片拼凑起来时，他听到了奇怪的沙沙声，幽怨的哀鸣声响起又停止，好像一对风箱在不远处轻轻抽拉。片刻之后，他确定该声音是由于古墓里空气的变化而导致的。墓室里的空气封闭了几千年，随着现在空气的进入而逐渐更新。坟墓里的物品，其物理和化学性能分分秒秒都在发生变化。木制家具、精美的匣盒和雕塑正适应着新到来的陌生空气，结果出现了奇异的沙沙声和朦胧的哀鸣声。布雷斯特德独自坐在那里，倾听着变化的声音，内心茫然若失。他意识到了"无情地演绎死亡的开端"，"周围这些精美绝伦的文物艺术品的生命力是有限的，再过几百年，除了陶器、石器和金属之外的艺术品将逐渐劣变"。

当布雷斯特德困惑于"仁慈的统治者"（曾经将希伯来人掠为俘虏，他们的领袖摩西尚未出世）死亡几周后制作的一枚封印碎片时，他无意中朝着两个皇室卫兵的脸看过去。突然一个卫兵眨眼了！布雷斯特德几乎瘫软过去。最后他鼓足勇气近距离观察雕像。当他与雕像近在咫尺时才发现了令人毛骨悚然的一幕发生的原因。原来粘贴在睫毛上的几乎看不到的黑色细丝脱落了。墓室入口不时地吹进微风，古代绘画的薄片轻轻颤抖，在光的折射下就如同眨眼睛一般。

布雷斯特德在追踪盗墓贼留下的痕迹时，察看了门口的封印。因为他相信在那里将会找到坟墓被盗的确切历史时期的证据，卡特鼓励他这样做。布雷斯特德发现门口只有两种封印，一种是图坦哈蒙的，另一种是标准的王室墓地封印。布雷斯特德还研究了北墙上的封印，但并没有察看卡特和卡伦德从盗墓贼通道底端进来的那个通道，因为他不想弄乱位于此处的篮子盖和芦苇，显然，布雷斯特德并没有，也永远不会意识到那是卡特堆放在那里的。

全面察看之后，一个"非同寻常的福尔摩斯侦探实例"呼之欲出，布雷斯特德把结论呈给卡特：图坦哈蒙墓被非法进入过一次，这是确定无疑的，但或许还有第二次，出现在第 18 王朝时期，人们认为在该时期盗墓行为不可能发生，因为该时期强大的统治者完全有能力保护其祖先的坟墓。

布雷斯特德论证说，被卡特认定为拉美西斯九世时期的封印，实际上只是图坦哈蒙封印的一个碎片。布雷斯特德否认卡特认为在新王国时期第18王朝的坟墓未遭受盗劫。他提醒卡特说，在新王国时期至少有一位第18王朝的国王图特摩斯四世的坟墓被盗过——发生在图坦哈蒙的后继者哈伦希布统治时期。因为这个坟墓正是被卡特本人发现的。哈伦希布甚至还在图特摩斯坟墓的墙壁上留下了关于此次虔诚行为的记载。对此卡特惊叹说："我的上帝，我怎么从来没有想到过这一点啊！"

布雷斯特德告诉卡特说，看起来似乎并不是盗窃图特摩斯四世坟墓的盗墓贼闯入了图坦哈蒙墓。因为这些盗墓贼在哈伦希布统治早期曾遭到帝王谷官员的逮捕。布雷斯特德向卡特指出，修建拉美西斯六世坟墓的工匠棚直接通向图坦哈蒙墓的入口，这毫无疑问表明了，后者在拉美西斯九世统治和盗墓猖獗很久以前就被覆盖并被遗忘了。面对这个显然的事实，卡特再一次向布雷斯特德惊呼："我的上帝，我怎么从来没有想到过这一点啊！"

无论是卡特还是卡纳冯勋爵都没有试图纠正他们当年在《泰晤士报》上宣称的，认为图坦哈蒙墓在国王下葬后几百年后被盗的故事。在《图坦哈蒙之墓》第一卷中，卡特避免提到布雷斯特德的证据。他描述说盗墓贼或许不止一次闯入坟墓，时间不晚于拉美西斯六世统治时期。在正文的一个脚注中，卡特在没有援引任何证据的情况下说明，他相信坟墓在国王下葬后十年内被重新封闭过。

但是脚注却含糊了事实，因为卡特必然知道，如果哈伦希布曾尝试把他前任坟墓里面的物品摆放整齐，必须发生在时间更早，而不是下葬后10到15年内。因为在他成为法老后的一两年内，哈伦希布实际上却将全部精力用以消除所有有关图坦哈蒙的记载。

第 13 章
三公主宝藏事件

当卡特购买完设备开始组队时，卡纳冯勋爵和女儿伊芙琳小姐乘船去了法国港口马赛，然后转乘火车返回英国。从火山岛斯托伦波里出发后，卡纳冯勋爵给卡特写了一封信，表面看来这封信纯属日常的闲聊：卡纳冯伯爵主要表达对将要到来的节日的美好祝福；祝卡特风寒尽快痊愈；并补充说在开罗旅馆里给卡特留下了一个惊喜的布丁；并向卡特保证伽丁纳尔爵士将会在圣诞节后不久到达发掘现场。但是，信中有两小段泄露了两人之间的重要秘密。这封信还泄露了他们与大都会艺术博物馆之间的从未公开过的秘密关系。

在信的结尾，卡纳冯勋爵表达了自己的希望，祝愿卡特与古物部的官员交涉顺利，其中主要是皮埃尔·拉考要充分保证卡纳冯勋爵能够获得坟墓中出土的惊人文物的适当份额。两人都认为在文件中，必须将图坦哈蒙墓正式认定为曾经被盗窃过的坟墓。尽管卡纳冯勋爵非常期待获得文物的慷慨份额，但他还是担心皮埃尔·拉考可能会拖延相关议程的讨论。

在另一段里，卡纳冯勋爵枯燥地谈论自己非常担心他和卡特能否从纽约那边获得一些东西。卡纳冯勋爵表达了深切希望，即希望公主宝藏能够发现更多。

这些鲜为人知的谈论到底有何重要意义呢？

毫无疑问，纽约指的是纽约大都会艺术博物馆。同样没有疑问的是，公主宝藏是指博物馆持有的收藏品中古埃及珠宝的最主要的部分。

自从 1926 年，国王图特摩斯三世家族的三个公主的宝藏——或者更可能的是法老三个妻子（王妃）的宝藏——被大都会艺术博物馆认定为整个博物馆中最为上乘的收藏品。绝大多数的埃及学家将这笔收藏看作是整个第 18 王朝最上好的金质艺术品收藏之一，仅次于国王图坦哈蒙的宝藏。尽管一些专家就这些物品是否来自同一个墓穴表示怀疑，但是他们不得不承认这些宝物本身是精美绝伦的。关于此次发现的完整故事，虽然以前从未公开过，但是更多的证据表明这些物品出自同一个陵墓。

财富数额惊人，这笔精美绝伦的宝物共有 225 件。因为它们分属于三个女人，所以物品被划分为三份。最吸引人的物品是两件光彩夺目的黄金和彩釉制成的头饰，其中一个以十分活泼的羚羊头装饰，还有三件金项圈、七件金手镯，其中一个上面有用长石雕刻着猫的形象、八枚戒指、六件兀鹰状胸饰、30 件纯金趾甲套、几十枚金戒指、心形圣甲虫印章、护身符、带有金带装饰的雪花石瓶（用来盛放冰块）、两面十分漂亮的银镜（装有金质把柄）、六枚黄金制作的杯子和瓶罐，以及使用紫水晶、蛇纹石和长石镶嵌的银器和高脚杯。

绝大多数珍宝上面刻有图特摩斯三世的王名环或者三个公主（或王妃）的名字曼赫特、曼威、迈尔蒂。每件都带有 1926 年博物馆的收藏编号。但是，在 20 世纪 40 年代的一份特殊出版物中，赫伯特·温劳克声称这些藏品是用特殊基金，历经"多年"分别购买来的，还顺便提及说一些金质器皿曾一度被霍华德·卡特所拥有。

但是，赫伯特·温劳克并没有给出完整的故事。这个故事是一个引人入胜的收藏传奇，包括盗墓故事，激烈的讨价还价，令人发狂的部分文物流失前的募集资金的过程。更令人震惊的是，大都会艺术博物馆秘密地直接从霍华德·卡特手中购买了所有 225 件三公主（或王妃）的宝藏。卡特是使用卡纳冯勋爵的赞助资金，从埃及文物贩子手中直接购买的，因此，卡特可以从这笔交易中大赚一把。

三公主宝藏的发现令人难以置信，其发掘的具体地点业已不详，但是毫无疑问肯定是在埃及。1914年7月末，在一个阿拉伯语叫作伽巴纳特·埃尔-古鲁德的地方，在帝王谷王室墓葬南部的非王室"阿皮斯神牛墓"附近，发生了特大暴雨。当千载难逢的暴雨降临时，当地的盗墓贼们便会聚集起来。总体来说，他们并非勤勉之人，只是耐心去观察峡谷峭壁的情况，更为简单而有效的做法是，登上山谷高处察看洪水流向哪个方向。

这次暴雨停了之后，一群来自盗贼的"世界之都"——库尔纳的盗墓贼们急忙登上山顶，他们发现了一处位置，在那里山洪流下陡峭的悬崖，消失在悬崖的一个巨大裂缝中，然后又从40码（约36米）远的一个洞口流出来。为了找出洪流消失后去了哪里，他们用沿着从山麓拖运上来的非常沉重的水轮绳索进入了裂缝。

一切都在高度保密下进行。但是，接下来的发现大大超出了他们所有人在开始前的预料。几天之内，消息传遍了库尔纳和卢克索，一笔稀世珍宝在"阿皮斯神牛墓"的某处被发现了。即使是仅仅购买其中一小部分宝物的埃及文物贩子的名字，在当地来说也不是什么秘密。他的名字叫穆罕默德·穆哈西比，一个十分精明的文物贩子。他能够迅速获悉任何秘密的发掘，无论发掘大小。穆哈西比因为首先赶到发掘现场并迅速买下了部分文物——通常使用金币支付，因而赢得了本地人的尊重。

在珍宝发现两周后，一位在卢克索附近工作的英国考古学家欧内斯特·迈基，详细考察这个事件，并给阿兰·伽丁纳尔爵士发了消息，伽丁纳尔又立即通知了卡纳冯勋爵和霍华德·卡特。迈基汇报说他已经通知了当地文物部门的调查员陶菲克·布劳斯阁下，并要求他亲自去察看。布劳斯阁下发现这只是一个普通的坟墓，位于悬崖一个大裂缝处，距离山谷地面约 30 英尺（约 9 米）。迈基向库尔纳村民询问了一些常规问题，但收获甚少。他得知的唯一信息是，盗墓贼发现了大量刻着王名环的雪花石器皿和大量的黄金饰品。那些文物的质量堪称上乘，包括金带、手镯、头饰、项链、珠子和金鞋。金鞋令迈基困惑不解，他猜测这些东西"很可能是曾经在拉美西斯时代使用的覆盖死者脚底的薄金片"。

迈基声称通过汇报给他的相关详细调查信息，他得出结论认为此次秘密挖掘获得了暴利。他询问穆哈西比所了解的有关情况，但是这个精明的文物贩子矢口否认曾购买了其中的文物的事情，甚至表示对此事毫无所知。这个结果并非出人意料。最好的办法就是需要时间，静静等待在贪婪驱使下的几位买家之间的竞争。把珍宝分成两份甚至更多份，这也是比较常见的做法。每一份都包含有相等份额的精品和普通品，然后提供给不同的收藏家或者博物馆。每一份珍宝都被穆哈西比的亲属分别妥善保管，这就保证了官方从来不可能追踪到所有文物。更为重要的是，等额划分对整个团伙获取最大利益是至关重要的。

文物贩子通常使用的伎俩是，在适当的时候将一份提供给一个收藏家或博物馆，另一份提供给另一个收藏家或博物馆，同时对两者放出口信称，如果某位收藏家或博物馆能够拥有两份收藏将会锦上添花。两份珍宝的总体价格将会比两份单独价格之和更高，但是想想完整文物的科学价值吧！当收藏者一旦拥有了两份珍宝时，将来在某个合适的时间，穆哈西比会突然抛出第三份珍宝，接着第四份、第五份，这就会使得收藏家们和博物馆方面无法抵挡诱惑。

通常情况下，埃及警方或者古物服务部官员是追踪盗贼或秘密发现的文物的最后一批人。他们非常关心有关三公主珍宝的发现，但是显然他们的关注还不够。盗墓贼中有一个名叫穆罕默德·哈马德的古怪小老头，他在与其他八个同伙从穆哈西比手中得到金币，瓜分并隐藏起来几个小时后向温劳克进行了交代。

穆罕默德注视着自己分得的金币，首先想到的是讨一个新的老婆。他选择了一个芳龄姑娘，赫伯特·温劳克对穆罕默德新讨来的老婆这样形容说："身材高挑……眼神机灵，头巾背后包裹着令人难以抗拒的诱惑。"在匆忙举办了婚礼之后，穆罕默德沉溺于与年轻老婆的享乐中，一枚一枚地消耗着金币。

就在婚礼几周后，一群村庄守卫员和警察由马穆尔领头，突然闯入了村庄。穆罕默德匆忙将金币收拾好，把它们扔进一个谷筐里，然后让他年轻的新娘用漂亮的头顶着。若新娘不扭头向警察发出盛气凌人的一瞥的话，一切会进展顺利。但是新娘的这个动作被其中一个警察发觉，这名警察是一个阴沉而笨拙的人，经常被库尔纳的姑娘所取笑。他伸出棍棒敲打筐子，筐子从新娘头上掉了下来。新娘尖叫起来。金黄色的玉米混杂着金币散落在了地上。温劳克汇报说，村民、警察和卫兵发生了一个小时的疯狂混战。当混战结束的时候，村庄里的每个人都精疲力竭，除了穆罕默德和其他几个嫌疑犯之外，其他人全都回家了。但是，事情最终不了了之，其他所有的盗贼均被释放，没有一个输家，只有穆罕默德·哈马德除外。

在那之后，当地文物局的监察员陶菲克阁下，仔细察看了坟墓，搜索盗墓贼留下的痕迹。传言说遗留下来一些大瓶罐，包括四个礼葬罐，被埋葬在附近的壁龛中。但是在挖掘之前，这个运气不佳的陶菲克必须要从开罗官方得到许可。开罗的相关官员告诉他说："不要再打扰它们了。"因为他们非常确信，在帝王谷的那个位置不可能有坟墓，几年前一个法国人曾在那儿仔细搜寻却毫无所获。对于陶菲克阁下来说，官方的指示的确让他有些难以接受，因为当一位报信员将命令传达给他的时候，他正站在那片墓葬区域。

　　尽管陶菲克和迈基多次向古物局方面请求批准挖掘这片坟墓，看看能否发现什么，但是官方的答复总是令人失望。官方声称这将会花费太大——约250美元！而且即使在此处有所发现，那么守护这片墓区的花费将会更大。最终，这个洞被草草断定为一个空洞。除此之外，这片区域就没有再进行过专业考察，1918年霍华德·卡特的考察是个例外。可以想象，库尔纳的村民这下可高兴了。

　　1917年春，时任大都会艺术博物馆埃及馆馆员的安布罗斯·兰辛，遇见了文物贩子穆哈西比。他已经将所获的宝物分成三份，准备卖给大都会艺术博物馆、大英博物馆和卡纳冯勋爵。兰辛购买了3套礼葬罐子和其他几个器皿，大约花费了300英镑。当他检查完一些金质宝物后，他变卦了，主要是因为剩余文物的报价——80 000英镑——"令人震惊"。

　　这时，霍华德·卡特开始介入。1917年秋天，卡特联系到当时正在伦敦的大都会艺术博物馆的负责人爱德华·罗宾逊，并告知他文物的相关事宜，还强调说："在可能的情况下，所有这些文物归一起是非常重要的，无论是从科学研究角度，还是从收藏价值上看。"卡特给惊讶不已的爱德华·罗宾逊提供了一份整洁的清单，说卡纳冯勋爵已经决定用自己的钱购买全部的这些文物，但是由于他只想要其中一些特别的文物，因此卡纳冯勋爵建议大都会艺术博物馆从卡特手中购买剩余的文物，这样卡特将会得到15%的提成。通过这种方式卡特可以从中获利。从来没有人告知文物贩子穆哈西比，卡纳冯勋爵秘密地扮演了大都会艺术博物馆代理人的角色。卡特力促大都会艺术博物馆与穆哈西比进行谈判，博物馆方面提出的价格总是远远低于穆哈西比索要的价格，甚至低于穆哈西比与大都会方面达成的一些东方艺术品作为交换品之后的价格。最终，讨价还价中断下来。卡特说，这样做可以使穆哈西比遭受打击，从而可以让大都会艺术博物馆在提供的价格方面获得有利位置。卡特认为穆哈西比老弱不堪，余日不多了。

罗宾逊立即同意了，责成赫伯特·温劳克负责处理该事务。在接下来的五年中，大都会购买了七笔，通常直接或经由卡特获得，包括225件独特的陪葬品和耀眼的首饰珠宝。谈判非常复杂，有时非常惊险，通常挣扎在失败的边缘。但是，大都会艺术博物馆渐渐获得了这笔珍宝。博物馆方面通常资金不足，温劳克和罗宾逊不得不尽最大努力募集资金。有时候卡特代表卡纳冯勋爵支付了一大笔钱给穆哈西比或他的孙子马哈默德，马哈默德在穆哈西比死后加入到这笔珍宝交易中。他们时常十分害怕，因为如果筹集不到足够的资金，他们担心卡纳冯勋爵会以高价转卖他人。温劳克写给利思戈和罗宾逊的信件中，详细描述了五年来在异常艰难中走过的历史。

据温劳克描述说，有一次，大英博物馆准备参与进来，拿着从"某个正打算给大英博物馆提供捐赠的英国富翁那里"筹集到的资金。但是，碰巧那位捐赠者向卡特询问是否了解大英博物馆想要的珍宝的任何信息。这时，卡特用略带娱乐的口吻说，他的确知道此事，但是他知道那些珍宝实在"毫无价值"。

接下来出现一个问题，卡纳冯勋爵是否继续坚持自己保存这些文物中的精品之作。有一段时间，他在海克利尔的收藏中确实有一枚王冠和五盏金杯，但是最后他同意把这些出售给大都会艺术博物馆，部分原因是由于大都会艺术博物馆表达了想拥有完整收藏品的愿望，但是主要还是为了帮助霍华德·卡特。正如温劳克对当时情形的描述，卡纳冯"知道一旦他拿走了最好的藏品，我们将会很快厌倦于收购二流藏品，如此一来，就会让卡特丧失获利的机会"。

有时，大都会艺术博物馆的工作人员向卡纳冯勋爵将自己的收藏转让给博物馆的慷慨行为，以及他提供的友好帮助表示称赞。然而，温劳克有时对卡纳冯和卡特的善意表示怀疑。温劳克写到，有一次卡特解释说他代表大都会艺术博物馆签署了一份 25 000 英镑的藏品，温劳克倒吸了一口凉气，双脚一时都"挪不动了"。但是最后各方都皆大欢喜：大都会艺术博物馆兴奋于自己拥有世界上独一无二的珍宝，卡纳冯勋爵则为帮助了他的好朋友卡特而感到欣喜，卡特也大大松了一口气，因为他将来的经济资助几乎完全搞定。

这笔交易自 1917 年开始到 1922 年结束。博物馆支付的总额达 53 397 英镑。按照 1922 年英镑汇率计算，支付总额为前所未有的 256 305.6 美元！按照今天的市值计算，相当于 250 万美元。根据与卡特达成的协议，卡特可从中获得将近 40 000 美元。今天我们几乎不可能理解 20 世纪 20 年代早期的埃及的购买力状况。但是，可以毫不夸张地说，一个生活朴素的人，一年 3000 美元完全可以过着非常优越的生活——有不少于四到五个仆人。

1922 年 3 月，当三公主珍宝交易完成时，没有人能想象到在仅仅四年时间里，卡特的经济实力会大大增强。因为在卡纳冯勋爵死后，霍华德·卡特匿名安排了卡纳冯收藏的古埃及文物精品的拍卖，这些文物正是卡特帮助他的赞助人卡纳冯勋爵搜集的，出售给大都会艺术博物馆的总价为 45 000 英镑，或者 216 000 美元。显然，卡纳冯勋爵早已事先安排遗嘱，其中部分可归卡特所有。卡纳冯勋爵似乎早在 1922 年 3 月就已经做出了这个决定，因为温劳克在一封信中指出，那时卡纳冯勋爵意识到自己的生命正在凋谢。他害怕再次手术，决定忍受病痛不再进行下一次手术。

今天看来，卡纳冯勋爵、霍华德·卡特和大都会艺术博物馆对三公主珍宝所做的安排似乎不大可能。因为埃及政府有关购买文物和文物出口的规章是严格的。在第一次世界大战后不久的那段时间里，情况灵活很多，尽管法律规定收藏者购买埃及文物必须获得开罗博物馆的批准后方可出口。据温劳克说，只有金子珍宝才会这样执行，其他珍宝通常情况下会被忽视。人们好奇，倘若当初带到官方面前的是一个整体而不是许多小份额，出口是否还会允许呢？很可能不会。因为即使在第18王朝珍宝收藏异常丰富的开罗博物馆，三公主墓中出土的珍宝依然会被认为是最有价值的，无论从历史角度还是从审美角度。今天我们很难想象，像卡特那样的专业考古学家或者持有埃及政府发掘许可权的卡纳冯勋爵，能够深深地卷入埃及文物的交易之中。即使是在20世纪20年代早期，如果将这些事件公之于众的话，也一定会被认为是不道德的行为。

意料之中的是，结果证明渴望收藏到世界上最为精致的埃及文物的大都会艺术博物馆，与其他考古学家也进行了类似的交易。霍华德·卡特并非个例。从艾伯特·利思戈和赫伯特·温劳克之间一连串关于三公主珍宝事件的信件中，有人发现，令人震惊的是，大都会艺术博物馆甚至和富有传奇色彩的皮特里爵士也缔结了购买协议。

在1920年的一封信件中，利思戈若有所思地对温劳克说，或许他们可以从英格兰的皮特里手中获得一些文物！因为皮特里1914年在位于拉宏的中王国时期的埃及坟墓中的另外一个秘密壁龛中意外发现了精美绝伦的珍宝。艾伯特·利思戈报告说皮特里找到了一个"带着神奇铭文的大雪花石罐"，他问温劳克说："我们能得到它吗？"利思戈提到，皮特里在拉宏金字塔通道里，在塞努瑟尔特二世的王冠上，还发现了一个由黄金和天青石镶嵌的蛇形物。他写信给温劳克说："情况怎样？"后来，利思戈有些气急败坏地抱怨皮特里似乎背叛了他们的"书面协议"。协议中声明如果大都会艺术博物馆购买了皮特里在拉宏发掘的珍宝，皮特里则有义务"让出"一些石灰岩礼葬盒。利思戈声称"将这些文物搬出来的劳力费用由我本人支付！"利思戈敦促温劳克提醒皮特里注意书面协议，并且立即找皮特里商谈购买拉宏另外两具石棺的问题。

当人们阅读到大都会艺术博物馆和其他外国埃及学家因担心"考古科学"受挫，而反对皮埃尔·拉考修改五五分成的法规的义正词严的声明时，再反思一下卡特、卡纳冯、大都会的阴谋，还有皮特里与博物馆之间的交易，不禁对他们论证的价值产生怀疑。因为这些交易，其中一些无疑被埃及政府发现了，考古学的自由商业活动的时代走到了末日。在图坦哈蒙墓发现后的一年内，这个时代永远地终结了。

第 14 章
大都会艺术博物馆分得杯羹

卡纳冯勋爵和女儿在 12 月 20 日抵达英格兰后,受到民族英雄般的欢迎。两天后,卡纳冯勋爵在白金汉宫受到了国王乔治五世的接见。据王室发言人称,国王"带着极大的兴趣,聆听了他对这次重要考古发现(由卡纳冯勋爵和卡特先生共同发现)的描述,这个发现被认为是他们从事的近 16 年之久的发掘工作的巅峰"。王室发言人还讲道,卡纳冯勋爵向乔治五世保证说,当所有神龛拆除后,将会发现法老的木乃伊。奇怪的是,那个时候没有一个人意识到他对一个尚未发生的事件所做的精确描述表明了什么。在他的国王面前,卡纳冯勋爵已经泄了密。

在图坦哈蒙墓发现后,卡纳冯勋爵返回英格兰度过了他人生中最为惬意的一段时光。由于他个人取得的成就而引发的兴趣,卡纳冯勋爵称"无与伦比",并"强烈吸引了公众的兴趣"——主要因为这是"私事……英国人应对此负责"。他告诉卡特说:"一位贫穷的艺术家写信说给我 5 英镑作为制作电影的费用。"

尽管卡纳冯非常疲惫,当伊芙琳小姐描述他们在"最神圣的地方"(即墓室)的发现,以及当他对一位怀疑的听众描述打开墓室通道的激动人心的时刻和进入前厅的时候,卡纳冯感到完全恢复了活力。试想,伯爵用设置悬念来吊人胃口——在墓室里到底能发现什么——这使得听众欢呼雀跃。

对艾伯特·利思戈来说,这也是他职业生涯中最为愉悦的时期。他尽最大的努力帮助大都会艺术博物馆获得了历史上最大的利益。卡纳冯勋爵一回到伦敦，利思戈马上与他会见，并给爱德华·罗宾逊发越洋电报："卡纳冯已经到达伦敦。他非常感谢我们提供的帮助，并且信赖我的建议。建议你发电报给他，保证我们可以任何可能的方式帮助他。"

在接下来的一封信中，利思戈狂喜地认为他出现在伦敦，对他本人和整个大都会艺术博物馆都是"最幸运的事情"。首先也是最重要的，当卡特求助的时候，他能够向卡特提供全力援助，并且可以和碰巧也在伦敦的 A. C. 梅斯讨论"最合理的安排"。

当卡纳冯在这个问题上表明立场后，利思戈有关发现者将会求助大都会以外的其他机构的任何疑虑都消失了。在那个时候，在图坦哈蒙墓问题上，可以想象每一方聪明地耍手段和另一方建立伙伴关系，都担心对方可能拒绝合作。利思戈直截了当地告诉卡纳冯勋爵说，图坦哈蒙墓中文物艺术品的维护和保存是事业成功的关键。他详细描绘了涉及 A. C. 梅斯的活动计划，指出他的"谨慎的技术和惊人的耐心"是"别人无法超越的"。梅斯和卡特将会挑选小组的其他人，从事修复和保存数百件精美的艺术品：家具、箱子、军事设备、长袍。

利思戈了解到，皮埃尔·拉考已经向卡纳冯"保证"将会得到墓中文物的慷慨份额，卡纳冯勋爵正在等待卡特的进一步证实，卡特留在开罗主要是为了处理这个最为关键的问题。卡纳冯告诉利思戈说："他在文物修复方面所做的工作越多，拉考给予的分成越多！"考虑到这些，利思戈敦促卡纳冯勋爵与皮埃尔·拉考签订一个协议，保证卡纳冯享有"所有修复"的权限，即使在他们抵达开罗后，古物部二把手、开罗博物馆的管理人乔治·达雷西也无法将他们拒之门外。

利思戈将他和卡纳冯之间的谈话，写信告诉爱德华·罗宾逊，并要求"务必在家庭圈子之内传阅"。他相信罗宾逊将会清楚地"看到我做这些是为了什么——并且我所知道的也是博物馆方面的愿望，在杂乱无章的情况下为卡纳冯勋爵提供所有帮助"。利思戈接着说，卡纳冯勋爵"为了回报我们所做的一切，确信他将会给我们一些他所得的东西"。

利思戈小心翼翼地向他的上司指出，他已经采取所有预防措施确保大都会的发掘顺利进行。他个人确信"我们从卡纳冯的发掘中得到的文物，将会远远超过从第 11 王朝的墓中得到的所有文物"。

他敦促罗宾逊找到博物馆受托人批准他的行为，并说服他们立即给卡纳冯勋爵发电报表示支持。他强调说，卡纳冯对这些棘手的事情"真的不知所措"。他告诉罗宾逊说，卡纳冯勋爵被大都会提供的帮助"深深打动"。当卡纳冯勋爵和卡特两人收到利思戈"提供全力帮助"的保证时，他们得意洋洋地拿到伊芙琳小姐的房间让她看，所有的人都"大大地松了一口气"。

利思戈在他伯林顿宾馆的房间里逗留了几日，渴望等待着和卡纳冯勋爵的再一次会面，希望他能够将一部分珍宝提供给博物馆。后来，圣诞节前两天，他收到卡特一封电报，称又给他一次与卡纳冯勋爵会面的机会。这个消息令人振奋。卡特告诉利思戈说，哈利·波尔顿冲印出来的相片"极为出色"。利思戈知道，当卡纳冯勋爵听到波尔顿成功的消息时会非常高兴。利思戈私下告诉罗宾逊说，有波尔顿如此出色的表现，肯定也会让他们变得幸运。既然卡纳冯勋爵和卡特的拍照努力"失败了"，波尔顿的成功将会进一步把卡纳冯勋爵推向大都会的债务方。

卡纳冯勋爵对这条消息的确十分高兴，并且说他将造访利思戈下榻的宾馆为他送别。卡纳冯勋爵和伊芙琳小姐一同来到宾馆后，他立即要求与利思戈进行私下谈话。当伊芙琳小姐、利思戈夫人、梅斯走后，卡纳冯勋爵兴奋地告诉利思戈说，他刚从霍华德·卡特那里收到"令人兴奋的消息"。就图坦哈蒙墓中出土文物的分配问题，卡特已经和皮埃尔·拉考秘密举行了多次会晤，拉考已经再次确信了"全面的进一步的保障"，卡纳冯勋爵将会享有优先权挑选他喜欢的文物。卡特向卡纳冯勋爵表达了些许失望，因为皮埃尔·拉考告诉他没有必要对此做出书面"保证"。卡特认为，在那种情况下达成口头协议已经足够了。

据利思戈回忆说，接着卡纳冯勋爵压低了声音告诉他说，"不要把接下来的谈话内容告诉任何人"——甚至不能告诉他的合伙人卡特，以及他的女儿伊芙琳小姐。他对利思戈说："当然我将会把发掘得到的一部分文物给你。"他接着说，"我将会给大英博物馆一些，但是我希望大都会艺术博物馆会被很好地照顾到。"

当天傍晚，利思戈给罗宾逊送去了一封令人欣喜的信，在信中，利思戈告诉他说事情正在秘密进行中，并且透露了卡纳冯勋爵给予的馈赠。他描绘说，卡纳冯勋爵"非常好"，他还说，"你可以想象，我和他见面并向他提供保证，并对他为大都会艺术博物馆所做的一切表示感谢——一方面是现在所做的事情，另一方面是过去几年中他在三公主珍宝方面给予的支持"。

利思戈强调说，在关于卡纳冯勋爵对待大都会艺术博物馆的态度上，我们显然有理由务必坚守绝密，并要求罗宾逊不要将事情告诉任何人，但爱德华·哈克尼斯和罗伯特·德·福雷两人除外，因为这两人是董事会成员，后者还是大都会艺术博物馆馆长。利思戈声称，在时机不成熟时他不打算给梅斯甚至温劳克任何馈赠方面的暗示，并且告诉他的上司说："一旦有必要，一定要在第一时间告诉卡纳冯你了解他的意图，并向他表达博物馆方面的谢意。"当时没有理由怀疑，利思戈确信卡纳冯勋爵在两个条件下会保证大都会艺术博物馆获得图坦哈蒙文物的份额。第一个条件是，使用大都会艺术博物馆的工作人员；第二个条件是，大都会艺术博物馆向埃及政府持续施加政治压力。因为有来自美国方面的压力，即使是皮埃尔·拉考，或者其他任何人，都不能修改有关文物分成的法规。

就有关如何处理墓葬的问题上，利思戈与卡纳冯勋爵举行了近4个小时的私人谈话。利思戈说，科学界和公众界都高度关注着卡纳冯，他建议用尽可能专业的人员来处理剩下的发掘工作以及对前两个墓室的清理，并使用大都会艺术博物馆的团队作为长期合作伙伴。他强调在实验室和开罗埃及博物馆有关工作中，有必要征得博学多才的A. C. 梅斯的帮助。

利思戈还抛出如何处理国王木乃伊的问题。"一旦在封闭的墓门后发现了它"，就有必要求助埃利奥特·史密斯博士，他在保存和研究木乃伊方面很有天赋。史密斯是一位英国化学家，几年前在开罗博物馆进行了首次皇室木乃伊的科学研究。

卡纳冯告诉利思戈说，他已经受到各种各样的质问和攻击，包括邮件的、私人来访者的、专家方面的，有些是有真实依据的，也有一些是主观臆断的，指责他在欺骗大家。精疲力竭的伯爵感到十分困惑，因此非常希望（甚至渴望）赞同他所有的建议。利思戈指出，迄今发掘的其他皇室墓葬中，或多或少都存在抛弃和处置不当问题。他向卡纳冯勋爵强调说，他们正在处理的不仅是世界历史中最重要的、最让人兴奋的考古发现，而且处理这项工作的团队也是埃及考古中最为"完美的"工作机器。如此一来，卡纳冯勋爵"将在这次考古发掘中成为最大的受益者"，因为"在任何一个方面都提供了可靠的证据，在每个细节上都堪称完美"，从而受到人们的赞美。卡纳冯勋爵赞同利思戈的每一条建议。

利思戈发现他在伦敦不仅是世界上最幸福的人，同时也是最为忙碌的人。他能够与詹姆斯·魁贝尔在多种场合进行会面，后者是一名在埃及古物服务部供职的英国人，他对外国人在埃及进行的相关文物发掘工作的艰难深表同情。作为加斯顿·马斯佩罗的一名老助手，魁贝尔希望看到他的上司在鼓励外国人在埃及从事勘探和发掘方面永远不要改变现有的政策。他曾经亲自给艾伦比伯爵致信，希望这位高级专员在该问题上提供支持并施加影响。利思戈在心理上灵敏地捕捉到了这个时机，与魁贝尔探讨三公主坟墓最后一份珍宝的合法出口事宜。这个十分棘手的问题。他被赋予了优先许可权。对艾伯特·利思戈而言，在伦敦的两周其意义可谓非同寻常。

大都会艺术博物馆董事会最终起草决议，批准负责人和埃及馆员向卡纳冯勋爵提供帮助。"以任何必要的程度帮助记录、搬运、保存墓中发现的文物。"董事会向卡纳冯勋爵"在这项重大工程中任用大都会艺术博物馆的职员"表达敬意。第二个决议是冷漠地通告埃及政府，正如官方声明中所表达的那样："古物服务部官方想要修改 1912 年古物法第 14 款中第二段有关国外在埃及发掘物五五分成的决议，一旦新决议付诸实施，博物馆方面将设法让所有在埃及的考察工作立即停止。"

圣诞节几天后，纽约《时代周刊》刊登了一个故事，标题为"美国人挖墓"，是关于大都会艺术博物馆在图坦哈蒙墓发掘中所扮演的角色问题。文章大肆赞美博物馆人员"是在许多发掘者候选人中——包括英国人、法国人、其他的美国人、埃及人中选拨出来文物发掘者"。

同时，纽约《先驱报》记者采访爱德华·罗宾逊要求他对一个流言做评论。流言称，大都会艺术博物馆在帮助卡纳冯的过程中将会获得文物分成作为馈赠。罗宾逊发表声明正式否认此事，声称他对博物馆方面将可以从图坦哈蒙墓中分得"所谓的馈赠毫不知情"，除了"我在报纸上看到的"外。在声明中罗宾逊强调说，在卡纳冯勋爵与大都会艺术博物馆的关系中，卡纳冯勋爵向博物馆寻求帮助，并得到了帮助，但并没有暗示给予博物馆任何形式的馈赠。他还说，大都会艺术博物馆承诺提供帮助，"并没有期望得到回报"。对这笔"非凡而壮观的珍宝"的处理权完全取决于卡纳冯勋爵和埃及政府，大都会艺术博物馆无权过问。

　　两天后，爱德华·罗宾逊收到艾伯特·利思戈发来的一封标注"最高机密"的信函令他惊愕异常。信中告诉他发生的"令人振奋的消息"，卡纳冯打算把图坦哈蒙墓中的一些珍宝以礼相送。如此一来，这位优雅而冷静的负责人有两个喜悦，一是他的机构将可以获得历史上已知最为重要、最有意义的发掘文物的一部分，二是因为时局变化，他的良心无需受到任何谴责。

第 15 章
"图坦哈蒙公司"

在所有关于图坦哈蒙墓的书籍和文章中，包括詹姆斯·布雷斯特德和阿兰·伽丁纳尔爵士的回忆录，留给公众的印象是：卡纳冯勋爵急切地想索取图坦哈蒙文物中自己应有的分成，而卡特强烈反对，于是他就请求伯爵把所有文物全部托付给开罗博物馆，这与事实相去甚远。这个误解或许缘起于卡特对出版界的一些声明，称为了"考古事业"，把墓中文物存放在开罗博物馆可能会更好。在坟墓发现后不久，卡纳冯勋爵给卡特写过一封信。从这封未公开的信中，可以明显看到，卡特公开坚持发掘的最高科学性，然而私下里却为保证卡纳冯勋爵获取文物份额而向皮埃尔·拉考讨价还价。这样做是为了回报勋爵的奉献精神，因为在取得这次非凡的发掘之前，卡纳冯勋爵支付了毫无成果的 16 年发掘的全部费用。

另一个广为流传的误解是，霍华德·卡特反对卡纳冯勋爵控制新闻界。既然卡纳冯勋爵已经决定将有关发掘的所有新闻、图片和墓葬示意图的世界版权卖给伦敦《泰晤士报》，那么公众普遍认为卡特强烈反对卡纳冯勋爵从售卖发掘新闻和图片中牟利，所以他最终和他的资助人兼朋友分道扬镳。但是，卡特和卡纳冯之间的通信，证明霍华德·卡特和卡纳冯勋爵一样都在努力寻求"最好的、最有诚意的、最有利可图"的新闻机构的帮助，包括影视权以及其他所有可以掌控的权限。

在众多出版物中，主流观点是卡纳冯勋爵授予伦敦《泰晤士报》报道专有权，因为他是英国人，或者说他是一个绅士，所以他不能接受除《泰晤士报》之外的其他报纸享有这种专有权。事实上，这个决策背后的整个故事比公众想象的更加复杂，更加吸引人。

在卡纳冯离开埃及前往英国度圣诞节之前，他和卡特已经决定召集所有新闻机构，从中选出最合适的和最合算的。卡特甚至建议成立一个非正式的拍卖会，让最高的竞标者获得此权利。卡纳冯最初赞同这个主意，但到了 1 月初他有了新的考虑，他告诉卡特说，如果公开竞标可能会被别人指责过于商业化。

起初，伦敦《泰晤士报》的开罗特派员亚瑟·摩尔顿和霍华德·卡特保持着友好关系。《泰晤士报》的业务主管和摩尔顿本人都在自己的职权内积极活动。当发现珍宝的惊人消息传遍世界的时候，《泰晤士报》的编辑们告诫摩尔顿努力将报纸和杂志的世界版权控制在他们内部。摩尔顿和卡特在帝王谷里商议该问题，并得到卡特的承诺说，在与《泰晤士报》签订具体协约之前，无论卡特还是卡纳冯勋爵，都不会与其他任何新闻机构签订协议。

然而卡特私下告诉摩尔顿，他全力反对授权《泰晤士报》任何墓室内部照片或者文物照片的专有版权。当摩尔顿声明，他会保证只在学术或科学研究中使用这些图片时，卡特不以为然地回答说，摩尔顿是对的。因为"学术的需要高于影视权限"。卡特解释说，他已经接受了美国人提出的一个"令人愉快"的提议，美国人购买了将图坦哈蒙墓中的文物搬运到开罗的电影拍摄权，他不打算错失良机。他解释给摩尔顿说，如果他把影视权授予《泰晤士报》，这对他自己而言或许变得困难甚至是不可能，他希望书中免费使用这些资料，或者用作他可能做的讲座中的幻灯片。

摩尔顿向卡特保证可以起草适当的条款维护他的利益。他写信告诉

《泰晤士报》编辑说他已经说服卡特，至少在给《图版伦敦新闻》(*The Illustrated London News*)和其他的竞争对手的前一天，提供给他一些图片。他还专门加上一句话说，"我看这些是最佳条款"。卡特已经给卡纳冯勋爵发电报，请求他的赞助者以自己的名义处理版权问题。摩尔顿给他的编辑写信说："在我们说服卡纳冯勋爵不要把这个问题完全交付给卡特处理前，我们没有办法行事。"但是他一再指出，最好卡纳冯勋爵不把版权交给卡特，因为一旦这样做，他可能"无意中"做出并非出于本人意愿的事情，他和卡特之间产生的麻烦将会给《泰晤士报》带来不利影响。

卡纳冯勋爵在从伦敦写给卡特的信中表露了他急切控制版权的渴望。卡纳冯也渴望从报纸、杂志、书籍、影视版权中获利，这可以填补正在进行的挖掘的巨额花费，他只想牟取最大利益。精明狡诈的卡纳冯一贯如此，他数年来热衷于通过欺诈美国大亨而谋利。霍华德·卡特非常乐意帮助卡纳冯，这完全符合他的利益，因为卡特陶醉于成功处理公主珍宝取得的巨额收入。

在信中，卡纳冯还展示了一种比他那个时代的绝大多数人都聪明的利用媒体的能力。在12月24号写给卡特的一封信，因为对所写内容感到异常兴奋，信显得有些随意，信中他建议雇佣一个新闻机构赴埃及，紧密跟踪所有新闻的财务状况，包括"免费公告"和售卖给杂志界的特殊文章。他在信中还提到，12月23号见到了《泰晤士报》的编辑杰弗里·道森，并请他提供帮助。

道森马不停蹄地赶到卡纳冯的住处，差点失去机会。他中午驾车到海克利尔，希望和伯爵谈话。当管家通报时，卡纳冯向他的客人阿兰·伽丁纳尔爵士，著名的埃及学家，也是卡纳冯的私人朋友，抱怨道森的不期造访，并打算拒绝接见道森。伽丁纳尔委婉地建议伯爵不要冷落《泰晤士报》的编辑。一个小时后，卡纳冯接见了道森。道森提议说《泰晤士报》应该成为全面报道本次发掘的唯一新闻代理人。卡纳冯向道森解释说他肯定不会把所有新闻首先给《泰晤士报》，尤其是不能像道森最初建议的那样。卡纳冯还向卡特说，道森将会"对这个事情认真考虑后写信给我"。

卡纳冯勋爵询问伽丁纳尔如何看待新闻垄断。这位埃及学家非常感兴趣，建议与新闻机构签订协议。伽丁纳尔指出，一旦付诸实施将会节省卡特大量的时间，因为卡特将只需应对一个新闻机构，而不是一群记者。他还添加了一句说，《泰晤士报》事实上是世界上唯一采用鸿篇报道准确介绍考古活动的日报。

卡纳冯对摄制电影的前景尤其感到乐观。在 12 月 24 号标题为"电影"的信中，他写道，帕蒂和许多其他人都申请电影拍摄权，但并没有提到具体的版税数额。对于摄制电影问题，卡纳冯甚至列好了一个"处理方案"，包括七个主要部分。第一部分是富有戏剧性地向帝王谷前进，从底比斯平原穿过尼罗河，穿过饱受侵蚀的"门侬巨像"，鸟瞰宏伟的哈特舍普苏特葬祭庙的平台，然后穿过山崖进入帝王谷。第二部分讲述发掘历史，包括前些年发掘过程中的一无所获，在这个部分，卡纳冯建议用一些快进，最后定位于非同寻常的戏剧性的情景，出现了一小块土地——第一个台阶，一个接一个台阶，外部通道，幽长的通道，内部通道。第三部分用一般方法讲述墓室及里面存放的物品。第四部分，重现"正式打开"时的情景。第五部分，卡纳冯察看珍宝。第六部分，按照卡纳冯的设想是打开木乃伊。最后，第七部分将会有某种"强烈的升华式的结尾"。

卡纳冯向卡特解释他如何催促帕蒂，选送一个专家到遗址区勘测遗址和坟墓以决定工程范围，并评估将需要多少机械和其他电子设备。"我想，这可以挣很多钱。"卡纳冯评论道。到底有多少呢？他也不确定，但他预测即使存在技术上的难题，利润或许最终高达两万英镑——大约100万美元。

坟墓发现后的一个月后，卡纳冯勋爵花费了大量的时间考虑摄制图坦哈蒙墓电影并考虑如何提炼剧情。他鼓励戈尔德温公司提交一份电影概况和合同。戈尔德温公司的方案活泼轻快且富有想象。前两部分着眼于"古埃及的精髓和思想，包括金字塔和斯芬克斯像、服饰和习俗"；以帝王谷为例诠释"为什么选择这么遥远的地方用作墓地"；采用长得像生活在图坦哈蒙时代的埃及人，重演"参加国王神秘的葬礼仪式的人员，在悲痛中向帝王谷进发"；重演发现时和打开时的情景"用悲痛表现坟墓发现给人们带来的震撼"。剧本大纲的作者向卡纳冯写信说："我丝毫没有怀疑，拍摄这种电影正如预期的那样，将会是电影史上最大的最有利可图的事件。"卡纳冯做了批注说："希望这可以做成迄今为止最大的成功。"

对卡纳冯勋爵来说，卖图片是另外一个心事。他把这个任务交付给他的一个律师，这个人"做事利落"。卡纳冯勋爵告诉卡特说有"六张不满意的照片"，其中两张他打算扔掉，剩下的打算卖掉，因为"对他来说任何东西都是可以用来卖钱的"。他指示卡特把手头上所有能找到的照片都寄给他——"即使是那些埃及当地制作的"，这样他在伦敦就可以"一目了然"了。他提到约两年前已经卖掉了帝王谷老照片的版权，并解释说他的基本计划是"免费"提供少量的照片，将大多数出售，因为"我认为出版社不会为免费得到的任何东西而对我们心存感激"。

在埃及，卡特后来给亚瑟·摩尔顿的照片并不像先前在伦敦所讨论的那样令人满意。在随后的通信中，卡纳冯告诉卡特"今时不同往日"。在同一封信中，卡纳冯提到在照片出售问题上的一些最新想法。他希望把照片分为三类：可以免费提供的（"不是非常重要的"）、"有偿使用的"、"版权需要保留的（最好的）"。

有关出书事宜，两个人都大动了脑筋。卡纳冯勋爵计划出版两个版本。一个版本，大约三四卷，每卷售五至八英镑。另一个是通俗版，第一次印刷 20 000 份，售价约半英镑多一点。考虑到图坦哈蒙墓事件如此"让人着迷"，大众的关注正与日俱增，卡纳冯指出通俗版将会非常畅销，他建议卡特和阿兰·伽丁纳尔爵士合作完成。

在同一封信中，卡纳冯对卡特说："我们在向出版社出售图片的同时也失掉了版权——但是这样做值得吗？当然书的版权我还是留着的。"他告诉卡特说，打算和阿兰·伽丁纳尔爵士详细讨论有关出版的具体事宜。伽丁纳尔抵达埃及后将会和卡特详谈。英国和其他地区的每家报纸看起来都可以提供帮助，卡纳冯解释说："我们都没有与出版商打交道的经验，如何才能做得更好，我们都不知所措。"他提到《图版伦敦新闻》想派遣两名摄影师和一名艺术家制作彩图。《瞭望》杂志和伦敦《泰晤士报》都希望得到独家版权。为了决策，卡纳冯拜访了皇家地理学会，了解这个组织是如何处理珠穆朗玛峰探险流产一事的。他在信中告诉卡特说，珠穆朗玛峰探险的出版权"以 15 封长电报 1000 英镑的价格"卖给了《泰晤士报》。但是，他指出皇家地理学会"抱怨《泰晤士报》最终大打了折扣"。

他标题为"一个想法"的有趣旁白中，卡纳冯勋爵建议卡特"保留最好的东西"自己去绘画。"你将会通过颜料受益颇丰，想想吧！"

在 1 月初，卡纳冯坚信《每日邮报》会提供的钱最多，但是他告诉卡特他寄希望于《泰晤士报》，因为它"毕竟是世界上第一份报纸"，拥有最为完善的服务和高效的发行渠道。

1 月的第一周过后，公众对坟墓的兴趣爆发。卡纳冯不断被新闻界所纠缠，他向卡特抱怨说："他正经历一个烦恼期，主要的骚扰者是报社。"然而，这没有阻止他进行最喜爱的活动——狩猎。在和新闻界打交道最忙的时候，每天来自世界各地的记者涌向海克利尔，每天有几百个电话，他高兴地告诉卡特说，他"依然杀死了 1700 头猎物，几乎全是兔子，第二天又猎获了 500 只"。

在帝王谷，霍华德·卡特也经受着来自新闻界的越来越多的困难。坟墓里的景象一片混乱。《每日电讯报》1 月份的快电完美地捕捉到了戏剧性的场景：

> 坟墓里的景象唤起了人们对大赛马节日的记忆。通向与世隔绝的山谷的路上……挤满了各种各样的交通工具和动物。导游、骑驴小伙、古物小贩、柠檬水小贩随处可见……当今天最后的文物搬出坟墓后，记者们开始兴冲冲地穿过沙漠，火速奔向尼罗河西岸，他们乘坐驴车、马车、骆驼车等交通工具，看看谁能够第一个到达电报中心。

卢克索东方电报公司的总部对此事毫无准备，他们平时处理的都是一些最基本的业务，即相对安静的游客信息的交换，比如预订导游、房间和帆船等。尽管他们也在尝试拓展业务，比如铺设到开罗的新的通信网线，改善每天大量记者来此办理业务，而只有一两台发报机可以使用带来的拥挤，甚至还经常出现设备故障等问题。

1 月 10 日，卡纳冯勋爵做出最终决定，和伦敦《泰晤士报》签订合同，以 5000 英镑现金支付的方式，外加《泰晤士报》卖给世界其他报纸的文章的所获 75% 的利润。1923 年 6 月，收入额已达 11 600 英镑（或 55 600 美元）。这是一笔相当可观的收益，然而合同很快带来了恶果，变成了公共关系和政治的噩梦。从此以后，图坦哈蒙墓变成了一桩永无休止的公开丑闻。

卡纳冯勋爵在公开声明前写信将这个决定告诉卡特：

> 恐怕最近新闻界骚扰得你焦头烂额。我本早就应该处理了，但我想听听你的意见……我认为在这个问题上，不应该这样做，也就是说，不应该拍卖新闻报道权。我担心这会使事情过于世俗和商业化，因此我考虑《泰晤士报》是最佳选择。无论如何，就像以前所说的那样，它是世界上第一份报纸，即使现在，它比任何其他新闻机构都拥有更强的实力和设备，我相信它的实力在杰弗里·道森编辑的领导下很可能还会增长。即使我不在意他，你毕竟也在和一位绅士打交道。

霍华德·卡特对此事根本没有时间做出反对。卡纳冯立即写信给亚瑟·摩尔顿，允许他作为一名全职人员加入发掘工作。

摩尔顿充满兴奋地回复说：

> 我请求你向媒体公开我愿意接受你提出的作为全职发掘人员的要求。正如我们之间所达成的协议，我将会在帝王谷和图坦哈蒙墓相关的公共问题上代表你报道相关事件和数据，当然我只公开你同意发布的信息。

当艾伯特·利思戈得知这个协议后，立即写信给爱德华·罗宾逊，提醒大都会艺术博物馆的负责人"涉及发布任何有关图坦哈蒙墓的内容时，要异常小心……"。他汇报说，卡纳冯勋爵已经和伦敦《泰晤士报》

签订协议，允许"其作为该工作的唯一新闻机构……尽管我们在其中享有最大分成，但是该墓属于卡纳冯和卡特所有，他们才有权利对公众报道任何信息——至少目前是这样"。

与伦敦《泰晤士报》签订独家新闻报道权利的消息引发了世界各地新闻界的广泛抗议，卡纳冯和卡特被指控为"将纯科学卖身于商业"，"拿专业考古和世界历史来换钱"。《每日快讯》以"图坦哈蒙公司"为标题发表文章，斥责了其他新闻机构不得不从《泰晤士报》购买新闻的愤怒：

> 尽管我们对卡纳冯勋爵长期执着于发掘事业的信念，以及带来的轰动世界的考古发现深怀敬意，但我们很难认同他靠发掘来牟利的行为……这个坟墓并非他的私有财产。他不是在威尔士山上挖掘他的祖坟，而是在埃及国土上挖掘法老陵墓……通过封锁墓内消息，他已经将自己推向世界上绝大多数最有影响力的报纸的对立面。

《每日快讯》把卡纳冯对帝王谷的新闻处理等同于《泰晤士报》的消息垄断，"把发现当作个人财产"，这一攻击引发了接下来一系列的诘难，促使埃及政府"宣称拥有对埃及国王及其珍宝的全部处理权"。

在合同签订一周后，开罗出版的一份英文报纸《早报》的记者，直接向皮埃尔·拉考询问关于该陵墓的信息。但是，作为埃及古物部的总管，他拒绝发表任何言论，于是，《早报》迅速发起了攻击：

> 皮埃尔·拉考明确声称将不会向新闻界发表任何信息，即使他从埃及政府那里得到直接命令，由于这是卡纳冯勋爵的个人事务，因此他不能进行任何干涉。他补充说，对于卡纳冯勋爵的安排他有

自己的私人见解，但他不好干涉……这个声明从一个侧面表明，一个为埃及政府供职的法国人乐意并有权对埃及政府的命令置之不理。

其他新闻记者结成了摩尔顿所称的"反对派联盟"。最初，每个人对摩尔顿还算客气；后来据他所说，"我们的对手开始不满于得到这些无关紧要的消息"。摩尔顿给家人写信，抱怨路透社的资深记者瓦伦丁·威廉姆斯两次质询他说："能否可以在傍晚护送其夫人返回卢克索？——这显然是驱逐我的借口。"当愤怒的《每日快讯》的记者 H. V. 莫顿到达帝王谷后，礼貌变成了毫无掩饰的不友善和骚扰。莫顿向所有新闻记者召开了个会，《泰晤士报》被排除在外。《泰晤士报》的记者正躲在卢克索的自己的房间里，捏造"任何可能破坏合同的事实"。"反对派联盟"不断向皮埃尔·拉考和公共事务部的官员抗议《泰晤士报》的新闻垄断权。正如亚瑟·摩尔顿所观察的那样，"威廉姆斯夫人主持招待了许多出席香槟晚宴的客人，她显然将成为对手新闻社的新闻编辑"。有一次，在墓门口摩尔顿觉察到威廉姆斯夫人在偷窥他的写作。摩尔顿装作没有觉察，但写道："偷窥不是淑女作为，而是一种粗鲁的表现。"他不无得意地评论道。

然而，《泰晤士报》的编辑们并不高兴。因为受到对手的猛烈批评而感到震惊，他们立即展开"对卡纳冯勋爵工作的恶意诽谤"的反击。文章指出，发掘队被指控垄断了卢克索的新闻，甚至走商业化道路，没有比这更错误的了。《泰晤士报》承认，卡纳冯勋爵以前决定通过它们发布新闻"只是因为他认为这将会是最好的方式，事实上这也是唯一可行的方式，从而可以充分、独立地向全世界有意报道该消息的所有报纸供给新闻"，并且，"工作的科学性特点迫使他通过《泰晤士报》作为媒介向世界发布消息"。

出于科学的目的，卡纳冯勋爵的逻辑似乎是合理的，因为如果每天允许多家报社记者拥挤在卢克索狭窄的墓室里，这确实比较可怕，并且将会严重妨碍发掘工作的进展。但是事实上，几十名记者不会每天涌进墓室。像今天一样，那时的联合记者也很常见。

　　事实上，并不是我们所想象的那样。这个问题的表面现象的演变严重影响到公共关系层面，并且即便有意改变，但为时已晚。卡纳冯亲手授予《泰晤士报》的新闻垄断权，却成为了完全违背他意愿的祸根。他本想提升其显赫声望，美化他和卡特的自身形象，刷新英国在埃及的形象并瓜分珍宝。

第 16 章
"叛徒"的质问

埃及古物服务部此时被来自新闻界的猛烈攻击，以及被通向卢克索及帝王谷的数万游客弄得焦头烂额。皮埃尔·拉考四面受敌。一群受外国新闻机构煽动，被伦敦《泰晤士报》所激怒的埃及新闻记者，极其抱怨他们被拒绝进入墓地。他们指责皮埃尔·拉考为讨好伦敦《泰晤士报》，而将他们置于到从属位置。

成千上万的参观者涌向开罗古物服务部皮埃尔·拉考的办公室，或冲入位于卢克索的办公室，表达他们被霍华德·卡特拒之门外的愤怒，因为即使他们具有埃及官方的准许令也无法进入图坦哈蒙墓。国家民族党的几个政客试图调查皮埃尔·拉考或其同事是否私下安排将墓中的所有文物交给了卡纳冯勋爵。埃及国内产生了一种情绪，人们声称无论古文物法规定保证给发掘者什么，无论该墓在古代是否遭受过盗劫，也无论何时曾被古代的盗墓贼破坏过，反正任何一件珍宝都不能从埃及走运走。

皮埃尔·拉考与霍华德·卡特私下会面数次，恳求授予埃及记者新闻知情权。卡特断然拒绝，声称埃及新闻界已经受到优待——它无需向《泰晤士报》购买资料版权。拉考还恳请卡特允许埃及古物服务部派人参观坟墓，由卡特每天带他们参观。卡特也拒绝了这一要求，并说他的访客都是考古学家，他们有权利进入坟墓。

拉考和他的助手雷金纳德·恩格尔巴赫——后者被安排每天视察墓室，两人试图劝说卡特将 1 月 26 号定为访问日，允许由埃及古物服务部批准的特殊访问者和包括《埃及日报》在内的新闻特派员访问墓地。卡特告诉他们这是不可能的，因为他正忙于"科学工作"。他补充说，他已经做出让步，埃及古物服务部再"无权"做这种事，否则这会被视为对"专业考古事业的最大的妨碍"。

深受烦恼折磨的古物服务部官员试图采用幽默的方式转变卡特的态度。雷金纳德·恩格尔巴赫亲手递交给他一封最愉悦的便笺：

> 如果记者们可以在皮埃尔·拉考安排的日子访问请通知我！在这件事中，我似乎处于上下磨石的夹缝中。届时我将会全副武装站在角落里，守卫那个在我的命令下大家涌向的地方和受到狂轰滥炸的你竖立起来的守卫埃及人祖先的铁栅栏。

卡特竖立起来阻止现代盗墓贼的铁栅栏门成了外国强权的恶意符号。恩格尔巴赫轻松愉悦的信件成为了后来烦扰的先兆。

对恩格尔巴赫友好的奉劝，霍华德·卡特尽量避免与恩格尔巴赫正面接触，并争取把他调离帝王谷。卡纳冯勋爵也参与进来。卡纳冯试图劝说拉考派遣陶菲克阁下来取代恩格尔巴赫，当公主墓遭受盗劫时陶菲克曾是卢克索本地的监察官。拉考并没有屈服，他还坚持派遣恩格尔巴赫参加了坟墓的第一次公开亮相，因此恩格尔巴赫并没有被取代，相反却被安排继续视察坟墓。卡纳冯为这个决定而愤怒，他告诉卡特说他将会继续驱逐恩格尔巴赫，这场斗争还没有取得胜利。

拉考要求卡纳冯在合适的场合允许一些埃及报社新闻人员进入坟墓。卡纳冯回应说，任何不在《泰晤士报》合同允许之内的新闻记者进入坟墓都是不可能的。但是他许诺说，埃及的媒体代表会从他和卡特那时不时地收到公报。卡纳冯清醒地认识到，古物服务部与新闻界产生了激烈冲突，他告诉卡特说自己并没有兴趣进行缓和。对于拉考选定访问日的提议，卡纳冯声称只有《泰晤士报》同意他才会准许！当拉考有气无力地向卡纳冯抗议说自己受到围攻时，卡纳冯回复称，局势的任何变化都可能终止发掘工作，并将会危及到文物的清理工作。卡纳冯称其立场格外坚定。

意外的是，卡纳冯勋爵和霍华德·卡特因特殊开放日而遭受围攻。公共事务部的法律顾问威胁卡特说：

> 我已向政府申请授权明日访问。你的固执不仅严重威胁到你的资助人卡纳冯，而且还威胁到其他的特许权拥有者。我非常冒昧地说，为了顾及各方利益，你有必要做访墓安排。

几乎在同时，公共事务部也加入到了这场争论中，霍华德·卡特从另一个他认为是"叛徒"的人那里收到了另外一份特殊开放日的恳求——这对考古界来说是一个耻辱。这个人是亚瑟·韦格尔，居住在英格兰的德国出生的犹太裔埃及学家。他在埃及古物服务部任职多年，是一名文物监察员，在西奥多·戴维斯的挖掘中与卡特合作共事过。后来韦格尔神秘地离开了埃及古物服务部。尽管没有确凿的证据，但传言称因为他参与了文物的贩卖而被免职。作为一个活跃的作家，韦格尔被伦敦《每日邮报》雇用为特派新闻联络员负责"埃及学事务"的有关报道。但是，当他试图进入图坦哈蒙坟墓时，意料之中地遭到了卡特的拒绝。

韦格尔在帝王谷和卡特相遇。他代表世界新闻界和埃及人民毫无旧情地表达了对卡特和卡纳冯的憎恨。后来在一封韦格尔写给卡特的信件中总结了争端的经过。韦格尔告诉卡特自己处于"极度尴尬的位置"，因为他受雇于《每日邮报》，卡特对情况十分明了，而《泰晤士报》的垄断使得他难有作为。韦格尔提醒卡特他曾主持过"某些出色的发掘"，所以他同情卡特遭受的来自参观者和新闻界的苦衷。"既然你不让我去开罗把我的想法告诉卡纳冯勋爵，"韦格尔写道，"那我就告诉你，你可以告诉他，或者应该告诉他。"

韦格尔向卡特强调说，他对"这个看起来足以严重危害英国在埃及利益的冲突"感到非常焦虑。

他向卡特写道："你身处图坦哈蒙墓事件之中，很可能并没有意识到时局的敏感——我所做的是为了警示你和卡纳冯其中的利害。"

他向卡特强调说，自己并非刻意找茬，即使卡特现在不信，以后也会认识到，他是出于两个考虑——"一是维护英国在埃及的威望，二是帮助埃及学"。

韦格尔直言不讳地告诉卡特说，卡特和卡纳冯勋爵犯下了严重错误，误认为英国在埃及的传统优势依然存在，外国考古学家可以在埃及为所欲为。他指出，卡纳冯和卡特恰巧在任何风吹草动都能引发政局发生急剧变化的时刻发现了这个非同寻常的坟墓。他还进一步补充说外交的敏感性是处理问题的关键。

他继续说："据我所知，你在埃及政府不知情的情况下打开了坟墓，并且据我所知，你们进入了坟墓。……我相信当你宣称自己尊重进入坟墓的权利时，却不告知他们最初的发现是不够的。"

"你没有意识到吗？所有埃及人都说你可能趁机偷走了你自己所说的价值几百万英镑的黄金宝物？"

他告诉卡特，无论他是否相信卡特偷走了坟墓中的珍宝，但是埃及人中的流言，即使没有事实根据，却危害极大。

他补充道："无论如何，他们说你侮辱了他们的国家。你们俩正受着最恶毒的攻击。即使在我离开伦敦之前，就已经深深感受到了你们引发的强烈的民族仇恨。"

卡特大为震惊，试图阻止韦格尔，然而没有用。韦格尔站在自己的角度，并非出于对卡特的个人恩怨，道出了此次发掘带来的可怕后果。没有任何人能阻碍他发表关于此次发掘的负面效应的言论。卡特直言不讳地向韦格尔指出，埃及人根本不懂得任何富有责任的"科学"发掘，那些未经授权的游客，以及不胜任的政府官员，所感兴趣的只是玩弄政治而已。

韦格尔尖锐地回复卡特具有侮辱性的言辞说："你或许并不爱听，这或许不是最好的或者英国人的方式，但是让埃及人参与到发掘中来却是有必要的。"

首先，他提醒卡特说，卡纳冯勋爵授给《泰晤士报》新闻垄断权已经在舰队大街（Fleet Street）上引发了极大的风暴，在那里他俩被指控出卖埃及的"神圣死人"，为了个人利益而亵渎科学，售卖的权利实际上属于埃及和全世界。他确信，觉醒的埃及人民将会认识到授予《泰晤士报》的新闻垄断权只是卡纳冯的个人所为，但是他和《泰晤士报》都清楚，任何人都可以质疑这种垄断。

他继续谈道："在你的体系之下，任何来这儿的埃及学家都会被拒绝进入坟墓，或得到任何信息。"如此一来，不仅于科学而言，失去了卡特所能带来的知识和建议，而且公众们也会失掉获得一手信息的机会，除非其他报纸拷贝《泰晤士报》素材，然而这对于任何一个有自尊的报纸都不会这样做的。

他断言所有其他报纸都会认为《泰晤士报》、卡特、卡纳冯在合伙亵渎新闻界的传统。

他继续对卡特说："你和卡纳冯勋爵声称这和珠穆朗玛峰探险并无

差别。但是这两者截然不同，在这儿你发现的是一个属于埃及政府的坟墓，一个处于公共空间的坟墓，处于本地人和外国游客的直接监视下的坟墓。这个坟墓里面埋着埃及'神圣的死人'，这个发现绝非属于你个人，而是属于世界尤其是埃及——埃及对英国的憎恨正在增加。看看瑟利帕夏，一个高级政府官员，周日他说——'这是前所未闻的事情，埃及报纸从一个伦敦报纸上了解所有有关在埃及考古发现的新闻'。"

卡特试图通过论证工作的困难来维护他的立场，这包括皮埃尔·拉考的不断干涉，洪水般的游客和记者聚集在墓室入口或者围堵工作的埃及工人。在卡特看来，新闻界造成的危害，尤甚于民族主义者的政治活动。

但是韦格尔回应称，他悉知卡特处境，然而卡特似乎并不理解公众和新闻界的反应。对于他本人，他这样说："我的态度如下：我不会通过激起民族情绪而参与到斗争中来。我也不会去拜访开罗的首相。我拒绝在公共事务部之前回应此事，我甚至拒绝见皮埃尔·拉考，为什么呢？有两个原因。首先，我担心这会刺激皮埃尔·拉考立法禁止任何文物带出埃及。其次，我认为无权借助《每日邮报》的影响，无意中点燃燎原于埃及的烈火。"

"相信我，这是前所未有的局势，对英国十分不利。你没有意识到你的两个不当举动掀起了民族仇恨的惊涛骇浪：第一，在打开法老墓时藐视埃及政府，忽视了法老们在埃及宗教中非同寻常的地位，这激起了他们的爱国情绪；第二，签订了谋取私利的条约，为此驱赶记者和埃及学家，俨如宣誓保守秘密的强盗——事实上，本地人看作盗贼。"

韦格尔恳求卡特采取以下措施：第一，劝说卡纳冯做出声明，不会从《泰晤士报》中牟取任何私利；第二，允许所有记者进入他的工作室，这样他们就可以亲眼看到卡纳冯为保护文物所做的出色努力；第三，在打开棺室后尽可能早地向所有记者提供重要新闻事实，尤其是埃及记者，而不是在提供给《泰晤士报》消息的一天后。

韦格尔在信的最后警告说，民族情绪是比发掘更重要的事情，必须考虑到英埃关系。"我知道，你忽视了这一问题，从而遭受了侮辱。但是我恳求你不要发怒，况且，在剑拔弩张的政局中，你应该尽可能地平息本土新闻界的怒火。"

卡特被韦格尔的情感宣泄所击昏，之前从来没有人这样向他提起过。卡特没有意识到这是一个具有绝对真理意义的最好建议。他没有认真对待韦格尔的逆耳忠言，相反却大发雷霆。从此以后，他无论是在私下，还是公开场合，都极力诋毁韦格尔。卡特最终受到了惩罚。当卡纳冯抵达帝王谷察看墓室清理工作时，卡特把这个问题告诉给了卡纳冯。

卡纳冯觉察到了韦格尔所说的这些逆耳忠言，但是他依然拒绝和《泰晤士报》同一天向埃及报界发布消息。但是，他允许皮埃尔·拉考和古物部其他同事在不妨碍发掘进展的情况下参观坟墓，他还同意将1月26日定为新闻界所有记者的特殊参观日。

然而，回天无力，一切都似乎太迟了，无法抚平创伤。他们赢得了局部胜利，但却失去了全局，尽管他们很早就意识到了这一点。

第 17 章
"强壮的公牛，高贵的出身"

　　尽管一直处于与韦格尔的论战中，卡特仍努力推进这项烦琐的科学事业。他为哈利·波尔顿提供了一个暗室作为工作室。这个工作室就是几年前西奥多·戴维斯所认定的发现了埃赫那吞木乃伊的坟墓。这间墓室虽然面积狭小，但距离图坦哈蒙墓很近，这点让波尔顿十分满意。因为他无需移动相机位置就可以快速来到这里冲洗底片。波尔顿来回穿梭于两个坟墓之间，这样可以让游客得到一些参观事件，对游客们而言，第一个冬季并没有多少时间属于他们。

　　经过反复劝说，卡特最终从雷金纳德·恩格尔巴赫那里获得批准使用塞提二世的坟墓作为修复实验室和贮藏室。恩格尔巴赫最初没有批准卡特这个要求，而是让卡特在图坦哈蒙墓旁边建造一个特殊工作室。卡特指出塞提二世的坟墓距离适中，而长距离运送文物则需要埃及军队沿途把守。卡特坚持认为无法搭建一个空间足够大，足够安全且距离合适的场所来处理这些文物。如此一来，被盗的法老墓充当了另一位法老的活动舞台，这位法老借此重返人间。

　　事实证明，塞提二世的坟墓是一个理想的工作室。它被悬崖峭壁的阴影所遮蔽，一天中的任何时间太阳都不会直接照射到入口处。墓口的宽阔区域可以用作照相工作室，或者作为卡伦德制作木箱将文物运送到开罗博物馆的场所。当温度升到华氏 100 度（约 37.8 摄氏度）以上时，梅斯、艾尔弗雷德·卢卡斯索性将这里作为临时性的户外实验室。为了安全起见，卡特安装了厚重的铁门，重量超过一吨半的铁门上面挂满了铁链、铁锁，温劳克戏称英格兰银行也不会比它更安全，若想破门而入一定耗费更多的时间。

塞提二世坟墓和图坦哈蒙坟墓之间的距离，给了游客宽阔的空间和更多的机会去观赏美妙绝伦的文物。每当一件文物从墓中移出来放置到运输架时，观众们就会发出一阵唏嘘声；记者们就会飞快地拿出笔记本；照相机按动快门的咔嚓声就会响成一片，每次都需要人群避让出运行通道。卡特不无讽刺地说："自从照相机发明以来，在帝王谷的这个冬季所耗费的胶卷比任何季节都要多。"他欣喜若狂地向贵宾介绍实验室的情况，"有一次我们充分利用旧的包裹木乃伊的亚麻布遮盖担架，这块亚麻布不是图坦哈蒙的，也和他没有任何关系，这块亚麻布被反复使用，被拍了八次之多"。

卡特继续抱怨游客，但他显然对此存有矛盾心情：尽管游客的存在让他抓狂，但他还是非常容忍，在向实验室运送文物的途中，命令工人将文物打开让游客观看。一些用亚麻布包裹着的小物件，被小心翼翼地用担架抬出来，看起来就像从战壕里拖出来的伤员。

卡特还得到允许使用另外一个坟墓——4号墓，一个未做标记的未完成的墓——用来贮存工具、化学物品、大量罐装食物，以及从福特纳姆梅森百货商店那里买来的酒。有时，发掘者并不愿打扰卡特去他的住所吃饭，而是在坟墓旁边野餐一顿。后来，扔在那里的一个酒箱子成了人们寻宝的争夺目标。

发掘者渴望穿过两个雕像之间的封闭的北门进行发掘，当年卡特首次看到时，产生的好奇远超过满意。但是，这一次他渴望去发掘最大的战利品——国王的木乃伊，看看它是否保存完好。但是他们不能鲁莽行事，在拆除封闭的门之前，必须清理前厅里的数百件文物。

清理这些文物就像"玩巨大的数数游戏一样费劲"。这些文物堆放（或者被盗贼随意丢弃成堆）得满满登登，以至于在不碰撞到其他文物的前提下取出每件文物都颇为费劲。团队成员娴熟地利用简易支架和绷带在宝藏堆里固定和取出物品。拥挤的墓室有时候看起来就像疯子建造的一座桥，敏锐的温劳克评论说，这看起来就像是古物服务部故意设想的那样。

温劳克请求团队把所有看起来像啤酒渣滓的东西留给他个人清理。几年前，他在麦凯特拉的墓室里发现过酿酒器里盛放的古代啤酒渣滓。他留心地将这些干成粉末的残渣送到一个从事啤酒行业的朋友那里。他还兴致勃勃地自己从事酿酒实践——那正值禁酒令时代。他告诉感兴趣的人，他发现麦凯特拉墓中的发酵物不同于现代所知的任何东西。尽管已经失传了，他还是给它取了一个科学名字——*Sacclaromyces Winlockii*。

今天我们在埃及博物馆中观察到坟墓中出土的文物的时候，或许会认为卡特、梅斯、卢卡斯所做的工作只不过是把坟墓中发现的东西捡起来装到箱子里，然后再运走这么简单。然而事情远非如此。一些文物保存状态尚佳，而另一些是极为脆弱。究竟是把文物就地修复还是搬到实验室进行全面修复，做抉择有时候很艰难。卡特尽可能地等一切准备就绪后才开始工作，但是经常地搬运、不加修复地搬运总会危及文物的保存。

比如，墓中出土了一些精美的串珠凉鞋。当放置在地上或者放在精美的匣子里时，它们看起来好像昨日刚刚做出来的。但是，穿珠子的线绳显然已经腐烂了。当卡特试图移动其中一个时，他稍稍一碰，珠子就散成一片了。他很快意识到在这种情况下有必要通过表层涂蜡进行现场修复，一两个小时后它才能搬走。在送到实验室后，仅仅给这些珠子穿线就会费时两周。

葬礼花束成为发掘者的噩梦，他们需要用喷水壶反复喷水后才能将花束拿在手里。每件文物需要不同的修复方案。在绝大多数情况下，他们不得不试行几个技术方案才能确定哪一个最为可行。

在这份细致的需要紧绷神经的工作中，卡特表现惊人，他对修复工作抱着高度的责任感。他写道："如果具有考古良心的话，每一位发掘者都必须做到。"他把这些文物说成"古代留给今天的直接遗产"。他认为自己非常幸运充当了其中的这个媒介。"如果疏忽或懈怠，放松警惕，缺少职业道德的发掘者可能中饱私囊，"卡特感到"自己在这批珍贵的文物面前产生了考古犯罪感。"

发掘者建立了一套固定程序来记录这些文物。首先，哈利·波尔顿当场拍照，接着，卡特在长宽5英寸×8英寸的卡片上描绘线条，并写下详细的描述：

> 国王真人大小的雕像，站在东北角，由木头精细雕琢而成，上面覆盖着一层黑色沥青状的涂料。头饰、围巾、镯子、袖口、裙子、权杖表层镀金、金凉鞋。王冠前额镶嵌着青铜和金的眼镜蛇。眼窝、金色眼线，黑曜石眼球。国王脸上露出安详的面容。

同时，卡特还会记录下所有的测量数据，标注所有任何受过破坏或者丢失的部分。之后，波尔顿再拍下一系列照片，这一次文物的前面将会挂上号码牌。接着，绘图员霍尔和豪泽进行绘图，他们将文物按照从上到下的顺序，把所有的文物绘制出来。然后展开就地修复工作。其后，文物被运送到实验室里，在那里，波尔顿还会照相记载下修复的不同阶段。最后，卡特对每一件物品做简易描述编入目录卡片。每一件物品和碎片都有记录，至少编目三次。考古历史上清理任何坟墓都没有做出如此详细的记录。

到12月26号，考古队开始搬运第一批文物。他们已经决定按逆时针方向，从东北面墙边的葬礼花束开始，然后再处理马车。尽管马车很漂亮，一看到它卡特还是很头疼。上面覆盖着金片，装饰精美，从上到下描绘着浮雕场景，到处镶嵌着宝石或类似玻璃的东西。木料看起来依然坚固，但是皮革制成的马辔头和缰绳已经随着三千年的时光流逝变成一堆糨糊了，所有部分黏在一起。更让卡特头疼的是，坟墓服务人员当时把车轴锯成了两半，以方便进入墓门。盗墓贼们跳到马车里急切地翻找金子，随手把其他物品扔到一堆。华丽的马车底部混杂着雪花石膏罐、拐棍、弓箭、几十个芦苇篮子，还有一些马尾拂尘。

发掘者在墓室一件接着一件地清理珍宝。就在狮子头座椅下面，有一个带伸缩把儿的雪松木做成的精美木匣子，上面刻着古埃及圣书体文字。在侧面的浮雕上，描绘有国王向奥西里斯神奉献一连串的容器，奥西里斯是在坟墓里出现的死神形象。这些古埃及圣书体文字由阿兰·伽丁纳尔爵士翻译，内容是许诺国王：他的口、眼、耳会张开，他的肢体会重新恢复活力，天空将会再生他的灵魂，大地是他的躯体，他将会享受到食物、甜凉微风和葡萄酒——直到永远。

伽丁纳尔爵士在1月初就到了，迫切希望解读卡特之前向报界所描述的"一些纸草卷"，但是进行详尽的调查后，他并没有发现任何纸草卷。事实上不会有。因为在最初的匆忙检查中，看起来像纸草的东西最后发现是成卷的亚麻布。这让发掘者颇为失望。他们之前期望发现一系列古代文献——书信、日记、档案——这或许有助于解读图坦哈蒙所生活的那个令人困惑的时代。当一个又一个"纸草卷"被证明是亚麻布时，从墓中发现文献的希望越来越渺茫。伽丁纳尔爵士很快发表声明说："很早我们就开始认识到，最终宣称这座坟墓是埃及最伟大的发现，主要依赖于所发现的文物数量庞大和工艺卓越，而不在于文献资料的收获。"

卡特看到一些文物是图坦哈蒙从儿童时代开始使用的个人物品后十分高兴。狮头椅的下面有一把后倾的黑檀木椅，镶嵌着象牙，在侧面青铜镶嵌板上有一个卧着的山羊，还有植物。这个椅子仅有 26 英寸（约 66 厘米）高，上面并没有皇室徽章。卡特推测，这是王子在九岁做国王之前所使用的。

世人早已从坟墓中的绘画和雕刻中，从保存在开罗埃及博物馆的一些真实的文物中，了解到了古埃及文物的优雅和精美。但是直到卡特的惊人发现，这些卓尔不群的文物才如此大规模地展示在世人面前。在中间牛头椅子的前面，发掘者发现了一把黑檀木、象牙、金子做成的折叠椅。椅子上覆盖着黑檀木、象牙、豹子皮，颜色相间。优雅的腿微微弯曲，做成生动、活泼的鸭头形状。

就在折叠椅的后面，有一个被盗贼推倒的用雪松木和金子制作的仪式用椅。卡特相信图坦哈蒙曾在加冕礼上使用过它。椅子上华丽的雕刻，据阿兰·伽丁纳尔爵士所说，从某种意义上是一本当时雕刻形式的书。永恒之神赫跪在椅背中间，位于表示"黄金"的古埃及圣书体文字符号的上面。赫神的每只手中握着一根棕榈肋，棕榈肋上面是太阳圆盘。太阳圆盘上垂下一条蛇（或神圣眼镜蛇）。从蛇的头顶上垂下来一个横幅，上有鹰的形象（或是荷鲁斯神），他按照顺序站立在另一条蛇的旁边。横幅上的文字写着"图坦哈蒙，强壮的公牛，高贵的出身"。赫神的右臂旁边悬挂着一个巨大的"生命"符号。另一个太阳圆盘位于赫神的头顶上，从两个象征"永恒"的符号旁边各伸展出一条眼镜蛇。赫神两边椭圆形的徽板上刻写着国王的名字——图坦哈蒙和他的登基名奈布凯普鲁拉。椅背周边刻写着铭文，众神保佑国王生命永恒。

在日记和写给家人的信件中，发掘者们记录下了他们的兴奋之情，一件又一件美得扣人心弦的文物，其中一些可以与其他的发掘相提并论，而另一些却无人知晓：一个银制小号里面的木绘，是用来保护薄薄的金属免受损伤；皇家权力的象征——钩杖，代表国王作为保护者的轻罚，连枷则代表国王作为复仇者的重刑。还有一些装饰精美的拐杖、满箭筒的箭和几个稀有木料制作的弓。一支弓箭用薄薄的金片包裹着，上面刻着铭文和动物浮雕，精美绝伦。另一张弓两端各雕刻着一个俘虏的形象，两个俘虏的脑袋之间可以连接弓弦。卡特评论说，国王每次使用弓箭都在拉扯两个俘虏的脑袋，一定会十分高兴。还有一堆珍贵的雪花石膏罐，数量多达 50 个，它们曾经盛放香料和膏油。其中，一些罐子里面甚至还存有残渣；其他的被盗贼们洗劫一空。

当卡特大约清理了前厅的四分之一的物品时，他已经能够推断出盗墓贼们是如何进行盗墓的了。

前后共有三次侵入。第一次发生在坟墓封闭后几周后，在斜坡通道还没有用巨石填充之前。卡特确信第一次侵入者一定勾结了腐败的墓地官员。当第一次非法侵入被发现后，通道被用垃圾封堵。

大约在通道被封堵 15 年后，有两个盗墓贼团伙进行了两次甚至更多侵入。一个团伙对金属物品情有独钟，另一个团伙喜欢油膏和香料。第一个团伙在填充的通道的左上方挖了一条地道并进入了坟墓的四个墓室。他们疯狂地攫取家具和马车上的金片，折断金属箭头，打开珠宝盒子，盗走大量珠宝首饰。然而，看起来他们并没有盗走整件的物品——除了一个，也是最重要的一个——在约 1 英尺（约 0.3 米）高的雕刻着金色浮雕的木龛里，卡特发现一个小的带有两条腿的底座，上面是空的。卡特指出，这个底座上面曾放有国王的金质小雕像。

在第一批盗贼逃走后或者被捕获后——没有人知道下场究竟如何——官员们通过盗贼们挖的隧道进入墓室将东西安放整齐。在第二次封闭后不久，第二批盗贼通过挖开第一批盗贼开掘的地道闯入墓室。当他们发现一些便于携带的黄金制品早已被盗走后，只好偷走了油膏和香料，他们将油膏和香料装在皮革口袋里。坟墓看守者再次发现了盗墓行为后，将剩余的物品放回原处，重新填上地道并封闭了墓门。

坟墓看守者工作并不认真。他们并没有进入耳室，只是把前厅里被盗贼们搅乱的物品胡乱地塞进了手边的匣盒里。在房间角落里有一个长白色盒子，盒子底部散放着一些弓箭，上面竟然胡乱扔了一件国王的内衣。其他的弓箭散落在别处。在一些匣盒上面，纸草文书上标注着物品的清单。但是，几十个匣盒也只有一两个存放的东西和标签相吻合。

在其他几处，卡特惊讶地发现了遥远时代的盗贼留下的线索。耳室的几个箱子上留下了盗墓贼的脚印。扔在前厅地面上的一个破旧头巾里，裹着三个丢落的金戒指。根据这些证据，卡特推测至少有一伙人被抓住——并被当场处死。

第 18 章
卡纳冯重返帝王谷

    卡纳冯勋爵和伊芙琳小姐在 1 月底重返帝王谷，一个多月后他们才第一次访墓。这一次他们不必在驴背上颠簸了，卡特在开罗购买的汽车 20 分钟内就能将他们接到目的地。他们之前担心旅行能否愉快，但是事实证明这次旅行相对比较方便、轻松和令人陶醉。第一段路有一些危险，因为路上流沙很多，接下来约 1.5 英里（约 2.4 公里）沿着尼罗河河畔的路途，路面坚硬而崎岖。旅程的后半段，坡度不大，路基也比较结实。沿途风光颇富有异国情调，路上到处是驱赶着成群的绵羊和山羊的埃及农民。数百个埃及妇女头顶货物或者水罐。两岸遍布大量的野生动物，地面上的鸽子、凤头百灵、戴胜鸟，经常停落在路上，头顶上还有上百只风筝迎风飘摇。

    卡纳冯勋爵和女儿受到了霍华德·卡特和图坦哈蒙考古队的其他成员，如梅斯、卢卡斯、波尔顿、霍尔、豪泽、卡伦德的热情欢迎。卡纳冯以军人的轻快步伐带领他们到塞提二世的坟墓参观实验室，以及几周前在昏暗中没有看清楚的文物精品。卡纳冯被眼前看到的东西所震撼，于是拿出名贵的法国香槟酒犒赏考古队成员。（当听到香槟酒的时候，温劳克说，没有什么东西比得上香槟酒令他们第二期的考古发掘更为兴奋的事了。）卡纳冯再次返回帝王谷，尽管他旅途劳累，不便告诉他人，卡特和女儿伊芙琳小姐除外，但是他的精神被文物的精美绝伦所振奋。似乎它们看起来比他第一次见到时更美了。事实上也是如此。因为梅斯、卢卡斯细心地清洗、擦拭和打磨，魔法般地除去了几千年的岁月痕迹。每一件东西看起来像是昨天刚刚从皇室作坊最好的工匠手中诞生的一样。

梅斯充满自豪地向卡纳冯展示了经他修复的一系列的木头拐杖，每一根大约 4 英尺（约 1.2 米）高，从头到尾装饰着上百个圣甲虫翅膀。他告诉卡纳冯说，他最近花费了两周半的时间修复了两件皇袍，将 3000 片金叶和 12 000 枚珠子点缀在褶皱中间。卡纳冯询问他大约需要多久才能修复前厅里搬出来的 60 件物品，梅斯回答说："运气好的话，大概两年多。"梅斯告诉卡纳冯说，他的修复工作受到游客的严重干扰。每一次当他和卢卡斯想要拿出几小时在实验室修复一件物品的时候，就会接到其他要求到坟墓里进行保存工作，或者仅仅是搬运工作。

在卡纳冯参观了坟墓和实验室之后，他接受了亚瑟·摩尔顿的采访。

我必须要说的事情或许比较有趣，因为现在文物更易鉴赏了，并且每一件文物官方都没有进行过详细的描述和报道。

我首先到了塞提二世的坟墓。众所周知，它现在被用作工作室或者说实验室。在那里我看到了卡特先生和他的助手们的工作成果。任何人即便是进入入口都要格外小心，显然这并非一件乐事。即使是在外面，都能闻到化学物品的气味。进去后，专家们工作中使用的丙酮、胶棉，以及其他一些物品，非常刺鼻。

事实上，图坦哈蒙墓中有一个很长的通道，通道中满是装有珍贵文物的箱子。一些桌子上面堆放着瓶子、托盘、包裹，上面覆盖着一层布来防灰。墓门口是一扇非常笨重的铁门，上面有四个挂锁，以防止任何偷盗行为的发生。总之，卡特先生和他的团队殚精竭虑布置的细节堪称完美。坟墓的通道很长，深入山腰，光线只能从入口处进入。在通道远处，人们必须借助手电筒的光亮来检查文物。

你们已经听说了御座。它甚至比我们想象的还要精美。宝石镶嵌，精美绝伦，国王和王后刻画得惟妙惟肖。我相信这是迄今发现的独一无二的御座。在椅面与椅腿之间最初可能有金质装饰品，但已经被盗墓贼偷走了。椅脚的缺口表明正是从这里被挖走的。修复这些精美的文物必须极为小心，因为某些部位极为脆弱。

除了这些镶嵌的装饰，御座的绝大部分都覆盖了一层薄金片。金片覆盖的地方完好如初。然而，金片脱落的地方则出现了腐朽，必须极为小心。当修复工作完成后，我相信它将展示给世人前所未有的美。

另一件文物，甚至比御座更精美。它是一个盛放着国王衣服的盒子。像之前所说过的，盒子表面描绘着国王猎狮和其他动物的场面。目前，整个箱子表面涂上了厚厚的一层蜡，但是即使这样，绚烂的颜色和精美的图案仍然难以掩饰。当蜡被除掉后，这只盒子将会展示出它最初的美丽。梅斯先生、卢卡斯先生已经小心翼翼地为此花费了多日。当修复完成后，将会展示他们的无比耐心和精湛的技艺。

不幸的是，由于某种无法确定的原因，潮气无疑已经进入了坟墓，因为所有的亚麻布已开始腐烂。它们当初是白色的，现在却变成了巧克力棕色甚至黑色，已经不再是织品了。即使花费再多的努力也很难挽救。

然而，有一件东西我认为能够在约维尔——英格兰的手套之乡——引起人们的极大兴趣。这是由某种亚麻做成的一副小手套，颜色看起来已经褪色成了深棕色。尽管它看起来非常脆弱，但我们还是希望把它们夹在两片玻璃中间，使得它可以多保存几年。从大小上看，它好像是儿童手套。一些人认为它很可能是图坦哈蒙小时候用的，后被细心地保存了下来。但是没有人敢确信，虽然我是专家，但也不能判断出这副手套在3000年的岁月里究竟缩小了多少。无论如何，我猜测它必定是历史上发现的最早的手套。

现在，我能说的仅限于这几件东西，但是我必须要感谢卡特先生在组织发掘和修复这些文物的整个过程中所做的杰出贡献。所有成员都尽了最大的努力，我相信每一份付出都会有回报。

在伦敦《泰晤士报》的新闻稿上，摩尔顿强调："在处理和移动每件文物的过程中，任何东西都没有受到伤害。"他报道称，最近从坟墓的前厅里搬出的哈托尔躺椅，在滑出狭窄的通道和台阶的过程中，"使用了一种特殊的技巧，围堵在墓室门口的参观者赞赏不已"。哈利·波尔顿拍摄的电影显示，人们为这项工作费尽了心力。躺椅被分割成八块，神秘的动物的弯曲尾巴尖距离外门的门梁仅仅四分之一英寸（约6毫米）。发掘者花费了大量的令人沮丧的时间才将它缓缓搬出来。

到卡纳冯返回帝王谷的时候，前厅里只剩下狮子和提丰躺椅、马车、两个站像，以及约30件小的艺术品。卡特和他的同事开始受到记者们的不断骚扰，询问需要花费多长时间清理第一个房间和耳室，然后打开封闭的门。卡特已经决定推迟到下一个季度再处理混乱的耳室。显然，在搬运完马车后，他的团队需要休息。他计划进入"最神圣的地方"的棺室，检查并记录里面的东西，然后将它关闭——除了进行一些修复工作要打开之外。

卡纳冯勋爵回来后，亚瑟·摩尔顿写出了一些有趣的新闻稿。卡纳冯支持这些报道，显然是为了平衡埃及报纸每天发布的反面影响。摩尔顿偶尔过于锦上添花。

人们很难不被这里所发生的一切感染，各个阶层的埃及人对于卡纳冯爵都耳熟能详，人们都非常喜欢看到他重返埃及。他的友好和谦虚深受人们的爱戴。这与某些埃及报纸的态度形成鲜明对比。埃及的报纸常常为了政治目的，使用最刻薄、尖酸的语言对他大加诋毁。事实上，人们知道卡纳冯勋爵喜欢他们。他喜爱埃及，也喜爱埃及人民，是埃及人民忠实可信的朋友。卡特先生也将生命中的大部分时间献给了埃及，他了解埃及人民，并喜爱他们，因此一直被埃及人民所爱戴。

粉饰的语言并没有缓和遭受的攻击，相反，却进一步激起了一个人对卡纳冯更严厉的指责。这个人是一名记者，姓布拉德斯特里特，图坦哈蒙墓的发掘者自始至终蔑称此人。布拉德斯特里特告诉他的朋友说，他要"让卡纳冯和卡特发狂，因为他们亲手把一段世界古代史售卖给了伦敦《泰晤士报》"。布拉德斯特里特是《纽约时报》驻埃及首席记者，同时也是埃及《早报》的特派员。这个人似乎会从帝王谷中的每块石头背后突然冒出来，并且似乎同时分身于位于卢克索的三个旅馆，去打探关于最新考古发现的丑闻线索。他的评论文章皆呈现出对英国报纸的"有力反驳"：

> 图坦哈蒙正在安睡着。卡纳冯勋爵已经前去开罗，据说是访问他的牙医，这时他的员工，包括大都会艺术博物馆的职员，正在那里忙着保存和包裹文物，他们并没有为卡纳冯专有的新闻和图片写作专门的文章。

在美国出现了犀利的挖苦，因为一些精力充沛的新闻记者们告诉美国人说，大都会的员工们被卡纳冯借用，而卡纳冯在伦敦剥削这些专家们的头脑。他把有关坟墓的信息和图片兜售给了世界范围内的卖家。

当读到这个故事时，艾伯特·利思戈暴怒了。他给爱德华·罗宾逊写信说："反对卡纳冯的斗争，某种程度上已经在我们国内的报纸上找到了突破口。"他声称，主要的煽动者是《纽约时报》杂志的布拉德斯特里特。布拉德斯特里特报道说，英国人和美国人之间正在为合作发掘图坦哈蒙墓而产生摩擦。利思戈声称，根据布拉德斯特里特发表在《早报》的文章来看，暗示了"摩擦正在凸显"，他要求罗宾逊亲自将这个问题告知《纽约时报》的阿道夫·奥克斯。他写道"如果奥克斯先生能将布拉德斯特里特卑鄙行为暂停下来，我们将非常乐意看到这个结果"。

阿道夫·奥克斯听完了这个抱怨后，他说将会认真考虑这个问题并采取适当的行动。不过他只是做表面文章罢了，因为他秘密通知了他在开罗的特派员"继续干下去"。《纽约时报》考虑的是其反复强调的基本原则——"应该不因私利，不因利益纠纷，不因党派异见，公正地发布消息"，而不是卡特和他的美国同事的便利。

到 2 月初，工作变得极度痛苦。气温升高，有时攀升至 90 华氏度（约 32 摄氏度）。似乎每天都会刮起一阵狂风，预示着 3 月份将会有严重的沙尘暴光临帝王谷。发掘者的眼睛时常被刺痛，生活变得如同地狱，尤其是对修复者而言，因为他们不得不捡起成千上万颗珠子，才能将一件皇袍修复好。这些东西看起来似乎变成了修复工作的最大妨碍。

考古队每天都在紧锣密鼓地与时间赛跑。所有的修复和打包工作都必须在 4 月份的酷热天气①到来之前就一切就绪，然后船运到开罗。文物的打包和装运工作成为一件令人头疼的事。包装每个躺椅，就需要精心裁制 1 万平方英尺（约 3 平方米）的木材。

他们的工作不时被中断。利思戈写信给大都会艺术博物馆的罗宾逊说："可怜的卡特被压得喘不过来气，在众多的麻烦和困扰中，他几乎见到了所有听说过的埃及学家。"正如利思戈所观察的那样，他甚至发现每个埃及学家都忙于撰写有关坟墓和文物的新闻。珀西·纽伯利，卡特的老师，为布拉德斯特里特的《早报》撰写了一组看起来无尽头的文章。牛津大学的格里菲斯教授为伦敦的《观察家报》每周撰写文章。埃利奥特·史密斯教授为《每日电讯报》撰写文章。卡特十分生气，因为他们所有的人都在暗中破坏他和卡纳冯与《泰晤士报》签下的新闻独享权。更可甚者，令人尊敬的詹姆斯·布雷斯特德教授，直接向卡纳冯和卡特索要哈利·波尔顿的幻灯片。他想使用这些幻灯片在英美演讲中使用。卡特的肺都气炸了。

在接下来的几天里，几乎很难看到发掘者从坟墓中出来或者在实验室工作的情景，亚瑟·摩尔顿也承受很大压力来提供新闻报道。在这段安静的时间里，他详细地描述了第三双皇家凉鞋的修复过程，并大胆猜测说："我们很可能会看到我们当中最漂亮的女士穿着几乎和这一模一样的凉鞋，或者受这些奇妙事物的启发而设计出的凉鞋。"这些天里，卡特的邮件里有几十封请求享有设计和生产专利的信件。

在摩尔顿发表凉鞋报道的同一天，他还报道了发掘团队花费六个小时的时间尝试搬运马车的事情，因为马车必须搬出来后才能搬运最后两

---

① 埃及每年 3 月底左右会出现沙尘天气，一般持续 50 天左右，故称为"五旬风"。——译者注

个躺椅。但是"经过了3000年轴变生硬了"，摩尔顿说，每个马车的车轴，已经在埋入坟墓时弯曲了，现在变得完全僵硬。考虑到不得不拆卸四个古代的车轴才能拖出马车，这令发掘者难免有些惋惜。在一个马车里面，卡伦德发现了一块古代的地毯，当时他命名为"the woolly"（羊毛制品）。这是一种带有纤维的看起来像羊皮的亚麻布，将它从马车上剥离下来花费了四个小时的时间。

2月1号是收获颇丰的一天。狮子和提丰躺椅被从墓中抬了出来。这一天天气很好——凉爽，天上飘着朵朵白云，漂亮的阴影映在淡粉色的山头上。早上8点半，考古队赶往坟墓入口。9点钟的时候，卡伦德已经用棉毛填满了两个大方箱子，并用白色床单覆盖。在搬运过程中参观者步步紧随，他们知道将会发生不寻常的事情。这时，哈利·波尔顿突然拖出一个摄影机，造成了一个不小的轰动，位于悬崖上的人们不得不为他让路。几个在早上7点钟就开始等待的游客，急切地追问故事何时会开始。

在坟墓深处，可以听到卡特发布命令和指示的声音，他的声音在坟墓深处发出嗡嗡的奇怪的响声。床的部分形状出现了，接着是两侧。最后，狮子椅的底座出现了。所有的物品被手抬着送往实验室，沿途有重兵把守。每一次搬运，几十个记者蜂拥向前，他们尽可能地贴近到警戒线的边缘去捕捉画面。

这是多么辉煌壮观的场景啊！一切都突然重见天日——但多么原始啊！对于现代人来说，"躺椅"这个词意味着低矮而安静的甚至不正式的家具，而绝非如此巨大的王室生活用品。床板离地面约5英尺（约1.5米）高。当国王斜躺在上面的时候，他肯定位于观众的视线之上。床有一个很高的脚踏板，然而床头并没有板，因此遮挡不住国王的视线。从侧面看，床的样子十分威严，两旁好像有两只纹章狮子。亚瑟·摩尔顿说，该动物的头部"阴森可怕，像冥府的守门狗"。狮子头经过了镀金处理，狮子嘴巴张开，似乎正在咆哮，象牙做的长卷舌头，被涂上粉红色，从两排密集的纯白牙齿中伸出来。

当提丰躺椅被搬出墓室入口的时候，人群中发出了一阵骚动。所有古埃及葬礼仪式的秘密似乎都化身于此。一群从早上六点半就开始在矮墙上等待的美国游客看到眼前的情景开始狂欢起来。当他们目睹了眼前如此怪异的动物形象时，其中的一个人说，他们的等待"实在太值了"。

一旦这些躺椅被从前厅搬走后，在它下面的几十件小物件才可以收拾出来。振奋人心的消息已经传到了卢克索的旅馆里。人们一听说这个消息以及凉风预报，几百个参观者挤到了通向实验室的矮墙过道上。

似乎已经拟定了一个精确的日程表，每个小时就会有一件文物从参观者眼前经过。最有意思的是一个盘子，里面盛放着几块镀金木块，看起来像是脱粒机上的木块。原来它们是为国王准备的，在沙漠中远行的时候，一个巨大的机动伞的组成部分。这个设备是在马车下面发现的。根据这一情况发掘者推断，它是在国王狩猎中侍从所使用的帐篷设备的一部分。梅斯捡起来其中一块为游人演示如何使用。其中一个人建议，"如果游客想用来搭建帐篷，发掘者可以收取租金"。

马车被拆成部分搬运出来，先是一个轮子，接着另一个轮子，然后，车底盘、车轴，最后是车身。搬运马车几乎是最艰难的工作。梅斯坦白地告诉卡特说，马车已经破旧得不成样子，他没有把握复原好。梅斯考虑了好几周，认为甚至不值得一试，而只是将上面的金质浮雕全部拆下来，固定在支架上。但是几个月过后，他和艾尔弗雷德·卢卡斯经过艰辛的工作后，成功地完成了所有修复工作。今天，这些马车是埃及博物馆最让人震撼的文物。

发掘者十分耐心地清理马车周围的残骸，包括一些水果篮、圆形芦苇垫，垫子上有几个格子，看起来就像我们今天盛放开胃小菜的托盘一样。一个约8英寸（约20厘米）高的国王木头雕像、几个拂尘、几个珠宝碎片、华丽的马鞭。马鞭用木头做成，外面包裹羊皮，带有一个象牙做的马形象的把守。马腾空而起，弯曲的马身可以恰好握在国王手里。马鞭上面刻有铭文，描绘国王图坦哈蒙"壮丽地出现在马背上，就像升起的太阳"。

突然，法老本人似乎从墓室门口冒了出来，然后从台阶上走下来，出现在去往实验室的路上。这是一个真人大小的无四肢的模型，放置在运输架上，后面由一个工人推着。由于工人的身体被遮挡住，因此模型看起来似乎在靠自己的法力前进。卡特认为，这是国王的衣装模型，它出奇漂亮，几乎崭新如初。国王的形象被精心刻画、涂色并镀金。

有一些人拒不承认这个形象是图坦哈蒙，因为它看起来太女性化了，这些颜色一般在古代被用于妇女塑像上。国王的王冠看起来像蹲着的"土耳其"毡帽。这一特点，提醒亚瑟·韦格尔认为，这是埃赫那吞为他妻子奈弗尔提提，以及他的女儿们设计的。韦格尔告诉了布拉德斯特里特，布拉德斯特里特报道称这个模型无疑是个女性形象，一个别具魅力的女人。他写道，她的脸上"露出蒙娜丽莎般的微笑——这种微笑让一部分观赏者着迷，使得他们一直逗留在墓室入口直至被告知上午的工作已经结束。她的嘴唇丰满，眼睛又大又黑，然而眼白非常醒目。还有，双颊饱满，宛若少女"。

卡特传话给布拉德斯特里特，说这个雕塑绝对不是一位神秘身份的少女或者妇女，而仅仅是图坦哈蒙的美容师用来准备皇室假发的模具。但是，布拉德斯特里特不顾卡特的意见，他写道："一些观察者确信这个雕像是图坦哈蒙的王后，与国王埋在一起陪伴他，直到王后死去在来世继续陪伴他。"最后，发掘队中的其他成员有力驳斥布拉德斯特里特，他说，人们更期望一位有胳膊有腿的四肢健全且温柔亲切的王后。在这点上，布拉德斯特里特提供了另一套理论，称这个雕像可能是"雕塑家所做的王后安开萨蒙的粗糙速写，被用作图坦哈蒙年轻妻子的石塑模型——当她丈夫去世之时，她仅仅17岁"。这样，王后安开萨蒙一时间成了热议人物。

在实验室里，人们对金色御座进行了全面清理，结果发现比发掘者当初想象的还要漂亮。王后向坐着的国王稍稍弯身，充满优雅和柔美。王后的裙子是银色的，她身体显露出来的部分被巧妙地镀上一层半透明的闪光釉料。发掘者被该艺术品的精美所深深震撼，他们为王后的形象如此凸显而深感困惑。王后的形象不仅和国王同大，而且她的位置也似乎显示她和国王平起平坐。

卡特和詹姆斯·布雷斯特德在察看御座时，惊奇地发现两个完全不同的王名环——一个名字是图坦哈蒙，另一个名字是图坦哈吞。对霍华德·卡特来说，御座上王名的变化比他发现的任何文物更接近历史记载。王名环的变化表明了图坦哈蒙王国的政治、宗教的矛盾和冲突。阿蒙神和阿吞神分别出现于王名环里，表明了当时这两大政治集团在宗教意识形态之间的冲突。卡特对此甚感兴趣，因为如此重要的文物上面的装饰，表明了阿吞异教徒很可能在底比斯埋葬过——而底比斯是阿蒙神的根据地。卡特和其他人都不能解释这种现象的原因。卡特在御座腿旁边发现了可能是包裹座腿的亚麻布碎片，这让他想到图坦哈蒙向阿蒙神宗教信仰的转变，并非建立在深刻的宗教信仰之上。卡特推测，图坦哈蒙很有可能考虑御座过于宝贵，一旦毁掉它未免有些可惜，因而将之包裹藏于寝宫某处。同时，卡特认为在几处由阿蒙神替代阿吞神，可以有效迎合阿蒙神信仰者的情绪。

年轻的国王和王后显然彼此仰慕，沉浸在彼此的幸福陪伴中。前厅里发现的另一件文物最能反映这一切。这是一个不足两英尺（约0.6米）高的金龛，微微拱起的龛篷由两个像雪橇的奔跑者支撑。这个神龛是献给奈赫伯特女神的。神龛上装饰着一系列图坦哈蒙和安开萨蒙的金色浮雕。一方面，王后以十分规范的形式，向她的君王敬献象征尊贵身份的权杖。另一方面，两个年轻人又异常亲密。在一个大约8英寸（约20厘米）长的长方形嵌板中，描绘着这对王室夫妇共同狩猎的场景。国王坐在折叠椅上，用力拉弓射向从浓密纸草丛中飞起的一群鸭子。王后坐在附近的地面上，漫不经心地为丈夫拿着备用的箭，疲倦地指向两只正往纸草丛里躲藏的千鸟。

在另一幅画面上，王后坐在图坦哈蒙脚下的绒毛垫子上。她拿着一个小罐子，将某种液体倒在她纤细的手指上。这到底意味着什么——狩猎成功的祝酒吗？没有人知道。在另一个黄金浮雕中，王后坐在垫子上，充满爱意地给丈夫戴上一枚大的圣甲虫项链，圣甲虫两只翅膀交叉相叠。这又表示什么意思呢？这是狩猎异常成功的奖品，或者勋章吗？这是礼物吗？没有人知道确切答案。我们唯一知道的是，所有画面充满着人文气息、爱慕和欢愉。

到2月份的第一周，一些报社决定和伦敦《泰晤士报》分道扬镳，批评发掘者清理前厅耽误了太多的时间。它们暗示卡特有意放慢进程，因为在打开葬室的安排上，卡特与埃及古物部门之间存在争议。就在卡纳冯勋爵前往开罗会见埃及公共服务部和古物部的代表前，他要求摩尔顿去回击这些指责。于是，摩尔顿写出了一系列超出实际能够采用的新闻故事。他声称"指责从11月29日葬室正式打开，至1月29日卡纳冯返回埃及之前的这段时间，足够把全部文物清理出来是毫无根据的"。

摩尔顿高度赞扬发掘者的"非凡天赋"，以及他们工作的"卓越质量"。他指出，这种推迟主要是由于"卡纳冯的仁慈和宽厚而导致的，因为他拿出了数个特殊的日子供政府官员和新闻记者参观"。他说，没有人能够预测保存和移动数百件文物需要什么。他生动描述了 A. C. 梅斯、艾尔弗雷德·卢卡斯工作的艰辛。

> 他们用一只手保护住脆弱不堪的文物，另一只手承担着来自参观者的巨大压力。沿途运输必须非常缓慢，此外还需要接受霍华德·卡特或其他助手的指引。至今从来没有一起事故发生，因此，我认为卡特先生和他只有五个成员的团队，创造了搬运工作奇迹。

当有人怀疑"卡特他们遭遇的不断干扰，不仅仅来自于官方的参观者，而且还受到来自政府的压力，以及来自管埋部门的本不应该出现的麻烦"时，摩尔顿指出，卡特他们取得的成功"甚至更为巨大"。延迟的原因是发掘者不得不亲自回复大量的不断增加的邮件和电报。在最近的一些交流中，种子商请求提供葬室中的样品；纺织业制造商请求得到有关设计的专利；食品供应商请求得到"木乃伊化的食物"——显然他们是想把它们制作成罐头产品。此外还有来自动画片制作者和摄影师的电报，他们请求享有版权许可。最多的是请求亲笔签名。据摩尔顿说："卡纳冯和卡特两人都给予了最大的尊重和礼貌来回复这些所有的请求，结果耗费了他们大量的时间。"霍华德·卡特回复的数以百计的私人信件并没有出版。

2 月 13 日，卡纳冯勋爵从开罗返回帝王谷，宣布他将会在周日 2 月 17 号打开那扇神秘的封闭的墓门。他透露消息说，比利时女王伊丽莎白将会出席图坦哈蒙葬室的正式打开仪式。每个人都对女王的光临充满期待。试想——一个在世女王出席一个揭幕古代国王的仪式！

第 19 章
封闭的门廊

在打开封闭的墓门的前两天，卢克索小镇成为了全球的中心。几百家报社的记者，每天使用最近安装的通往开罗的通信线路，报道关于图坦哈蒙墓考古的最新进展，然后这些报道从开罗传到世界各国。潮水般的信件和电报涌向这个小镇。每个人都感觉到似乎全世界的注意力都集中在了这个小地方。自从第 18 王朝的风光过后，卢克索这个地方再也没有享受过这种殊荣。

社会名流显贵们纷纷乘坐火车前往卢克索。各旅馆登记簿上记录下了这些风云显赫人物：莱格勋爵、斯韦思林勋爵夫妇、萨默莱顿夫人、菲利普·萨松爵士、路易·马莱爵士、朱丽叶·特雷弗女士、印度浦那王侯。

比利时女王和利奥波德王子，将会在 2 月 16 日早晨从亚历山大乘坐专列到来。他们将和经过特殊挑选出来的 20 名观众共同参观开启墓门的仪式。他们可以坐在专门搭建的临时剧场的椅子上，正前方面对的就是那扇封闭的墓门。到时候，霍华德·卡特将会为这些特殊观众缓缓打开密室，然后他将会用两天的时间仔细检查密室中的物品——不管里面是什么。在这之后，再有另外两天的时间，留给全世界的新闻记者以及"特殊游客"参观墓室。

离奇的故事也开始流传开来。卡特的金丝雀的故事弄得满城风雨，一些土著预言师称葬室里面将全是眼镜蛇——都是活的。一个更让人赞同的广为流传的预言是，发掘者将会发现一个空空的房间，里面只有一张拿破仑时期的法国报纸。

约翰·麦克斯韦尔爵士、埃及勘察基金会主席和卡纳冯勋爵的私人顾问一行，在卢克索乘坐一个埃及男孩驱赶的狗车时差点儿翻车。麦克斯韦尔爵士坚信是由于赶车的男孩故意而导致的，因为至少这个男孩没有给他明确警告，尽管当时爵士大叫注意。这个男孩显然没有认识到此事的后果。在卢克索只有他有狗车，警方很快将他抓获并惩罚他，要求他的父亲鞭打他。男孩父亲还必须拿出 10 个埃镑，以约翰·麦克斯韦尔爵士的名义捐给埃及穷人。这些钱在冬宫旅馆的门口散发给穷人。然而，也有些人严厉地指出，埃及人又一次在前去观墓的外国人手上受到了不公正的处罚。

贵宾名单经过卡纳冯勋爵的代理人和福阿德国王的代理人仔细讨论和研究。国王通过他的宫廷大臣表达了自己深切的歉意，他说"由于有许多预先安排无法抽身，导致无法接受邀请"参加密室的正式开启仪式。尽管福阿德国王是卡纳冯勋爵的私交，去过海克利尔多次，但卡纳冯勋爵显然并没有对此事过于失望。卡纳冯和卡特希望在正式开启仪式中，贵宾数量最好不超过 20 到 25 个人。然而，贵宾数量最后高达 40，实际上是 41 人，因为还有一个神秘的从没有真正存在的嘉宾出席了。

在最后时刻，比利时女王竟然患了流感，使得她不得不待在卢克索的冬宫旅馆的套房里。很有可能，女王已经得知有那么多的人拥挤在狭窄闷热的地下室里，并在那里待上几个小时，因此她谨慎地决定待在宾馆里等待，希望能得到专访的机会。

贵宾名单读起来像是《柏克氏贵族系谱》和《一千零一夜》的结合。按原定计划外交仪礼要一丝不苟，但是要一一都落实起来，的确是一件令人头疼的事情。所有贵宾的座椅顺序究竟是怎样安排的，并没有确切记载保存下来。当时不同报纸报道所列的出席者的名单总是不尽相同。不过，最可靠的名单是赫伯特·温劳克拟定的，显然他只是为了自娱。

温劳克的名单让人眼花缭乱。名单中包括艾伦比伯爵夫妇，卡马勒尔-丁王子、欧玛尔·图松、尤瑟夫·卡马勒，法国、比利时、美国驻埃及大使，现任及历任埃及总理阿德利·杰根帕夏、陶菲克·奈辛帕夏、侯赛因·拉什迪帕夏、阿布杜·萨尔瓦特帕夏、穆罕默德·赛伊德帕夏，玛哈穆德·赛德基帕夏和伊斯梅尔·瑟利帕夏，卡纳冯勋爵、伊芙琳·赫伯特小姐、默文·赫伯特女士、查尔斯·卡斯特爵士、威廉·加斯廷爵士、约翰·麦克斯韦尔爵士、理查德·贝瑟尔爵士、阿兰·伽丁纳尔爵士、柯纳地方长官阿布德-埃尔-哈林·苏莱曼帕夏、霍华德·卡特、A. C. 梅斯、艾伯特·利思戈、赫伯特·温劳克、哈利·波尔顿、皮埃尔·拉考、雷克斯·恩格尔巴赫，三个不知名的古物部官员、一位不知名的埃及政府官员、一位不知名的新闻局代表、无数阿拉伯工人，詹姆斯·布雷斯特德以及他的儿子查尔斯·布雷斯特德。

但最后好像多了一个人——乔治·沃勒·米查姆。以他的名字发表了大量关于打开内室和有关坟墓的详细经过。米查姆多次代表《芝加哥日报》和《基督教科学箴言报》，似乎获得了远比卡特和亚瑟·摩尔顿提供的还要丰富的信息。尤为值得注意的是，从没有人记得遇见过这位机敏的知识渊博的米查姆本人，无论是在坟墓里面还是在帝王谷或者是卢克索。他的故事好像从魔法般的种子中长出来的。几年后，詹姆斯·布雷斯特德透露，米查姆就是那个幽灵般的特约通讯员，他曾告诉霍华德·卡特想偷偷地打破伦敦《泰晤士报》的新闻垄断，卡特鼓励他这样做。

两点一刻，嘉宾开始聚集在墓室入口。一群记者驻扎在矮墙附近，架起了摄影机的三脚架。

据《每日电讯报》的特派员称，卡特摇摇晃晃地打开了"地牢门"。几个官方代表脱掉外套后走进地下墓室，消失在昏暗中。卡纳冯勋爵略带紧张地向后转身看看记者，打趣地说："我们将去参加音乐会！卡特将要献唱一曲！"

亚瑟·韦格尔在矮墙上带着嫉妒的神情眼巴巴地看着。当卡纳冯勋爵非常兴奋地进入坟墓时，韦格尔突然转向另一个记者，半开玩笑地说："如果他以这种神情进入坟墓，我再让他活六周。"整整六周之后，韦格尔的话却萦绕得他自己不得安宁。

接下来的三小时报道不断，"每一个声音、每一个事件都被关注"。当一块大石头被抬上来，或听到伊芙琳小姐兴奋的大叫时，就会出现阵阵沸沸扬扬地谈论声音。有时候什么也听不到，只有凿子声和锤子的声响从下面传来。据报道"每一次锤击都能引起那些只能坐在炙热的太阳下等待的人们的紧张思考"。

随着墓中工作的进展，"新闻反对派联盟"更加疯狂地攫取各种消息。他们抓住其中一个当地工人的衣领，他声称已经发现了三具木乃伊；几分钟过后，其中一个工头说，出土了八具木乃伊。到中午时分，有消息称发现了一个巨大的猫的雕像。各种小道消息接连不断。傍晚时分，若想修改关于"木乃伊"和"猫"的标题，已经为时已晚。"反对派联盟"意识到这个消息纯粹是霍华德·卡特伪造并故意释放出来的。这个花招进一步招致了新闻记者对卡特敌视。

在地下，由于墓室的狭小，高功率的电灯使得前厅的温度十分高，但是人们似乎感觉不到，他们都安静地等待着，似乎早有预料。

卡特后来回忆称，当他登上自己修建在密室里的木头台子上的时候，他意识到蜂拥而至的现代参观者，他们或坐或站在墓室里，看起来是多么不协调啊。但是那种想法一闪而过，他意识到他将要抹掉几千年的岁月流逝，站在一个曾经在 3000 年前统治天地的国王面前。

霍华德·卡特用颤抖的手，用锤子敲击着古人砌起的石头门。他费了很大劲儿才把门上的横梁敲掉，然后他小心地除掉上层的灰泥，用手捡去堵在最上面的碎石头。他用了十分钟的时间，才打开了一个刚容得下手电筒的洞口。他把手电筒放在洞口往里照，一两分钟的时间站在那里一动不动。参观者们紧张地观望着，那种沉默实在令人窒息。最后，卡特大声喊叫了一声："我看到了一堵黄金墙!"当然，这是他几个月前看到的神龛的一面。

卡特声称，最初他并不知道这面黄金墙的作用。他努力了好几次，用尽全身力气，拿铁锹小心地松动不规则的石块，这样梅斯、卡伦德可以在下面放一些小石头使卡特撬起来更轻松。卡特亲自搬起每一块石头，然后传给他的助手，助手再传给工头，工头再给工人们，最后，工人将石头从墓室中搬出来。

当大约拆下来 10 块、15 块石头的时候，黄金墙的秘密解开了。他们兴奋地意识到这正是国王葬室的入口，洞口中看到的黄金墙原来是神龛闪耀的光芒。

对艾伯特·利思戈来说，这绝对是一个令人心悸的时刻："多么壮观的景象啊!我已经不知道什么是兴奋和紧张了——我已经被震惊得失去了知觉。这是我人生经历中第一次往里看并最终进入到了古代葬室，我感觉到了死亡的降临。"

当洞口足够大的时候，卡特进入（或跳入）葬室。卡纳冯勋爵紧随卡特而入。在门槛处，卡特发现了一些古代盗墓贼遗落的珠宝残片。大约半小时过后，他才小心翼翼地捡起碎片。接着，就在最外部神龛的拐角处，卡特发现了一盏精美绝伦的灯，它是用一块雪花石雕成的，造型是从池塘中长出来的三朵莲花的形状。卡特并不记得之前造访的时候就已经见过这个东西。"我的上帝！"卡特后来对利思戈讲，"多么精美啊，乳白色的雪花石如此纤薄！造型是如此完美和优雅，莲花在水面上摇曳着，栩栩如生。"

就在他们离开内室让其他人观看的时候，卡纳冯和卡特仔细检查了卡特之前发现的一些东西——一个烛灯带着泥质基座，上面刻着一些神秘的圣书体文字。文字令人着迷，但也令卡特有些寒心："是我阻止沙子填塞那密室。我专司保护逝者。"

约20分钟后，卡纳冯和卡特出现了。他们说不出一句话，深深被眼前所见到的一切所震惊，他们只是摊了摊手，表示惊异。接着，其他贵宾两两进入。皮埃尔·拉考对伽丁纳尔开玩笑说："你最好不要尝试，你太矮太胖了。"但是伽丁纳尔并没有理会，他和詹姆斯·布雷斯特德一同进入。他们费了点儿劲儿进去之后然后左转，这样神龛就出现在了他们面前。这时，他们发现卡特已经把门栓打开了，神龛里面还套着另外一个神龛，这个是密封完好的。

当卡纳冯勋爵出来的时候，他接受了亚瑟·摩尔顿的采访：

我很难形容进入棺室的感受，我没想到眼前的景象会如此惊人。我跟随卡特先生小心地进入，前厅带给我的兴奋，与完好无损的古埃及国王棺室相比并不算什么。

我们小心翼翼地移向右侧，在神龛的东侧发现了两扇封闭的门。

随着一声阴森的碾压声，我们打开了一个门，却发现面前是第二扇神龛。这个神龛完全被镀了金，两神龛之间是一些精美至极出乎想象的雪花石膏制品。其中有个雪花石锅，带着一个盖子，盖子做成躺着的一只猫的形状，猫有粉红色的舌头，这让我惊异得瞠目结舌。

由于没有足够的空间，因此我们不可能把门完全打开去仔细观察内外墙之间的东西。但是，我们还是可以看到整个墙上布满雕刻并镀金。

第二个神龛与第一个类似，同样也是两扇门，但与第一个龛的门的朝向恰恰相反。但是非常重要的一点是，内门是封闭的，有封泥和绳子，整个封印完好无损，甚至我们可以断定国王的木乃伊就躺在第二个神龛背后某处。

据我所知，这是从未见过的。我们只发现过藏在某处，或者遭受劫掠的皇室木乃伊，例如拉美西斯四世的坟墓。如果我对纸草记忆准确的话，国王石棺周围有5个这样的神龛。这个墓中也可能如此，但还不能冒昧这么说。

棺室墙壁和外部神龛结合十分紧密，以至于不可能从任何一边通过，除非从门的位置。借助灯光，我可以分辨出为死去的国王准备的船桨，它们被交叉放置在远处拐角的一个大雕像前面。

卡纳冯勋爵讲述了他如何进入密室的情景，他和卡特都再次被雕有四位女神的神龛所震撼。他打开了无数珍宝箱中的一个。这些珍宝箱从阿努比斯神龛后面一直铺展到另一个小的礼葬罐那边。他们觉得这个箱子满是各种各样的珍品，可是，他们只找到了一件东西。卡纳冯说：

我相信这在埃及发掘史上是绝无仅有的。这是一把鸵鸟羽毛扇。所有的羽毛经过3200年后看起来依然完好无损——实际上非常脆弱。扇把儿非常惹人喜欢，由象牙制成，上面还插着L形的扇骨。整体十分简约，此外上面刻着国王的王名环，由不同颜色的石头组成，十分漂亮。

另外，还有大量的船只，装饰得很好看，其中带有一些装饰和亚麻布帆，另一些看起来像划艇。

另一件吸引我的东西是一个装满珠宝的盒子，无论纯金还是宝石本身价值多少，今天看起来都是无价之宝。

当我们拆除掉一个又一个的神龛的时候，我有些怀疑在两神龛之间的空隙处能否找到最令人感兴趣的文物呢？从已经发现的文物推测，剩下的文物也一定精美绝伦。拆除工作需要最大程度的耐心和谨慎。随着拆除工作的不断推进，我的兴趣渐渐高涨，直到打开那具未曾动过的国王的木乃伊。对坟墓中这些部分的检查需要花费数月的时间，我唯一希望的是工作进行中不受打扰，因为这是本季度发掘以来遇到的主要问题。

官方代表团被他们所见到的景象所震惊。当他们最后从狭小的棺室和拥挤的密室中出来的时候，他们几乎说不出一句话，他们被眼前所见的一切所震撼——几百件美妙绝伦的文物，在那个情绪极受感染的时刻，每一件似乎都远远超过前厅里发现的任何文物。其中一个访客告诉亚瑟·摩尔顿说，最精美绝伦的文物要数带篷的神龛了。

四位可爱的女神伸出胳膊保护着神龛的龛壁，她们甜美的脸庞，带着一种最慈悲的嗔怒的表情注视着你，似乎在祈求你不要靠近。想想她们已经这样站立了三千多年——这四位保护死去国王的女神——奈斯、塞尔凯特、伊西斯、奈弗提丝——等待着最终进到里面的入侵者。我充满羞愧地感到嗓子里好像被什么东西堵住了，我渴望要说的是，我们不是来伤害她们的盗贼，而是以最虔敬的方式奉请她们的。甚至直到现在，一想到她们我还是激动不已。

那天，所有的参观者都被图坦哈蒙墓中"最神圣的地方"（葬室）中的景象所深深吸引。有人描写说，其中一些参观者难以摆脱"法老的形象"，他们在令人窒息的空气中，虚弱而疲倦地通过台阶爬出洞口。

当他们在墓中参观时，太阳降落在底比斯丛山中，气温随即降低。出来后，他们纷纷冲过去找外套。贵宾们簇拥在卡纳冯勋爵及伊芙琳小姐身旁，同他们握手，低语着向他们表达衷心的祝贺和自己的感受。

当黑暗笼罩山谷时，坟墓再一次被锁上，访客们陆续离开了，柔和而安宁的夜色洒在沉寂的埃及大地上。

亚瑟·摩尔顿后来报道称"图坦哈蒙虽死犹生，今天仍统治着底比斯和卢克索"。

所有城区都是他的宫廷。来自世界各地的人皆向他敬献贡赋。他的名字响彻整个卢克索，或在大街上被叫喊，或在旅馆里被耳语。当地店铺中图坦哈蒙制品随处可见：艺术品、帽子、古玩、相册，明天或许会出现"更地道"的古玩。卢克索的每家旅馆都有和图坦哈蒙相关的一些项目。比利时女王，一位重要人物，一位现代女王，明日将会造访图坦哈蒙墓。今天，在底比斯的人们必须要和古代的国王找些联系。萍水相逢的人们互相诉说着他们昨晚的图坦哈蒙之梦。今晚有一个图坦哈蒙舞会，第一个要展示的东西就是一块图坦哈蒙破布。

第 20 章
女王造访

比利时女王和利奥波德王子的造访，则将一周以来人们几近疯狂的期待和震撼人心的惊奇，推向了高潮。

从第一缕晨光开始，尼罗河两岸和通往帝王谷的道路上就挤满了黑压压的人群。路上至少有 7 辆汽车，这个数字对此时此地来说是极为罕见的。一辆浮华闪光、噪音骇人的挎斗摩托车，以最快速度冲到了山谷中的路上。受惊的旁观者会以为，为了这个场合，似乎埃及周边五省中祖传下来的所有四轮马车和骡车都被调动起来了，与它们一同行进的还有不计其数的畜群和骑驴的男童。

一位记者评论说，尽管天气并不适宜，女王还是"一袭白衣，头戴宽边白帽，披着石灰色面纱和灰色狐皮披肩"。女王陛下迈下她的皇家帆船走上岸来，这时，一省长在嘹亮的喇叭声、轻轻的击鼓声和华丽的乐章中，正于尼罗河西岸迎接女王陛下的到来。省长坐进了女王的汽车，与她一同前往帝王谷。路上，他还一直详详细细地向女王介绍该地的历史——不过后来人们说，他的描述非常不准确。

路上每处的安保措施都十分周密，这不仅仅是为了阻止数以万计的伸长脖子的观光者和一群群牲畜靠近，也是为了防止以迅猛发展的国家民族党之名进行的政治示威。省长阿布德-埃尔-哈林·苏莱曼帕夏，充满自豪地指挥着部队。他们是专为举行该仪式而召集的。这些士兵们的确引人注目。在这条全长 5 英里（约 8 公里）的蜿蜒小道上，每隔 16 码

（约15米）远，就设置一个格哈弗（即警卫）。他们身着特别设计的仪仗队制服，上面饰有红、绿、紫红条纹，而且每个人胸膛上的黄铜板都闪耀着自豪的光芒，这为制服增色不少。在蓝天和烈日的映照下，这华丽的装束显得光彩夺目。当女王和王子的马车一前一后经过时，每一个格哈弗都立正，用自己手中的那布特，即一根能反射太阳光线、装饰华丽的手杖潇洒地致敬，就像是接连不断的微型烟花表演。

在坟墓旁低矮的石砌挡土墙周围聚集的可能是最见多识广、通晓多种语言的一群人了。他们来自世界各地，有皇室、不列颠贵族、美国企业大亨和政治家、法国政要和学者、埃及官吏和贵族成员，以及几乎世界上所有国家的代表。卡特曾形容他们如同海浪般涌来。最早的到来者之一，是衣着艳丽的侯赛因遗孀。在河边和沿途等处，这位极受民众喜爱的埃及女士得到了人们的掌声欢迎。她向人群"优雅地挥手致意"，并与其他血统高贵、地位显赫的埃及人一同下到了坟墓中。大约20分钟后，她回到地面上来，宣布这次发现是"令人惊叹的"，而且人们是带着"一丝不苟的态度"进行清理工作的。

卡纳冯勋爵和伊芙琳·赫伯特小姐出现了。紧随其后的是美国使节J.默顿·豪厄尔，他稍显虚弱，因对埃及长时间午睡表现出的极大兴趣而为人所知。旅程结束后，豪厄尔对新闻界发布了声明，还不失时机地对他的赞助者大加宣传。他证实说，那番景象是"惊人的"，远远超过了他的所有预想。他的一些同胞能够通过大都会艺术博物馆，"为全人类而全身心加入了这一科学的伟大发掘工作"，他为此"深感自豪"。

两点十五分，女王一行到达。卡纳冯勋爵、霍华德·卡特和皮埃尔·拉考陪同女王一行进入了墓室。与女王同行的还有陆军元帅艾伦比子爵和艾伦比夫人。女王娇小的身姿轻松地就穿过了墓室门口的狭窄通道，而且她还能毫无困难地走过墙壁和神龛之间的狭小空间。其他一些人则必须挤过去，尤其是高大魁梧的艾伦比爵士。后来他评论说，"那个地方太窄了"。

尽管天气炎热又令人窒息，伊丽莎白女王还是"被这些珍宝的精美征服了"。她在墓穴中逗留了半个多小时，还"对她的向导提出许多问题，表现出了浓厚的兴趣"。当女王陛下再次呼吸到新鲜空气时，她看起来彻底被征服了。她登上最后一个台阶，躺在一把椅子上，然后带着愉悦的口吻说自己"为得以逃脱而感到由衷的喜悦"。她拒绝了为她端来的柠檬汁，而是声音虚弱地告诉仆人来一杯水。水很快为她端来了。在从帝王谷返回旅馆的途中，女王亲切地接受了记者的采访，她说能够到此亲眼目睹感到万分喜悦。她还说墓室中的每一件文物都仍在 3200 年前的最初的位置上，里面独一无二的奇观给她留下了不可磨灭的印象。看到这些不可思议的物品时，她感到惊奇不已。女王大胆地提出了自己的观点，她认为，对卡纳冯勋爵和霍华德·卡特来说，整个世界都亏欠一份巨大的感激之情。

这些光彩夺目的文物和发掘现场充满魅力的神秘气息，彻底迷住了这位比利时女王伊丽莎白。她对此如此痴迷，以至于改变了她原来的行程计划，在埃及逗留了将近一个月的时间。她沿着尼罗河到处旅行，还三次返回图坦哈蒙墓，察看墓中以及实验室中的珍宝。

3 月初，女王第四次也是最后一次前来参观。霍华德·卡特给了她一次特殊接待。当着女王的面，卡特从库房里取出一个"用沥青加工过的"奇怪黑盒，其形状就像一个微型岗亭。卡特除去带有豺狼和 9 个被缚俘虏印记的封泥，露出了盒子内部。内有一条用亚麻布包着的精美的镀金木蛇，眼睛以明亮的石英岩雕琢而成。对卡特来说，这条蛇"在风格和技巧两方面，都着实令人惊叹，可谓一件最华美的写实主义雕刻作品"。从基座上的铭文可以确定，这条蛇是古代一个诺姆（或州）神。尼罗河两岸古老的土地被分为42个诺姆，其中22个诺姆属于上埃及，20个诺姆属于下埃及，每个诺姆都有自己的神祇。当图坦哈蒙进入"永恒来世"时，各州之神的象征都与他一同下葬，来保护他走向不朽。

人们为发现的金蛇大为着迷。当地埃及人认为，吞吃卡特那只金丝雀的眼镜蛇必定就是它。显然，有人捏造了厄运迫近的预言，不过这些预言受到了其他人的无情奚落。

艾伯特·利思戈认为，比利时女王和利奥波德王子的造访是发掘过程中最愉快的经历。两年前，他曾在纽约见过女王，那时她就已经被大都会艺术博物馆埃及部的文物深深吸引。在参观这座墓后的一场正式午宴上，女王刚一坐下来就向利思戈侧过身来，表达自己对能够参观埃及部有多么高兴。

就在特殊参观的这天，利思戈凭借幕后工作的才能，抓住机会适时进行了一些政治活动，借此反对皮埃尔·拉考提出的修改古物法的意见。此后不久，他致信爱德华·罗宾逊说，预期的法律上的变动似乎不可能发生了。他解释道："我在开幕式的时候有一个绝妙的机会，而在女王前来与艾伦比伯爵就当前的情况进行长谈之时，我又有了一次机会。"他声称，艾伦比给出了"明确保证，这是出于他本人的友好意愿"，并且他直截了当地对利思戈说："如果英国人和美国人［达成一致］携起手来，［我认为］你就不必再为局势担忧了。"艾伦比曾提及，对于美国国务卿查尔斯·伊凡·休斯已经采取的举措，他本人极其赞赏。利思戈在另一封致爱德华·哈克尼斯的信中写道，他已经从一位不能透露姓名的政府官员那里得到了极为可靠的信息。这位官员声称，拉考正在"寻找方法来摆脱"这个事件，并且在那个特殊时刻会非常乐于放弃维护法律变更的任何尝试。显然，政治施压产生了作用。利思戈告诉哈克尼斯说，他将尽快前往开罗，希望能与拉考面谈，并使拉考明确表态，面对

"现状"放弃提出任何变更主张。

如果说女王的造访为卡特和卡纳冯提供了急需的公关支援，那么这个支援绝不是唯一的。因为现在女王的属下、私人顾问已经向埃及传达了一系列极度赞颂之词。这个人的名字叫让·卡帕，是享有盛誉的比利时科学家、皇家学院成员，五十周年皇家博物馆的管理者和秘书，同时也是列日大学的埃及学教授。卡帕体格健壮、精力充沛。在埃及学家中，他由于子女众多和著作的多产成为一个传奇人物。他常喜欢用这句话来形容自己："每年生一个孩子，每年出一本书。"这位有趣的比利时学者，对墓中的文物深感折服。他立即在冬宫旅馆的一个房间里安顿下来，为那些华丽的文物写了一系列言辞精美的文章。他说："与图坦哈蒙墓中出土的文物相比，以往在埃及发现的东西实在是小巫见大巫。"不过对于处境艰难的发掘者来说，更为重要的是，卡帕创作了几篇文章对卡纳冯勋爵和卡特工作的方式大加赞美。卡帕声称"对他们垄断发布独家消息的权利，表示百分之百"的支持。他的言论是吹捧的极好范本，人们禁不住猜想卡帕是怎样被说服来发表这些言辞的。

卡帕的某篇文章开头独具匠心。他猜测说，图坦哈蒙国王必定知道这样一句古埃及谚语，即"舌头是世间最善，也是最恶之物"。"如果图坦哈蒙生活在我们的时代，"卡帕发问道，"对新闻界的言论又会有何想法呢？"他沉痛地说道，当自己第一次读到那些攻击卡纳冯勋爵的文章时，以上就是他产生的第一个想法。新闻界的神圣光环和"它对公众所负有的、不容侵犯的职责"最为紧要，他赞成这一观点。卡帕接着写道，有些人说"从清检法老宝藏到媒体向所有报刊发布消息，这之间不能出现任何障碍"。他写道，他们还坚持认为，假如卡纳冯勋爵不退让，不取消与《泰晤士报》的协议，那么，"埃及政府一定会介入，特许权也会被宣布失效"。

卡帕觉得这些人一定是在做梦。他认为事情的关键是政府在提出各种严格条件后，已经对发掘活动进行了授权，而卡纳冯勋爵也信守承诺遵守了所有条件。事实上，卡纳冯勋爵做出了"明智的抉择，即通过世界上最有影响力的报纸，每天向公众提供至关重要的信息"，这已经远远超过了人们对他的希望，或说是"他义不容辞的职责"。

　　而后，卡帕提出了这样的问题：如果卡纳冯勋爵对公众隐瞒自己的伟大发现，随后通过预先选定的伦敦出版社将发掘成果编辑成册、付梓出版，就像许多其他发掘者一样，这是否会激起批评？他极力主张，所有人都应还卡纳冯勋爵、卡特及其同事以宁静，并且在与公众交流发掘成果的方式上，要给予他们充分的尊重。在文章末尾，他大声疾呼："我们不是说这是他们的合法报酬，这是他们无可争辩的权利。"

　　卡纳冯勋爵、卡特和利思戈欢呼雀跃。他们有足够的理由感到欣慰。毕竟这一考古发现本身就是一个奇迹，考古史上的任何发现都无法与它相提并论。皇族、权贵、埃及学专家以及各个领域中的科学家，对此次发现及保护工作中采取的严谨方式称赞不绝。卡纳冯勋爵和卡特都充满信心地认为，他们最终已经开始压制住了埃及人、国家民族党和新闻界发出的指责。卡纳冯勋爵不希望自己的利益损失，所以严加关注，督促伦敦《泰晤士报》每天都发表维护发掘工作的出色报道。

　　亚瑟·摩尔顿几乎对所有能以善意解释的事情都做了恰当的记录，从一个埃及人的拜访到贺电的接收。来自大都会艺术博物馆的一封越洋电报传达了"热烈祝贺"。人们细细品评这封电报，就像对待福阿德国王寄自开罗阿卜丁宫的书信一样。国王福阿德的来信没有什么特别之处，只是官场的客套话。他在信中声明，"诸位发掘出了价值无法估算的珍宝，由此极大地丰富了埃及的科学事业；诸位的努力获得了成功之美誉，诸位也理所应当地收获了长年工作的成果"，值此之际，"我非常乐意，向诸位致以最诚挚的祝贺"。当时有人正在制造"蓄意争斗"，他们暗示卡纳冯勋爵和埃及政府之间依然存在龃龉。在这特殊时刻，伦敦《泰晤士报》将国王的言辞当作极感兴趣的证据加以利用。它将那些渲染不和的言论都斥为"一派胡言"。双方之间有着"最坦诚、最热情"的关系，就如国王深思熟虑的"完全自发"的行动所证明那般。《泰晤士报》还指出，受邀参加开幕活动的埃及公众表现出了真挚的友谊，则进一步证明了卡纳冯勋爵与埃及人关系良好。据《泰晤士报》所言，双方之间不仅没有任何分歧，而且埃及全国都深切盼望着能向卡纳冯勋爵表达敬意，为他对这个国家提供的诸多服务致谢。

日复一日，伦敦《泰晤士报》都在打造着这样的故事：上至高级官员，下至村庄百姓，所有埃及人与发掘者之间的往来都是"极为友善的"。亚瑟·摩尔顿似乎在不遗余力地强化这种论调。他寻找到阿布杜·萨尔瓦特帕夏的一份声明，此人是出席官方开幕活动的埃及前首相之一。他的言辞使发掘者心中倍感温暖："我非常高兴地向卡纳冯勋爵、卡特先生及其热心的合作者取得的辉煌成就致贺。他们的名字将永远与我们古老国家的考古伟业联系在一起，埃及也将在心中为他们保留一份最深切的感激之情。"

为卡特提供支持的并非只有亚瑟·摩尔顿。《泰晤士报》还从一位未提及姓名但"卓越超群的埃及学家"那里得到了帮助。此人提出了格外具有说服力的论点。那人就像善良的老让·卡帕一样，不可遏制地冲锋陷阵：

> 我刚刚从毕班－马鲁克（"王陵"的阿拉伯语称呼）返回。我思绪万千，以致我难以集中精力进行思考，也难以表达自己的情感。我首先想做的，就是证实文明国家对卡纳冯勋爵和霍华德·卡特的

巨大亏欠。在人们的记忆中，他们的名字将会永远与最伟大的考古发现联系在一起。我希望所有人都能意识到，这项事业和系统清理工作的开展需要什么样的自我牺牲和慷慨胸襟。仅仅是清理工作就使人们再次认识到发现的不可思议，它保存如此完好，以至于没有任何一个古代劫掠者的魔爪触及到它，尽管 3400 年来对财宝的猎取一天也没有中断过……

对那些居心叵测的恶毒攻击来说，这两人成了标靶。对这样的攻击，现在的人们会说些什么呢？为了能够快速、准确地向世人传达重大发现的各种信息，他们从肩头卸下了起草公报的差事，将其委托给了一份重要报刊。这种指责是一种罪过。有些人指责卡纳冯勋爵把令人无法忘却的发现转变成"营利事业"，就像他们大胆描述的那样。然而在这场斗争中，那些撰文者并没有写出促使自己责难他的动机，这真是令人极为遗憾。

这些攻击糟糕透顶，其中有些简直荒唐可笑。

这位"卓越超群的埃及学家"也没有忘记对另一件事情发表评论。这件事情是在报刊文章，以及写给卡特和卡纳冯勋爵的信件中才露出端倪的。

图坦哈蒙发现自己在俗世的长眠被考古学家的好奇心打破了。有人为这位可怜国王的不幸命运扼腕叹息。如果听其所言，人们就应该立即重建保护墙，这样在墙后他就会避开寻宝者了。

如果这座陵墓带来的并不是迄今仍不为人所知的信息，那么进行发掘，哪怕对里面的东西只研究一分钟，都是没有任何意义的，我十分愿意承认这一点。不过，据说人类超越鸟兽之处，就在于铭记自身历史的能力。终究，起初已完全失落的古代辉煌而今又以一种不特定的方式得以复兴、再现，使我们感到眼花缭乱。

若要使我信服埃及学家是在用亵渎的方式侵犯死亡的秘密，有些东西是必需的，但那绝不仅仅是神经衰弱者和疯傻之人的呻吟叹息。许多古埃及的丧葬文献都证明死者表达了这样的渴望：后世子孙要使他们的名字得以永生。据说，其名被诵读之人，生命就得以延续。几周前，在专家们的小圈子之外，图坦哈蒙的名字已经被彻底遗忘，而今，他却闻名于世。

可是在所有赞歌之中，《纽约时报》的布拉德斯特里特所进行的斗争从未松懈。他一篇篇地发稿，以表明埃及政府与霍华德·卡特之间所产生的问题正日益尖锐。

亚瑟·摩尔顿尽忠职守，他于次日给予了回击，试图反击"从开罗流传出来的，放肆的恶意攻击，力图散布卡纳冯勋爵和埃及政府之间存在嫌隙的错误观点"。摩尔顿在回击时得到了公共事务部副部长阿布杜·哈米德·苏勒曼帕夏的支持。副部长"相当痛苦地"回应说，那种论调"如此荒唐"，以至不值得予以反驳。他声明，"卡纳冯勋爵、卡特先生和其他工作人员同我们、拉考先生以及由我们管辖、由拉考先生所负责的部门之间，始终保持着诚挚的友谊，对这种良好的友谊以及工作开展中所采用的方法，他和他的部门都感到欣喜"。

甚至那些为埃及文物耗尽毕生精力的人，面对葬室和库房内的一些文物时也几乎失去了理智。当一贯内敛的詹姆斯·布雷斯特德，看到库房里的环绕神龛的女神雕像时，也这样进行评价说："当你凝视着这一系列非同凡响的雕像时，也会感到即便是伯里克利时代的希腊人也只是平庸之辈。"这些女神雕像呈站姿，肩以下伸展的手臂文雅地下垂，这样手部就与腰部处于同一高度。对他来说，这些雕像"绝对美得惊人"。其中一座雕像尤其优雅，她的五官"美得无与伦比"。她就是塞勒凯特。这位女神的脸是转过去的，由此一来，她的身体朝向被守护的神龛时，她的脸庞仍对着门。布雷斯特德一开始以为这座雕像是裸体的，"不过实际上它覆盖着一层金箔薄衣。她绝对令人惊叹"。

和那些贵族们一样，为了参观这壮观的神龛，一睹宝藏室内的华丽珍宝，记者和平民也蜂拥而至。有些不同寻常的事情发生了。一些参观者声称，面对那些夺目之物时渐渐感到眩晕。还有人说，当他们参观完这些珍宝之后，几天不能入眠。埃弗里特·梅西夫妇是一对富有的美国夫妻，也是大都会艺术博物馆多年的忠实朋友，他们每年的捐款总数达到 2500 美元，当他们见到了这些珍宝之后，深深为之折服。艾伯特·利思戈披露了在爱德华·罗宾逊身上发生的事情：

> 毫不夸张地说，梅西夫妇使我激动得无法言语。因为他们告诉我说，希望向埃及项目中的某些工作捐献 27 000 美元，以此庆祝他们结婚 27 周年。这无疑是一份非同寻常的礼物，完全出乎意料。我认为，这笔捐款最好用来购买那座雕像，用于这座雕像的支出（如果我的计划在一些方面出了差错）已经成为了悬在我头上的达摩克利斯之剑。梅西先生似乎很愿意将他的馈赠用于此途。我将会前往开罗向他展示这座雕像，并听一听他的最终决定。

利思戈此行获得了成功，因为他能够在公开市场上为大都会艺术博物馆购买雕像了。

数以万计的游客涌入卢克索，他们渡过宽阔的尼罗河，爬上帝王谷，只求一睹这座陵墓，哪怕是仅仅一瞥它的入口。然而，这其中存在许多问题。埃及政府说服卡纳冯和卡特，要求每个游客可以在墓中停留4天。由此产生的对坟墓的破坏使得卡特勃然大怒。一个"超重的人"拼命挤过神龛墙壁与坟墓房间墙壁之间的狭窄通道，结果在建筑物的镀金表面上刮了一条痕迹。卡特担心混乱会愈演愈烈，并随之产生更严重的损坏，因此他要先将陵墓封闭起来。参观的游客变得躁动起来，其中一群游客甚至不顾沙暴，前往陵墓。

可是，说来也很奇怪，有些人匆匆赶往卢克索，却没有想过参观这座陵墓，甚至是靠近帝王谷去看看。他们到来的原因仅仅是每晚举行的欢宴和聚会。美国人似乎极其渴望参加这些社交活动。在卢克索，有人说，单从国旗的分布来判断，人们会以为，在比利时女王的核心周围，一块面积可观的美国殖民地已经自行建立。卢克索的每一所旅馆都住满了热切的美国人，同时整块河边土地都因私人船只上飘扬的美国国旗而生气勃勃。好像每一个美国派对中都有一位雄心勃勃的"导游"。参加各种乡村竞技——以驴、骆驼和马为主题的项目——几乎成了美国人的专利。有些人看到此情景心里发酸，因为由于美国人"财源滚滚"，票价急剧上涨，当地人已经不能承担他们自己比赛的费用了。

据说，甚至有些美国人也对图坦哈蒙产生了兴趣，于是他们就在书摊搜罗书籍，希望由此通晓古代埃及的历史。他们陶醉于在自己人中间物色"现有的真正专家"。美国人在卢克索举行的所有盛大聚会上，詹姆斯·布雷斯特德都成为最炙手可热的客人。

在图坦哈蒙和美国人出现之前，人们在宴会后慵懒地坐在宾馆客厅里听管弦乐已成风尚。但美国人发现这种娱乐很乏味，就说服音乐家们只演奏舞曲，或是付钱让他们这样做。每天晚上，在冬宫的舞池里都上演着"活力四射"的场景，这场景一直延续到午夜后很久，有时甚至通宵达旦。爵士乐的美国新风尚彻底征服了卢克索。

　　不列颠的贵族青年们发现，美国姑娘们都充满魅力，性情直率，并且急切地想找乐子。许多有趣的不列颠－美利坚"搭配"迅速出现。据说，一位美国年轻人对一位英国贵族说过一句话，将山姆大叔的精神揭示得淋漓尽致："毫无疑问，卢克索活力四射，然而有一件事却不合时宜，那就是一些人物之死而在人们心中投下的阴影。这些人的死去被传言与图坦哈蒙有关。"

第 21 章
封闭陵墓

2 月 26 日早晨五时三十分，卡纳冯勋爵和霍华德·卡特将陵墓封闭起来，以保证在下个季节到来之前，让墓中这位君主能平静地休息一段时间。他们安装了厚重的防渗钢铁板，以确保陵墓免受突发洪水的威胁。这种罕见且有潜在破坏性的洪水有时会涌入帝王谷。他们准备的告示牌上标注有英语、法语和阿拉伯语警告语，警告所有故意闯入者，大门已经通上了几千伏的高压。其实，帝王谷里没有这么强的电压，不过卡特认为，单是这块警告牌还不够——除了瞬间触电身亡的威胁之外，还画了一个骷髅头和两根交叉的骨头——大概这就能使库尔纳的村民们在劫掠坟墓之前考量再三。政府在这个遗址处安排了士兵和守卫古迹的一支精干警力。为了解决"谁来看守这些守卫"的老问题，卡纳冯勋爵雇用了自己的保安力量，这些保安人员由四位工头监督，他们从一开始就参与了这项发掘工作。

回填发掘处和台阶的场面很是引人注意，这项工作花费了整整一天一夜外加第二天的大半天时间。在工头的监督下，几百个孩子和老人在不见首尾的"人链"中急匆匆地来回奔跑，将数千篮的沙子和碎石倾倒进通道之中。夜间，整个工作场面都由探照灯照明，很阴森。云雾般弥漫开来的白色尘埃从入口处升腾起来，就像从一场无边的大火中升起。这罕见的场景之所以显得阴森，是因为发掘者们意识到，即使开掘坟墓是一次稍显普通的经历，但帮助回填来保存古埃及法老遗体的神圣葬所，对他们中的每个人来说，还都是第一次。

最后一次参观内室是一次富于诗意的体验。对利思戈而言，在葬室里屈膝独处是"如此不可思议，周遭一切是如此美丽而令人心醉，以至于我的大脑只能捕捉到其中易于体悟的一小部分"。他在给纽约的妻子致信说，正是在那里，事实上是在葬室里，他独自一人"与仍旧封闭的巨大灵柩台内门在一起，感到惊异，为这沉寂房间内存在的一切而惊异，而那道内门依然隐藏着这一系列考古奇迹中最为光彩夺目、令人称奇的一部分"。"我无法想象，"他写道，"几周后重返纽约城那些繁忙的街道时会有何感受。那时我能否说服自己相信现在眼前的一切的确真实存在？"

曾经塞满珍贵宝物的前厅变得空空荡荡、昏暗凄凉。朴实无华、不加装饰的墙壁涂了桃红色和黄色墙泥，没有了那些珍稀藏品，它显得几近平淡无奇。难以想象曾经有一位法老在这里安眠。四下只散落着很少的物品——一对可爱的雪花石膏花瓶和一只制作精妙、漆成黑色的木制天鹅。旁边一堆黑乎乎的黏性纤维物质是一个灯芯草篮子的残迹。卡特在这只篮子里发现了一些动物骨骼。他相信这些骨骼来自献祭。

有个通往一片混乱的附属建筑的洞被木板封住了。下一个季节到来之前，卡特并没有对它加以处理。两座黑金二色的国王雕像，一直守卫着洞开的门口，入口直通葬室。照亮神龛的灯，像是要让入口充满闪耀的绿松石和黄金之光。

"古人为先王永生所做的安排，表现出了小心谨慎和关怀备至"，在他们为保护遗址而工作时，"印证这一点的证据"使霍华德·卡特再次感动不已。卡特说道："这些清楚无误的证据证明，3200 年前古人对一位理想人物怀着充满人性的热爱、信念和忠诚，一个人不可能不因这些证据受到触动。"尽管事实上有些人称古埃及人为异教徒，断言只有迷信和奴性的因循守旧指引他们。他谨慎地说，无论他们对现代的影响如何，他们都向这个充斥着见利忘义的实利主义、缺失信仰的时代，"做了一次关于虔敬和真诚信仰的布道"。

最后，封闭工作完成。入口和通道全部被沙石掩埋。沙石被不停地浇上水后，变得像山谷的岩床一样坚硬。

随着陵墓的封闭，实验室里的幕后工作日渐繁重。这是一项极为艰巨的工作。数以千计的珠子、金片和玫瑰花结必须重新串起来。因暴露在空气中而变黑的亚麻布必须连缀在一起。脆弱的木制品必须得到修复，它们包裹着人们所能想象得出的最薄的金鞘。数百块碎片必须粘接在一起——珠宝、镶嵌物、苇秆、陶器、碎裂泥土和羽毛石化而成的奇异球状物、小块皮革、一堆堆灿烂辉煌的圣甲虫翅膀。

实验室工作台上铺满了图坦哈蒙永恒生命中所需物品的残片——食物、香水、油膏，以及小型农具锄头、斧子、锤子、扁斧——这位神一样的国王要用这些来创造一个完美的来世。各种猎具一一排列——弓箭、棍棒、象牙飞镖、长石以及紫晶制成的镶嵌了木头和黄金的回飞棒。这些回飞棒，无论被掷向何处，总是会准确无误地回到国王的手里。当然，还有克敌的战车、桌椅、长榻、床、枕头和床单和用最好的亚麻布制成的毯子、黄金神龛。

不过，图坦哈蒙是谁？他曾经做过什么？极为讽刺的是，当图坦哈蒙的名字在文明世界变得家喻户晓时，人们对他的了解依然不比发现陵墓之前多多少。人们没有发现历史著作、档案或纸草。有些专家认为，墓中内室狭小正好与图坦哈蒙的统治时间相称。他们也由此证实这位国王没有什么功绩。另有一些人说，陵墓装饰的瑰丽和陪葬品的奢华证明他功勋卓著。

1923 年，人们普遍认为图坦哈蒙是在一个彻底陷入混乱的历史时期登上王位的。他成婚早，死得也早——他几乎就是个面目模糊、软弱无力的傀儡国王，听任权势熏天的阿蒙祭司和天赋过人的军人哈伦希布的摆布。最终，哈伦希布在图坦哈蒙死后取得了王位。

根据这种看法，我们真正知晓的全部内容是他的统治标志着最引人入胜、最壮丽辉煌的一个时代走向了终结。这不仅是对埃及历史而言，对整个人类历史也是一样。第18王朝早期的国王尤擅军事，在他们的统治下，埃及达到了自身力量和荣耀的巅峰。其中最强大、最有魄力的就是图特摩斯三世。他将自己的统治扩张到了亚洲，特别是到达米坦尼以及努比亚。不过，即使是在他统治的时期，边疆地区也显然出现了明确的衰落迹象。到阿蒙霍特普三世去世，其子阿蒙霍特普四世即位时，新王国已经陷入了困境。

在那样的历史时刻，必须有一只强有力的手来挽回局势。可命运却偏偏这样安排，阿蒙霍特普四世不是军人或管理者，而是一位诗人、梦想家，并且最后可能还变得疯疯癫癫。他似乎听任埃及陷入四分五裂的境地。阿蒙霍特普四世抛弃了祖先的宗教信仰，废黜了底比斯大神阿蒙以及传统的众神，确立了对一位神祇或说是一种精神——阿吞的崇拜。阿吞是生命所必需的力量，蕴含在太阳那具有创造能力的热量之中。

出于对新宗教的热情，阿蒙霍特普四世更改了自己的名字，除去了阿蒙的名字而改用阿吞的名字，称为埃赫那吞。他将首都迁离底比斯，另建都城，专门献给新神以示崇拜。他称这座新城为"地平线之城"（埃赫塔吞）。在现代阿拉伯语中，人们所知的名称是埃尔-阿玛尔那。

埃赫那吞去世后，埃及出现了一段持续八年的混乱时期，而后哈伦希布夺取了王位，开始了再造王国的辉煌。多数埃及学家认为，在埃赫那吞与哈伦希布之间的八年中，登上宝座的是三位软弱无力的国王。其中第二位被认为是图坦哈蒙。关于这一时期的历史资料极其匮乏，以致历史学家们还难以确定究竟发生了什么。有些人接受了这样的观点，即埃赫那吞去世到哈伦希布登基成为法老之间的间隔，为八年或九年。他们倾向于认定八年中的三年由图坦哈蒙直接的继承者埃伊统治，其中一年由图坦哈蒙的前任斯门卡拉统治。而图坦哈蒙可能统治了两年、四年、六年，或许九年之久。1923 年，有人推断他甚至没有皇族血统。

显然，在图坦哈蒙统治的短暂时期，王室迁回了阿蒙神的城市底比斯。黄金宝座上的"图坦哈吞"改成了"图坦哈蒙"说明了这一点。卡特坚信，图坦哈蒙与埃赫那吞之间存在着某种直接联系。因为他在前厅的一个匣盒里发现了两条有趣的线索，即他在里面发现了两具埃赫那吞国王的小雕像。其中一个用玻璃制成，表现了这位异教国王自己蜷曲或蹲伏的形象，膝盖向卜不着地，还把手指放在了嘴里。这个人像约 4 英寸（约 10 厘米）高，很明显是打算用作项坠的。雕像在古时遭到破坏，但又得到了精心修复。对发掘者来说，它是一件迷人的小饰品。他们推测，王后安开萨蒙也许一直带着它，直到有一天绳子断裂了。此后，王后又满怀深情地修复了它，并一直佩戴着它。

不过，对那些力图收集事实的历史学家而言，宝座上更改的名字和墓中刻画"异教徒"埃赫那吞形象的小雕像的出现，同图坦哈蒙自己果断、自信的言辞——这些言辞刻在了他的纪念碑上——并不符合。这令人难以理解。在石柱上，图坦哈蒙斩钉截铁地宣称，自己恢复了底比斯诸神的神圣地位，这样他们就会庇佑、维系这片已经逐步走向毁灭的土地。图坦哈蒙自夸道，他重新树立起旧神的雕像，修补了破损的雕像，重建了神庙并召回了传统的祭司。他还宣布自己使商业、贸易和手工业得以复兴，此外还建立了一支强大的舰队。

如果石柱的确反映了历史的真相，那么墓中与之矛盾的证据又应当作何解释呢？宝座和埃赫那吞小雕像也许暗示着被新召回的阿蒙祭司过于自负，引起了图坦哈蒙的反感，促使他再次倒向了先王的阿吞异教。这可以解释哈伦希布的报复心。哈伦希布即位后力图在自己发现的每座纪念碑上，都毁掉记录图坦哈蒙事迹的所有铭文。

人们很容易陷入揣测的泥潭中无法自拔，大多数专家也是如此。每个人都希望，当人们深入陵墓来到木乃伊面前时，可靠的事实就能够浮出水面。即使这座陵墓不能使历史学家陶醉其中，它也充满图坦哈蒙和他那个时代的光辉。几乎每件物品都将唤醒图坦哈蒙的灵魂，它们就如国王去世那天一样簇新。尽管图坦哈蒙使每个人都困惑不已——到目前为止他只是一个名字，一个影子，论战、揣测、探秘的话题——然而从某个角度来说，他似乎又是一个十分鲜活的形象。

第 22 章
惨剧突发

　　面对持相反论调的新闻界和国家民族党人的进攻，尽管卡纳冯勋爵与霍华德·卡特奋起反击，但还是每周都被逼退到只有招架之力的境地。至 3 月初，他们所受的情感折磨已经到了可怕的地步。团队中的几个人相信，霍华德·卡特将要承受精神崩溃的苦楚。

　　声名卓著的埃及日报《埃尔－阿拉姆》披露，图坦哈蒙的木乃伊一经发现，卡纳冯勋爵即秘密安排将其运往英国。这篇报道极为荒唐，很有可能造成了国家民族党——华夫脱党人中反英情绪的高涨。埃及各阶层中都有人全然相信这篇报道，而且人数多得令人咋舌。

　　卡纳冯勋爵先前曾向卡特建议寻找专业新闻代理人。假如在某一时刻，卡纳冯勋爵需要这样的代理人，那么现在正是时候。但这个想法从未付诸实践。卡纳冯勋爵决定以一己之力来解决新闻界的问题。可是，他的反击往往引发对手更多的攻击。他憎恶那些对他吹毛求疵的人，并且常常也不愿花费精力来掩饰自己的感受。

　　为了回应运走木乃伊的传言，卡纳冯勋爵当时发表了一份措辞尖锐的新闻稿：

　　　　我想说，目前图坦哈蒙国王仍然在他最初的安置地长眠。一俟确定了它就是国王木乃伊时，届时我（会）做出安排，将他的遗体永久保存在大理石棺里，就在它现今的安息之地。这将成为事实，除非埃及政府和当地政府自己坚持将它运至开罗，不过这是最不可能出现的情况。我可以说，我本人还没有发现这一趋势。对于凝视着博物馆玻璃柜里那些裸露的木乃伊，有些人似乎很是乐在其中，但我不愿看到这种稍微有些不卫生又病态的爱好。

有些埃及人见此勃然大怒，因为卡纳冯勋爵的言外之意是自己对陵墓"做出了安排"，但埃及人认为陵墓是埃及的财产，而不属于卡纳冯；另一些人则感觉卡纳冯的意见冒犯了他们，因为他认为埃及政府可能坚持了"不卫生"的处理方式。对埃及人来说，法老的木乃伊远比挖掘中发现的任何艺术品都重要，无论那些艺术品怎样精美绝伦。木乃伊以不为人知的方法，或至少是被认为不为人知的方法得以保存，又有着如此非同寻常的仪态，它不仅仅是王室成员，还被大多数埃及人认定是自己的直系祖先。

埃及新闻界不相信卡纳冯勋爵的话，就他对木乃伊的真正目的不断地进行争论。这场争论是由知名的探险文学作家利德·哈格德致伦敦《泰晤士报》的一封信激发的。这封信对埃及人进行了严厉指责。有些人认为，指责埃及政府对展览王室木乃伊的"马虎"态度是一场阴谋。在这场阴谋中，哈格德以某种方式与卡纳冯站在了一边。

哈格德在信中说道，在发现图坦哈蒙的几年前，他就已经建议埃及政府"为法老们的遗骨拍照、进行测量、检验或制作蜡质模型"，然后将其运走，安置在大金字塔的一间内室中，"用混凝土封闭在那里。""一旦采用了这种方式，只有摧毁整块混凝土或大量坚硬的岩石才能使它们再现于世人眼前。"而今，哈格德说："这位'鲜为人知的法老'图坦哈蒙将要被加进更为著名的'洞穴'那长长的名单之中了。"他进一步预言，图坦哈蒙也会遭到洗劫，而且会像拉美西斯和那个时代其他强悍的君主一样，"在开罗的博物馆玻璃罩里半裸着，渐渐腐烂"。哈格德没有试图掩饰自己的厌恶之情，他说："是的，渐渐腐烂，由于那样的暴露，我怀疑他们中能否有一个再坚持一百年；同时它们还被当成那些更加拙劣的游客用来开玩笑的笑料。"

由于指责不断增加，卡纳冯勋爵决定不再阅读任何报刊。不过，他间或会偷偷看一眼针对自己的愈发恶毒的攻击。这会使他突然间大发雷霆。他不仅对冒犯他的人大发脾气，而且对朋友和同事也是如此。

卡纳冯勋爵的健康状况因"气候"的变化而恶化，很可能他的精神状况也是如此，可此地的气候以前恰恰被认为是有益于健康的。帝王谷里的热浪变得骇人，实验室里的平均气温达到华氏 100 度（约 37.8 摄氏度）；沙尘暴使遗址上方的空气令人窒息。卡纳冯勋爵的身体状况原本是慢慢退化的，但现在开始急剧恶化。每隔几天，他的牙齿就会发生碎裂或直接脱落，他当时并没有注意到。然而这正是严重感染的症状，这种感染对他的身体造成了严重损害。

霍华德·卡特和大都会艺术博物馆的工作人员对卡纳冯勋爵的身体深感忧虑。无疑他们也为他的糟糕情绪担心。资助者和考古学家之间的争论一下子爆发了。在如何应对古物服务部和新闻界方面，他们意见相左。两位朋友在基本观点上从未有过争执，而今他们却在微不足道的细节上针锋相对。这令人非常痛心。最终，如詹姆斯·布雷斯特德回忆的那样，卡纳冯勋爵请卡特到自己的寓所，以努力协调彼此之间的分歧，可二人恶言相向。盛怒之下，卡特命令他的资助者离开此地，再也不要回来。

这场争吵的确切根源无人知晓，不过可能与卡纳冯勋爵发现其女伊芙琳对卡特滋生爱慕之情有关。这不过是一位年轻姑娘对年长男士的迷恋，本无伤大雅，卡特似乎也丝毫无意这桩"风流韵事"。事实上很明显，卡特一直避免被牵连进去，他既没有意愿，也没有时间，可回避却使得伊芙琳小姐对卡特更加痴迷。显然，在 2 月下旬，伊芙琳小姐对她的父亲吐露了自己对卡特的感情。卡纳冯勋爵不能理解这种无妨的交往，一下子变得怒不可遏。

卡纳冯勋爵与卡特争论的细节没有留下记录，不过很容易想象出来。卡纳冯勋爵很可能指责卡特是门不当户不对的求婚者，从而使卡特多年来在与他共处时暗藏的自卑情结表面化。争论无疑很激烈，尽管它的根源从未明确披露过，但美国人聚会中的各色人等还是对此议论纷纷。温劳克猜想这次争吵可能导致两位朋友走向破裂，友情不可弥合。直至今日，仍有传闻说，从那一刻起，卡特再没有对卡纳冯勋爵说过话，也再没有与他见过面。显然，这次争吵就是产生这些传闻的基础。

然而实际上，不久之后两人又重归于好。双方的怒火很快就平息了。在他们2月23日冲突爆发的两天之后，卡纳冯勋爵向卡特送去了一张措辞温和的便条以示歉意。

亲爱的卡特：

　　我今天感觉非常难过，不知道自己在想什么、做什么。而后我见了伊芙琳，她将一切和盘托出。我确信自己做了很多蠢事，感到十分懊悔。我猜测自己深受紧张和焦虑的困扰，可是我想对你说的唯一一件事情就是，我希望你会一直铭记——无论你现在或将来对我作何感想，我对你的钟爱将始终如一。

　　我是一个没有多少朋友的人，不管发生任何事情，都没有什么会改变我对你的感情。帝王谷里总是充斥着噪音，罕有宁静和隐私，以至我感到自己不应当与你单独会面，尽管我是如此盼望着这样的相见，好好地聊一聊。因此，直到给你写信为止，我一直无法安眠。

卡纳冯

3 月初，卡纳冯勋爵和伊芙琳小姐离开帝王谷前往开罗。为使皮埃尔·拉考确保卡纳冯拥有墓中文物的"合理"份额，他们再次做了努力。伊芙琳小姐每两天给卡特写一封信，通知他事情的进展，还热切地询问他的健康和精神状况。然而，3 月 18 日，她突然发了一则令人担忧的消息。她的父亲要她告知卡特，无法与皮埃尔·拉考讨论文物分配的事了，因为这位法国人正深受流感的折磨。但这不是信中真正的关键之处。伊芙琳小姐在信中不安地告诉卡特说，父亲看起来身体不适，已经几乎无法挪步。他的体温高到了危险的程度，正饱受痛苦的折磨。卡纳冯在帝王谷中受到的蚊叮，表面看似无害，但此时也导致了颈腺肿胀。对每个打听她父亲健康状况的人，她都只是对其疾病的危重轻描淡写，以防报刊上出现大肆渲染的报道。可是，她急切地想让卡特知道这令人深感焦灼的实情。

两天后，在开罗的艾伯特·利思戈向还在帝王谷里的霍华德·卡特寄去了一封信：

> 伊芙琳小姐说她父亲的情况今天稍有好转——为此我们都深感欣慰。对所有人而言昨天是最揪心的，不过今天他的体温下降了一些。显然他们认为疾病发作的可能性已经变小，或是得到了更严格的控制。
>
> 就在刚才午餐后，我们在前厅与伊芙琳小姐有一次几分钟的会面。虽然她不再像昨天那般忧心忡忡，但还是觉得无论如何也不能认为危险已经过去。
>
> 如果只有护士和医生才能助其一臂之力的话，人们会感到无助。尽管我只了解大概事实，不过对他所处的情况，还是想告诉你一些消息。伊芙琳小姐在挑起重担时表现得极为出色，但她在过去

的两天里确实承受着深深的焦虑。

一周之后的 26 日，星期一，严峻的情况再次卷土重来，这实在令人担忧。卡纳冯勋爵病入膏肓了。韦斯特伯里爵士的儿子理查德·贝瑟尔担任卡纳冯的日程秘书有几个月的时间了，他致信卡特说：

> 我很遗憾地告知您，卡纳冯勋爵病情危重。伊芙琳不希望他的糟糕情况外泄，可那有毒叮咬的发作，已经扩展到他的全身，毒素已经进入了他的血液。今早他的体温是华氏 104 度（40 摄氏度）。伊芙琳小姐给她的母亲发了电报。所以我猜测下周她将要离开……也许卡纳冯还有望在一两天内脱离危险，但另一方面，我恐怕要说病情看起来十分危重。

卡纳冯勋爵顽强地抗争了三周，然而这是一场失败的抗争。尽管如此，在漫长、痛苦而悲惨的几周里，他依然保持了自己以往的骑士风度。在报道他的病情时，每天的新闻快报一直都在强调，即使是在最暗无天日的时刻，病人一直保持着良好的精神状态。对自己身上正发生的事，他本人不抱幻想。卡纳冯勋爵因极大的勇气而获得了声望。带着这样的勇气，在去世仅仅几天前，即 1923 年 4 月 6 日，他对一位友人说："我已经听到召唤了。我正在做准备。"

具有讽刺的是，就在他去世前几天，埃及古物服务部和公共工程部命令默顿·豪厄尔通知大都会艺术博物馆的工作人员和霍华德·卡特，埃及政府已经决定延迟对文物法的修订，最早到 1924 年秋天才会着手此事。人们的理解是，所有外国考古勘测队成员的抗议和"一些支持这些抗议的外交代表人员"对官方的决策产生了巨大影响。然而，新闻报道声称，延期并没有"损害埃及政府下一季度以后颁布法律的特权"，如果详细法案可行的话。

卡纳冯勋爵的姐姐记录说，卡纳冯勋爵本人希望被安葬在贝肯山，以便能够俯瞰他那美丽的庄园海克利尔。他被安葬在绿草如茵的贝肯山顶，在那里可以更好地俯视他如此深爱的家园。参加葬礼的只有直系亲属以及一些工人和仆人。这些工人和仆人中的许多人为他服务多年，几乎成了他的家庭成员。葬礼中没有什么特别的仪式，没有风琴，没有音乐，也没有唱诗班，只是举行了简单而传统的仪式，"满怀希望地将我们亲爱的兄弟交付于大地"。正如卡纳冯的姐姐所说的，这场葬礼如同海上葬礼那样充满庄严。不过她详述道，整个空气中充满了鸟儿的春日之歌，它们仿佛在以"忘我的激情"歌唱着，使那些在场的人们永生都不会忘怀。就这样，卡纳冯勋爵被安葬在了他所热爱的土地上。在场的人们认为，这最终的结局与卡纳冯的整个人生是相称的。

第 23 章
诅咒凶相

在卡纳冯勋爵去世后的第二天，伦敦《泰晤士报》发表了他在患病数周前所写的一篇文章，以作为"对其工作的纪念"。文中，卡纳冯对"自周刊出版之日就开始的骚扰"充满抱怨，并说无休无止的参观人群"严重妨碍了"发掘工作的进行。因为这些游客给专家们增加了百倍的工作重担。他恳请新闻界允许工人们继续工作，还请求游客和政府继续"保持平静，不要对此进行干扰"。

卡纳冯勋爵强烈渴求的安静，如今绝对不可能实现了。部分原因是，有人讲述了他去世时的一些情况。据说，恰恰在他去世的那一刻，开罗所有的灯都熄灭了，可专家们随后进行的调查，并没有发现任何理由能解释这场事故。为了增加神秘感，他的儿子和继承者波彻斯特勋爵、第六代卡纳冯伯爵声称，就在他父亲去世的那一刻，在海克利尔，他最心爱的狗儿痛苦地哀嚎着从高处坠落而死。

全世界的报纸都将卡纳冯勋爵的死亡归因于陵墓中的诅咒。塑造夏洛克·福尔摩斯形象的柯南·道尔，对神秘力量的坚信众所周知。他向全世界宣布，"法老的诅咒"确实会带来不幸的灾祸。有一份报纸甚至报道说，神龛的第二道门上有一个展开翅膀的美丽生灵，旁边有一则用古埃及圣书体写成的咒语明确写道："擅入神圣陵寝之人即遭死亡之翼降临。"实际上，那道门上并没有这样的咒语，因此这篇报道完全是捏造出来的。

一个自诩为考古学家的巫师向新闻界讲述了一个故事，其中提到卡特曾经移动并埋葬过一块位于坟墓入口处的刻石，上面写着诅咒。据这个人讲，那上面的古埃及圣书体文字应该读为："让那些伸出来侮辱我威仪的手枯萎吧！让那些冒犯我名字、名声、肖像以及酷似我的雕像之人遭受毁灭吧！"

另一个记者则说，在将人引向库房的阿努比斯神龛前有一座泥质烛台，上面写着一条较为温和的告诫说："是我阻止沙子填塞那密室。我专司保护逝者。"但这名记者大事渲染，额外加上一句："且无论何人跨进了这道门，擅入不朽国王的神圣领地，我都将取其性命。"

除了库房里这条泛泛的告诫，在图坦哈蒙墓中并没有发现真正的"诅咒"，也不会发现这些。其实，在古埃及的各个时期，诅咒都很罕见。不过确实也会在坟墓中偶尔出现那些令人生畏的威胁。研究过此类现象的专家们强调指出，这种"诅咒"总是针对那些意图盗用专为财产守卫和维护者所设资金的人，而鲜有针对盗墓者的诅咒。不过人们间或也会发现对盗贼的告诫。

最早的咒语很可能出现在5300年前的古王国第5王朝时期："任何人如想将此坟墓中的宝藏据为己有、为自己陪葬，或是对这些宝藏行任何恶事，伟大的神明都会为此使之受到正义的制裁。"后来，在第13王朝，一个名叫泰梯的人，显然他盗取了一座坟墓中的财物。为了惩罚他对财物和宝藏所犯下的罪行，祭司们采取措施来彻底抹去泰梯的名字：

> 将他逐出神庙，将他赶出官署，直到他儿子的儿子，继承人的继承人。将他逐出这个世界；将他的面包、食物和祭肉剥夺殆尽。让他的名字在这座神庙中被遗忘：将他的出入记载从敏神（Min）神庙记录中删去，从名作集中删去，也从每一本书中删去。

与人们捏造出来的咒语相伴的，还有新闻界的一个猜想，即卡纳冯勋爵的手指或脸颊被某种尖锐物体刺伤了——墓中的一个箭头或其他工具，那上面含有的毒物如此强效，以至历经 3000 年仍然有效。其他文章认为，在墓室中有特殊种类的细菌，导致了他的疾病和死亡。有些报纸公布了各种名单，上面记录了与陵墓有任何直接或间接关系之人的死讯。然而这种臆测愈发变得离谱。它声称梅斯死于一种奇怪的疾病。事实上，他的胸膜炎发作过几次，但在发现陵墓很久之前他就已经患上了这种疾病。

　　有一位游客真的进入了墓室。他的朋友在开罗被出租车撞倒，这也立即被归咎为诅咒。据说，大英博物馆埃及馆一位姓名不详的副馆长寿终正寝，卢浮宫一位杰出的埃及学家因为极高的年龄而去世。这些都被归结为诅咒的可怕作用。

　　在这些故事四处流传的同时，出现了一些几近癔症发作的事例。在英格兰，数以百计的人在读了那些报道之后，将自家拥有的所有埃及文物，哪怕是一个小片——例如古代木乃伊的一条手臂——都打包装船，寄给了大英博物馆那些困惑的工作人员。几位美国政治家甚至对不同博物馆中的木乃伊发起了一次调查，以确定它们是否有医学危险，就像人们认为在图坦哈蒙墓中出现的那种危险那样。

　　赫伯特·温劳克被新闻界和来自全世界的来信所提出的问题所围困。这些问题都是关于木乃伊诅咒的。几年中，温劳克一直记录着出席官方开幕式之人的死亡日期和原因。几乎每次有报纸宣布又一个参加过"开幕式"的人刚刚成为了"木乃伊诅咒的牺牲品"时，温劳克都要发布一份更正声明。他自己的记录被命名为《新闻记者口中的诅咒受害者》，其中包含了一些有趣的记录：

乔治·古尔德，卡纳冯伯爵之友，在埃及观光，因健康之故而旅行。在到达埃及之前既已染病。

亚瑟·韦格尔，除非与公众在一起，在其他场合他并没有单独进入过坟墓。因此与陵墓没有任何关系。

"亲王"阿里·法赫米贝伊，在伦敦的萨伏伊旅馆被他的法国妻子谋杀。即使他进入过坟墓，也只是一名游客。

伦敦大英博物馆的一名工人，据说在为墓中出土的文物贴标签时坠落而亡。然而，在大英博物馆中并没有来自墓中的文物，而且也没有人看到这样的文物。

如果游客真的是诅咒的受害者，那么，人们应该记住他们中的许多人都是因健康之故前往埃及旅游的老人。

具有讽刺意义的是，直至今日，"诅咒"很可能仍与图坦哈蒙及其独一无二的宝藏享有同样的知名度。这也是一件令人痛心的事。1977年7月14日，现任卡纳冯勋爵在纽约的NBC电视台采访中被问及诅咒一事时，他回答说"对此事既不相信也不怀疑"。不过，他向采访者保证说："就算为了100万英镑，也不会踏入图坦哈蒙在帝王谷中的陵墓。"一位坚守现代礼仪风俗的记者，在《纽约日报》发表文章提到，一天晚上卡纳冯勋爵出席了一次宴会，在举办宴会的那间公寓里能够俯瞰曼哈顿。当他向外眺望广阔的城市风光时，突然看到城市中所有的灯光都开始闪烁，随后完全熄灭。他在黑暗中战栗着。蜡烛点亮后，他走到宴会主人身边说道："这又是图坦哈蒙的诅咒。"

如果诅咒真的存在，它也不是用古埃及圣书体文字写就的，也没有刻在雕像上或是被放进法老口中。它不由古代祭司宣讲，也不是浸染在某一物件上效力永恒的毒药。它只存在于人性固有的弱点之中。那些无与伦比的宝藏惊现于世之时，它往往相伴而来。从这个角度来看，乔治·赫伯特，第五代卡纳冯伯爵的去世，对围绕着图坦哈蒙的论战、混乱和喧闹而言，仅仅是个开始。

第 24 章
一季终结

资助人的离世给霍华德·卡特带来了沉重打击。几周之后，他还难以让自己回到帝王谷。有些问题使他深感沮丧：要经过整整一个月的艰苦工作才能将文物打包装船，运往开罗的埃及博物馆；还要再过一个月，实验室和储藏室的工作才能结束。

帝王谷也变得哀伤起来。美不胜收的底比斯群山，在阳光中依然呈现出紫色，就像两个月前一样。亚瑟·摩尔顿评述说："在人们的眼中，它们不再那般平静而悠然了，有些山峰被雾气和颤动的热浪隐匿起来，这无疑是在警告人们帝王谷中将要发生什么。"

摩尔顿所说的那天，其实相当凉爽，阴凉处只有 100 华氏度（约 37.8 摄氏度）。"在过去的两周里，昼夜气温极少低于 105 华氏度（约 40.5 摄氏度），常常会达到 110 华氏度（约 43 摄氏度）。一想到卡特先生和他的队员们在这种温度下所要忍受的一切，人们都禁不住发抖。"一般说来，100 华氏度这样的炎热，已经"足够提醒人们这一点了"。

不过，卡特和他的同事们已经"将注意力集中到紧迫的工作和科学志趣上了，显然他们全身心地投入其中"，并且"经过了酷暑的严峻考验。此外，令人窒息的夜晚更加折磨人，这种夜晚的威力只有居住在东方的人们才能切身体会到，而陵墓到 5 月底才有可能被完全回封"。

5 月 15 日，气温飙升，超过了 120 华氏度（约 49 摄氏度）。前厅的宝藏开始了它们前往开罗的旅程。最初，当它们作为国王的随葬品被带进帝王谷时，其旅程必然伴随着令人敬畏的仪式。不过，就像摩尔顿信心十足地说过的那样，"那时，负责此类事情的祭司集团在安排运送时所表现出来的细心，也不可能超过卡特先生的助手卡伦德在过去两天中所表现出的关切"。

卡特起初打算雇用埃及搬运工将这些文物搬至尼罗河畔。但是，多数箱子都过于沉重而不便搬运，所以必须想出另一种方法。

尽管道路已经变得易于通行，现在也相对平整，卡特还是觉得用小汽车或卡车过于冒险。经过与古物服务部派来的官员长时间讨论，他们认为最好的运输方式是修建铁路。

人们第一次亲自接触这些极其重要的文物。发掘者们惊讶地发现，文物数量几乎达到500件之多——这还仅仅是前厅出土的文物。这些文物被装进了89个独立的箱子，人们将几个小箱子装进一个大货箱，或是把两个或更多箱子绑在一起，于是箱子数量减少为34个。结果有些箱子极为笨重，而酷暑又使打包和装船的复杂程度成千倍地增加。一位见证人这样写道：

> 这项工作的性质令人难以想象。昨天上午早些时候，所有物品都被装上了陵墓外面的九辆汽车，等待出发的号令。无论怎么看，人们不会想到这些平淡无奇的箱子里，竟然装着一些价值连城的文物，当然还有一些目前世界上被谈论得最多的文章。

清晨5点钟刚过，运输工作既已开始了。起初，卡伦德负责监督运输工作。大概8点钟的时候，他去吃早餐，卡特代替他进行监督，一直忙到午餐时间。这时卡伦德回来继续负责运输工作。令两人失望而痛苦的是，他们发现，哪怕铺设一英尺轻轨都是不可能的，更不用说从河谷到河岸那 5.5 英里（约 8.8 公里）的路程了。古物服务部只征集到了 10 段直轨和两三段弯轨，总共才 33 码（约 30 米）长。此事令卡特大为愤怒，他指责古物部故意给这项工作增加困难。

这犹如西绪弗斯的劳动①。铁轨尽可能地铺远，装载着那些箱子的车厢也尽可能地被拉远。随后，人们费力地将那些被闲置在车厢后面的铁轨收集起来，再铺设在车前，又把车厢拉到铁轨最前面。这项工作重复了几百次——从山谷到河边整整行进了 5.5 英里（约 8.8 公里）。

新闻界对这一卓越行动的报道冷得不可思议，布拉德斯特里特这样报道说：

> 指挥这些车厢行进绝非易事，考虑到这个国家令人生畏的酷暑和地貌，阳光下的体力劳动也不是件轻松的事。第一个大难题就是通往陵墓的通道，它的入口十分狭小，还有两处拐弯和一段 45° 的斜坡。车厢必须一个接一个地缓慢转弯、下行。凭借极其高超的技巧和判断力，人们才使这些车厢平安到达地下。

50 名埃及劳力投入了这项工作，他们"因勤勉和坚韧赢得了声誉"。控制和引导车厢都需要由三人组成的固定小组来完成。这些劳力中，大多数人都显示了在这两项工作上的才能，其水准令人印象深刻。备忘录里满是收起和重铺轨道的事。人们不断地向那些轨道浇水，这样才能碰触它们。到 5 月 17 日中午，此次旅途中最困难的部分，山谷中的那段路已经走完，并且没有发生任何事故。考虑到当时的气温已经超过

---

① 西绪弗斯（也译西西弗斯）是古希腊神话中一位被惩罚的神。他受罚的方式是必须将一块巨石推上山顶，而每次到达山顶后巨石又滚回山下，如此永无止境地重复下去。在西方语境中，"西绪弗斯式的劳动"表示永无尽头而又徒劳无功的任务。——译者注

了 120 华氏度（约 49 摄氏度），不能不说这是一项不容小觑的成就。

　　卡特希望能在第二天将箱子运到尼罗河岸，但酷暑和山谷的路况成了不可逾越的障碍。尽管他做出种种努力，但还是没能解决这些问题。运输工作的进行时间已经超过了 12 个小时，卡特不得不让筋疲力尽的人们休息一下。满载着珍宝的车厢，价值数百万英镑，但此时不得不停在通往尼罗河的一条干涸运河的岸边，只有一位警官和另外六个人看护。卡特留下了他的两位高级工头以增强保卫力量。这两位工头充满热忱，将通宵警戒视为重要任务，而且并不在乎比其他工人付出更多辛劳。他们认为，在将箱子正式交给政府代表之前，与它们寸步不离是最为光荣的事。

　　第二天，即 5 月 19 日，运输工作于 6 时重新开始。尼罗河岸边有段危险的斜坡，河水的水位很低，车厢在那里走过了一段危机四伏的路。所有的箱子都必须穿过两岸间流淌的河水靠人力搬运过去，不过，在 4 小时内，89 个箱子都被安全移交给了古物服务部。随后，这些箱子被装进了一艘驳船的货舱。当天下午，拖船就拉着这艘船前往 400 英里（约 644 公里）外的开罗。

　　整整七天，这些珍宝都在沿尼罗河水流而下，最终在埃及博物馆 1 英里（约 1.6 公里）外的一座码头暂作停留。5 月 27 日清早，驳船进入了东岸的一个停泊处，正位于博物馆下面。那里的搬运工人已经在一处简易栈桥上做好了工作准备。人们决定采取在帝王谷中用过的方法，用铁路将箱子从河边运走。然而这次，轨道从上岸处只铺设到了距离博物馆两个街区的地方。这些轨道都已经准备就绪。古物服务部的总巡查官自己要对将文物运输到博物馆一事负责。最后一刻，他改变主意弃用轨道，命令博物馆的搬运工人用手搬着这些箱子走完剩下的路。

　　对这件事情，卡特的脾气控制得不错，这令人觉得有些难以置信。

在皮埃尔·拉考的陪同下，他打开几个箱子，查看了文物的情况。伦敦《泰晤士报》报道说，当看到刚刚结束的 500 英里（约 805 公里）旅程，并没有给这些箱子带来任何影响时，博物馆的专家们都喜不自禁。

那时人们认为，没有任何一件文物能够在 6 个月之内展出，但这些文物得到了极好的处理，也没有因旅途迁移而受到什么影响，所以，有些文物无疑可以即刻进行展览。

一周过后，六个玻璃陈列柜建造完成。来自陵墓的第一批文物出现在了公众眼前。数以千计的参观者表现出了极度的热情。在这些文物中，最为光彩夺目的是国王的人体模型、奈赫伯特的黄金神龛、彩绘棺材、国王的"许愿杯"，以及那华丽的黄金宝座，宝座上描绘了年轻英俊的国王与令人敬慕的王后共处时的场景。

第 25 章
冲突迭起

"我们必须要做的，就是像剥洋葱那样一层层地打开棺椁，"在引人注目的第一个发掘季度之末，卡特告诉赫伯特·温劳克说，"我们将与国王本人面对面。"

从卡特写的关于图坦哈蒙的书中，人们对以后的发掘会有这样的印象：如果没有新闻界、古物服务部以及过多游客参观所带来的巨大麻烦，可以说发掘将进行得非常顺利，因为他们"很有科学精神"，这样，"洋葱"的华丽外棺将会被一层层地剥离下来。然而实际上，在检查里面的遗存之前，卡特为打开层层棺椁花费了八天时间。拖延往往使卡特因挫败感而怒气大发。此后，在打开木乃伊之前，还将有整整十个月的时间白白流逝——这十个月充满了最为圆滑的谈判、破裂和争吵、诉讼、被压制的丑闻、骚乱以及政治纠纷。这个激烈的过程将会永远改变考古学的属性，不仅在埃及，而且在整个世界都是如此。

卡特自信地以为，他可以不费吹灰之力地处理打开棺椁等一系列复杂任务。他热切地盼望着开始这项工作，还私下里考虑自己最后到底能够找到多少镀金棺椁。他已经打开了第二层棺椁的开口。通过古代的画作，卡特知道可能共有五层棺椁包裹着石棺。

卡特没有预料到这一阶段的工作会花费很长时间——从 10 月第二季度一开始，大概用了三周时间。这一季度，他还向大都会艺术博物馆提出特别要求，他要求借用一些工作人员。同时，他还确信，自己可以与古物服务部的专家们进行实质上的商议，保护卡纳冯的财产。三位发掘者都与卡特坚定的基本信念一致，其中有已故伯爵的密友兼顾问约翰·麦克斯韦尔爵士。

夏季，麦克斯韦尔和卡特受卡纳冯夫人的邀请前往海克利尔。在那里，他们还要求她接管特许权。她即刻应允，还将卡特和麦克斯韦尔分别任命为"考古顾问"和探险事业的总顾问。他们达成三点基本共识：努力寻求最初的特许权中所表述的"全权"；将与伦敦《泰晤士报》再签订为期一年的独家报道协议；继续争取自由，远离来自所有人的"骚扰和打断"，不论是游客、记者还是古物服务部的人员。

与伦敦《泰晤士报》订立第二年契约所得的财务收入，不如第一年那样可观，只要求了 2500 镑的预付款，而不是 5000 镑。庄园所获得的净收入份额为 50%，而不是 75%。削减预付款和分配额的原因是，《泰晤士报》的编辑们相信，在第二个发掘季内，图坦哈蒙的新闻价值必定会降低。事实证明，他们犯了一个多么严重的错误啊！

就在离开伦敦之前，有一位新闻记者问卡特，私下里是否害怕被法老的诅咒击倒。卡特的回答唐突而粗鲁。他说，对于那些认为卡纳冯伯爵之死是受到超自然力量影响的愚蠢观点或理论，他从不相信半句。至于自己是否害怕，他暴躁地告知那位记者说："要我相信有幽灵看守、护卫着去世的法老，而且他们随时准备对任何靠近者实施惩罚报复，实在是太过分了。"

卡特还告诉那位记者说，他认为不超过四周的时间就能使国王的木乃伊重见天日。他强调，他和已故卡纳冯勋爵的意向是将木乃伊留在它目前所在的安息之地，即留在陵墓里，留在石棺内。"如果我们妨碍了遗体的安息，"他说，"就不比以往的盗墓者好多少。"卡特在这件事上尤其做出了辩护，起因是有些报纸热衷于采用"现代盗墓"这样的话题。一份英国小报咆哮道，"'科学和考古'除了巧妙委婉地取代了贪婪、抢夺以及寻找、占有宝藏的巨大渴求外，还有其他意义吗?"新闻界和其他人为了直接发起对卡特等发掘者的攻击而炮制了一系列被法老诅咒者的名单，卡特将它称为"荒唐列表"，而今这一话题风头正劲。事实上，"荒唐列表"正在不断加长，其中包括外国人控制埃及陵墓和里面的神圣逝者、为了金钱亵渎科学、盗墓、兜售陵墓、工作过快、工作过缓，等等。

卡特动身前往里雅斯特，与大都会艺术博物馆的工作人员会面，并和他们一起去往帝王谷。此时他知道自己会成为人类历史记录中见到那华丽棺椁的第一人，而且那层层棺椁中保存的是法老的遗体。但卡特也深知，卡纳冯伯爵已不在他身边。伯爵在世时身份高贵，交际甚广，能够平和地讨论那些烦心事，并会制止卡特冲动的言行，这都是伯爵超然的才华。令人痛心的是，这些都将远去，无疑卡特意识到了这一点。

卡特于 10 月 8 日抵达埃及，他为第二个季度工作的开始做了充足的准备。11 日，他在开罗的古物服务部参加了一次会议。会议上，他以卡纳冯夫人的名义申请延续特许权。此时正值拉考缺席，因而会议由詹姆斯·魁贝尔组织，气氛很是热烈。第一季度中，科学技术和严谨态度使发掘得以继续进行。魁贝尔描述道，当他得知卡纳冯夫人同意继续这项杰出的事业时，自己感到非常兴奋。他宣布自己倍感荣幸并准许延期。这时，卡特建议现阶段的工作应当正式界定为对坟墓的"清理"而不是发掘。魁贝尔欣然表示同意。

随后，伦敦《泰晤士报》获得独家报道权的事又浮现出来。卡特解释说，夏季时，来自全世界的诸多报纸都与《泰晤士报》订立了合同，因此对于维护卡特的自由和权力而言，与《泰晤士报》打交道就变得更加必要。

某些持相反意见的报刊和新闻机构，特别是《纽约时报》和路透社，要求无论何时，只要有一位新闻界记者进入陵墓，所有记者都应该获准进入。为了绕开这个要求，卡特酝酿了一个惊人的计划。他决定任命伦敦《泰晤士报》的记者亚瑟·摩尔顿为发掘团队的正式一员，而不是宣传代理人！卡特解释道，通过此举，摩尔顿能够在他想进入陵墓时，自己也能免于指责。不过卡特向魁贝尔保证，他会维护埃及新闻界的特权地位，每天早晨在《泰晤士报》的报道发稿后，向他们发一份免费的每日报道。卡特认为，"这是一份慷慨的赠礼，开罗报纸会免费得到欧洲和美国所有报纸要斥资才能购得的信息"。

接下来，卡特继续解决由于游客过多引发的问题。有一个绝佳的解决方案，那就是只有主要工作完成后，也就是说，当所有棺椁都被移除，露出石棺后，才允许游客进入陵墓（但实验室绝对不能进入）。

魁贝尔惊呆了。他温和而得体地解释说，任命亚瑟·摩尔顿为"考古学家"恐怕不能使反对派平静下来。当魁贝尔指出，摩尔顿毕竟不是考古学家时，卡特从容地告诉他说，可是对摩尔顿的任命符合特许权的确切意图，因为特许权明确允许发现者公布自己的发现，事实上还明确命令发现者这样做。摩尔顿作为卡特本人挑选的代表来公布实地考察的信息，理所当然也就名正言顺地是团队的正式成员。

魁贝尔对此计划表示反对，不过好像没再理会此事。随后，他再次提出游客的问题。他试图解释他和拉考的难题。监督陵墓和观察工作进程，每天都使古物服务部感到难以招架。魁贝尔解释道，许多这样的要求都来自于那些认为陵墓之事纯属埃及事务的当地人。他怎么能安抚他们？卡特粗鲁地告诉魁贝尔不必花费心思。很简单，他应当只在卡特同意的时候才发放参观许可。魁贝尔再次表示反对，不过在卡特看来，他反对的方式是温和的。此后，魁贝尔说，他必须对卡特提出的"解决方式"考量一番。然而，卡特还是最后说服魁贝尔当场讨论此事。据卡特回忆，魁贝尔最终做了彻底让步。

第二天，卡特带着极度的自信、十分放心地艰难跋涉了200英里（约322公里），前往亚历山大签署文件以落实他与魁贝尔之间的协议。然而魁贝尔焦急地通知他说，古物服务部的另外一些成员提出了许多反对意见。他说，还需要更多的时间来考虑这些事和卡特的解决方案。这些令卡特震怒不已。

卡特极为愤怒，又对埃及人的窘境不甚敏感，因此他陷入了尴尬的局面。只有"埃及"报刊能够获得免费消息，世界上的其他报纸都得付费，面对这样的协议，古物服务部怎么可能有异议呢？他向魁贝尔保证说，对埃及报刊的好意只是源于他和卡纳冯勋爵"对埃及的深切热爱"。至于有人向古物服务部提出参观陵墓的要求，卡特耸耸肩告诉魁贝尔说，如果参观者——他不在乎是哪位参观者——将坟墓团团围住，科研工作就会受到阻碍，甚至可能停止，他的工作将因此无法完成。他断言，大多数参观者前来的目的只是为了到此一游，那么，又有何价值呢？

魁贝尔试图使卡特冷静下来。他恳求卡特宽限一些时间，以便在政治上能巧妙地安抚自己的埃及同事。是他们，想知道为何埃及新闻界人士不被允许同摩尔顿一并进入陵墓。正是他们，对魁贝尔纠缠不休，要求安排他们的朋友、家人和同事进入内室。魁贝尔极力要求卡特多给他一些时间，只要几天，仅此而已。这会使形势得以缓和，也有助于他得到满意的解决。魁贝尔亲切地建议说，卡特当然能够看清其中的关联。但卡特对他说，他根本看不到。卡特是一个不能为杂事所扰的考古学家。

魁贝尔立即对皮埃尔·拉考介绍了这次商谈的简要情况。拉考明确指示魁贝尔如何应对卡特，但也深感忧虑。他意识到在这个阶段，自己与霍华德·卡特意见相左。他憎恨妥协，可他又担心如果不做让步，墓中的工作会严重拖延甚至停止。而且他还意识到，如果有一丝阻碍的迹象，伦敦《泰晤士报》就会用全部力量来抵制他和古物服务部。

拉考为自己是一位卓越的管理者而感到自豪。凭借自己的身份，他老练地充当着调停者的角色，一直试图在所有情况下建立各派别之间的完美平衡。这是一项耗时的技巧，包括聆听两方面的声音，权衡他们的话，回到双方身边与他们再次商讨问题——这是一个他愿意几乎不断重复的过程。面对你来我往的争论，在每一个步骤中，他都轻柔、微妙地推动天平上的砝码，直到出现每个人都能接受的平衡点。

其实，拉考是一个十足的官僚，他身上拥有"完美官僚"所具有的所有优点和缺点。在日后他与卡特之间出现的复杂关系中，他的缺点却使得自己的优点黯然失色。如果说拉考在外交事务上个人的主要特点是圆滑，那么此时圆滑则成为了一种缺陷。因为对于彻底的坦诚相见，他的无能为力或者说是也不情愿——部分原因是他不愿得罪别人——卡特认为是摇摆、伪善，有时又是完完全全的表里不一。

亚历山大的那次会议无果而终。不过四天后，卡特又在开罗参加了一次会议，而且令他满意的是，拉考和他的同事最终同意了卡特关于摩尔顿和游客的计划。没有人告诉他，至少拉考没有告诉他，部门中的埃及工作人员的意见有着严重分歧，并且只有当公共事务部大臣本人阿布杜·哈米德·苏勒曼帕夏——前副部长强行做出支持卡特的决定，批准才算生效。这位大臣酷爱交际，深受开罗外国侨民的喜爱，特别是受英国人欢迎。他决定不再考虑对此事的进一步商讨。事情总算告一段落。事情发展的唯一难题就是大臣在四个月内就会辞去职务，届时埃及国家民族党就会取得支配权，并将要取代苏勒曼帕夏的人，在此事上的观点与他完全相反。此人在四年前曾接受过英国人的审判，还因严重的叛国罪而被判入狱。

从开始到做出结论，这场争论共用了 10 天时间。霍华德·卡特深信实现了自己所有的目标。最后，10月18日，他到达帝王谷，监督运沙土工作——这些沙土超过1700吨，在上一季中一直起着保护陵墓的作用——并计划打开一层层的棺椁。帝王谷延续了一夏天的沉寂，但被十字镐、铁锹和锄头的叮当声打破了——工人们正在对王陵进行第三次挖掘。卡特预计这次需要的时间不会超过一周，同时，他打算在10月25日那天开始打开第一层棺椁。

工作考验着人们的极限。夏日还不肯放弃它对帝王谷的统治：气温稳定在120华氏度（约48.9摄氏度）。据说，尽管如此，小伙子们和工头们依然干劲儿十足。一帮当地小伙子沿着通往陵墓入口的阶梯轻快地跑上跑下，将残余的沙土和小石块从门前清走，那道门护卫着倾斜的走廊。这一天终于到来了。卡特要做的所有事就是打开一道道锁，推开一堵堵防护门，看到自己在时间流转中回到3200年前。

然而，他必须等待。在现场保护棺椁上的镀金需要石蜡和明胶等材料，而装载这些材料的船只还在运输途中。此外，古物服务部承诺的几盏电灯也在等待安装。卡特震怒不已，因为古物服务部明明知道他打算早日开工。卡特对当地巡查官抱怨道，这恰恰是缺乏效率和信念的又一例证。当他得知，公众照明的灯已经安装完毕，而陵墓里的灯——用于"科学研究"的灯，尽管卡特已经慷慨地为其安装支付了各项费用——得等到月中才能准备就绪，卡特为此愤怒万分。

另一个事态的发展让卡特更加怒火中烧。他收到了一封詹姆斯·魁贝尔的信，信中要求卡特拿出更多的文物，以便在埃及博物馆进行展览来满足公众的渴求。这本是一个合情合理的要求，对霍华德·卡特来说也大有裨益，因为这能如他所愿，使他远离本来要前往遗址的游客。但是，由于卡特已经对魁贝尔心生厌恶，怀疑他正在图谋反对自己。卡特抱怨古物服务部正在试图将他从宝贵的田野工作中赶走。

私下里，卡特有一个更加麻烦的想法。他怀疑有一场阴谋正在进行，因为在信中魁贝尔无意中提到，《纽约时报》的布拉德斯特里特前一天拜访了他，并且不久后将会造访大臣。

布拉德斯特里特是为报社记者工作的"密探"，他始终执着地搜寻着王陵故事的每一条线索。为成为《纽约时报》、伦敦《每日邮报》和《埃及邮报》的联系人感到自豪。这种身份也是适宜的，他为此付出了艰辛。布拉德斯特里特曾经做了几年不怎么重要的特约通讯员，通过发表一些普通稿件竭力维持营生。那些稿件多与旅游贸易、社会事件、网球和水球这类的体育运动，以及福阿德国王法庭中那些肮脏的诉讼这样的事情有关。当他成为领导时，就将这一职责视为鬣蜥蜴类的东西。这种动物即使死去也会紧紧咬住敌人。他的方法粗暴但有效。有传言说，布拉德斯特里特最善用的一招是尽自己所能，从官方速记员处获得法庭实录，无论何种案件，他都有此本领。在同事中间，布拉德斯特里特获得的最大荣誉是同事对他的永远的羡慕。在一个人们期盼慢条斯理生活的国度中，布拉德斯特里特是个怪人，他四处奔波。仲夏时节，足以烤焦一切的酷暑，对他完全没有影响。

作为一位酷爱调查的记者，布拉德斯特里特是出版界绝对自由的热诚信徒，他热衷竞争，但极其坦诚。自然，他对卡纳冯与伦敦《泰晤士报》之间的那份排外合同尤其憎恶。在雇主去世后，布拉德斯特里特似乎将这份憎恶之情转移到了霍华德·卡特身上，因为卡特已经成了不肯放弃特许权的代表人物。布拉德斯特里特关于陵墓的报道，针对的是未经授权就将大都会艺术博物馆的专家变为伦敦《泰晤士报》的宣传员一事，以及合同的排外性，文中满是社论式的话语。

布拉德斯特里特每天都在追寻卡特的行迹。无论卡特做什么，布拉德斯特里特都要评论一番。他发了几篇稿子，贬低陵墓中文物的价值，说它们虽然"有趣"但也不能讲述什么精确的历史事实，来描绘图坦哈蒙统治的那个模糊时代。"黄金的魅力起初为陵墓增了色，"他写道，"而自发现陵墓以来，时间的流逝和没有出土历史文献的现实，却令它暗淡无光。"这样的评论当然不能令他与卡特亲近起来，两人之间的敌意日渐增强。

布拉德斯特里特在与大臣及其副部长保罗·托特纳姆会面时，对那份排外的合同提出了正式抗议。托特纳姆是一位言行恭谦的文职公务员。听了这位激愤记者的抗议，他的火气不断上升。布拉德斯特里特想要他做什么呢？毕竟，公共事务部大臣已经再次承诺确保卡特与伦敦《泰晤士报》之间的合同生效。布拉德斯特里特提出了一个简单的解决方法。他知道托特纳姆对新闻事务的了解定然肤浅，于是建议——为和睦起见——大臣应当命令卡特每天早上 9 点钟之前，向所有报社和通讯社发布一份每日公报。9 点钟时，伦敦《泰晤士报》的记者应该已经发出了自己的独家报道。没人能抱怨，至少伦敦《泰晤士报》不能，因为对于英国或欧洲的晚报来说，如果想要抢在《泰晤士报》之前发稿，上午 9 点钟这个时间实在是太晚了。托特纳姆显然被迷惑住了，同意了这项建议。他将此项建议作为一项正式条件添加进了正在起草的协议中，并递交给了让·魁贝尔。

尽管深受卡特的怀疑，魁贝尔此时仍对他满怀同情。他给卡特写了一封信，并注明"机密"字样：

> 这是一封非常私人的信件……布拉德斯特里特和瓦伦丁·威廉姆斯都来见过我。他们希望得到一份及时且直白的每日公报，以便递交给早报。
>
> 如果得到了这些，就会安然无事，如果得不到，就会麻烦不

断。他们尽可能礼貌地表达了这一点，但也直截了当。

大臣想安排一位埃及监督者来监管你的工作，这不是因为他怀疑你的能力或诚实，而是因为他希望能避免自己同胞的指责。他因为不知道怎样才能将监管工作安排得不致令你无法容忍，故将问题交给了我！

而后，魁贝尔提议应该派大臣的观察员，一个名叫穆罕默德·沙邦的埃及人"到山谷里抽抽香烟"，他在那里不会给卡特带来麻烦。信的结尾，他要求卡特考虑一下，双方在争取"和平"的道路上到底能走多远。

然而，卡特此时并不平静。对于被监督的建议，他暴跳如雷，对自己在托特纳姆的备忘录中被描述成天生好唱反调的人，也甚为恼火。这份备忘录一方面保证支持伦敦《泰晤士报》的合同，但同时又要求每晚发布公告，使得合同"尽成画饼"。第二天，卡特接到了魁贝尔的另一封信，信中建议，在起草中的备忘录成为最终文本之前，他们在卢克索商谈一下草案。此时，卡特要求在开罗举行一次特别会议，议程就是与魁贝尔、托特纳姆、拉考以及公共事务部大臣一道讨论这件棘手的事情。

卡特与这些人刚一坐在一起，说"每晚公报"不可能时，就感到了人们态度的变化。拉考由一位公共事务部的律师陪同。这位律师坚持认为，政府有完全"合法的权利"在每晚9点发布自己的公报。拉考非常耐心地向卡特解释说，埃及的每一个政府部门在这些事务上都有完整而唯一的权力，能够发布领域广泛的各项活动的新闻信息，从一条排水管的修造到一次考古发掘的实施。这是合乎逻辑、有理有据的"宣传权利"。卡特向拉考提出挑战，要求他向自己出示哪怕"文件证据的一个字"，以证明他的论点。对此，拉考评论说自己无需证明任何事，但说他愿意这样做。卡特一定已经掌握了证据，因为证据就出现在对发掘的正式授权书中。这份授权书由卡纳冯女士本人于数周前会签的，授权书中陈述道："古物服务部保留对此项事业的控制权，以避免类似上一季度的评论。"拉考解释说，那只能意味着新闻界方面。卡特当然知道这份文件，但没有意识到它的重要性，只希望它不会出现。此刻他无言以对。

而后卡特成了恳求者。在令人头脑发昏的酷热中，他前往开罗，倒也没有无功而返。他恳求拉考放弃此权，最终拉考同意了！他与自己的团队成员合作，准备出了一份简洁明了的协议，里面提出了三点：第一点说，"考虑到已故卡纳冯勋爵及其代理人所做的贡献"——为消弭新闻界的分歧、促进工作的进行——"作为一个特例"，政府应该"放弃它的权利"并"将所有的出版责任委托给发掘者"。第二点说，一位古物服务部的埃及代表应该每天去一次陵墓，从而"监督科研工作"。最后，第三点规定，一旦拆分棺椁的工作到了"外行人能切实接受"之时，一定数目的游客，如果拿到了规定日期和限制人数的票，就可以进入陵墓。

大臣本人很兴奋，不过就在会签备忘录之前，他避开媒体，转向卡特问道："先生，出于礼貌，您会同意邀请一位仅是一位新闻界代表每天进入陵墓吗?"卡特很爽快地答应了。他知道大臣的愿望不会写入协议，这大概能最好地解释卡特的转变。

大臣理应到此为止。然而，他却转向拉考和其他人说，"很好，我来照顾埃及新闻界，而你们，先生们，就去照顾外国新闻界吧"。

这时出现了一阵令人尴尬的沉默。拉考、托特纳姆和魁贝尔只是彼此看着，随后回到大臣那里。最终，拉考说他不能同意，因为他感到自己不能成功应对外国新闻界，而且也不想这样做。事情再次被拖延下来，卡特为此火冒三丈。他建议大家休会，花一天时间仔细考虑问题，然后重新召开会议，最终在短暂协调后签署和解协议。他似乎坚信不存在真正的阻碍。

可是在第二天的会议上，卡特震惊而愤怒地了解到，皮埃尔·拉考拒绝签订任何协议。这位固执的官僚声明，他从一开始就感到自己是被迫再次讨论所有问题的。对拉考而言，这可以归结为一个根本问题：如果政府放弃发布消息的权利，将此权交与卡特，拒绝向全世界公布哪怕是最简洁的每日公报，那么用什么方式才能使政府获益或是免于指责呢？

卡特的回答直截了当。毕竟，对此事他已经反复地考虑了数周。他给出的回答——他将同意写在备忘录里，第二天发布——令拉考和魁贝尔大吃一惊，因为它其实根本就不是对这个问题的回答，而是大篇的控诉。他的矛头直接瞄准了古物服务部以及在座者。

卡特的备忘录这样开始："以下言辞是作为对诸位问题的答复而出现的。不过，注意到提问的方式，我认为有必要声明，必须认为这个回答是律师所说的'没有偏见'。"

他继续道：

> 与《泰晤士报》的合同是为了保护我们自己远离新闻通讯员的纠缠，因为它能使我们避免与不计其数的单个报社代表打交道，只需同一家机构打交道就能向全世界发布消息……它源于善意的信念，目的只是确保尽可能减少这项工作……在开展过程中出现的阻碍和摩擦……

> 与《泰晤士报》的合同，已被世界上大多数新闻机构所接受，同时还得到了科学界权威的称赞，但它激起了某些报刊的反对。这些报刊现在仍有机会参与此事。它们都是出于纯粹私人原因……直至现在仍持反对态度……

> 合同带来的收入全部捐献给了陵墓中的研究工作，因此谋求收

益完全是为了科学、埃及和埃及政府。另一方面，那些反对派完全受利益的驱使，他们唯一的目的就是破坏工作安排，并确保他们自己的物质利益……

诸位向我指出，只有发表科学成果才是我的权利，宣传则是政府的权利，但我不这样认为。我重申，特许权中根本没有这个意思。现有法律中没有适用于此案例的条款。至于政府是否应当决定强化自己所谓的权利，只能通过法律诉讼来得出最后结论，而我确实感到自己将被迫采取这一措施。

因此，在这样的环境下，宣传权的问题仅仅是见解的问题。人们应该希望，在这种情况下，政府将怀疑的利益授予特许权获得者。但恰恰相反，政府支持的是那些自始至终都在试图损害自己利益的人，他们在此事中考虑的只是物质利益……

再者，如果政府说只有科学成果的公布权是我的权利，却又允许此项权利在这个国家被侵害，那为什么、又怎样做出此事呢？……

而且，去年我们希望满足政府的愿望，同意报刊通讯员每周参观一次。但这次让步不仅没有带来和睦，反而招致了直接针对卡纳冯勋爵及其团队成员的攻击和侮辱，并且这些攻击和侮辱愈加恶毒，直至今日。

还有，我们应允了政府的要求，同意在帝王谷里安排一位代表。这不仅被证明完全是个错误，而且使我们遭到一连串的背叛。如果政府还要强化自认所谓自己的权利，就会招致严重的责任问题和重大后果……

政府可能考虑某些行动。为免受这些行动的困扰，我觉得不得不采取所有可能的措施来维护我本人以及我所代表的已故卡纳冯勋爵之继承人的利益……

因此，至于我们从头到尾的整个协商过程，世人所知的细节会臻于最丰富的程度。政府的行动、反对派的行动以及我本人的行动都会彻底透明，世界会惊讶而厌恶地知悉，政府提供给自己的特权获得者的保护严重不足，却对出版界给予坚持不懈的鼓励。去年，新闻界出于自己的目的攻击这份协议，其恼人方式引发了明智之士一波波的指责。

　　很明显，出于上述各个原因，为了埃及政府的利益，在合同事件中，代理人应该受到保护。保护他的唯一方法就是，政府不要发布自己提议的公报，而是应当依靠代理人，通过已经建立的服务媒介向全世界发布信息。

　　我真诚地相信，我所说的话会使执政的政府确定，他们最大的利益在哪里。我已经处处竭力安抚各方，没有人能比我更渴望得到一个和平的解决。但是，如果政府坚持自己的意图，我认为自己有义务坦率地指出这一点：我将被迫采取行动，用已经挑明的方式来对抗政府，因为在此事中，我所捍卫的不仅是委托人的利益，也是整个科学界的利益……

　　托特纳姆对卡特的言辞和备忘录表示满意，甚至在其中的一份上写道："对卡特来说，假如发布公告意味着与《泰晤士报》出现纠纷并随后在工作中出现阻碍，那么这份备忘录是对该问题的有效解决。"卡特等待着回音。可不管是皮埃尔·拉考还是詹姆斯·魁贝尔，都没有以任何方式表达明确意见。私下里，他们将卡特的言论理解成了冒犯和一连串赤裸裸的威胁，并为此怒火冲冲。

　　卡特在开罗逗留了一周，期待着能得到官方的决定。他不断致电公共事务部大臣，但得到的只是模糊的保证和敷衍。最后，他得出结论认为该部门"优柔寡断"。此时，卡特的怒火已经日胜一日。在开罗这场无果的协商中，他浪费了将近整整 8 天的时间，这令他十分反感。绝望中，他想回帝王谷。最终，他与大臣进行了电话交谈，大臣向他保证所有问题都会以令人满意的方式解决。卡特动身返回帝王谷。两天后，他在指挥所收到了文件。

起初，卡特欣喜若狂，认为他获得了全方位的胜利。然而随后，经过几天的思考，他又开始不快地抱怨这份文件，认为它"没有任何实际用途"。他写了一封满是怨言的信，急匆匆地寄给皮埃尔·拉考。这种莫名其妙的心理转变，被拉考及其同僚认为是脾气暴躁、不懂体谅、缺乏目的性的又一个明证。在与图坦哈蒙有关的戏剧中，几乎每一场都显示，古物服务部完全转到了霍华德·卡特的对立面。

究竟是什么使得他如此愤怒？人们读到那封回函时，他的鲁莽行为变得甚至更加难以理解了。

他的信对每一项协议都表了态——每一项协议对卡特来说都是明确的胜利——拉考警告他出于显而易见的理由，这些议案都是"暂时的"，其完善和改动取决于实际的应用效果。卡特对此很生气，他要求，如果日后政府在任何时候重新考虑这些已经提出的议案，那么在做出改变之前必须咨询卡特。

这次感到深受侮辱的是皮埃尔·拉考了。他认为，卡特的要求是在未经授权的情况下插手古物服务部的事务。他在一封信中简短地告诉了卡特这一点，声称这与卡特无关。拉考称，对古物服务部如何处理公众进入一块本国领土的问题，他无权干预。

吐露这些后，拉考准备了一份公开声明，里面列出了三个要点，描述了公众监督下的令人头痛的考古学实践问题。这项工作的性质就要求约束因素的存在，因此"对游客的许可必须——也将会——被无情地限制"。目标必须是移走棺椁盖，直至"石棺——正如所料，它还在棺椁的中心位置，无人触及——展现在世人面前"。这份声明解释说，"这些巨大的灵柩不得不拆成一块块木板再行搬出"，但不破坏精美的装饰。"几乎没有空间来安装脚手架，空气供应不足，大功率电灯散出难耐的热气"，工作将成为一次严峻的考验，如果延至夏季，工作将变得尤其困难。最后，这份文件谦逊地呼吁道，"所有善意的人都不要再要求优惠待遇了，这会使发掘者们被迫在酷热中多做一天工作"。

这份文件一对公众发表，埃及新闻界就对它进行指责，对于放弃"宣传权"怨言尤多。一位专栏作家直率地写道："这是个错误，绝对的错误；它开创了一个先例，即不论何时在埃及有了重大的考古发现，埃及政府必须永远都是处于次要地位。"

卡特最初对这份文件表示满意，可随后他又对此进行谴责，称它毫无价值。他开始激烈控诉古物服务部违反和解协议的精神和条款规定，试图将未经授权的参观者们送到遗址中来。

卡特举动反复无常的原因实在太明显了。显然，他个人认为，事实上他和卡纳冯勋爵对该陵墓享有"拥有权"。这肯定是一个原因，但也与他个人对拉考的反感有关。不过最重要的是，虽然新季度才刚刚开始，卡特已经筋疲力尽了，精神陷入了混乱焦虑的状态。他给约翰·麦克斯韦尔爵士写了一封长信，那其实是关于历次会议的一份简报。卡特在一处加入了"无聊的傻瓜"一词，又在另一处写道："还有多久，我的上帝啊，我才能安安静静地离开！"最微不足道的挫折，最不值一提的刺激，似乎都会使他大发雷霆或沉闷不语。他的身心开始走向崩溃。

第 26 章
官僚堡垒

当卡特重返遗址，着手移走棺椁时，他的烦恼开始消散了。当下到坟墓里，身边围绕着珍宝时，他觉得体内的活力汹涌澎湃。身处宝藏之间，他可以与自己独处，因此感到了内心的平静。当他在陵墓内为这些文物忙碌时，心情变得明朗起来，敏锐的逻辑感再次充满了整个身心。

在察看眼前的两层棺椁的表面时，他发现了一个令人不安的现象。许多地方的镀金已经从木头上脱落，出现了难看的干燥凹陷。轻轻拍打时，能听到单调的回响。经过若干世纪，木头的某些部分变干了，不过其他部分还保持着原有的强韧。物品的脆弱意味着卡特不能指望在几周内就将这些棺椁分离完毕，这需要数月的时间。想要起出任何一层棺椁，他都得拆毁前厅和葬室之间的整堵墙。这首先要不辞辛劳地将内墙上的壁画移走。

靠着北墙的两尊真人大小的哨兵雕像被搬走了。卡特用外科使用的包装材料，从头部将它们保护起来，随后将其放到了装有轮子的特制大托盘上。面对这一奇观，一位观察员评论说，它们的"眼睛透过外科包裹材料，闪着几乎凶狠、可怕的光芒，它们看起来就像是在重伤监护室接受了治疗的重伤士兵"。

发掘者小心翼翼地将壁画凿下来，以便随后搬运。一旦整面北墙被移走，参观者们就能看到巨大外棺的整个侧面。这非常惊人。布拉德斯特里特深受感染，兴高采烈地评论道：

而今卢克索就是一首金色的抒情诗……不过从帝王谷中部向地下走 30 英尺（约 9 米）……人们会遭遇陵墓中的黑暗，但随即就将被探照灯照亮，那相当于 10 000 支蜡烛的亮度。刺眼的灯光照耀着已有的最大镀金区域，没有一点儿闪烁。它不仅映出了图坦哈蒙葬室里那外棺镀金的光泽，还映出了从第二层棺内透出的光辉，它现在已经鲜明地透射出来，不加闪烁。

人们围绕着外棺竖起了一座结构复杂的脚手架，这样卡特和一组最能干的工人就能对它进行拆分了。卡特不仅记录下了构成棺椁顶部和侧边的木材碎片，"许多不敬的话语"也被记下了。他告诉记者说："毕竟，我们撞到头，夹到手指。我们必须像黄鼠狼一样挤进挤出，在各种令人尴尬的位置上工作。"

外棺盖由三部分组成。卡特必须整整工作上 10 天，才能举起其中最重的一部分。一开始，人们用楔子和杠杆将它抬了起来，小心地放在一块木板上。这块木板后来被当作了雪橇使用。此后，人们在木板下安放了脚手架以作支撑。而后人们在木橇下插进了几根木头轧棍，轧棍上还包裹着外科用的纱布。面向前厅放置轧棍和楔子非常容易，但怎么才能让它们到里面来？棺盖实在太脆弱，支撑不了一个成人的重量，而且成年人也不可能钻过通道。此时这里已经几乎完全被周围的脚手架材料填满了。卡特从工人中挑选了一个瘦小、机敏的男孩。这个男孩敏捷地爬到顶上，在那里赤膊坐了几个小时，将轧棍和楔子塞在了必要的位置上。最终，大块的棺盖被移走后靠在了葬室的加垫内墙上。

这项工作的难度令人难以置信。虽然——也可能是因为——完成这些任务都有极高的要求，但卡特正处于他的最佳状态。除了圣诞节前后几天有些参观者涌入外，他和同事们都能清清静静地工作。他全权负责。此次任务非常复杂，充满挑战。他的清理工作正坚定地向国王的遗体迈进。

外棺棺盖的第二部分没出什么问题，然而第三部分却被卡在了葬室后面，搬运它花费了整整一天的时间。单是把它抬起来放在裹纱布的轧棍上，沿着棺盖推到中间就用了四个小时。正是在这个位置，它最后才得以被放进前厅。另外还需 7 个人进入工作场地来完成这项工作。

一旦这几部分棺盖都被移走，人们就可以仔细检查第二层棺材上覆盖的亚麻棺罩了。木制的三道梁将棺罩撑了起来，中间的那道梁要比旁边的两道梁略高。在这些木质支撑物中间，有些本来用作棺罩装饰的镀金铜玫瑰花结把脆弱的棺罩给压碎了。亚瑟·摩尔顿记载说，这神秘的结构"有亮晶晶的饰片和镀金的下层结构，它和下面盛满宝藏的精美内棺一起会让人们立马想到犹太人的方舟"。其实，这里有一幅非常吸引人的画像，与《出埃及记》中描述的摩西立约的场景十分相似。卡特推测，这些巨大的棺椁可能复制的是不同神庙中供奉的本地神祇的神龛，而这些神庙在埃及境内已有数千年之久。不过，这不太可能。因为以色列人在埃及受到过奴役，他们的子孙应该知道这种常见的基本结构形式，并将其加以改造为自己的目的服务。

卡特担心拆分棺罩的框架会用去一周甚至更多的时间，不过实际上只用一天时间就安全完成了。这个木架被漆成了黑色，还镀了金。如同摩尔顿所描述的，"完完全全像一个鸟笼"。卡特用外科纱布将整个构造体包裹起来。事实证明，在棺盖上的狭窄空间内处理那些脆弱的长木头碎片，绝不是一件容易的事情。但到了中午时分，所有梁柱和碎块都已经拆分完毕，放到前厅靠在了支撑棺罩的杆子旁。所用的木料是橄榄和油梨，这两种植物在埃及都被认为是神物。前一种产自埃及，后一种产自阿比西尼亚。卡特相信，它们象征着图坦哈蒙在国内外所具有的权力。

将棺罩和支撑物移走后，第二层棺的封门就能完全打开了。依照古代习俗，里面应当是巨大的石棺。待封门打开之后，人们就能看到围绕着它到底还有多少层棺椁了。卡特因满怀期望，也为此而饱受煎熬。

在自己的官邸，皮埃尔·拉考可以不考虑任何事，但不能不考虑卡特不断的固执和抱怨。这时，他已下决心让这位考古学家向他屈膝。此刻他得到了詹姆斯·魁贝尔的全力支持。魁贝尔急切地建议他的长官取消特许权，将卡特赶出陵墓。

可拉考对此并没有足够的信心，因为古物服务部的成员没有从事勘探的专门知识。拉考担心卡特如果被赶走，大都会工作人员是否还会继续工作。有可能美国人在计划着从卡特和卡纳冯庄园那里接收一部分出土文物，尽管拉考不能完全确定。他猜测，这也许是美国人为什么在外交上对埃及政府施加——并且持续施加——巨大压力的原因。

拉考深知对手的性格特点，于是寄希望于卡特在重压之下最终失态之类的事情发生。他试图在下文这封信中让卡特完成不可能的任务，以强化其行政上的权力。如果卡特完不成，就可以迫使其主动辞职。拉考推测，如果卡特果真这样做，古物部就不会承担什么批评之声了。

首先要做什么呢？拉考开始授意雷克斯·恩格尔巴赫向卡特传话，说古物部想要一份其同事的名单。紧跟着恩格尔巴赫，詹姆斯·魁贝尔写了一封信意味深长地给卡特：

　　大臣想要一份您的工作人员名单——为什么，我不清楚。我本可以写一个大概的名单，但写不完整，原因在于您可能有一些我不知道的工作人员，而且我不确定卡伦德的前名或是贝瑟尔先生名字的首字母等等。因此，您能不能更正、补全这份名单，然后寄给我？我再把这份名单发出去。在此事上我已经推迟了很久。我们都很忙，拖延了这么久，我感到很过意不去。利思戈今天来了。

你的一如既往的

魁贝尔

H. Carter

A. C. Mace

H. Burton

A. Lucas

———Callender

Dr. Alex. Scott

The Hon. ———Bethell

Sir Archibald Reid

Prof. Derry

另：在新近清理出的物品中，有只象牙盒子尤其令我着迷。我以前从未听说过它。——詹姆斯·魁贝尔。

对卡特来说，这个要求是如此"奇怪而粗暴"，以至于在"整个埃及发掘史上"都是空前的。如果他应了这个要求，就会成为首位彻底失败的人。他立即回应道，"对于这一要求的意图，我感到十分迷惑，因为只要尊重特许状，在工作中我当然有雇佣自己中意的人的自由。"

卡特向伦敦《泰晤士报》发了一封信，信中说，"我已经为一场恶战做好了准备，如果波澜再起，我希望你们倾尽全力来支持我！"随函还寄去了一份魁贝尔信件的复本。

一周后，拉考在一封信中直率地做出了回答，这封信就像卡特以前所写的信一样寸步不让。他通知卡特，公共事务部大臣希望能有一份"他所有合作者"的名单，以便他行使权力批准这些人到场。这封信进一步告知卡特，"没有政府的书面授权书，谁也不能进入陵墓"，以确保只有拥有完全许可的工作人员才能参加陵墓中进行的"科学研究"。拉考还提到，有的人只是想满足"无用的好奇心"，他希望让"科学事业"免受这些人的打扰。

最终卡特明白了，拉考行动的背后到底隐藏着什么。对于亚瑟·摩尔顿成为发掘团队正式成员的事，反对派报刊联盟向大臣大肆抱怨。卡特认为，摩尔顿的名字没有出现在魁贝尔的信中，这就显露了拉考的真正意图。

信中还写道，由于图坦哈蒙陵墓引起的过度好奇心，政府必须实施新的举措。拉考痛快地向卡特保证说，没有一项新措施是针对他个人的。然而，所有"围绕着发掘行动的喧哗声"都迫使政府寻求一种从未采取过的做法。拉考解释说，他提及政府决定是为了修订特许权的表述。

这次提议的表述严格而明确，是埃及考古史上的里程碑。它赋予国家监督和保卫发掘中所有行动的全权，而不是将权力交给发掘者。政府保有选任领队和所有团队成员的权利。任何被古物服务部认为是不受欢迎的人，都将被立即清理出发掘队伍。

拉考在信中继续写道，政府——而且仅仅是政府——将对所有参观者发放许可。政府将会监管所有行动。"授权书受益人"、他的代理人和工作团队必须执行所有指示，不得抱怨，也没有商量的余地。

和以前一样，公布科学成果的权利属于发掘者，不过对普通民众感兴趣的发掘消息，政府在任何时候都保有绝对的发布权。信的末尾，拉考声称，特权享有者的任何"违规或违法行为"，都会导致授权的取消。

拉考提出的新举措在帝王谷引起了一片喧哗。卡特打算关闭陵墓，即刻停止工作。不过艾伯特·利思戈和爱德华·哈克尼斯力劝他不要冲动。哈克尼斯是大都会信托公司董事会的主席，此时他正在帝王谷中参观。

在卡特看来，或者在他同事们看来，毫无疑问这样的规定会危及到考古学的未来。他们一致认定，卡特不同意任何将开创"令人遗憾的先例"的政策，仅仅是为了科学。他们进而认为，如果提议的法令遭到抵制，无论是从时间方面还是从法律方面考虑，拉考都将无能为力。因此，卡特决定发起一次反对所有新措施的抗议活动。

12月12日，拉考来到帝王谷，与卡特见面并讨论眼前的形势。可那天卡特病了，不能出房间。拉考参观了陵墓和实验室。在那里，拉考邂逅了亚瑟·摩尔顿，于是他指责摩尔顿才是造成所有困难的"罪魁祸首"。拉考说，一大串麻烦将会接踵而来，除非《泰晤士报》记者同意辞去发掘团队中的职务。

第二天，卡特见到拉考说，他认为拉考的要求"完全是在不公平地侵害"他的权利。卡特甚至拒绝承认存在解决方法。拉考只是简短地告诉他，会向大臣传达他的观点。

经过与皮埃尔·拉考的一翻痛苦交锋后，卡特前往开罗拜访公共事务部大臣。大臣首次直接声明，问题的根源在于亚瑟·摩尔顿。因为摩尔顿不是科学家，在任何情况下，他都不可能脱离伦敦《泰晤士报》。为了解决"所有困难"，大臣决定将摩尔顿的名字排除在卡特的同事名单之外。

鉴于从遗址中传出的种种新闻，卡特试图保住摩尔顿，将他作为自己团队的真正成员，以保护卡特的官方许可。但大臣苏勒曼帕夏告知卡特说，他永远也接受不了这一观点中的逻辑关系。他还指示卡特不能允许摩尔顿进入坟墓，除非是对所有记者开放日。卡特争辩说，如果他这样做，或是接受政府的这种意见，就会开创一个具有毁灭性的先例。大臣坚持己见，卡特回答说要与同事们商量一下，再以书面方式做出正式答复。

与同事们讨论时，没人试着说服卡特接受大臣的任何一条建议。他们似乎觉得，如果卡特向其中任何一项要求屈服，外国人的所有权利都会被终结。利思戈坦率地说，如果卡特向埃及人让步，他将向他的董事会建议结束所有考古行动，不再开启。

卡特向《泰晤士报》发了一封电报，就严峻事态向报纸主管发出警告：

> 政府又制造麻烦了。当地报刊社论中针对公共事务部大臣个人的指责，显然是被英国那些反对派挑唆起来的……为此，美国国务院告诉我，他们会支持我，而且我已经有了大都会艺术博物馆的全力支持——经济及其他方面的支持。请施以援手。

在发出这封电报之后，他又写了一封长信，并把所有文件都装到信封里一起寄出去。他写道："我此刻正在经历一场艰苦的战争。我相信，如果贵报尽最大努力来发挥广泛的宣传影响，将会增强我的力量。我想，公布所有这些文件，能为我们赢得文明世界的全部同情和支持。"

这封用打字机写成的信的结尾，卡特亲手加写了一条草率的意见："新的特许权准则对我们没有丝毫影响——所以没有放在这个信封里。"卡特选择说谎的原因无从得知，不过，这进一步证明了他精神状态的不稳定。

《泰晤士报》的编辑开始全力关注帝王谷中正在扩大的论战。那看似是一份大奖的东西——授予独家报道权的合同——被愈发反复无常的卡特变成了一根令他们苦恼不已的芒刺。编辑们担心激化已经急剧发展的矛盾，谨慎地决定，不发表那些机密文件。听到他们的决定时，霍华德·卡特对亚瑟·摩尔顿进行了激烈指责，抱怨说他需要的支援是向全世界披露信息，而不是优柔寡断或沉默不语。

就在卡特寄信的那一天，他接到了保罗·托特纳姆的电话，对方询问他的决定。拉考的首席助手听闻卡特的决定时惊愕不已，央求卡特收回信件。卡特对这番对话做了如下描述：

托特纳姆："……大臣只是在向您要求一件小事——就是关于摩尔顿不进入陵墓的事。我们觉得您应该重新考虑此事。"

卡特："我的信已经写好寄出去了。"

托特纳姆："很好，我能把这封信退给您，不再提它半句。"

卡特："很不幸，我所有的电报都已经发往伦敦了，各个环节已经开始运转。"

对此，托特纳姆忧心忡忡地回答道："您十分确定，您已经寄出了那封信吗？"

"是的。"

托特纳姆恳求卡特理解，大臣想要的只是政治方面一个无关紧要的让步，这只是政府在管理、监督中的例行公事，对卡特来说是有好处的。然而卡特却唐突地挂断了电话。

假如卡特在人事上少一些执拗，多一些灵敏；假如他那些来自大都会艺术博物馆的同事能够将目光放长远，超越他们自己的特殊利益；假如他以某种方式对那些确是"小事"的事务做出一些让步。那么，图坦哈蒙陵墓的发掘结果很可能会大有不同。

第 27 章
拆分棺椁

卡特总是能找到时间指挥发掘工作，这实在是个奇迹。不过，经过几周的筹备，在 1 月 3 日，他已经做好打开第二层棺椁，解开棺椁的层数之谜，向图坦哈蒙的石棺接近的准备了。

他邀请雷克斯·恩格尔巴赫在当天下午 3 点 45 分抵达陵墓。而那天早些时候，卡特在卡伦德、梅斯、波尔顿、拉考以及珀西·纽伯利教授的陪同下，从令人目眩的阳光中走进陵墓入口那漆黑的阴影里，开始处理第二层棺椁。他拉开镀金门上的木闩，用手术刀切开缠在一起的绳索两端，小心翼翼地把它们移开。随后，他借助门上的古老铰链小心地开启了那些门，命令将高亮度的电弧灯打开。转瞬之间，第三层棺椁的门在强光下，亮出了耀眼的金色。

卡特看到的是，这些门也都被插上门闩，完全封了起来。镀了金的门在表面上刻有圣书体文字，还饰有一位巨大的神像。这位神祇有着公羊或马的头，身边是牛头女神哈托尔。卡特打开第三层棺椁容易得令人觉得不可思议，而此刻他看到了第四层棺椁的正门。他注意到上面的圣书体文字还要多，文字周围环绕着一群展翅的鹰，似乎在充满关切地护卫着国王的遗体。

只用了几分钟，纽伯利教授就将最显眼处的一组圣书体文字翻译完毕。当他最后低声说出这组文字的意思时，发掘者陷入一片沉寂。它们就如国王亲口所言——"我见证了昨天，我知悉明天"。

此时，卡特切开了绳子和第四层棺椁的封印。电弧灯被再次打开。随着第四层棺椁的门被轻轻地向后拉开，刻在美丽的水晶砂岩石棺上的一条手臂，展现在了发掘者们的视野中。那是女神涅菲悌斯的手臂，"防止一切入侵者的破坏，如同女神自身一样动人、美丽，它象征着对人们所爱之人幸福的彻底相信和温柔牵挂，对于比我们的纪元早 13 个世纪就已栖于此地的人来说，这赋予了他们生命"。对卡特和其他人来说，这是考古学上一个不朽的时刻——在情感上也是。

当天下午，卡特向雷克斯·恩格尔巴赫展示了自己所做的一切，还给皮埃尔·拉考发了一封电报："今天的考察使我得以确认四层棺椁里有一个完好如初的华美石棺。向您致意。"

发现奢华石棺的消息在埃及迅速传播开来。摩尔顿说，卢克索的所有人都"兴趣盎然又万分焦急地期待着"小内棺和振奋人心的华丽石棺。成群的游客聚集在发掘工地上。似乎每个人都相信里面会发现美得无与伦比的文物。那会是什么呢？卡特不得不做出预测，只是说会有"令人几乎难以想象的物品"。他随后说，希望能找到一组金棺，很可能是三具，还有死去国王的私人宝藏——特别是上下埃及的双王冠、法老的礼服以及皇家珠宝。卡特更加热情高涨地说，他希望能发现纸草，可以使人们对国王有更多了解。至今，被文物围绕着的这位国王仍然只是一个影子——这个形象自 1913 年以来从未改变，那时卡特和卡纳冯刚刚开始他们的研究。

所有工作都停顿下来，以便卡特和同事们为棺椁内部和里面的石棺拍照。如果他们从每层棺材的侧面看去，就能看到许多物品被虔诚地放在那里。材料记录需要暂停发掘，对拆分最后两层棺椁的复杂工作进行考虑和筹划也需要时间。

两天之后，保罗·托特纳姆来参观陵墓，还带了令人不安的消息。

他通知卡特，公共事务部大臣遭到了布拉德斯特里特的严厉批评，后者指责卡特允许伦敦《泰晤士报》的代表在开启棺椁之门时进入陵墓。他还告诉卡特，在没有埃及检阅官在场的情况下，门被打开，石棺也暴露在灯光之下，这样的事情造成了"严重混乱"。所以，考虑到托特纳姆描述的那些事，政府决定采取"极端措施"。卡特不悦地告诉托特纳姆说，事实上，他邀请了首席检阅官恩格尔巴赫前往陵墓。不管怎样，他没有提及自己是在知道门已经打开时，才告诉恩格尔巴赫要在一个小时内到达陵墓。至于另一项指控，卡特愤怒地否认伦敦《泰晤士报》的任何人在打开棺门那天进入了陵墓。他没有邀请新闻界的任何一个人。托特纳姆接受了卡特的解释，向大臣发电报建议取消"极端措施"。

发掘者们为了记录自己的发现而将陵墓关闭了几天。这时，一份埃及报纸发表了一篇深入而准确的报道。这篇报道称，在霍华德·卡特发现第二层以及随后几层棺椁的重大成果之后，卡特"突然消沉"了。报道还声称，卡特一直"在巨大的压力下"工作，这是他最大希望实现后出现的反应——"昨天，在炽热的阳光下，卡特步行穿过帝王谷，穿着一件厚重的大衣，最近几天的重负在他的脸上刻写下了清楚的印记"。通讯记者写道，卡特知道自己与埃及政府之间的关系正在日益恶化，这样的重负使他直不起腰来。

尽管言外之意是说卡特像"疯狗和英国人"一样顶着正午的太阳出来，不过第二天卡特——显然精力充沛——就接受了伦敦《泰晤士报》记者的长时间采访，并且充满热情：

> 那时，已故的卡纳冯勋爵和我面对一片强烈的反对之声，开始寻找已经失落的国王，我个人坚信他依然安息在帝王谷中的隐蔽之处。此事距今已将近十年。中间这十年被艰辛的工作填得满满的，

而在两天前，即周三那天，我们的理想实现了。

事实上，结果大大出乎我们的意料，因为我们能够清楚地看到一位埃及法老是怎样被埋葬的，这在埃及考古史上是第一次。

正如您所知，我们这一季度的工作仅限于葬室里，在棺椁的第一层门内，安放棺椁的地面仍然完好如初。

现在，尽管盗贼进入了前厅、耳室、库房，在找寻轻便战利品时，将那里的物品弄得一片狼藉，不过棺门上无人触动的封印暗示着，自从国王被安葬在这里后，便无人进入。

此后凭着连续不断的好运，至少我们发现了自己期望的东西，但从未梦想过会得到——一次彻底透视丧葬习俗的机会。埃及国王是古代埃及拉神的人间代表，人们为他举行葬礼后，会依习俗纪念他。

单是这次观察就令我们的情感难以抑制了，即使是最丰富的想象力也不能使我们想象出美丽石棺内是怎样一番情景。就在那里，当盖子被举起来时——我本以为这个过程要延续几周——里面的物品将会解开至今仍困扰着考古学家们的谜团，而且人们将第一次以现代眼光审视 3000 年前的人们所做的工作。这项工作是按照正式的宗教习俗完成的，进行得有条不紊……

石棺大得不可思议，的确是此类物品的优秀样本。就像已经提到的，目前只有前面一部分可见，但所有迹象都表明它极为完美，玫瑰色表面毫无瑕疵，上面的装饰朴素得引人注目、优美得令人愉悦。人们越是看着这些，就越能意识到它为世界宝藏中的古埃及遗产增添了一件多么珍贵的宝物。

关注这项伟大的工作，确实会给人带来无限乐趣。随着棺门一层层打开，所有迹象都显示在一系列金色木龛里存放着珠宝……

经过一周的休整，卡特和队员们开始进行拆分多层棺椁、分离石棺的繁重工作。葬室里的气氛十分紧张，人们热情高涨，汗水沿着身体往下滴淌。

卡特的手轻轻地搭在外棺的拐角上。是时候试着搬走碎片了，但不能破坏干燥易碎的木料。一次失败的搬运，哪怕只是压力大了一点点，都可能意味着整体结构的毁损。

"好吧，"卡特指着棺材平静地说，"我们得拿出耐心来，我们必须屏住呼吸。"

"不，"卡伦德说，"不过我希望我们能用刀子。"

所有的人都热诚地表示赞同。

卡特下达了命令。他们的手稳稳地，但轻柔地抓住棺椁，就像外科医生那样。几秒过去了，木头几乎纹丝未动。人们一言不发，这些木制品也承受着压力。他们更加用力，可棺椁只掉下了一块1英寸（约2.5厘米）的碎片。就这样，人们带着同样的紧张和焦虑，在灼人的热气中重复努力了几十次。令人惊愕的是，经过几周艰苦劳动，居然没有剥落一块碎片。任何一具棺材上都没有裂开一条缝隙，或是掉落一块碎片。

随着发掘工作的开展，一个意想不到的发现突然出现了。发掘者偶然发现了一些线索，这些线索使他们必然得出结论：组装棺椁的工人实在是太疏忽大意了！

棺椁的每一部分都刻有竖写的圣书体文字，这些文字清楚表明了各部分之间的位置关系。尽管技艺娴熟的艺术家精心地完成了棺椁上的雕刻和装饰工作，可是最终要将各部分安装在正确位置上的工匠却极其粗心。比如，有的部件没有安装在本该安放的地方。工人们发现部件不合适时，不想多花精力来纠正自己的错误，相反，他们只是把不合适的部件塞在那里。

在第三层棺椁的镀金板上，卡特发现了许多擦伤的痕迹，这些伤痕是工人在用锤子粗心地将部件猛敲进安装位置时造成的。他还在一些部件上发现了不少圣书体文字，看起来像是古代木匠在匆忙之中留下的记录。这些着实令他兴奋不已。其中一片描述的似乎是神学和王权属性。在第三层棺椁上，卡特发现了代表"出色"或"美丽"的圣书体符号，可能是古代工头写下的，此外还加写了圣书体文字"神"或"神王"，这显然是一个工人事后的想法，是他在最后的组装开始后用画笔写上去的。

在棺椁的侧壁之间，卡特发现了一些罕见的精美文物。一件是金扇，它上面展开的白色鸵鸟毛如此脆弱，以至移动之后就立即掉落下来变成了尘埃。这把扇子呈圆形，正反两面都被锤上了一层金子。其中一面描绘了国王为了这把扇子上的羽毛而在他的马车上狩猎鸵鸟的情景。马车后是一个古埃及十字架，它是生命的象征，被饶有趣味地画成了人的形象，用一双小脚在奔跑着，还得意洋洋地挥舞着一把扇子，这正是安装了这幅扇面的扇子。另一面上画着这场激动人心的狩猎的结局：马儿似乎在欢快地跳跃，搬运者扛着巨大的鸵鸟尸体，但背着珍贵尾羽的是国王自己；当他驾车赶回王宫时，将羽毛稳稳地夹在右臂下。

在第一层和第二层棺椁之间取出的物品中，有一根普通的芦苇，加盖了一个黄金包头的精致盖子。这样奢华的装饰为何会出现在一根如此普通的芦苇上呢？这令卡特百思不得其解。梅斯译出仔细嵌在蓝色彩陶上的圣书体文字之后，才解除了卡特的疑惑。这些文字讲述了一个故事，说道国王在幼年时非常喜爱这根芦苇，并亲手割下了它。

卡特小心翼翼地剥着他的"洋葱"，向着瑰丽的粉色石棺接近。这时，因期望和兴奋而产生的极度激动在陵墓区域之外逐渐涌动起来。关于进展的新闻使得一拨新游客涌入了卢克索的旅馆。混乱支配了这座城市。到底谁能住进预留的房间？这个问题是用埃及的传统方法解决的——小费。

卢克索的古董商做了一天实地工作。几乎所有的古董商和小贩都从200英里（约322公里）以外的亚历山大前往尼罗河下游500英里（约805公里）的阿斯旺，数以千计的圣甲虫从他们的底层抽屉里冒了出来。这些圣甲虫被匆忙装船运往卢克索，以满足游客们无法满足的需求，他们期盼着一些与图坦哈蒙有关的物品，任何物品都可以。然而，由于需求远远超过供给，当地的仿制者开始生产古玩，其速度如此之快以致连仿造者的头领都有了怨言。虽说头领自己作品的质量没有下降——因为他不肯用不到一周的时间来制作一只好的图坦哈蒙圣甲虫——可是其他"工匠"制作间里流出的物件质量却在急剧下降。该头领说，如果情况如这般持续下去，将给他的职业带来恶名。但不管其他仿制者做了什么，他坚持说，他的图坦哈蒙圣甲虫会保持它们一直以来的细致风格。

第 28 章
"公共领地"

卡特和工人们逐步向他们最关键的阶段进发，卡特自己也已经快要彻底筋疲力尽了。然而正是在这个时刻，皮埃尔·拉考制造的一连串烦扰又是雪上加霜。拉考将日渐激烈的论战捅给了联合新闻社，还告诉记者说，埃及政府计划在 1 月底"暂停"所有工作，以便对 1000 名游客发放进入陵墓的许可证。

这位记者写道："人们不得不记下这个报道，发掘者和古物服务部之间的纠纷已经成了一个公开的秘密，这场纠纷已经发展到了一个极为尖锐的阶段。"他在报道中继续写道："周四那天一连串棺椁第一次被打开，使得石棺惊现于世，而此时部门主管皮埃尔·拉考却不在现场，人们为此议论纷纷。"争论的根源在于游客问题，古物部反对"卡特先生毫无节制地允许其新闻界同事自由出入陵墓"。

拉考机巧地强化其攻势。就在几天前，他向卡特发出了一封官方信件，用的是"国家法律部、公共事务部和战争部"的信纸。这封信措辞合理，不过观点十分强势。他告诉卡特说，新措施都写在授权书里，他"本人对写信拒绝执行部门这些合理措施而深表遗憾"。拉考指出，"埃及政府和发掘者之间有了嫌隙"，这还是第一次。拉考说，他发现卡特造成的麻烦"令人吃惊"，尤其是自从给了卡纳冯女士初级授权之后。"不管这授权多么简明"，都明确而全面地保证了政府对各方面工作的绝对监督权，这不容置辩的权利。拉考继续说："源于管理各项事业的总体权利，也源于对发现在公共土地上的所有物品所享有的权利。"

卡特大吃一惊。对他来说，"公共土地"这个字眼，暗示着在宝藏分配问题上要有根本性的变化，而他和拉考在发现宝藏的第一个月就解决了这个问题。他向卡纳冯庄园的遗嘱执行人约翰·麦克斯韦尔传递了该消息，并开始寻找律师。

艾伯特·利思戈觉得，在埃及的 20 年发掘工作中，拉考的信是他收到的最令人沮丧的消息。他看到大都会艺术博物馆在埃及所有发掘工作的希望都已经破灭，对继续为博物馆争取珍宝一事开始失去信心。他写了一封充满担忧的信，寄给了大都会艺术博物馆的主管爱德华·罗宾逊：

> 拉考和卡特之间的紧张局势在不断发展。很明显，拉考试图将卡特和我们的考古队赶出墓地，这样他们就能自己接手发掘工作。
>
> 尽管在特许权的表述下，卡特不可置疑地享有一些权利，然而自今年 10 月发掘工作开始以来，拉考一直将最微不足道的约束强加给发掘工作，这样或那样的束缚——一连串无休无止的"小麻烦"。目前，就是针对这些小事的对话和论战令发掘工作停顿了这么长的时间，这严重阻碍了墓中科考的进展。
>
> 针对拉考在墓内工作一事上的整体观点，这一领域中两位最重要（也完全无私）的科学家，印度古物部总干事约翰·马歇尔和英国著名埃及学家阿兰·伽丁纳尔博士，表达了他们的反感和愤慨……
>
> 而今，就在几天前，拉考又提出了一个长长的要求……在这个要求中，他们面对情势提出的关键主张第一次得以明确表达——他们厚颜无耻地索求墓中存放的所有物品。
>
> 在已故卡纳冯勋爵和卡特所获得的特许权的表述之下，他们看到一种合法方式，可以质疑卡纳冯勋爵庄园获取一部分墓中文物的

权利，而且他们正在严重妨碍墓内科考工作的进展。为此，卡特请来了一位律师，正在准备法庭辩护。

同时，在极度的烦乱和担忧之下，卡特依然在竭尽全力……面对这些烦心事，他进行着最难的一部分工作，做出了超常的努力，以保护打开石棺、清点内部物品之前的记录，方式妙得令人称奇。所有为科学而来到墓地的参观者都对他的工作方式大加赞赏……

不过很快，拉考对〔古物服务部〕管理的极端无能直接给我们的考察队带来了新的事端——这关乎新的特许令，他希望我们能签字，这份新特许令会从目前这个季度开始生效。我知道这次变更的主旨……〔古物服务部〕所主张的一系列权利可能使我们田野科考工作的进程变得几乎令人无法忍受，而且难以为继……

利思戈向博物馆的理事们提出了两项建议。第一，确保"华盛顿最有权势的代表们，从国务卿休斯到新的驻埃及大使理解延续博物馆特权的必要性，还要理解我们在公平条款下与卡特保持一致的立场。同样的条款我们已经享受了多年。另外，现任古物服务部总管聪明但完全不切实际的头脑，试图将一成不变、永远紧张的状态强加于我们，埃及大使应向休斯保证，〔大都会艺术博物馆〕应当从这种状态下得以解脱"。

第二，利思戈建议，"我们应当联络华盛顿的法国大使，而且要表现出友好态度，因为现在被任命为古物部总干事的法国人实在是彻头彻尾地无能……"

"坦率地说，"他写道，"如果不能制止拉考，或者说有效地阻止他的行动，无疑他会叫停这里所有的考古工作，比如我们的工作，而且他很快就会这样做。对我们所有人来说，在这一季里，这样的发展趋势都日渐明朗。"

卡特的担忧一点儿也不比利思戈少，最终他给了拉考详细答复。卡特言辞傲慢，一开始就对拉考咨询国家法律部的行为表示遗憾。卡特说，为了珍宝的最后归宿，"确保这些宝藏留在这里"，没有比将所有争议置于次要地位"更不失体统，更精明"了。卡特"被迫撇开记录文物的科研工作"，来考虑他认为"完全是无足轻重的事，也就是这次发现所引发的法律权利的问题"，这样的事情令他感到悲痛。

随后卡特继续反复重申自己方案中的各个观点：原来特许权中规定的范围、公布信息的权利、参观的特权以及宝藏的分配。他颇有怨言地抱怨道，大量时间都被浪费在了毫无成果的讨论上。从这一季度开始的 10 月 22 日到 12 月 17 日，共有 50 个工作日。当然，前往开罗进行讨论的两次旅行和在库尔纳与拉考进行商讨花费的 14 个工作日时间；还有用来同新闻采访打交道的两天时间；还有"因部门的干扰而被浪费掉了"一部分时间，而拉考一方提出的额外要求又制造了更深层的阻碍，这些阻碍同时也是极为严重的。

拉考在表达个人感受方面极为擅长，而这次轮到他来描述自己的感觉了。拉考声称自己从事的这项工作不是为了谋取私利，而是为了科学事业。陵墓的发现为埃及创造了巨大收益，尤其是给埃及的古物服务部带来了极大裨益。同时也为卡纳冯伯爵带来了许多权利，这些利益都是由卡纳冯伯爵创造的。

对卡特来说，让他感到吃惊并遗憾的是，"虽然埃及政府的其他所有部门都展现了善意、友好和热情，表示愿意帮忙"，可"自从老卡纳冯勋爵去世后"，拉考的部门"不仅拼力想要侵夺卡纳冯家族的权利"，而且还"力图阻挠、妨碍、拖延科考工作"。没有这些科研工作，这次发现的成果就会白白流失。卡特声明说他很困惑，因为找不到拉考这些行为的动机，不过自己"对于科学界对我们之间的事会做何裁定，毫无疑问"。

其实，卡特坚信他自己已经获得了"科学界"的支持。因此，他向皮埃尔·拉考发动了下一轮攻势。他采取的方式是写信控诉拉考，不仅如此，还对古物服务部整个部门的方法提出了控诉。世界上最杰出的四位埃及学家在这封信上署了名——詹姆斯·布雷斯特德、阿兰·伽丁纳尔、艾伯特·利思戈、珀西·纽伯利。拉考在一封附信上得知，"经过慎重考虑"，签字人决定将诉状的复本送至公共事务部大臣和高级专员艾伦比专员处。

利思戈向爱德华·罗宾逊吐露，自己希望这份诉状能使拉考觉悟。他忠实地告知了罗宾逊事态的每一步发展。他表示，这支队伍已经准备推动事情进一步发展，打算将抗议信的复本递交到不列颠的科学院和华盛顿的全国研究委员会，最后还要递至世界上声望最高的考古研究院，即巴黎的法兰西碑铭及文学研究院。

和图坦哈蒙事件中的许多文件一样，这封信在考古史上也是空前的。

亲爱的拉考先生：

我们认为，请求作为古物服务部主管的您关注严峻的事态，是我们对科学应负的责任。它已经影响到了图坦哈蒙墓中工作的正常进行，显然也使这项工作产生的科考成果处于险境。

这次独一无二的发现连同其历史学、考古学价值，不仅仅属于埃及，而是属于整个世界。它所带来的影响渗透到了地球上的各个角落，使埃及受到了前所未有的关注，各个阶层、各行各业的人都在注视着埃及。

此外，霍华德·卡特先生以一种超越所有溢美之词的方式，为完成自己复杂的艰巨任务而努力，这一点在考古学家中形成了广泛共识。总之，除了碰巧在这封信上签字的合作者外，所有人都认为，卡特召集的合作者们组成了一支能力和经验都无与伦比的科学家团队，似乎在这个国家以前的任何考古计划中从未有过这样的人员配置；而您本人也承认，自己对他们取得的成果感到完全满意。

然而不幸的是，他们的工作在这一季度被打断了，不是一次，而是多次被中断。原因就是您在游客和其他类似问题的规定上提出的要求——与陵墓科考记录的安全和墓中文物的保护相比，不可否认，那些事情都显得无足轻重。

现在出现的延期是没有必要的，它除了危及记录的完整和安全外，还严重阻碍、拖延了合作人员的相关事业。目前这个国家有许多机构为科学研究提供了时间、人力和基金，在这种特殊情况下，这些促成了众多耗资不菲的工作。这些工作主要是增加了埃及政府的收益，可是没有花费政府的一个便士。而今，这些服务于科学的基金、时间和才能却遭受了无法弥补且完全不必要的损失。

为此，我们感到有责任公开发表自己的看法。我们请求您注意眼下这些骚扰的严重性，也希望您注意到更深层的事实：除非那些目前还在打扰图坦哈蒙墓中工作的不必要的困难得以缓解，我们只能持有一个主张，即身为古物服务部主管的您完全放弃履行自己这份要职所承担的义务，以确保这次首要任务的科考程序得以完成。对公众和如今如此渴望跟上此项工作进展的伟大的科学界来说，您在管理中犯下的此类错误产生了不幸影响，而我们本来简直就没有必要来关注这一影响。

真诚的，

詹姆斯·布雷斯特德

阿兰·伽丁纳尔

艾伯特·利思戈

珀西·纽伯利

　　拉考大吃一惊——而且勃然大怒，不过他保留了自己的意见。对于拉考的真实反应，利思戈和他的支持者都没有捕捉到丁点儿暗示。事实上，利思戈误以为他们的信吓到了拉考，使得卡特能够自由地"进行他在墓中的工作，直到把最后阶段的任务完成"。而且在一段时间内，卡特的确得以再次专注于他的工作。

　　当他打开四层棺椁时，便与那具砂岩石棺不期而遇。它的美丽远远超出了卡特的预料。就如摩尔顿所言，这具棺材从各个方面来说，都"适于安放逝世法老的遗体"。所有埃及学家达成了共识，在人们已有的同类物品中，它是最精美的标本。

　　令人印象最为深刻的，就是那上面有四位守护女神的雕像，分别位于石棺的四个边角，她们永久地注视着石棺上方，伸出手臂，翅膀完全展开。她们异常优雅，而她们的美丽因眼睛的着色和珠宝的色彩更加夺目，这些也是用砂岩雕凿的。

　　卡特第一次检查整具石棺时，就受到了一次巨大的震动。当看到盖子完全断成两截时，他感到了片刻的恐怖。在一个令人惊恐的瞬间，他突然想到，某些聪明的盗墓贼确已侵入了这具石棺。而后，他注意到了古人修复的证据，于是意识到其实是古代工匠将巨大的压顶石弄掉了。这一定会在祭司和墓地官员中间引发一场大得无法形容的骚动！

　　卡特还注意到，盖子的材料与石棺材质不同。它用花岗岩制成，而不是传统的砂岩，这完全背离了通常规定严格的埃及丧葬习俗。卡特知道，在整个第 18 王朝中，另外唯一一个使用了花岗岩的例子，就是异教法老埃赫那吞的石棺。卡特本人相信，这预示着图坦哈蒙的花岗岩石盖与阿吞一神教有关，暗示着这位年轻的国王没有完全抛弃前任国王的异教。他感觉，它与早些时候的宗教有关，就像华丽的黄金宝座上出现的线索一样——宝座上饰有两个王名图坦哈蒙和图坦哈吞。

就在卡特将几乎所有注意力都放在石棺上时，突然发生了一件极其重要的政治事件。支持英国保护关系和外国人的首相耶黑亚及其政府成员，在 1923 年的竞选中被赶出了政府，萨阿德·柴鲁尔帕夏总理领导下的新政府取代了旧政府。柴鲁尔政府的民族主义深入骨髓，它的许多成员都属于激进的华夫脱党。华夫脱党人宣布，将彻底独立作为自己的目标。附带提一句，他们还要求所有文物都不得离开埃及流失海外。

据说，接替阿布杜·苏勒曼帕夏的公共事务部新任大臣将是莫尔科斯·汉纳贝伊，一个淡漠、笨拙的人。在最近的政治生涯中，他还接受过审判，并被判犯有叛国罪。他被关押了四年，不过这一经历不仅没有成为污点，反而使他成了一位受难的圣人，所以他在国家民族党执政时期被任命为大臣。他在考古方面的知识少得可怜，对图坦哈蒙或陵墓也不是真正关心。可他对外国人，尤其是对不列颠人，特别是霍华德·卡特满腹猜疑。这促使他同意任何能迫使他们离开陵墓，离开那一地区甚至是埃及的计划。

卡特获悉莫尔科斯·汉纳贝伊将要接管部门职务。他即刻要求举行一次会议，以进行拜访，并讨论在密封石棺正式开棺时的一系列安排。

按照要求，卡特于下午 5 点钟造访了这位大臣阁下在开罗的办公室。他一到就被告知，大臣有事耽搁了，不过几分钟之内就会到达。突然，他被叫到了托特纳姆的办公室。托特纳姆建议他，除了开棺仪式这件特别的事之外，不要与莫尔科斯·汉纳贝伊谈论任何事。"其实，"托特纳姆说道，"如果能忘掉以前所有协议并销毁相关文件的话，就更好了。"

卡特强烈反对。他告诉托特纳姆，如果以前所有的协议和文件都被完全公之于众就好了，这只会暴露出部门方案的严重缺陷和它的背信弃义。卡特争辩说，与自己在帝王谷中的事业有关的每一片碎纸都会确认他在帝王谷中的权利。托特纳姆则静静地听着。随后，托特纳姆突然拿出一份文件，说这份文件明确规定了政府在图坦哈蒙宝藏分配问题上的政策。卡特细细查读了文件，不由大惊失色，因为这份文件披露了一些可怕的内情。公共事务部的法律部门通过拉考，在档案中找到了古物服务部对卡特的发掘活动发放的许可证书，针对的是六年前一个相对规模较小的发掘活动。这件事情太过琐碎，以致他已经完全忘记了，可是在争论如何分配宝藏时，这份许可却成为了一份基本文件。

1918 年，卡特向皮埃尔·拉考申请发掘一座坟墓的短期授权。这座坟墓所处偏远，隐藏在"大北谷——帝王谷北部悬崖中一个十分偏僻的地点"。拉考应允了他的要求，不过有一个附加条件，就是对他所认为的原封未动的王室陵墓做了明确规定——这规定完全不符合原来授权书中出现的界定。

> 这次和早些时候的授权中使用的"原封未动的陵墓"一词，不是被理解为一座完全未受损害的陵墓，而是始终保持着整体风貌、里面物品保存完好的陵墓，即便盗贼为了获取珠宝已经侵入，就像图娅王后父母坟墓里的情况。

卡特签署了文件，进行了发掘，却一无所获。此刻，当读到那已被遗忘的授权书时，他愣住了。它似乎毁掉了获得墓中任何一件珍宝的希望。他的大脑几乎停止了运转。

就在此时，托特纳姆简短而生硬地告诉他，大臣正在等他。托特纳姆陪同卡特进入了大臣的办公室。起初，莫尔科斯·汉纳贝伊友好地接待了卡特，但很快开始对阿兰·伽丁纳尔博士最近的一次拜访发起了牢骚。他以为伽丁纳尔是卡特派来的。伽丁纳尔对古物服务部对待卡特及其团队的方式大加抗议。进入大臣的办公室后，卡特再次大吃一惊，他试图采取攻势。卡特告诉莫尔科斯贝伊说，古物服务部的举动造成了时间的浪费和科学的危机，伽丁纳尔和所有杰出的考古学家对此都义愤填膺，一定是由于这样的情况，才促使伽丁纳尔前来拜访。不过，卡特极力否认他本人与伽丁纳尔的造访有任何关系，声称自己甚至不知道发生了这样的事。大臣没说什么，但显然不相信卡特所言。

莫尔科斯贝伊又询问卡特是否满意古物服务部的工作人员。卡特不无尖锐地回答，他无论如何也不能赞同他们的管理方法。而后，大臣告诉卡特说，假使卡特对他们在具体细节上有任何不满，都应当致信给他本人。他会亲自处理。同时他还强调，双方都应当考虑做到"既往不咎"。

此后大臣建议说，尽管卡特有他的合法权利，可与伦敦《泰晤士报》签订独家报道的合同是他犯下的一个大错，"因为它使得新闻界变得乌烟瘴气"。卡特一定意识到，安抚这位反复无常的大臣是一件急迫而必要的事情。他很快意识到，自己赞许并在过去起伏不定的几个月里坚决维护的这份合同，实际上就是众多冲突的起因。为此，卡特发表了一番惊人的言论——在没有得到卡纳冯庄园许可的情况下——他说授予独家报道权的协议将在这一季末终结。大臣对此表示赞赏。

随后，莫尔科斯贝伊问卡特，他是否真的打算在春天去美国进行一次巡回演讲。卡特回答说确有此事。大臣粗鲁地指责他犯了"判断上的错误"，甚至动一动离开的念头都是在犯错。卡特说，他应当认识到"投身于他所从事的棘手工作，实际上自己就已经成了公仆，应该一直进行下去，直到工作完成"。卡特控制住自己的情绪，只是轻声说，请允许他不能同意。

这时大臣叫人去请皮埃尔·拉考。虽然大臣刚刚表达了对大家捐弃前嫌的渴望，卡特一见拉考带着档案和卷宗踏进办公室时，心中还是燃起了熊熊怒火。拉考开始在文件中挑挑拣拣，还指责卡特将许多"没有得到授权的游客"带进了陵墓。卡特则拒绝谈论这一话题。

谈话终于转向了石棺开棺的仪式事宜。卡特表示，他强烈希望大臣和首相能出席这个仪式。莫尔科斯贝伊问，他是否能看到"国王的遗体"。卡特说，他认为这不可能，原因在于，里面很可能有一系列石棺，打开它们需要几个月的时间。这时大臣表示失望。他问道，为什么当场打开那些石棺是不可能的呢？卡特耐心地解释说，过快地打开石棺违背了科学的程序，他认为这项任务只能在以后的季度中完成。大臣结束了这番争论，冷淡地说，如果是这样的话，他觉得不值得自己和同事们前去参加开棺仪式。

卡特建议说，他应该在拉考和他目前的工作人员面前，抬起石棺的巨大棺盖。如果大家认为成果足够吸引人，就向大臣传递消息，他可以在闲暇时前去。大臣对此表示满意，并告诉他的部属彻底了解每一个细节，而后唐突地离开了。

不久，卡特也离开了。这次会议令他完全摸不着头脑，莫尔科斯贝伊和皮埃尔·拉考到底要做什么？在卡特眼里，1918年的短期特许证书是在遥远的过去中"发掘"出来的，里面那些违法的措辞无疑损害了他的利益，同时大臣又在催促他考虑"既往不咎"。大臣和拉考下一步会做些什么呢？

当卡特在开罗进行谈判时，亚瑟·摩尔顿也在问自己同样的问题。

他下一步会做些什么呢？他致信在伦敦的主编，其中写道，他希望成功得到关于开棺仪式的爆炸性独家新闻——"如果卡特的态度与寻找石棺时不一样的话"，摩尔顿解释说，他计划在开棺前一天发稿，内容是对石棺的"详细描述"。然后在第二天，摩尔顿会试图从卡特那里得到一番详尽叙述，此后则是一些卓越考古学家的想法，如纽伯利、布雷斯特德、伽丁纳尔和艾伯特·利思戈。不过摩尔顿注意到，"竟然有意外的障碍！"石棺第一次被打开时，卡特粗暴地拒绝其他任何人做评论。摩尔顿当时没有逼迫卡特，只是希望能等到一个自己认为更激动人心的时机。

"很可能，"摩尔顿继续写道，"卡特会再次拒绝——他对别人充满猜疑（其实，猜疑是所有考古学家的一个重要特点）。"因此，摩尔顿催促他的主编说："一收到我那份新闻稿，您就发紧急越洋电报给我，说您第一想要的就是卡特的说明，随后则是布雷斯特德、纽伯利等人的想法，要提到他们的名字。这将有助于我获得独家新闻，我们应该努力实现这一妙计。"

第 29 章
罢工风波

为打开国王石棺棺盖而选定的日子终于到来了。在卢克索，从一年前前厅和葬室之间的密封墙被破坏时起，人们就一直因期待而骚动不安。2 月 12 日，就在下午 3 点整，霍华德·卡特带领贵宾进入陵墓，使他们尽可能近地聚集到玫瑰色石棺的周围。

在场的共有 24 人，包括另一位穆罕默德·柴鲁尔帕夏（莫尔科斯贝伊刚刚任命的本部门副部长）、大都会艺术博物馆董事会主席爱德华·哈克尼斯、皮埃尔·拉考、艾伯特·利思戈、詹姆斯·布雷斯特德、阿兰·伽丁纳尔和珀西·纽伯利。当然，还有发掘队自己的成员，伦敦《泰晤士报》的亚瑟·摩尔顿也与他们在一起。现场气氛很紧张，不过这紧张与他们之间的争论毫无关系，当然此类情况也是第一次。这暗示着，所有人都坚信会发生神奇的事情，对此大家早已兴趣盎然。

撬石头、楔石头的工作进行了一个小时左右，用来吊棺盖的绳子终于将厚板捆好了。卡特发出了信号。在令人窒息的沉寂中，两块重达将近两吨的巨大花岗岩从石棺上吊了起来。卡特向大石棺内照进了一束光。他后来回忆，起初自己很困惑——也很失望，里面的东西都藏在了优质亚麻布裹尸布之下。两块棺盖停在半空，在粗大的绳子上轻轻摇摆，而卡特则开始从各个方向检查石棺内部。在人们不断的警告声中，卡特开始一层层地卷起铺开的裹尸布。工作时，他的手一直在颤抖，汗水顺着他的脸一直向下淌。

包裹材料最终被移走后，观看者都因吃惊而倒抽了一口气——这景象的光彩夺目令人难以置信。石棺里面满满的，是一尊比真人略大的少年国王的黄金雕像，由于灯光的反射而燃起一片灿烂的光辉。这是最令人叹为观止的艺术品，它用镀金的木料制成，饰有薄薄的金板，上面镶嵌了彩陶、玻璃和一些不太贵重的宝石。这尊雕像实在是精美绝伦。

对霍华德·卡特而言，法老肖像的脸庞是最精美的面孔。黄金的光泽、镶嵌的黑眼睛给人们带来的栩栩如生之感以及皇冠的美丽和精致，都令卡特大为吃惊。那顶皇冠上有秃鹫女神奈赫伯特和圣物眼镜蛇的庄严形象，做工如此精细，以至它们看起来几乎如同活的一样。眼镜蛇头上那顶娇嫩的花冠的出现，也令卡特深受震动。在王室的一片富丽堂皇中，竟然出现了那几朵枯萎的花。历经 3200 年，上面仍残留着一丝色彩，这令人难以言喻。在卡特看来，时间从未流逝。

卡特的同事和客人都为这尊肖像陶醉不已。这位年轻国王被描绘成奥西里斯的形象，从容沉静地注视着前方，似乎在印证着古时人们信仰的不朽。后来卡特说，在寂静得不可思议之时，他几乎能听到"离开的送葬者们那幽灵般的脚步声"。

亚瑟·摩尔顿本人也因这一番经历深受震撼。虽然漫长的岁月已悄然流逝，认识到时间的转瞬即逝还是令他再次受到震动。当"伟大的帝国兴起又衰落、战争和灾难使整个世界剧烈地震颤时，外族入侵已经彻底改变了这片大地的面貌，文明突然间产生、发展、消亡，宗教出现、又被其他宗教取代"，他为伦敦《泰晤士报》生动地写道，"一个世纪又一个世纪过去了，人们每天都从此地踩过，它被地上所有的人忽视、遗忘，直到 15 个月前。然而就在大地之下几英尺，在这里，这位国王安息在一片宁静和宏伟之中，这样的宁静和宏伟只有死亡和坟墓才能给予"。

卡特的贵宾们在沉默和思索中走出了陵墓的前厅。那奇观在他们心中已经产生了深深的震撼。他们走出内室，沐浴在外面世界的阳光中。与他们在里面看到的宏伟景象相比，阳光似乎令人眩晕。这时，他们中有人不禁问道："国王本人的情况如何呢？"

卡特离开内室、登上 16 级台阶时，他的思绪仍旧停留在逝去的法老的奢华上。周围涌来一波波祝贺声，卡特对此却充耳不闻，这当然要归功于此刻的情感。

在官员们离开之前，卡特抓住机会，要解决一些小事。他认为这些小事只是例行公事。他与皮埃尔·拉考和公共事务部副部长穆罕默德·柴鲁尔帕夏，讨论第二天新闻发布会的安排，这场发布会将在为期四天的授权参观后举行。他无意间问起能否允许发掘者们的妻子在第二天一早的新闻发布会之前参观陵墓。拉考一言不发。穆罕默德帕夏为这次发现欢欣鼓舞，他认为参观这尊黄金国王对发掘者们的妻子来说简直是太好了。不过，他得给远在开罗的大臣打电话，就是为了确认此事。

卡特为自己取得的成功而从心底感到喜悦，为年轻国王的沉静面容在脑海中留下的印象而心生谦恭、感动，但也感到筋疲力尽。他的工作时间，他所担负的令人敬畏的责任，都使他身心俱疲。两块花岗岩棺盖就停在黄金肖像的上方，万一有所闪失，后果将不堪设想。于是，他赶快返回陵墓，对使用的绳索进行最后一次检查。随后，他再次登上 16 级台阶，回到他的指挥所，在那里为国王们的长眠做准备。

第二天早晨，卡特 6 点之前就早早起床了。这天天气格外宜人。卡特精神振奋，兴高采烈。国王金像上的俊美肖像，无数次地在他的脑海回放，那令人感伤的枯萎的花束出现时的情景也不断在他的脑海中浮现。

他悠闲地享用了早餐，计划 9 时前往陵墓入口，为同事妻子的特别之旅做些安排。这次游览会在记者进行参观之前。吃早餐时，他注意到有几个人骑着驴从山谷方向朝他的住所走来。没有人确切地知道他脑海中闪过什么念头。他很可能认为，皮埃尔·拉考派来的信使带来了计划的某个最后变更，对获准进入最神圣之地的记者在具体人数做出调整。在过去三天里已经有数十次这样的调整。其实，就在吊起棺盖的前一天，保罗·托特纳姆就告诉过他，除了政府代表，卡特不得允许 12 个以上的人进入葬室，包括他现在的同事。卡特指出，如果在卡特请来的考古学家队伍得到政府许可后，政府又武断地禁止他们入内，就会陷入更严重的窘境。于是他说服了托特纳姆。

在与政府官员和皮埃尔·拉考最近的接触中，卡特一定对自己的表现很满意。虽然大臣莫尔科斯贝伊态度强硬，并且惊人地拿出了对完好王陵做出定义的 1918 年许可证，卡特仍有乐观的理由。毕竟，1918 年授权书的序文中明确指出它是"暂时的"。霍华德·卡特坚信，坚持是有效的，在这一点上他从未动摇过。如果一个人一直坚持写定的协议，寸步不让的话，埃及政府肯定不得不赞同。没了他和他的团队，古物服务部就会茫然无措。他们还有谁呢？几个低级别、不重要的公职人员或副文物监察员，没有能力从事像图坦哈蒙陵墓这样的复杂工作。卡特觉得，拉考一方想要染指自己领域，但自己在写给拉考的信中毫不退让，其后四位考古学家又提出了控诉，这些已经挫败了他们所有的真实图谋。

信使到了庭院，将穆罕默德帕夏的一封信交到了卡特手中。就如卡特所说，他读完信后，一个"晴天霹雳般的消息"给了自己当头一棒。这封信说："我很遗憾地通知您，我接到了公共事务部大臣的电报，其中写道他和部门已经做出安排，不批准您同事的妻子明天进入陵墓，他对此深表遗憾。2 月 13 日。"

也许卡特花了些时间仔细考量这封信，思忖它的影响，或是花了几分钟认真思索这赤裸裸的侮辱是不是引他入套的陷阱，他所正在做的这些的事从未发生过。

然而，在这个特殊时刻，卡特的性格中没有任何因素能使他犹豫。纵观他的一生，在面对哪怕最轻微的指责、打击时，或是在没有任何私利的合作中上级下达任何指示时，霍华德·卡特都表现得很冲动。这次他也会严格按照他的生活方式行事，拉考一定也料到了这一点。

卡特急匆匆地赶往陵墓，把这无礼的信件展示给他的同事们看。他们和卡特一样，既吃惊又愤怒。他们决定，本着公平的精神，为了这次特殊的参观，允许记者进入陵墓。此后，他们将起草一个公告，送至拉考、莫尔科斯贝伊和普通公众面前，声明他们将封闭陵墓并离职。他们都认为这是能够采取的唯一措施。他们自信地预计，大臣在这种情况下会做出让步，就像其他许多时候那样。没人能进行这次发掘。成吨的石头悬停在金像上方，险情随时可能发生。如果有一个时刻，对政府来说发表极端无礼言行是不合时宜的，那么就是现在了。全世界的舆论都会站在卡特这边。由于他同事的妻子受到蓄意侮辱，所有人都会对他予以同情和支持。

令人扼腕叹息的是，这么多才智之士竟会错估自己的处境。人们很难理解其中的原因。假如这些声望远播的考古学家与他们封闭的小圈子之外的人谈一谈，他们本会采取其他的方式。假如他们与约翰·麦克斯韦尔爵士讨论一下自己的"罢工"，事情也会有所不同。假如他们与自己的妻子商量一下，他们本会做出更明智的决定。假如卡纳冯勋爵还在世，问题本不会出现。

不过这些可能注定不会成为现实了。实际情况是，卡特和他的同事们几乎误读了事态的各个方面。他们误解了新政府的心态，他们没有认识到，当地民众必定要关注上流社会，在准许埃及人进入陵墓很久之前，就特许外国女人进入的必要，甚至是理解这种必要。他们甚至也没有察觉到，为了参观千里迢迢赶到卢克索的数千游客有多么愤怒。他们还局限在源于战前观点的立场，这一立场是以过时的殖民主义、精英主义观念和盲目的科学优先感为基础的。

卡特在同事们的帮助下，起草了一份文件，可以说这是自发掘开始以来，卡特第一次对古物部信件做出简洁的回复：

> 由于公共事务部及其古物服务部让人难以忍受的妨碍和无礼，我所有的同事都拒绝对图坦哈蒙陵墓的出土物品做进一步科考工作，以示抗议。
>
> 为此，我有责任向公众宣布，今天上午10点钟到中午记者将参观陵墓，此后陵墓将立即被关闭，进一步的工作也将会中止。

卡特动身前往卢克索，将他的最后通牒张贴在了冬宫旅馆的公告板上。他将陵墓和实验室锁了起来，并把现有唯一一套钥匙随身带在身上。离开之前，他向摩尔顿简要介绍了一下情况。摩尔顿大吃一惊，不过显然也没有抗议半句。卡特坚持要摩尔顿在伦敦《泰晤士报》上，发表那些著名考古学家对皮埃尔·拉考的激烈批评，以昭示全世界。采取这项措施的同时，卡特破釜沉舟，又走出了更为致命的一步。显然摩尔顿很是担忧，他试图建议卡特，如果想要获胜，就必须强调关闭坟墓的决定是基于科学的神圣性和宝藏的安全。

卡特要求摩尔顿代自己给伦敦《泰晤士报》发一封加急电报，摩尔顿也确实这样做了。电报直切主题："陵墓被迫关闭。我指望诸位能向全世界进行最广泛的宣传，并对埃及当权者进行抨击。"

卡特匆忙赶到卢克索，对前往山谷的政府官员代表团态度冷淡，不管不顾。赶到尼罗河西岸的摆渡码头时，他遭遇了自己认为是最无礼的言行。"在一群赶驴男童和导游面前"，正如卡特所说的，在这一公开场合下，他收到了来自皮埃尔·拉考的一封信和一份命令：

　　我不得不遗憾地通知您，我刚刚向我们在帝王谷中的代理人发出了一道指令，指令的复本已经装进信封里了。这迟来的误解使我和您一样恼火，可大臣的命令却是严正的，他的副部长阁下责令我将其传达给您。

指令这样写道：

　　公共事务部大臣阁下在电报中回复道：很遗憾不能授权卡特先生同事的妻子在 2 月 13 日，即周三进行参观。国家副部长阁下已经向我传达命令，禁止任何没有授权书的女士进入。当然，他们在履行职责时会礼貌得体。卡特先生已经得知这一举措。

皮埃尔·拉考

古物服务部总管

卢克索，1924 年 2 月 13 日

　　卡特坚定地走进冬宫旅馆的大厅，把他那令人吃惊的宣言书钉在了显眼的展览板上。宣言书声明要关闭陵墓，里面还有关于帝王谷中每日的游览信息。消息很快传遍了旅馆和卢克索。大群的游客震惊了。

　　那天稍晚，卡特回到他的指挥所后，接到了雷克斯·恩格尔巴赫的秘密电话。在逐步升级的斗争中，恩格尔巴赫一直支持卡特。他告诉卡特，拉考刚刚对政府卫队发出命令，阻止卡特及其同事返回陵墓。士兵人数不断增加，以便昼夜监管。

　　卡特给首相柴鲁尔本人发了一封电报，其中提及，古物服务部阻止他带同事们的妻子进入陵墓，这是强加于人的严重侮辱，恳请首相留意此事。他说，自己坚定地认为，首相也会"反对这种缺乏教养，同时也是非法、无理的行为"。为此，卡特发誓说，他和他的同事们拒绝继续工作。他在结尾处发出警告，他计划采取法律措施来对抗埃及政府。

首相的回复极为冷淡。他指出，妻子们要入陵参观的那一天是为记者预留的，政府拒绝对她们发放许可则是基于一定的程序。他声称，卡特已经和莫尔科斯贝伊讨论过这个程序，并且也表示赞同。首相劝告卡特不要责备古物服务部的官员，而是应当尊重他自己签订的协议。"至于关闭陵墓，"大臣继续说道，"我必须提醒您，陵墓不是您的财产。"大臣冷冰冰地评论道，卡特的莽撞行为是代表一群"个人"的利益，这样的行为绝不能为他放弃科研程序之举申辩，而且"您一直声称……这些程序不仅对埃及，而且对全世界都是极为有益且重要的"。

霍华德·卡特的冲动任性、不可理喻成为了全世界的头版新闻。伦敦《泰晤士报》试图为他的行为辩解，报道说"对卡特进行无以复加的侮辱"已经成了政府行为，它派遣"特别警力来加强巡查力量，以执行阻止女士们入内的任务"。对于通讯员摩尔顿来说，"自从 10 月陵墓打开时，公共事务部一方有一系列重大错误和严重失礼"。这些都表明了它的态度，但其中那个决定是空前之举。另一件惹人怨恨的事，摩尔顿评论道，就是埃及政府指派了一队埃及特别监察员来监督卡特的工作。这件事也引发了新问题。因为卡特和他的队员们"是全世界最出色的科研机构的代表，可他们最后都因部门唐突无理、粗鲁透顶的举动而惊骇不已。这是对考古科学不可原谅的故意冒犯"。

伦敦《泰晤士报》发表了一篇异乎寻常的社论：

> 事情已经发展到了这样一个困难的局面，人们普遍感到遗憾。

很不幸，导致陵墓被封、工作突然暂停的冲突，其实由来已久。但这冲突似乎是从卡特与埃及当权者之间原有的一致中滋生出来的，他为达成一致已经做出了巨大努力。在将近16年的不懈努力中，他本人和卡纳冯勋爵的辛勤工作曾经历过最令人失望的时刻，然而此后他终于有了伟大的发现。从那时起，每当季节允许，凭借可敬的谨慎精神，耐心的考古工作就会在简直令人无法忍受的恶劣条件下进行。它还依赖无穷的精力、深厚的科学知识以及手工操作技巧。倘若没有卡特的不屈不挠，这座陵墓极有可能永远都不会被发现。它的发现，正如他恰如其分的说法，已经为埃及，尤其是为它的古物部门创造了极大的收益。政府的其他所有部门表现出来的，他说，只有施以援手的善意、友好和渴望。而工作进度受到的阻碍，却来自与工作成绩关系最为密切的一个部门，这实在是糟透了。

不过，不能看着事态的现状不闻不问。在埃及，政府部门的猜忌和阻挠并不奇怪。这些能被克服，也必须被克服。卡特抱怨说，在50天中的16天里，他本应该在去年的最后几个月里一直工作，但是这时间却浪费在了不必要的开罗之旅和其他阻碍之事之上。最近，在这项事业中与他有关的人以及他本人实际上都处于监督之下。他们为了自己事业的利益，有权允许选定的参观者进入陵墓，并阻止其他不合时宜的参观者进入。然而他们的这项权利却不止一次遭到侵害。他们忍受着的政策只能徒增烦恼，是时候结束它了。他们完美的成功使自己的努力有了圆满的结局，而当成功必定要将他们的精力几乎耗尽时，这种政策也达到了极限。

在这种情况下，他们最后做出有力的实际抗议，也就不足为奇了。并且我们毫不怀疑，此次抗议得到了文明世界的考古学家、科学家和历史学家的支持。

第二天,《泰晤士报》全篇发表了布雷斯特德、伽丁纳尔、利思戈和纽伯利起草的控诉信,以对付皮埃尔·拉考。

埃及报纸猛烈谴责卡特继续"罢工"的决定,称之为是将彻底毁掉国家宝藏的外行之举。有几篇文章指出,借由停止工作,卡特永久性地放弃了继续发掘的所有权利。有些报纸声称,此刻正是政府维护自身权利和统治权的时候。

卢克索的绝大多数游客都在抨击卡特的莽撞行为。他们不在乎卡特和他的古怪圣战;他们想要看到金像。

关于山谷中的骚乱,英国杂志《周六评论》发表了一篇文章,此文思虑缜密:

> 一切都站在他这一边,而且明智之举也为霍华德·卡特赢得了所有人的支持,偏见最深的人除外。此时,在一系列策略失误后,他做出了一个计划之外的举措,放弃了他的诉讼。在以圆滑制胜的地方,好战最后只能招致失败。用棍棒威胁对手是没用的,除非作为最后一招,你已经准备好把大棒结结实实地挥下去。这种情况在东方尤甚。东方需要你虚张声势——埃及政府恰恰就是这样。卡特是考古学家而不是阴谋家,所以他反其道而行之,最终落入到了一个精心设计的陷阱中。

反对方的批评深深地刺伤了卡特,他打算为罢工辩护。卡特企图将杂乱的笔记组织起来进行辩护,这些笔记保存在了大都会艺术博物馆的档案中。它们透露出卡特在短暂时间里的无助之感。

对那些指责我关闭陵墓而使墓中文物面临危险的人，在此予以回应：

1.关闭陵墓以及所谓的罢工，是抗议政府无礼行为的一个暂时手段。

2.我衷心希望政府为这样的无礼举动道歉。这样的话，我和队员们就会做好准备，去迎接游客，继续发掘项目，而且这一季度我都不会把石棺的棺盖盖上。

3.我以前总是，而且现在也是——我的队员和我以前一直都希望尽己所能来保护文物，直至争议得到解决——如此。可如今，拒绝我们接近陵墓的政府阻止我们这样做。

3①.我从未想过，如果致歉迟迟不来——如果道歉迟迟不到的话，我打算立即放下棺盖，在此墓和15号墓中进行准备工作，以使墓中的物品在夏季得到保护。我从未想过，自己在做这些事时会被武装部队或其他人所阻碍。

4.我的队员在罢工中采取的举措，纯粹是在为我的抗议增势。政府的一些恶劣举动，在他们和我看来都是严重侮辱，这次抗议针对的就是这样的行径。他们为了保护文物，热切地希望能采取每一项可能的预防措施，这一点与我一致。

5.张贴在旅馆里的告示草拟得很匆忙，没有把以上几点交代清楚。

为了将公众观点扭转到有利于自己的一面，尽管卡特做出了一切努力，但他还是很快失去了信任，不管是作为一个有判断力的普通人还是作为科学家。人们反复提出这样的问题：假如卡特果真如此关心艺术品

---

① 原文如此。——译者注

的保护和保存，那他为什么要关闭陵墓和实验室，还把唯一的一套钥匙带在身上呢？所以，这唯一一套钥匙，就像一年前的钢栅门一样，成了外国人接管和干预的令人痛苦的标志。

莫尔科斯·汉纳贝伊保证，在这场争论中，阿拉伯语报纸和埃及的英语日报突出地表达了他这一方的观点。他平静地说，在官方开幕仪式很久之前，卡特就提出过"允许某些女士进入陵墓"的问题，不过大臣在不情愿中被迫婉言拒绝。他声称，他曾经特别告诉卡特，"留给石棺科考的日子结束之前，即使是内阁大臣的夫人也不得进入陵墓"。他说，直到官方开幕仪式的前一天，卡特都在不断地提出"一些妻子"的问题，始终在谋求面向女性的许可，且人数不少于 22 人。这项特别要求不得不被再次拒绝——很不情愿地——因为大臣相信它对埃及人的妻子和家庭来说，具有"歧视性"。他"恳求"卡特遵守以前达成的协议。不过，据莫尔科斯·汉纳贝伊所说，卡特拒绝这样做，并关闭了陵墓。大臣重申，政府对保护墓中文物怀着"最真诚的热情"，并"担保无授权者"会被阻拦在外。

卡特和他的同事们突然意识到，在争夺民众好感时，那些不幸的"当地人"都是机敏的政治家和精干的宣传家。莫尔科斯·汉纳贝伊为普通民众重新划定了这个复杂难题的各个环节，而且获得了成功。外国人的"妻子"成了比内阁大臣的配偶高出一等的人。卡特那份"适中的"名单变成了蜂拥的人群。政府的"无礼"变成了护卫宝藏的迫切渴望。卡特以考古学的名义发起的抗议，成了自私、任性的罢工。他在陵墓中享有的特许权被解释成了"所有权"。

2 月 13 日的罢工过了两天后，卡特前往陵墓，但被政府部队挡在外面，没能进去。他当面收到了一道政府命令：

图坦哈蒙的陵墓现已封闭，直至接到进一步命令才会打开。卡特先生及其同事、古物服务部工作人员或其他任何人都不得入内。这道命令适用于图坦哈蒙的陵墓和用作实验室的15号墓。

在大臣发表公开声明几天后，卡特在一次新闻采访中公开骂他是骗子。他声称，任何一次会议中都没有讨论过发掘者或是内阁大臣妻子的问题。卡特争辩说，唯一讨论过的重要问题，就是高级官员是否能参观国王的遗体。卡特最后说，正因为埃及政府的态度，考古学上有史以来最重要的机遇遭遇了严重危机。

就像卡特公开自己在论战中的观点一样，埃及内阁一致同意对皮埃尔·拉考和其他卢克索政府官员的行动加以表彰。内阁裁定，卡特自行关闭陵墓的行为已经"违反了他的合同"，故政府有自己继续工作的自由。首相柴鲁尔公开宣布，他打算为埃及人民参观陵墓安排足够的时间。这条新闻令卡特甚为沮丧。

而远在英格兰，另一位首相拉姆齐·麦克唐纳在议会发表的一番演说使他更加消沉。一位下议院议员问道，在埃及的英国当权者是否已经得到或应当得到特殊权益或特许权。麦克唐纳给出了简短的回答。他评论道："国王陛下的政府对卡特或其他与陵墓有关的人，都没有给予任何一种特殊权益或特许权，也不会这样做。"他强调说，图坦哈蒙事件完全是私人行为，并且只能由埃及的法律条款管辖。

同时，就像《周六评论》的记者评述的那样，"那实在过于细长的绳子将棺盖吊在空中，绳子每天都被拉长一点儿，向着自身断裂、摧毁其下无价发现的临界点而去"。

第 30 章
"强盗！"

罢工骚乱一周后，某天清晨，艾哈迈德·古尔伽正在进行巡视检查。他是卡特安排看守封锁陵墓的工头，并且卡特要求他密切注意政府警卫的动向。这时，一列武装警察骑着骆驼和马，一路尘土飞扬地向山头这边过来。古尔伽看到这个场景倍感焦虑。武装警察在他面前停了下来，一言不发，这绝不是吉祥之兆。

皮埃尔·拉考走过来，同行的还有地方长官、古物服务部警卫主管、警方指挥官和公共事务法务部的长官穆罕默德·利雅得贝伊。利雅得贝伊走向前向古尔伽正式宣布："首相亲自下令，政府正式接管此座陵墓。"

艾哈迈德·古尔伽站在原地，挡住陵墓入口。地方长官温和地命令他站到一边。最后他只好照做了。

两个锁匠拿着钳子和钢锯打开陵墓的钢铁门，而后又打开了实验室的锁。政府军队进入陵墓，小心翼翼地将花岗岩盖子放回石棺上。接着他们进入实验室检查。当他们进去时，地方长官命令艾哈迈德和他的两位副手离开。起初，艾哈迈德和他的助理们试图留守这孕育着无数新理念的工作室，但是他们被告知必须离开。他们只能不情愿地到已经辟成储藏室的四号墓室去。最后他们被独自留在了那里。

就在军队强行进入陵墓之时，莫尔科斯·汉纳贝伊正式通知卡特说，本季发放的最初的特许权已被撤销。卡特旋即给这位部长发电报说

"要保护墓中的文物"，他"今天正在着手准备开罗联合法庭的诉讼"。不过卡特声明，如果皮埃尔·拉考为自己侮辱女士们的行为道歉，如果一切"令人烦恼的干扰"都结束，那么他将会重新向公众开放此墓，并再次开始工作。卡特试图通过这种方式留下协商的余地。

随着陵墓接管，卡特发掘特权的取消，首相柴鲁尔已经如愿以偿了。他为自己军队强行打开陵墓的行为辩护，他说在埃及就同在英格兰一样，"维护国家的权力和尊严是政府的职责，我认为一个立宪政府不能漠视国家的观念"。他的一个代言人公开宣布埃及政府已经重树尊严，目前愿意寻求"和平解决此次不快事件的方法"。

卡特似乎一时真的对此协商产生了兴趣。随后，他被首相柴鲁尔的计谋惹恼了，唐突离去。在他驱车回家的那一刻，埃及人成为这座神圣陵墓的合法拥有者，首相宣布重新举行庆典，并邀请了 170 名特别嘉宾来庆祝此项盛事。盛会的前几天，狡猾的柴鲁尔偶患"小疾"，这次小病"使他不能出门"。这位首相也许意识到这件事情本身将会成为他的政治伟绩，但他如果出席可能显得不合时宜而且会造成不好影响。

这次盛会于 3 月 6 日举行，其实就是一场成功的政治盛会，丝毫没有表现出对陵墓考古的兴趣。相反，从满载着大臣和议会成员的第一趟特别专列驶离开罗开始，国家民族党的功绩就一直被大加颂扬。这些大臣和议员中有一大群柴鲁尔的支持者，他们一直大声欢呼。沿着整整 500 英里（约 805 公里）的路途，成百上千的民族主义支持者大声呼喊对柴鲁尔帕夏的热爱，并且高呼着对不列颠和霍华德·卡特的反对。这是近代以来首次发生在卢克索的聚集事件，许多人彻夜等待政府专车的到来。这也是近代以来人们在卢克索的最大规模集会。火车进站时，正如亲历者所说的那样，人群中爆发出了"政治口号的骚乱之声"。

重开陵墓的集会现场有高级专员艾伦比勋爵和他的夫人。艾伦比曾独自乘坐专列，途中到处遭到攻击：在卢克索，他被人群包围，人们尖叫着要求埃及立即并且永远地脱离大英帝国的统治。为了避开卢克索直至黎明的庆祝宴会，他只好直接取道帝王谷，然后即刻返回开罗。

古物服务部已经进行了展览。石棺的盖子被移走，靠在墓室墙壁上。照明设备已经"安排妥当"。皮埃尔·拉考清洗国王的金棺时，熄灭了头顶上方的灯，只留下一盏聚光灯。这时国王的金棺闪耀着威严而夺目的光芒——这真是一个激动人心的时刻。

埃及的媒体报道说，此墓的发掘是这个世纪最轰动的事件之一，也表明新的民族主义政权深刻地理解了人们对考古事业的需要和希望。这种报道采取了奇怪的论调，因为众所周知，对模糊不清的历史，普通埃及市民所持的是一种近乎蔑视的冷淡态度。

《周六评论》一位匿名记者反对埃及人，此人可能是让·卡帕。毫无疑问，他和霍华德·卡特一起工作过，这在某种意义上进一步激怒了埃及政府。

一位不知名的作者说，约 1900 年前，普林尼谈论埃及人时，说他们是"喜欢吹牛并且傲慢无礼的人"。这个记者评论道，柴鲁尔策划的骇人开幕乃是"幻想曲"和"幼稚的杰作"，包括此事在内的最近一系列事件，证明埃及人今天同样与此头衔相称。这篇文章谴责公共事务部和古物服务部"卑鄙的诡计"、"不甚可靠的恶习"，以及"险恶的政治欺骗和迫害"。这位作者指责说，对于卡特的"罢工"，媒体心存猜忌，考古学家们相互竞争，各部门怀有怨恨，而民族主义者自有其政治目的。作者继续说道，卡特根本不像诽谤者所说的那样固执。在一篇文章中，卡特被描绘成《泰晤士报》合约的无辜受害者"，他一开始就不同意这份合约。

对这样胡诌得令人惊异的言辞，这位匿名宣传者补充道："如果卡特抵制了公共事务部的第一次侵入，那么有可能避免灾难性的后果。但是因为痴迷于自己的科学事业，他采取了妥协态度；直到阴险的攻击令他忍无可忍，他才不顾一切，在卢克索的冬宫宾馆做出了合理的反抗，向这个国家中半数喧闹的'爱国者'发出了雷霆之怒。"

对霍华德·卡特来说，这篇文章的观点和时机都恰逢其时。

为了自己能够获得重新进入陵墓权的诉讼案件，卡特雇佣了一位名叫F. M. 麦克斯韦的律师。此人是一个英国人，在开罗设有办事处，因精通埃及法律而获得高度评价。这一选择和任命时间对霍华德·卡特来说也是正逢其时。毫无疑问，麦克斯韦是个知识渊博的人，也是一个孤僻的人，似乎在最适意之时也绷着脸。然而，几年之前，在一次声名狼藉的叛国罪审讯中，他曾担任过不列颠保护国的公诉人。麦克斯韦坚持认为——有些人充满敌意地这样说——被告应该判死刑。尽管他没能使法庭做出这样的判决，但他让原告饱尝了四年牢狱之苦。当然，这个被告就是后来成为公共事务部部长的莫尔科斯·汉纳贝伊。

通过麦克斯韦，卡特向开罗被称之为混合法庭的初级法院递了两份诉状，争取让自己被任命为陵墓及其珍宝的"查封者"，以便运用自己的权利使发掘免受古物服务部的干涉。卡特还力陈法院批准，他有权支配陵墓中50%的文物，或者享有所有出土文物一半的价值。

甚至在卡特向法院提出诉状之后，政府仍在幕后继续进行调停，提示约翰·麦克斯韦尔爵士、卡纳冯女士和律师麦克斯韦劝说卡特达成庭外调解。詹姆斯·布雷斯特德被法院召唤来充当调停者。他起草了一份清单，列出了他所认为的"合理条件，在这些条件下，卡特应该获准返回陵墓"。但是卡特仍然固执己见。后来布雷斯特德回忆道，卡特"对彻底胜利怀着完全的自信，以致他藐视妥协，声明提交的授权书中的任何条件都是不可接受的，并且反对包括自己律师在内的所有人的意见，同意延期审判"。在布雷斯特德看来，卡特的决定不合情理。他觉得卡特"被自己的不幸击倒了，以致无法做出重大抉择"。

这个案子是在一位美国法官的主持下进行的，此人名叫皮埃尔·克拉贝特，是联合法庭的特别审判官。在英国的保护国，涉及外国人的法律案件要由包括外国法官和埃及法官在内的联合陪审团进行法庭裁决，并由一名外国人担任裁判员和审判长。

在麦克斯韦看来，适用于混合陪审团的法庭和法律，不是混合的法律，而是"混乱的法律"。对于约翰·麦克斯韦尔爵士来说，埃及的混合法几乎不能被称为法律——它没有正规的命令。但是如果审判官认为某个事件足够重要，他就能够独立地采取自己认为必要的措施。卡特的策略是证明陵墓确实存在危险，必须马上任命他为"查封人"进行发掘。另一方面，作为被告的埃及政府则设法表明没有必要马上采取措施。因此，政府试图拖延审讯。不过政府的办法没有奏效，因为当法官克拉贝特听说了杂耍般的重新开放后，他确信陵墓以及里面的珍宝确实处于危险之中。

3月8日，此案件由法官克拉贝特进行审理。公共事务部的律师是个叫罗塞蒂的文雅之人。审讯正式开始时，罗塞蒂马上跳起来说，基于两点，这是一次无效审判。第一，从身份上来说，没有卡纳冯遗产方面的原告在场。他说卡特只是一个"代理人"。第二，混合法庭不能处理诸如撤销考古特许权这样的纯粹行政措施。罗塞蒂轻蔑地宣称，卡特要求进行发掘的"权利"是"无稽之谈"，这种权利源于一个可废除的特许权，并且事实上它已经被废除。由于卡特"不负责任地离开，置科学事业于险境"，特许权已经被撤销。卡特对任何文物的要求也都是"无稽之谈"。卡纳冯勋爵已经允许卡特签订1918年的许可证，它明确规定了什么是真正完好无损的王室陵墓。严格地说，图坦哈蒙的陵墓是完整的，所以卡特已经放弃一切份额。他补充说，此外卡纳冯勋爵已经去世了。因此，山谷中不存在赋予任何人的特许权了。

罗塞蒂一番冗长的论辩后，法官克拉贝特把审讯延期了一天。那天，麦克斯韦催促布雷斯特德教授探明部长莫尔科斯·汉纳贝伊是否可能将他先前的建议付诸实践，恢复卡纳冯女士的特许权。于是，布雷斯特德亲自去拜访莫尔科斯·汉纳贝伊。部长考虑了几个小时，但最后还是拒绝了。不过布雷斯特德正要离开时，莫尔科斯·汉纳贝伊告诉他说，如果卡特签字放弃分得陵墓文物，自己将倾向于恢复这项授权。布雷斯特德承诺会传达这个特别消息。

最初，卡特和麦克斯韦断然拒绝了这个建议。后来，麦克斯韦转而说这种放弃将会是令人钦佩的举措。他认为放弃会提升卡特的公众形象。那将证明他只对"科学"——而不是陵墓中的物品——感兴趣，在此案件中法庭也可能会更同情他。

麦克斯韦认为，如果政府在卡特放弃文物的基础上恢复特许权，卡特可以立刻回到陵墓。日后待事端平息下去，卡特又能提出要求来获得适当份额。麦克斯韦确信政府最后可能会转而同意"这个更慷慨的观点"。如果书面上签署弃权书后，政府依然拒绝恢复特许权，那么卡特就可以向更高一级法院联合特别法庭上诉，要求赔偿，合法地挑选珍宝或者给予一定数量的金钱作为补偿。

卡特不情愿地签署了弃权书。但是当布雷斯特德把文件交给莫尔科斯·汉纳贝伊时，这位部长改变了主意——他拒绝恢复特许权，除非他听到法官克拉贝特的裁决。卡特和麦克斯韦都陷入窘境。毫无疑问，罗塞蒂建议部长不要依赖这份文件，因为他认为法官克拉贝特别无选择，只能做出有利于他的裁决。要让卡纳冯遗产的正式代表——在英国的卡纳冯女士和在加利福尼亚的约翰·麦克斯韦尔爵士出席法庭，似乎是不可思议的。如果没有卡纳冯的遗嘱合法执行者在场，那么法官将被迫裁定政府一方胜诉。罗塞蒂无比欢欣，信心满满地认为自己将会获胜。

但是，混合法庭的此次诉讼是以一次戏剧性的事件开始的。麦克斯韦站起来询问政府是否依然坚持财产的遗嘱执行人是不是能够被代表。罗塞蒂承认确实如此。麦克斯韦接着要求法庭识别一位出人意料的证人。法官克拉贝特非常吃惊地问，那会是谁呢？麦克斯韦得意洋洋地宣布，财产的遗嘱执行者之一就在审判室。此人就是约翰·麦克斯韦尔爵士本人，他已经奇迹般地突然出现在了开罗。他正在环游世界，从加利福尼亚取道瑟堡、尼斯和热那亚；途中，麦克斯韦发电报让他马上来开罗，以免这个案子败诉。

罗塞蒂很快调转了他的矛头，把他的论辩指向霍华德·卡特。他用他那干瘪但清晰的嗓音慷慨陈词。卡特没有权利出庭。他从未获得特许权。他仅仅是卡纳冯的"代理人"。存在的唯一一份特许权已经给了卡纳冯勋爵。卡纳冯一去世，特许权实际上就已经失效。而且，罗塞蒂宣称，卡纳冯勋爵的特许权只是西奥多·戴维斯对帝王谷同样区域的许可权之延续。不过戴维斯在离开此地区时已经放弃了那些权利。

麦克斯韦进行了反驳。他认为罗塞蒂的论证"拐弯抹角又无关轻重"。对他来说，只有两个简单的问题：对职责的专业关注，无私忘我的精神。卡特只是想在陵墓中进行"科学"工作。他本人从来没有要求分得任何东西。的确，他对它们"完全没有兴趣"。但是麦克斯韦坚称卡特对陵墓的其他要求是正当的。罗塞蒂声称卡特只是一个代理人，麦克斯韦嘲笑了他的这种说法。他指出，在九份恢复最初特许权的文件中，卡特的名字都是作为"助手"而专门出现的。

麦克斯韦进一步论证说，最初的特许状规定陵墓的发现者可以"保留拥有权"，直到科学考察完全结束。麦克斯韦继续说道，这意味着陵墓发现之时，特许状不仅仅是一个行政许可，事实上它已经变成一份合法契约。政府做出的行政举措不能违反合法契约，或是剥夺特许权获得者的继承人或其契约权利代表者的权利。基于此，政府没有追索权，只能允许卡特返回陵墓。

随后，麦克斯韦声明，在指出西奥多·戴维斯曾经得到这片山谷的类似特许权这一点上，他很乐于对罗塞蒂先生采取"完全赞成"的态度。他建议对戴维斯和卡特的两份特许权一视同仁。戴维斯已经发现了几个陵墓，并且通过与古物服务部的友好协议从每个发掘的陵墓中都获得了大量"举世无双的文物"。麦克斯韦说："事实上，戴维斯先生所得的份额并不是他所发现的半数。"但是那不是取决于古物法，而是戴维斯自己的决定。他想要"对埃及显示出慷慨大方"。卡纳冯勋爵财产的遗嘱执行人也没有要求获得图坦哈蒙墓中发掘出的一半物品。他们也想慷慨大方。毕竟，一件独一无二的珍宝很可能相当于发掘者应得报酬的总和。他建议待墓中所有物品被研究过后，再决定宝物的分配问题。

总结一下麦克斯韦的论点，显然他已经说服了法官皮埃尔·克拉贝特——其种种质疑实质上表明他认为罗塞蒂的观点毫不切题。这天显得极为漫长，并且充斥着毫无用处的法律措辞。此后，在这天即将结束之时，充斥着合法的废话。法官克拉贝特漫不经心地转向麦克斯韦，只要求他澄清一个无关紧要的观点。法官克拉贝特说，谜团仍然存在：在把令状递交法庭之前，霍华德·卡特为何放弃陵墓的所有权。麦克斯韦说，对法庭来说，确认现有的合法所有权，与在卡特认可所有权失效后再恢复它，完全是两码事。

麦克斯韦担心法官忽视此案件中的一个关键因素。他向法官皮埃尔·克拉贝特慷慨激昂地解释道：当卡特关闭陵墓递交诉状时，卡特仍然享有合法占有权；但是政府闯了进去，"像一群强盗一样，并用暴力迫使他放弃所有权"。

法庭上一片骚动。罗塞蒂跳起来强烈抗议。甚至法官克拉贝特都被震惊了。他问麦克斯韦在此案中"强盗"这个词是否有必要。麦克斯韦不解地回答道，只要能表现出政府行为的粗暴和非法，任何词汇都是适用的——"强盗"和其他词一样适用。

确实如此。在阿拉伯语中"强盗"这个词——或者"窃贼"——是对一个人最恶毒的称呼。埃及媒体极为重视此事，他们暗示，不仅麦克斯韦，而且卡特以及与他有关的所有人都称内阁大臣为盗贼，推而广之，他们侮辱了全体埃及人。

公众对这个报纸头条反应极为强烈。开罗爆发了骚乱，许多埃及人受了伤。警察花了数小时才使人群平静下来，在某一小段时间里似乎必须召集军队才行。

莫尔科斯·汉纳贝伊发表声明，宣称公共事务部根本没有和霍华德·卡特协商，虽然法院指示部门要这么做。霍华德·卡特或是他大都会的同事们以及卡纳冯女士都将不能再在埃及工作——当然更不能在图坦哈蒙墓中工作。

第 31 章
"恶劣影响"

　　麦克斯韦的侮辱性言论引发了公众骚动，没有人比法官皮埃尔·克拉贝特因此而受到的困扰更大了。他希望詹姆斯·布雷斯特德教授和莫尔科斯·汉纳贝伊能达成协议，在这份协议框架内自己可以做出有利于霍华德·卡特和卡纳冯遗产的判决，并命令公共事务部允许卡特和其大都会艺术博物馆的同伴们返回陵墓。这场骚动后，克拉贝特意识到，由于埃及人被激怒了，他不得不改变自己的计划，要比自己预想的更缓慢、更谨慎地处理此案件。

　　克拉贝特私下会见了莫尔科斯·汉纳贝伊，告知这位部长，如果他回到谈判桌上试图取得和解，那么对于有利卡特的正式裁决，他将暂时予以推迟。莫尔科斯·汉纳贝伊不情愿地告诉他说会重新考虑。但是克拉贝特说，政府显然根本就不想解决这一案件。说完他就离开了。

　　接着，克拉贝特颇为谨慎地会见了赫伯特·温劳克。此人平易近人，与他已相识多年。他和图坦哈蒙墓中复杂事件有什么关联呢？但就如此荒谬可笑，如此令人沮丧。克拉贝特对无数仍在墓中的珍宝之安全表达了深切关怀。现在埃及人允许每天有数百个旅游者进入陵墓，却没有适当的安全措施。此外，大都会团队的缺席意味着没有进行任何保护工作。这种僵局不仅令人恼火，而且十分危险。温劳克只好挑起与莫尔科斯·汉纳贝伊谋求和解这一重担。

　　由于与大都会艺术博物馆的关系，温劳克对陵墓很感兴趣，所以他的处境有些尴尬。但是最后克拉贝特说服他去争取一番。温劳克立即建议，要克拉贝特劝说詹姆斯·布雷斯特德回来考量莫尔科斯·汉纳贝伊究竟有多深的敌意。温劳克承认这不是容易的差事，因为布雷斯特德对卡特的顽固极其愤慨，以致将霍华德·卡特从朋友圈中除名。温劳克还建议克拉贝特，应该呼吁他们共同的朋友默顿·豪厄尔（一位美国的大臣）支持布雷斯特德对莫尔科斯·汉纳贝伊的对策。法官克拉贝特认为这是一个绝妙的点子。

但是，法官又问温劳克对卡特可以做些什么。他试图私下通过亚瑟·摩尔顿接近卡特，以劝说卡特采取与政府进行调解的举措，但是卡特拒绝和他谈话。温劳克到底能否约束卡特呢？温劳克向法官保证，他会试着说服卡特不再进行后续谈判，并尽最大努力说服卡特避免发表具有煽动性的言论。温劳克向法官克拉贝特透露，卡特正打算向英国大使馆请求援助，到那时英国大使馆就会表明：英国最有名望的一位国民所受之苦遭到了忽视，自己对此感到失望。但是，温劳克怀疑他的同事通过这个渠道是否可以获得满意的结果。

莫尔科斯·汉纳贝伊突然发现自己深陷窘境。克拉贝特要求他考虑解决方案，他立刻予以反对。没有什么可以阻止他使卡特永远离开陵墓。但是当他尝试谋求别人的帮助以继续进行发掘时，却找不到任何合作者。莫尔科斯·汉纳贝伊甚至通过一个助手发信息给艾伯特·利思戈，询问大都会艺术博物馆的考古学家是否可以接管此项发掘。这足以令人惊讶了。当他遭到冷漠的断然拒绝时，着实感到困惑。令他惊讶的还有，自己的古物服务部没有任何一个外国雇员愿意承担这个责任。皮埃尔·拉考和他的副指挥雷克斯·恩格尔巴赫都委婉地拒绝了这份工作。部门中也没有其他人愿意冒险承担这个责任。古物服务部的埃及工作人员和所有当地负责人，都急切地承认他们的设备不足以应对这项精密的任务。逐渐地，公众舆论开始转而反对莫尔科斯·汉纳贝伊。原本完全同情他的埃及报纸开始评论他进行发掘时的失职。一些人建议，也许霍华德·卡特毕竟是唯一一个有资格主持这次发掘的考古学家，尤其是考虑到他"十分慷慨"地放弃了报酬。

当詹姆斯·布雷斯特德在 3 月 16 日访问莫尔科斯贝伊时，贝伊的心情很糟。布雷斯特德为冲突而感到极大担忧，克拉贝特和温劳克花了几个小时才说服他同意再次将注意力集中在讨论上。他的一个条件就是自己能获准向莫尔科斯贝伊发一封亲笔信，使贝伊摆脱"强盗"一词。约翰·麦克斯韦尔爵士和霍华德·卡特研究了一下，最后同意了这个要求。麦克斯韦，这位侮辱性言论的始作俑者，犹豫了很长时间。最后他也同意了，甚至在布雷斯特德递交自己的信件时，他还陪同这位教授前往那位部长的家。

莫尔科斯·汉纳贝伊表示对"强盗"一词感到气愤，这并不是政治上的惺惺作态。依布雷斯特德所说，被曾试图处决自己的那个人称为盗贼，"使得他义愤填膺"。布雷斯特德认真地听着，莫尔科斯贝伊则在他的办公室踱来踱去，对"不列颠的傲慢不公以及卡特和麦克斯韦那令人难以忍受的行为"大发脾气。他用阿拉伯语、法语和蹩脚的英语谩骂着。

这位部长停下来喘了口气。布雷斯特德此时碰巧瞥了他一眼，同时越过他看到书架上空空荡荡的，只有一张一群埃及绅士的照片，"他们穿着成套外衣，上面都有监狱制服的明显图案"。照片上最引人注目的就是莫尔科斯·汉纳贝伊阁下。一抹微笑在布雷斯特德的脸上荡漾。布雷斯特德突然的微笑使部长感到很惊讶。他冷冷地盯着布雷斯特德。布雷斯特德依然微笑着说："看这儿，有强盗。"莫尔科斯·汉纳贝伊很是不解，他仔细研究起那照片，好像以前从未见过它一样。布雷斯特德回忆道，贝伊"突然看到自己俨然是一个普通囚犯而非为独立献身的英雄"

时，放声大笑。他这般高兴，使得布雷斯特德认为，此刻是劝说他让卡特返回陵墓的最佳时机。莫尔科斯贝伊咆哮道，那实在为难。他突然问布雷斯特德是否会接管特许权来完成任务。詹姆斯·布雷斯特德温和地说，部长本人知道，他不能那么做。但是，布雷斯特德恳求为了卡特至少与豪威尔部长和他自己讨论出一个折中之法。莫尔科斯贝伊目不转睛地看了布雷斯特德一分钟，然后平静地说，如果他和埃及政府可以确定得到正式的道歉，那么，他将会争取给卡特拟一份新协议——不是恢复旧的特许权，而是发放一份新的特许权。当詹姆斯·亨利·布雷斯特德离开部长办公室时，他想："我又要为古埃及王陵所有权一事尝试充当和事佬了，愿上帝帮帮我吧。"

与此同时，卡特决定接触一下英国大使馆的副领事，希望借此向柴鲁尔政权施加压力。过去三个月里，卡特已经私下接触过高级专员艾伦比勋爵以寻求建议和支持。艾伦比暗示卡特，他将全力支持卡特对抗埃及政府。实际上，根据卡特的说法，艾伦比至少两次劝说他抵制埃及人。然而由于罢工，卡特已经无法联系上艾伦比勋爵。结果卡特前往大使馆，而英国大使馆官员在不冷不热中所保持的冷淡距离令他恼怒。正如描述此次会面的人所写的，他的状态就是"喜欢争吵、脾气暴躁"。

霍华德·卡特大步走进副领事的办公室，以抗议在埃及人"分割"墓中出土的"战利品"时自己受到的不公正对待。正如我们都可以想象的那样，那时英国和埃及政府的关系极其微妙，部分原因是埃及民族主义的高涨，部分原因是在埃及围绕着为犹太人建立巴勒斯坦家园一事而进行的争论正日益激烈。这位副领事并不打算为了安抚一个英国国民的不满情绪，而使得两国的关系变得更为紧张。他坦率地告诉卡特，不要期望任何帮助。

对峙中，卡特很快就失控了。激烈的言辞一个接一个，直到卡特最后不留丝毫余地。他对古物服务部的不公和英国副领事的愚钝发表了一番尖刻的评论，大声叫嚷道，如果不能得到满意的结果和"公平"，他将在世界范围内出版文献，包括他在墓中发现的尚未公开的纸草，反映犹太人离开埃及真实情况以及不光彩的文献。副领事意识到这个威胁恰好发生在英国设法安抚阿拉伯人和犹太人的时刻，不由大发雷霆，将一墨水瓶砸向了卡特头部。幸好卡特躲避及时才没被砸中。最后还是其他人使两人冷静了下来。

当然，卡特并没有在陵墓中发现任何纸草文献，更不用说敏感的政治文献了。对于他那奇怪的威胁，唯一的解释就是他对发生在自己身上的一切忍无可忍，一门心思想要激怒英国副领事。无论如何，此举都生动地证明：在1924年3月，当卡特目睹自己毕生的理想渐渐黯淡时，他已经变得情绪不稳、自暴自弃。

温劳克听闻此事后极度不安，他开始担心卡特还会给自己带来更深的痛苦。温劳克意识到，卡特在埃及逗留的每一天都在使他的事业和大都会艺术博物馆的事业走下坡路。他决定让卡特离开这个国家，但这绝非易事。卡特原计划在美国巡回讲学，最近他正在考虑推迟或取消这一计划。经过几天的讨论，温劳克终于说服了卡特。于是，3月21日，卡特从开罗动身去伦敦，他自己也不知道能否再见到埃及或图坦哈蒙的陵墓。

看到卡特离开帝王谷，与陵墓密切相关的所有人都感到很宽慰。布雷斯特德尤其高兴。正如他对温劳克所说的那样，"当埃及人告知我必须对卡特负责时，我告诉他们这不是一件容易的事，因为几年来我在试图控制局势方面颇费周折"。

亚瑟·摩尔顿发了一封私人密信，提醒《泰晤士报》的编辑注意卡特的心情的变化：

他萌生了一个奇怪的念头:《泰晤士报》不支持他了……他宣称自己遇到麻烦的时候,报纸对他的态度出乎他的意料。他说,他认为你们本来应该更积极地为他辩护,尤其是你们已经得到所有的信件,了解他今年冬天不得不忍受的一切。他补充说,在危机和一份涉及泰晤士报协议的社论后,那天你们什么也没有做,还不如一个差劲的领导。2月14日报纸的副标题"卡特先生的诉讼"尤其令他感到心烦意乱。他说这个副标题让人误以为有错的是他而不是政府,他没有得到一点儿表示同情的信息,对此他表达了极大失望……从那时起我就在平息事态,他的一些最好的朋友仍然支持他,但从他谈到他们的态度来看,我感到他已经变得十分不稳定了……

卡特离开四天后,布雷斯特德和美国公使默顿·豪厄尔设法安排了一次与莫尔科斯贝伊部长的会面。这个好斗的埃及人要求麦克斯韦否认"强盗"一词并为此道歉。他坚持要一份卡特的书面保证,以证明他确实打算放弃分获墓中物品的权利。他还要求布雷斯特德得到温劳克的亲自保证,卡特会"永远停止"对埃及政府的批评。然后他依据詹姆斯·布雷斯特德的建议,拟定了一份协议。莫尔科斯贝伊通知两位谈判者,如果满足他的要求,那么他将给予他们明确保证,允许卡特返回帝王谷。布雷斯特德和豪厄尔承诺一定满足他的要求。莫尔科斯贝伊亲切地建议两位美国人两天后返回,他声明,那时"一定"会交出签好的协议。

听到这个好消息,赫伯特·温劳克欣喜万分。为了取文件,布雷斯特德和豪厄尔第二次造访贝伊。他们返回后,温劳克热情地迎接了他们。看到这两个人似乎非常泄气,他十分震惊。豪厄尔看起来似乎衰老了许多。布雷斯特德也很不高兴。他告诉温劳克，莫尔科斯·汉纳贝伊自己违背了对美国公使的承诺。他拒绝给他们特许书，也拒绝布雷斯特德的任何建议。据豪厄尔说，理由让人难以置信。莫尔科斯贝伊告知他们，他已经向高等法院提出诉讼，反对克拉贝特即将做出的实行和解的决定。豪厄尔垂头丧气地将消息告诉了皮埃尔·克拉贝特。之后他打算回家睡觉，因为他已经对整件事绝望了。

温劳克不相信，仍希望自己可以有所挽回，下午便和布雷斯特德一起去见了克拉贝特。温劳克说，这位美国法官"正在损毁美国的威望"。布雷斯特德怒不可遏，他终于相信了，莫尔科斯·汉纳贝伊一直就是个背信弃义的人。他发誓他将会亲自给国务卿查尔斯·伊凡·休斯写一份报告，详细描述埃及人是如何想要"欺骗"来自美国的"外籍部长"的。温劳克颇为轻蔑提出质疑，他是否会这样做。尽管此议题经过了详细的反复讨论，克拉贝特仍不得不向温劳克承认他无计可施。温劳克建议他返回卢克索的总部，等候混合法庭对此诉讼的处理结果。代表卡特到开罗领取新特许书的温劳克，不快地返回到了帝王谷。

看到豪厄尔的努力没有发挥作用，皮埃尔·克拉贝特被激怒了，于是他去拜访了这位年长的绅士。克拉贝特对他吼道，遭遇如此无礼的对待，他不能"躺着不卖力"。但是豪厄尔已经被此事压垮，只能无力地声明自己无计可施，就打算躺在床上。那天傍晚之后，克拉贝特给豪厄尔写了一封信，严厉地谴责他向埃及人屈服，令美国的威望受损。他强烈要求豪厄尔立即采取措施反抗埃及人，以便使"新的埃及国会不会错误地认为，获得独立后，埃及的新政府部门就可以毫无顾忌地嘲弄美国"。

这通恶骂后的第一天，豪厄尔最终采取了行动，正式向埃及的外交部投诉莫尔科斯·汉纳贝伊对他的无礼。然后，在布雷斯特德的陪同下，他闯入部长办公处，索要已经承诺的特许书。但是可怜的豪厄尔又屈服了。莫尔科斯贝伊要求豪厄尔阅读特许书，不要把它给别人，妥善保存。正如温劳克尖刻的评论所说，"豪厄尔获准在自己面前保全面子"，却不顾其他人的面子。

　　但是豪厄尔却把这份协议偷偷地给布雷斯特德看了。布雷斯特德仔细看了协议，说"太让人失望了"。恰好在这个时刻，《埃及日报》发表文章称，卡特在英国的一次访谈中发表声明说，麦克斯韦已经告知他，埃及政府已经三次违背诺言了！这时豪厄尔正打算会见莫尔科斯·汉纳贝伊以重启和平谈判，又再次错失了。

　　豪厄尔刚刚重下决心，《纽约时报》那不屈不挠的 A. H. 布拉德斯特里特就来到他的办公处拜访，说他马上就要向纽约提交急件，请求豪厄尔为这份冗长的急件发表评论。这份急件声称"源于图坦哈蒙墓的恶性影响破坏了埃及和美国的关系……从美国公使默顿·豪厄尔博士处得知，美国已经受到了蓄意侮辱"。豪厄尔请求布拉德斯特里特不要发表这篇文章。他提醒布拉德斯特里特，在混合法庭做出判决之前，所有和法庭有关的新闻记者都不能接触图坦哈蒙这个议题。布拉德斯特里特坦然承认他知道法庭制度，但是他坚持说这番轶事精彩得不容错过，一定要发表。

　　豪厄尔不得不代表官方否认此事，声称埃及人都对他非常谦恭。他说他已经用了"一种非官方的斡旋方式"来友好地解决此次争端。接着他又谈到霍华德·卡特，声明"那些乐于解决此次争端的人，如果在自己对待埃及政府的言辞和态度上更加谨慎，那么我们这些致力于达成和解的人也可以少费些力"。

　　布拉德斯特里特的文章导致可怜的默顿·豪厄尔受到国务卿的责难。此次外交风波的结果表明，无论是国务院或是查尔斯·伊凡·休斯，还是协调国务院和大都会艺术博物馆事务的年轻的阿伦·杜勒斯，都不会再次向埃及人施压或是力图劝说在华盛顿的埃及大臣放弃对古物法的变更，而使外国出于"科学目的"对一半发现物品享有权益。

布拉德斯特里特的文章刊登在《纽约时报》上的那天，正是温劳克在这悲惨时期中最受打击之时。3 月 31 日，亚历山大的混合法庭宣布，取消卡纳冯女士和霍华德·卡特的特许书是法律允许的行政举措，开罗的初级联合法院无权管理。因此高级法院支持莫尔科斯·汉纳贝伊出庭。

赫伯特·温劳克向他的同事透露，他已经开始相信图坦哈蒙的诅咒了。这个诅咒如影随形——从帝王谷到开罗，又回到帝王谷。围绕图坦哈蒙墓的"恶性影响"像一串锤击那样砸落下来："强盗"，莫尔科斯·汉纳贝伊拒绝移交特许状，他对豪厄尔的无礼，豪厄尔的"束手无策"，布拉德斯特里特的煽动性文章，豪厄尔的谴责，高级法院的最后判决。

处于最低潮之时，温劳克又遭遇了一次打击——争议不断的特权书以最终正式文件的形式出现了。

温劳克在卢克索的住处阅读了该文件，他写道，他的"脚都僵了"。对他而言，这判决纯属谬论，不仅不给卡特和卡纳冯女士任何权利或授权，还要他们承担所有的责任。

这份文件完全是在谴责卡特对陵墓工作的搁置"根本就没有理由"，并"对科学造成了威胁"。此方案有十四条规定，也是十四把对准挖掘者心脏的刀子，有些还极其锋利。特许书应该一年授予一次。卡特只是古物服务部的"监督者"，没有政府的书面同意，他无权指定任何一个合作者。五个埃及"学徒"将被指定来做这项工作。（温劳克给他们贴上了"间谍"的标签。）游客的许可证只能由政府发行。卡纳冯女士当然可以自由进入陵墓，不过必须每两周亲自陈述一次自己或职员造访的次数。这位伯爵夫人对所有的古物不得不亲自做记录，并保证在发掘结束的五年内出版科学著作。陵墓中所有的物品都是政府的财产。现在无法向法庭上诉。包括卡纳冯女士在内的每个人都必须签字为"强盗"这个词向政府道歉。卡特必须发表书面声明，宣布收回那些被认为对政府失礼的语论。最后，卡特还必须为自己说过埃及政府已经三次违背诺言的话而另行道歉。

温劳克自言自语道，图坦哈蒙墓可能会引发更多的事件。千万不要再发生什么了，他祈祷。从现在开始，事情只要有所改善就好。但是事实证明连他这微小的希望也不能实现。

第 32 章
"太多的卡拉姆!"

卡特离开埃及时,皮埃尔·拉考成立了一个特别委员会来负责编写陵墓财产清册。这群人已经开始悠闲地清点葬室和库房内的物品。他们把物品分为不同的几类:艺术品、实验和摄影设备、家具和食品。温劳克指派侯赛因在视察期间担任雷克斯·恩格尔巴赫的副领班,并命他每天对委员会的活动做书面报告。

3 月 29 日,侯赛因向温劳克汇报说,皮埃尔·拉考在恩格尔巴赫等四位助手的陪伴下,于当天下午到达此地,并在一个木匠的帮助下打开了墓门,那里曾被卡特用来存储物品或当作临时餐厅。然后他们进入陵墓,匆匆审视一番,接着把门关上重新密封。不过,第二天晚上,拉考和他的同僚就回去编写了墓中所贮物品的清单。温劳克指示侯赛因密切关注此次行动并继续递交报告。

还没等侯赛因做下一份报告。3 月 30 日晚上,帝王谷发生了令人震惊的事情,于是他在午夜之前就赶到了温劳克家。

午夜被惊醒是个惊悚的经历。赫伯特·温劳克赶忙出卧室会见侯赛因,此时他的脑海中肯定涌出了很多可能发生的骇人的事情。这位工头在客厅内气喘吁吁地等着他。他大声惊叫道,墓中发生了"太多的卡拉姆"(即出大乱子了)和众多的麻烦。会有洪水或火灾吗?侯赛因当即说,不会,但是有很多麻烦。温劳克迷惑地听着他的讲述。

皮埃尔·拉考、雷克斯·恩格尔巴赫和存货清查委员会的成员已于那天晚上返回了陵墓储藏室（称为"午餐墓"）。他们已经清查了储藏的物品，并且打开了墓中的一些小包装箱。他们发现卡特已经亲自为所有物品仔细地贴上了标签，并在三种不同场合下统计了文物的数量：第一次在没有装箱时，第二次在装箱时，附近的一张桌子上还有一个第三次统计的清单记录小册子。显然，卡特精确的方法给埃及人留下了深刻的印象。

随后，在存储区远处的一堆福特纳姆梅森公司的空木箱附近，他们偶然发现一个被标记了"红酒"的箱子。由于疏忽他们差点儿忘打开了。于是拉考命令他们打开，里面似乎装满了用于外科手术的纱布和棉絮。拉考好奇地拿起了层层的包装纸。他的发现使得他甚为惊讶地叫喊起来。

拉考无法相信自己的眼睛。那是一件艺术品。他迫不及待地将它从箱子里取出来。听到拉考的惊叫，恩格尔巴赫和委员会的埃及人员都围了上来，惊愕地面面相觑。

拉考在酒箱中偶然发现的物品是一个接近真人尺寸的木制头像，没有标记，显然也没有编目。这尊头像覆盖着薄薄的一层石膏，装饰得如此精致，以至这雕像看起来会呼吸。这是古埃及雕塑的一个奇迹。

那是一张非常英俊的面庞，有着娇嫩的嘴唇和深邃透明的黑眼睛，一定是个九岁或十岁的男孩。这头像出现在一个小型基座上，那基座上还雕刻着神圣的尼罗河蓝荷花花瓣。这个孩子被描绘成了太阳神。按照古代埃及人所说，孕育他的那朵花是从创世的水塘里最早生出的造物。但是其力量和自信表明自己不仅仅是个孩子。这是一位如同太阳神的国王，其中一份最古老的文献记载："他在原始丘上的荷花中诞生，他的双眼照亮了两地。"毫无疑问，那是图坦哈蒙。

温劳克听侯赛因描述这件令人震惊的事情时惊骇万分。这位工头再次说"太多的卡拉姆！"同时也说了许多含糊不清的话，情绪也变得愈发激动起来。

侯赛因已经告知委员会这个头像可能来自陵墓的一个墓室，被误放在了"午餐墓"的后面。起先他们安静地听他讲话。后来一位委员会成员提了一个显而易见的问题：如果真是那样，为什么卡特没有给这件东西加注释和编号，就像他对其他物件所做的那样呢？侯赛因只能耸耸肩。

侯赛因向温劳克报告说，这个头像的发现已经引起了"最严密的关注"。一位埃及人毫不客气地说，卡特从陵墓中盗了这个雕塑。

拉考试图使他那些歇斯底里的同事们平静下来，坚持不懈地一遍遍说，卡特把这个头像放在如此奇怪的地方应该有一个合乎逻辑的解释。但是，这些埃及人要求马上给首相柴鲁尔本人发一封电报。拉考并不情愿，或许他更愿意在警钟敲响之前找到真相。虽然拉考竭尽全力，但还是一无所获。专门的信使已经向卢克索发出了电报。接着，这些埃及人要求，把这个精美的头像作为证据，打包并立即送往埃及博物馆，直到查明真相。拉考不得不同意。这贵重的雕塑将由早班列车运往开罗。

在那个被猛然惊醒的清早，赫伯特·温劳克还接见了另外一个不速之客，那就是雷克斯·恩格尔巴赫。这位英国人告诉温劳克，作为负责清点陵墓文物的政府委员会非正式成员，自己在前一天傍晚已经参观了发掘地。他强调自己只是一位享有特权的观察者。接着，恩格尔巴赫又描述了发现的那尊头像，将其称作"戴尔·埃尔-阿玛尔那的杰作"，是一件埃赫那吞风格的杰作。用他自己的话说，埃及人已经"完全不假思索了"，他们叫喊毫无疑问是卡特或者某人从陵墓盗了雕像——或者想要盗走。恩格尔巴赫向温劳克保证，是皮埃尔·拉考让他帮忙解释的。他说拉考告诉埃及人，卡特从艺术市场购买了那尊荷花头像。他不确定这些埃及人是否相信，但是他们知道卡特的"系统方法"，似乎倾向于相信此事。这件作品如此杰出，各方面来说都是一件真正"重要的文物"。恩格尔巴赫继续说，如果卡特或者是一名工人在陵墓某处发现了这头像，然后又把它忘记了，这实在无法让人信服。但是他对温劳克说，如果卡特已经从古董市场上购买了它，那么他把它带进发掘区并恰好放入存放陵墓物品的一个储藏室，就真的是"轻率得令人难以置信"。

恩格尔巴赫停了下来。温劳克从卡特那里获得了卡特购买那尊雕塑的证明了吗？如果是这样，那么对拉考消除埃及人的疑虑会大有帮助。恩格尔巴赫请求温劳克从卡特那里得到合理的解释，以平息委员会加之于卡特的那些"不合理的猜疑"。离开时，恩格尔巴赫再次停了一下，充满希望地看着温劳克问道，它可能是卡特在进入陵墓之前于楼梯或通道处发现的珍宝之一吗？他犹豫地补充道，这是与之相关的唯一一个问题。因为卡特已经向恩格尔巴赫展示了自己在那里发现的所有物品。他肯定那尊俊美的头像不在其中。

雷克斯·恩格尔巴赫离开后，温劳克盯着客厅的墙壁坐了许久。关于荷花头像，真正值得注意的不是它被发现藏在一个箱子里，而是恩格尔巴赫和拉考在为卡特提出的几种辩解理由。拉考为什么想要掩盖一个可能的诽谤？这可能是拉考设下的一个陷阱。但哪种托辞才是陷阱？温劳克似乎已然认定卡特已经秘密地把头像藏起来了。

只要温劳克一确定，他就通过数字代码向卡特发送信息说，几年前艾伯特·利思戈就已经为卢克索的大都会艺术博物馆发掘队做了打算，以便应对紧急状况。温劳克确信，媒体很快就会得到一份关于敏感话题荷花头像的公开电报。一想到《纽约时报》的布拉德斯特里特拥有这个爆炸性的新闻，他就很沮丧。

这恼人的代码让温劳克极为头痛，大费周章之后，温劳克编写出了第一份信息：

Transmit Stevens 08716

Company Commission 17642 behind 68509 06262 Fortnum
Mason 75826 75821 04804 089 Stop. 19464 Egyptian Committee
members Stop. 40762 Marquand immediately and 39864 Cairo Stop.
30816 Severance and Trout 39864 them you 04788 Lord 44856 from
Akhenaten. 21422 03627 that actually. 19842 origin 21847. 19974.

这段代码应作如下解读：

传达给卡特。保密。政府委员会在四号墓后面的福特纳姆梅森
百货公司的一个酒箱子里发现了未贴标签的"人头雕像，一件重要
的物品"。给埃及委员会成员留下了糟糕的印象。据说他们马上给柴
鲁尔发了电报并快递到了开罗。为了保护你，拉考和恩格尔巴赫暗
示他们，那是你在1923年，也就是去年，为卡纳冯勋爵从埃赫那吞
的文物中代购的。不知道是否他们会真的相信。如果可能，将你所
有与此物来源有关的信息发送给我。以书信形式通知我们。任何调
查我们将会做好准备。

温劳克在发出第一封代码电报后又发了一封，他说关于这尊华丽雕
像的来源有三种说法：卡特在某个地方购买的；一个工作人员把它误放
在了陵墓的仓库中；或者卡特在通道中发现了它但忘记录了。

霍华德·卡特仍在伦敦，正在为去美国的旅程做准备。他很快就给
温劳克发来了电报和信件，并做出解释。他声称这件"重要物品"是他
在入口通道的残骸中发现的物件之一。他指出所有这些东西都用"群组
编号"做了记录，但是"还没有用索引记录完毕"。他解释说，第一次清

理通道时，他就用"群组序号"的方法整理了出土文物，将其存放在四号墓中以备"最后的研究、记录和处理"。他继续说，在早期阶段，那座陵墓是唯一可以加以利用以妥善保管古物的地方。直到打开前厅，卡特才充分认识到自己发现的整体规模。那时他才申请将15号墓作为储藏室和实验室，并得到古物服务部的许可。因此，直到前厅开放的时候，发掘出所有的物品才被放入4号墓。

卡特坚持说，所涉的这件艺术品"被公认为是那一阶段工作中发现的最重要的文物"，它是在一种十分易腐的环境中被发现的。他和卡伦德花了很多时间进行抢救，"从瓦砾和尘埃中"获得了"它彩饰的散落碎片"。他仔细地把它包装起来，然后把它和那些碎片一起放在那个陵墓的储藏室，"直至有机会对其做出正确的处理"。

但是，无论霍华德·卡特的解释多么精妙，都不足以令人相信。在皮埃尔·拉考和埃及委员会成员于福特纳姆梅森公司的酒箱子里发现这漂亮头像的整整六个月之前，卡特那三卷本《图坦哈蒙之墓》的第一卷已经发表了。卡特在第一卷中精确地描述了他在阶梯瓦砾中的发现："大量破损的陶瓷碎片和箱子，一只写有图特摩斯三世名字的圣甲虫护身符以及其他一些碎片。"根据卡特自己的说法，在通道里，他只发现了"碎陶片、罐封、雪花石膏罐——有完整的，还有破碎的——彩陶花瓶、无数小文物和水囊的碎片"。

事实上，他在第一卷中根本没有提及这尊出众的荷花头像，而且也没有提供照片。在通道中发现的物品和卡特亲手编写的正式的"发掘日志"原本中也没有列出这尊头像。

卡特以前声称，在他发现这些东西的当天就向雷克斯·恩格尔巴赫展示了阶梯里的所有物品。他认为自己的住处能保证它们的安全，所以几天后在那里向恩格尔巴赫和拉考展示了在通道中发现的东西。不过那尊头像不在其中。如果说他忽略了这件文物作为残损的文物或者某物的一般重要性，让人难以置信。它的风格与埃赫那吞自然主义风格非常相似，所以对于图坦哈蒙含糊不清的出身来说，这尊荷花头像是最重要的线索之一。此项发现如此轰动，以至于各大报纸理所当然地把它当作了头版头条。

而且，这尊荷花头像不可能被安置在台阶或通道的残骸中，只有盗墓贼试图盗走它时才有可能发生这种情况。盗贼根本不会对荷花头像感兴趣，因为没有迹象表明他们能欣赏精美的文物或者懂得历史的意义。一位被劫掠的国王不会被当作太阳的象征而加以敬畏，盗贼是在找寻易携的金子或油和香料。出于对纯金的贪婪，盗贼们忽略了那些只有部分以黄金制成的精致珠宝，或只是将其扔在一边。他们已经从金色神龛里抢夺了一尊金制的国王小雕像，但漠视了神龛本身，因为它是木制的，只覆盖了一层金制薄面板。他们从乌木象牙的凳子上取下金制装饰品后，留下了凳子。在昏暗的光线下，他们夺走了金叶子和某件家具上的镀金物件，发现不是纯金后又轻蔑地丢弃了它们。

这尊荷花头像是木制的，表面饰以精致的石膏，并刷上了油漆。它的各个部位没有一点儿金子，也没有任何贵重物品。如果耳垂上大大的空耳洞曾经戴着耳饰，那么可以引起人们的怀疑，人们可以合理地做出推测——盗贼们已经把它们取走而把头像留在了地上。但是在耳朵上完全没有任何"暴力"的迹象。国王被认为是太阳神，很难相信，在盗贼们离开之后，想要回去整理陵墓的祭司们会把他那神奇头像留在通道的地板上，而后冷漠地用碎石盖住它。

出乎意料的是，荷花头像的故事根本就没有真相大白。温劳克写信告诉卡特，埃及委员会已经接受了他的说法，拉考"非常兴奋，原因是那意味着没什么问题了"——这件文物属于埃及博物馆！在这件被隐匿的珍宝一事上，皮埃尔·拉考竟变得这般富有同情心，来帮助卡特掩饰尴尬的状况，这实在难以解释。对此，温劳克向卡特解释了原因：拉考非常厌恶莫尔科斯·汉纳贝伊。这位部长起草最终的特许书时，没有咨询拉考和古物服务部的任何成员。拉考被自己的部长冷落了。他逐渐认识到，莫尔科斯·汉纳贝伊几乎想完全控制在埃及的发掘活动。温劳克说，对他们的事业而言，拉考已经变成一个意外的盟友。温劳克确信他是"非常友好和慷慨的……不管怎样，你也有很多国人支持了——我任何时候都更喜欢拉考一点。"

到4月中旬，温劳克开始希望图坦哈蒙的恶劣氛围能够有所缓解，并且希望自己可以说服"律师偃旗息鼓，只让此事件中仅留的两位考古学家"——也就是拉考和他自己——来解决此激烈争端。只有一个问题仍困扰着温劳克，那就是，霍华德·卡特在美国巡回演说时会保持缄默吗？

第 33 章
卡特在美国

终于可以远离埃及那些令人苦恼的纠纷了，卡特如释重负。他乘坐伯伦加莉亚号于 4 月 21 日抵达纽约城。他在美国的访问获得了巨大成功。至少对于美国人来说，卡特是一位真正的英雄和国际名人。他在美国受到的欢迎与一个月前在英国的遭遇形成了鲜明的对比。在伦敦，人们对卡特似乎微有冷漠之意——他的"罢工"引发了争议，人们并不认为那是合理举措。

在英国时，卡特为了自己的权利，已经开始进行另一场自毁性的进攻了。温布利娱乐有限公司利用著名雕塑家奥默尼尔先生雕刻的复制品，重建了这座陵墓中的四个墓室。其中，有些雕塑是借助卡特拥有版权的照片才得以完成。对于这类作品，卡特急于寻求一个法庭强制令，使之"离开公众视野"。当奥默尼尔先生证明自己的作品使用了其他素材时，这个案子被法庭驳回了。霍华德·卡特又一次表现出了自私、暴躁和傲慢的一面。

大都会艺术博物馆董事会在纽约的瓦尔多夫-阿斯托利亚宾馆的大舞厅中举办了盛宴。卡特是这场宴会的贵宾。他们在此宣布，卡特已经被选中就任"博物馆终身名誉研究员"这一要职。卡特还被授予了成员资格的正式证书，赋予卡特在此职位上的所有特权，包括一张永久有效的门票。那时，这座博物馆的门票价格是 10 美分。

卡特的回答简短而真诚："董事会赋予我这一崇高机构终生会员的资

格，本人谨表感谢。这一荣誉将使我深感自豪。几年时间里，我在埃及与其发掘队成员的长期合作使我们彼此之间保持着令人愉快的关系，而我的当选又在其中增加了一层更令人期待的永恒联系。"

卡特为他的美、加之旅准备了两份演讲。一份是陵墓的概要介绍，另一份则聚焦于近期的发现。演讲产生了巨大轰动。4月23日傍晚，约2500到3000人涌向卡内基音乐厅，前来听卡特描述长年的调查工作、激动人心的发现以及他展示给全世界的奇珍异宝。为此他们每人支付了5美元。观众中包括了许多"显赫人物"，他们都大声喝彩。

霍华德·卡特不仅具有演戏天赋，而且热情洋溢、诙谐睿智。期间的确有些令人吃惊的事。一些听众觉得他是美国人，并且是大都会艺术博物馆的成员。那是观众在听他演讲之前的印象，正如纽约《论坛报》描述此现象时所说的那样：

为什么人们认为卡特是一个美国人，根据他在美国进行的第一次演讲来看，这个想法丝毫没有什么惊奇的。

昨天，卡特先生在卡内基音乐厅向他的听众讲述了"撒哈拉"大沙漠；他代表他的合作同事向观众讲述了与图坦哈蒙有关的各种可靠内容。发掘古墓34年的历程已经强化了他的英式英语发音，所以最早说卡特是美国人的那个人，应该被抓起来塞到一个玻璃箱里，并贴上"最不可靠见证人"的标签。

那些能听见卡特演讲的听众，似乎都非常喜欢他的演讲，但是从乐队演奏处后面传来一声大喊"我们听不到你讲话！"那是在大约演讲中间的事。卡特的嗓门大大提高，但是当演讲结束时，那些从包厢下来的听众还是愤愤地不停抱怨。

不过对于大多数人而言，卡特的表现还是非常耀眼的。他的演讲选用了358张黑白幻灯片来详尽阐释。这些幻灯片由波尔顿制作，表现出了艺术作品的细部和宏伟之处。

在有关发掘的演讲中，霍华德·卡特绝没有自吹自擂。他详细制定长期计划而使图坦哈蒙墓得到准确定位，但对自己在制定计划方面的天赋却保持着谨慎态度。他从未公开谈论过自己的发现或是沉湎于自我赞美。有时他似乎不求闻达，以至许多到场听众离开时都确信他是个谦逊之人。他很少向观众流露自己因此次发现而获得的巨大喜悦感。甚至在帝王谷，他也保持谨慎。在那个奇迹般的时刻，他仍身穿西装和马甲，戴着小礼帽，拿着手杖，沿着离开荒凉山谷的羊肠小道有些生硬地走着，哈里·波尔顿的胶片捕捉到了他的形象；接着他突然转过身，戏剧性地向波尔顿摄影师鞠了躬，然后迅速转身，兴高采烈，沉浸在孩子般的兴奋中。

卡特的演讲世界各地都进行了报道。在埃及，赫伯特·温劳克每天都浏览报纸，等着卡特再次批评埃及人，摧毁他正试图与莫尔科斯·汉纳贝伊和皮埃尔·拉考构建的脆弱协商框架。但是在第一个月和前半段旅程中，卡特的全身心都投入到了演说主题中。他解读了此次发现的细节、盗墓贼的活动。他还解释了被制成木乃伊的鸭子和其他家禽如何存放——它们被放在卵形白盒内，这种方式类似"将食物放入罐头盒的美国方法"。卡特甚至描述了这样一柄手杖来取悦他的听众：手杖被雕刻成了卷发俘虏的样子，其样貌与查理·卓别林相似。卡特说道："你们瞧，多么相像，连头上的礼帽他都戴着。"

演讲确实扣人心弦，题目为"本年度发现"的演讲尤其如此。经过磨练，卡特已经充分掌握了作为一个演说者应有的技能，迷人而有魅力，甚至是迷惑抱有同情心的群众。借助波尔顿制作的幻灯片和影片，卡特抓住了所有观众的注意力，同时一步步地将他们带到开启精美石棺的那一瞬间。"凝视着石棺的那一刻，我热泪盈眶"，他用安静的声音对入迷的观众说道。

当他展示石棺的图片时，听众们显然激动起来。卡特重现了那一刻："盖子打开了，露出一只巨大的木乃伊木箱，上面镀有大量黄金，还雕刻着国王的形象。他的双手交叉于胸前，右手拿着具有象征意义的连枷，左手握着钩状的权杖，这两件物品都用黄金和彩瓷制成。那张面孔的描绘引人注目，它以纯金打造，眼睛用水晶琢成，额头上有黄金和彩瓷制成的神圣的眼镜蛇与秃鹫，两侧各有一位张开手臂和翅膀的女神形象。"

在每个城市——芝加哥、底特律、水牛城、华盛顿——都有成千上万的观众前来喝彩。在 5 月的早些时候，卡特甚至会见了总统卡尔文·柯立芝，并在白宫东厅的一次小型聚会上做了一次特别演讲。后来，卡特说，总统对他在墓中的工作竟然如此熟悉，自己既惊讶万分，又感到十分荣幸，而且柯立芝的赞扬使他发自内心地高兴。耶鲁大学授予他一个名誉学位时，他也是兴高采烈。

在美国和加拿大，霍华德·卡特给人们留下的印象都是他对重返陵墓充满自信。人们问他是否真的认为自己会返回陵墓，对所有人，他都回答自己对此坚信不疑，只是不确定那一天何时到来。然而，在内心深处，可怕的焦虑正折磨着他。

他得知，埃及议会已经于 4 月 30 日投票通过了一份预算，下一个季度为陵墓拨款 18 000 美元。此举表明，在没有卡特和美国人的情况下，埃及议会对坚持此次发掘仍有坚定的决心。尽管卡特在美国大获成功，但是随着日子一天天过去，埃及政府方面仍没有任何积极的言语，他愈发忧郁。这样的情况使人看不到丝毫希望。他的行为变得越来越古怪了。

李·基迪克是安排卡特此次讲座旅行的董事长，他陪同卡特走遍美国和加拿大，对卡特在公众面前的表现非常满意。不过他也看到了糟糕的一面，并对卡特的离奇行为做了一些记录：

> 他只有在争论的时候才会感到高兴，即使为了最无关紧要的小事也会令他不快，连孩子们都不能在他的怒火中幸免。出租车司机、宾馆门童、火车售票员、铂尔曼餐车管理员和卖花小姑娘都遭过他的痛骂以及恼人的苛评。他批评出租车司机突然停车，宾馆搬运工和门童不够训练有素。火车司机也未能幸免。在一次长途旅行中，他在第一个枢纽站往往会走到机车处，质问司机是谁教他驾驶火车的，还说由于操纵火车的拙劣方式，他正在遭受一生中最糟糕的乘车经历。所有这些都令司机大为恼怒，并加剧了这一天的混乱局面。有一次在从蒙特利尔到渥太华的旅程中，他注意到，加拿大餐车上的菜单请求乘客就食物和服务是否到位进行评价。菜单大得异乎寻常，卡特把卡片的两面都写满了最为恼人而幼稚的抗议，理由是当从天赋和训练两方面都无法胜任之时，该公司却自称营运餐车，但又缺乏经验。他把卡片折得整整齐齐，亲自把它寄给总部的餐车服务负责人，并因此而感到巨大的快乐。

但是菜单上的抱怨不是卡特在旅程中唯一写过的东西。鲜为人知的是，他还非常耐心地编写了一份措辞严厉的起诉书，控诉对象是埃及政府、古物服务部和他个人的主要敌人皮埃尔·拉考。

在卡特旅行的整个过程中，温劳克在埃及每周都尽力向卡特简要介绍几次相关情况。5月中旬，他寄给卡特一封信说，他正在带领F. M. 麦克斯韦和庄园方面新聘请的律师起草一份协议，这位律师是埃及人，名叫默茨巴赫贝伊。默茨巴赫贝伊的仪礼、穿着和举止都完美无瑕。与其说默茨巴赫最初是作为法律专家来参与此案的，倒不如说是作为民族代表来参与的。这几周他开始力劝卡纳冯庄园向莫尔科斯贝伊重新提交弃权许可原件。他还带着坚定的信念声明，被温劳克和其他人认为危害如此之大的政府特许书或合同，在这种情况下其实不算糟糕。而卡纳冯的遗产执行人，不屈不挠的约翰·麦克斯韦尔爵士却完全意见相左。麦克斯韦尔爵士在开罗写信给默茨巴赫说 F. M. 麦克斯韦已经把埃及政府拟定的新合同的摘要寄给他了。他说他认为这份合同很"幼稚"，并补充说，为了科学和全面和平，他们已经做好了准备，以极力促成找出友好的解决方式，但是埃及政府显然希望得到"一切而不付出任何代价，并可以像我们犯了错那样对待我们"。他说他拒绝接受这样的待遇，并通知告诉默茨巴赫，他已经发电报给他的伦敦律师以撤回弃权许可书。"现在，我们将为自己的权利而战。"他许诺道。埃及政府这般"蔑视"他们，他总结说："卡特可能有失分寸，但是现在这些事件证明他并不是错得离谱。"

约翰·麦克斯韦尔爵士和温劳克都认定要改写并更新特许书的唯一方法，就是向皮埃尔·拉考施加压力，他现在似乎很同情他们的事业。他们认为虽然他是一个不可靠的盟友，但却是政界中可以得到的唯一盟友。

四小时的会议进行到了最后，温劳克确信，拉考已经为"最后的冲刺"蓄势待发。温劳克告诉他自己已经决定建议卡特不要寄信给莫尔科斯贝伊否认"强盗"一词。毕竟，愤然吼出这可怕绰号的人不是卡特。贝伊要求卡特起草声明，"保证令人满意"，温劳克还力劝卡特拒绝这一要求。温劳克指出，那就等于承认他以前没有使人满意。温劳克同拉考开玩笑说："如果〔卡特〕不够好的话，他很乐意杀了〔他〕，不过那也得［他］同意去才行。"拉考告诉温劳克,他认为自己能说服贝伊放弃对卡特"保证令人满意"这一要求。但是他相信,贝伊绝对不会允许卡特拒绝做出亲自道歉,因为他的律师使用了侮辱性的"强盗"一词。

正在温劳克准备动身前往纽约之时,拉考通知他,贝伊已经把他的要求减少至两个:为"强盗"一词道歉;卡特发表正式声明,宣布他将放弃墓中珍宝的分获权。温劳克匆忙寄给拉考一封告别信,表示他将会认真努力,使卡特同意这两点要求,但是他在信中也不免有批评之辞。温劳克坦率地告诉他的同事,他认为拉考已经被该部门的埃及成员和部长完全压制,以致他基本上没什么希望能得到一个可以令卡特——或任何一个外国人接受的特许书。温劳克尖刻地说,拉考的立场不仅前后矛盾而且弄巧成拙,他写道:"我发现,尽管你希望考古工作能得以继续,同时你又觉得为了和解,有必要向各方透漏埃及政客们想要和平的愿望。"

温劳克回到美国后给霍华德·卡特寄去了一封信,告诉他,虽然他想在不写道歉信或彻底弃权书的情况下重启发掘工作,但这根本不可能。卡特完全有必要让卡纳冯的家人认识到这一点。埃及政府认为此次诉讼有强大的法律依据,温劳克也认可这种看法。他告诉卡特说:"装腔作势的言辞或试图欺骗我们自己都没用。在开罗,你有执拗的名声。这在某种程度上可以追溯到以前的日子和一大串事件,而且在这一连串事件中,你一直没能从打击中抽出身来;其中一些由你在过去两年中传达给墓中那些不满的参观者,一些则传达给了古物服务部成员。"温劳克向卡特建议,如果他想重返陵墓,就必须道歉并放弃宝藏。

温劳克告诉卡特主要任务是让埃及人相信,"他们的幼稚想法"——卡特喜欢"争吵以享受侮辱埃及政府的乐趣"——是完全错误的。他最后中肯地警告卡特:"作为最真诚地关心你的人之一,……我有必要建议你千万不要对媒体透漏什么。"

收到温劳克这封严肃的信后，沮丧的霍华德·卡特在布法罗的斯塔特勒饭店的房间里辛酸地回复温劳克和艾伯特·利思戈说：

> 所有的新闻都非常令人伤心，事实上使人难过得无法关注。由于某种不幸原因，我日益成为整个事件中最恼人的一个，可是我只是想努力完成我的任务而已。
>
> 我不能同意以任何方式损害他人权利的任何行为。因此，我要放弃，宣布放弃图坦哈蒙墓的任何物品以及将来的考古研究中发现的物品。工作多年后，我带着一颗破碎的心才发现，一个人的所谓的缺点，其实全部被匆忙丢到了天平的砝码上，却没有任何一种好的行为可以用来将其抵消。对于你的董事会、你的主管和你，我欠下了一份感激之情，但我担心自己永远不可能恰如其分地表达出来了。亲爱的同事们，就把这当作一个即将退休的同道考古学家的辞别吧，他仍是永远的朋友。我期待着在 6 月可以见到你们所有人。

利思戈试图安慰这位沮丧的考古学家，他写信说自己不允许老朋友"将自己彻底除名"，或者以避免置自己于窘境。他巧妙地试着使卡特确信，如果卡特希望重返此项工作或确实关心陵墓科考记录的编纂，就应该放弃自己获得墓中珍宝的收益，并设法说服"在伦敦的朋友"也这样做。利思戈提议，当卡特在几周以后结束自己的旅程时，"我们所有人都坐下来公平地讨论一下各种可能性，我们实在不能让你切腹自尽……"

在信的结尾，利思戈向卡特保证说自己"最友好的建议"是出于"最善意的动机"，将会"通向完全成功的结局"。至此，哪怕对博物馆得到图坦哈蒙墓中的一件文物或珍宝，赫伯特·温劳克和艾伯特·利思戈几乎都完全放弃了希望。正如后来的结果，大都会将接收卡纳冯勋爵所得文物的一部分，但是温劳克和利思戈对此没有一点儿预见。

6月初，霍华德·卡特的旅程即将结束。此时，从伦敦的卡塞尔出版有限公司那里，他收到了一本小册子的五份第一批样书。这本小册子是他私下写成的，完全出于自愿，所以卡特收到样书时非常高兴。这本小册子题名为《图坦哈蒙墓：关于1923—1924年冬季发生在埃及并导致与埃及政府关系最终破裂的事件及相关文件声明》，印刷时没有版权，名义上是"仅限于内部流通使用"。

在引言中，卡特解释说："以下内容由卡特先生所写，主要目的是向科学界、他的朋友和其他对图坦哈蒙墓感兴趣的人全面介绍某些事实，这些事实导致了我们与埃及政府之间的现状。"这是一份以第三人称的口吻写的严厉控告，对埃及政府、古物服务部和皮埃尔·拉考提出猛烈批判，卡特将他们的方法描述为"对埃及考古学整个未来的威胁"。

这本小册子的每一页都反映出了霍华德·卡特的狂热。留存的复本只有四五份，而且甚至连这几份也没有经过政府审查。他的辩论几乎描述了在这场争吵中每一天发生的每一件事，他本人也深陷这场争吵。这一系列复杂争论的细节没有落下一丁点儿；每一段插曲、每一个事件、每一处细微分歧都被详尽地剖析、再叙述、再剖析。卡特通篇都在着重证明，在整场激烈冲突中，自己唯一要找寻的就是和平。然而可悲的是，从语气、态度和言辞来看，这份文件可以被认为是一个痛苦之人所写的作品，他与所有人都在斗争，甚至连自己也不例外。

1924年7月1日这天早晨，赫伯特·温劳克正打算在大都会的办公室内接待卡特，却在此刻突然收到了他的复本。他们已有数月未见。温劳克飞快地翻阅了这份文件，不禁震惊于这些混乱而又令人费解的谩骂。而这"莫名其妙的咒骂"究竟是怎么回事？然后温劳克无意中发现了一系列附录，显然卡特是在最后一刻将其加进了文件，来体现自己文章的主旨。后来温劳克回忆道，那一瞬间，他真想把书立马扔出窗外。他真的很讨厌看到卡特的附录四囊括了一切密码电报、机密的信件和记录、福特纳姆梅森公司的酒盒子中发现的雕像引发的众多闲言，而这些内容又是对温劳克在抑制流言蜚语时所发挥的作用大书特书。这些对于他作为考古学家的名声而言，很可能是一次重大打击。卡特到底说了多少糟糕事？

卡特到达时看到他的朋友如此义愤填膺，着实吃了一惊。温劳克在交谈中没有任何外交说辞。他告诉卡特，看了那本小册子后，自己再也不愿意和他来往了。也许这是赫伯特·温劳克平生第一次发自内心地厌恶一个人。他平静而冷淡地告诉卡特说，他认为卡特在整个事件中行为乖张、顽固不化，发表这令人讨厌的小册子是他平生见过的最愚蠢的行为。他论及自己已经感到多么憎恶，还谴责卡特的冷漠无情和自私自利。

卡特不知该说些什么。他甚至没有试着为这极具破坏力的附录或未经许可就登载机密文件而道歉，因为对他来说那样做可能太尴尬。相反，卡特试图和温劳克争辩，还告诉他，这本小册子将会唤醒学术界，并产生广泛影响，使埃及人再次考虑他们阻止卡特自己主张的重回陵墓之事。卡特仍然相信，坚持到底是对付埃及人最有效的方式，他要做的就是坚持下去，埃及人最终会屈服。温劳克满腹狐疑地摇着头，然后表达了自己的意见：卡特在埃及任何地方的挖掘活动都不会再得到许可，更不用说是在图坦哈蒙墓了，除非他改变自己的方式，接受埃及人的要求。

温劳克中断了和卡特的会面，立即把小册子一事和他对卡特最近冲动行为的看法告知了博物馆馆长爱德华·罗宾逊。罗宾逊完全同意他的看法。温劳克提醒罗宾逊说，卡特无疑会在船上给他一本那本"讨厌"

的小册子——因为他们预订了到英国的同一艘船——还会试图使他陷入对抗埃及政府的徒劳斗争以及摆脱皮埃尔·拉考的再次努力。他用了感情最强烈的措辞警告馆长不要被骗。罗宾逊向温劳克保证，不会让自己卷入卡特可能策划的"宣传努力"，并为避免"与埃及人的任何争吵"而倾尽全力。

随后，温劳克马上赶去和大都会委员会主席爱德华·哈克尼斯会面，他警告说，卡特的"乱发脾气"可能会对博物馆带来威胁。温劳克建议博物馆马上缩小发掘规模，以便坚持要求只要"可以最终得以返回埃及即可"。他还告诉哈克尼斯说，他认为时间基本都花在了整理出土文物的原始顺序上。温劳克说，他希望能够抢救文物，所以将设法说服埃及人接受分配提议，同意在古物服务部先挑选最珍贵的文物后，以五分之一的份额为基础分割文物。哈克尼斯告诉他继续进行此项计划。他还问哈克尼斯对卡特试图取代拉考的主意作何感想。温劳克直率地说，他认为这种想法愚不可及，因为别人取代拉考会令博物馆陷入更加不利的局面。

这位老朋友的怨恨和愤怒使卡特深感震惊。显然，卡特根本没有想到，有关被隐藏的王室头像的信息暗示了犯罪的可能性，公布这些内容会令温劳克有被出卖之感。不过，他很快就尽可能地停止了小册子的进一步分发，并在他所拥有的副本上亲自写上了"机密"字样，还删掉了其中的附录四。

卡特没有试图通过与哈尼克斯或罗宾逊见面来尽力鼓动学术团体反对拉考和埃及政府。在与温劳克那次令人感到辛酸的会面后，他似乎没有想过返回大都会艺术博物馆的埃及部——在那里他有一个临时办公室——整理与陵墓相关的文件。他一直待在宾馆的房间里，直到登上返乡的毛里塔尼亚号。

第 34 章
屈服

爱德华·罗宾逊在毛里塔尼亚号上辛苦了几天才处理完博物馆的文书工作，最终抽出了几个小时的时间来细读卡特的小册子。他"明显感觉，这本来好端端的一个事件却从头到尾都被处理得极为糟糕"。对于罗宾逊而言，这份文件表明卡特"为了胜诉而用了最令人吃惊的方式，这恰恰给了埃及当局以可乘之机"。

他们二人最终相见时，罗宾逊没有对小册子发表任何意见。霍华德·卡特也没有提及此事。虽然罗宾逊相信，那本惹眼的出版物一旦发行将会给卡特和大都会的科考活动造成极大威胁，但他始终保持沉默，以免刺激卡特而开始新一轮的争论。两人在闲谈时，罗宾逊可能暗自想到，"如此看来，围绕着图坦哈蒙墓将要发生怎样奇怪的不幸灾祸啊！"

一天后，罗宾逊与卡特会面时，卡特提到了小册子这一话题。对小册子以及卡特在整个图坦哈蒙事件中的不当处理，罗宾逊表达了他的沮丧之情。罗宾逊惊奇地发现，卡特赞同自己说的每一句话，还承认"他的许多言行令自己非常后悔——其中一些是由于糟糕的建议，另外一些则是由于自己所承受的压力，这些都导致他不能明智而冷静地思考"。卡特如此乐于接受意见，实在令人惊诧。罗宾逊见此，便建议卡特向埃及政府做出"他们要求的任何道歉"，以便自己能够完成陵墓中的工作。他还恳求卡特不要再散发抨击埃及人的小册子。卡特轻声说道，感谢大都会已经做的和正在做的一切。

于是，当轮船抵达英格兰时，卡特最终决定结束他长期以来的抗争。他回到客舱，花了几个小时来仔细考虑自己在过去一年半中的所作所为，其中一半言行都使事态愈发严重。他还匆匆地把自己的行为有条有理地记录了下来。想象一下，一个崩溃的人被自己最亲密的朋友抛弃，想着自己挚爱的埃及将永远离开自己的生命，他不由疑惑地想到自己还能去哪里。他被击溃了，在50岁时感到如此筋疲力尽，又满腹忧虑。在这样的状态下，卡特接受了罗宾逊和温劳克的建议，起草了一份向皮埃尔·拉考表示屈服的信：

> 我本人，即下面签名的霍华德·卡特，最终决定放弃针对图坦哈蒙墓以及墓中文物的任何行动、要求或主张，也将尊重授权的撤销和政府为撤销授权而采取的措施。我宣布，我放弃所有未决的行为，并授权政府代表申请进行独立活动。

毛里塔尼亚号抵达英格兰后，卡特会见了卡纳冯女士和约翰·麦克斯韦尔爵士，向他们解释了自己彻底改变想法的原因，还给他们看了自己草拟的让步协议。卡特力图说服阿尔米纳·卡纳冯，她应当再次放弃自己对陵墓中所有文物的权利，还要搁置她向法庭要求得到金钱赔偿的权利。麦克斯韦尔爵士拒绝取消庄园方面获得宝藏一部分的要求，不过卡特完全赞同卡纳冯女士的个人行为。

就这样，1924年的9月13日，一封由卡特和约翰·麦克斯韦尔爵士起草、由卡纳冯女士签名的信件被紧急送往莫尔科斯·汉纳贝伊阁下处：

> 我正在认真考虑新提出的特许书条款，您在开罗已经和我的代理人讨论过这些内容了。

我和我的代理人霍华德·卡特可以接受这些条款，余下的唯一难题就是要求我本人、遗嘱执行人和卡特先生放弃墓中出土文物的份额，而那些文物本来是要作为对他工作的认可而给我亡夫的代理人的。

　　就霍华德·卡特和我本人而言，我们非常愿意放弃任何要求，但对卡纳冯勋爵的遗嘱执行人来说则有些困难。

　　我想提醒您的是，我的亡夫在帝王谷的研究工作上花去了十余年的时间，尽管有许多不尽如人意的地方，但是他仍自掏腰包，年复一年地坚持工作，支付了霍华德·卡特为此而花费的大约 45 000 英镑。

　　迄今，在成功发现珍贵文物的考古事件中，所有考古学家和科学团体都得到了大量报酬。而这一次，遗产执行人希冀的只是得到大体公平的对待。

　　对去年冬天发掘工作中产生的误解，我无法恰如其分地表达本人深深的遗憾，但是我非常确定您将赞同我的这些看法：为科学界着想，这项工作应当继续进行，并且像以往一样尽快取得成果；有了干练的工作人员的帮助，加之您的古物服务部的监管，我的朋友霍华德·卡特先生可以取得令您的政府、我本人、所有考古学家实际上也是全世界都满意的成果，他也是执行这项任务的不二人选，而且已故卡纳冯勋爵常常表达的目标和意愿就是，卡特先生应该完成此项工作，我真心地希望他能够实现这一目标。

　　因此我提议，请不要坚持让我丈夫的遗产执行者放弃权利，而是等到此项工作结束、完全清点墓中现存物品后，在最初的特许书条款下，公平分给卡纳冯勋爵的遗产执行者应得的份额。这项工作应该交给两位声望卓著的独立考古学家进行仲裁，一位由您的政府指定，另一位由遗嘱执行者们指定。对于他们来说，有任命一位仲裁者的自由应该是很有必要的。

　　如果您理解并接受此建议，那么发掘工作将会全速进行。我确信不会再有任何阻力，而且时机一到，悬而未决的问题也会解决。我们将采用最常用的方式以求公正，这也会使你们自己、遗嘱执行者以及整个科学界都感到满意。

　　麦克斯韦尔爵士就此曾向默茨巴赫贝伊征询意见，默茨巴赫贝伊建议，可以加上针对可能的文物份额发放一些的许可，因为他坚定地认为埃及人应该提供一些文物，否则会很丢脸。这位精明的律师也指出，这样的安排完全符合遗产首要执行者麦克斯韦尔爵士的心意。他肯定不会因为没能设法维护卡纳冯庄园应有的权利而被控告。这是一个绝妙的主意，而且它起到了作用。很快，默茨巴赫贝伊发电报给卡纳冯女士和麦克斯韦尔爵士，说埃及政府"经过斟酌，愿意让阿尔米纳女士挑选出土文物的复品，这些复品会尽可能地具有代表性"，只要这些复品可以"从整体中抽取出来而不会影响科学事业"。他还补充说，"献上我最诚挚的祝贺！"

　　在伦敦，霍华德·卡特焦急不安地等待着莫尔科斯·汉纳贝伊允许他返回帝王谷的正式命令。一个月过去了，没有任何消息。究竟发生了什么事？这位部长还准备让步吗？再一次的让步？通过默茨巴赫贝伊，敦促做出有利决定的各种信息都被传递给了汉纳贝伊，但都石沉大海。两个月过去了。莫尔科斯·汉纳贝伊变成了"斯芬克斯"。

　　关于发现图坦哈蒙墓而带来的"厄运"，最具讽刺意义之一的事件就是，正当莫尔科斯·汉纳贝伊即将做出友好回复之时，他却下台了。突然间，霍华德·卡特获准重返埃及，但是恰在此时他的无条件投降忽然成了一个巨大错误。

1924 年 11 月 19 日，焦急地等待着机会的英国政府终于找到了一个理由，以便恢复在埃及的全部特权。李·斯达克爵士是掌管埃及军队的英国指挥官，也是苏丹的总督，其地位仅次于苏丹的勋爵高级专员，此人在开罗的街道上被一群恐怖分子射杀。

以柴鲁尔为首相的政府已经摇摇欲坠，但英国仍立即提出严正抗议。英国要求柴鲁尔为此次暗杀道歉，抓获凶手并判处死刑，赔偿 500 000 英镑，以及强制实行戒严令，包括禁止四人以上的公众集会。

柴鲁尔试图寻求和解，他表示他和一切文明人都憎恨那个凶手。英国当局不予理会。政府军队已经开进埃及，并掌握了该国的实权。柴鲁尔和他的内阁辞职，取而代之的是以阿赫迈德·齐瓦帕夏为首的亲英政权，他是霍华德·卡特交往已久的密友。

霍华德·卡特对事态的转折欣喜万分，但是他怀疑现在自己能否以某种方法撤销他和卡纳冯女士的弃权信。一得到许可，他就动身去了埃及。12 月 15 日，他刚抵达埃及，就看到了一个因恐怖分子的行动而惊恐、渴望回归英国统治的国家。此刻，政治上层对英国的权威油生敬意，可是正是他们曾公然抨击说英国的权力已经衰落。现在埃及出现了一阵强烈抗议民族主义者和华夫脱党的浪潮，人们希望大不列颠能创造安定气氛，以便参观者可以再到埃及观赏古物和最精粹的文物——图坦哈蒙墓。

在经历了长达几个月的痛苦之后，卡特在刚刚返回埃及的几个小时中，就看到了他描述为非常有利的一个征兆。就在抵达埃及的那天上午，他就遇到了新首相阿赫迈德·齐瓦帕夏本人，这纯属偶然，但又好似上天注定。这个国家的首脑提到了图坦哈蒙这一话题，而且强烈谴责柴鲁尔政府对卡特的限制性政策。卡特给麦克斯韦尔爵士的律师写信，以重新进行协商。卡特在信中说，所有迹象都表明，齐瓦对他将持"友好合作"的态度，并且非常希望尽早实现和解。卡特向他的朋友齐瓦保证，除此之外他别无所求，虽然自己一天之内不能做好开工的准备，不过如果一切顺利的话，两周后可以重新开始。

卡特向默茨巴赫贝伊询问撤销弃权信的问题。不过这位律师对此犹豫不定。这个温和的埃及人向卡特建议道，如果此时完全撤销或者大幅修改那封信的话，可能会被认为是不守信用。更何况华夫脱党实际上还在积极活动，其威力足以发起一场竞选活动使新首相的多数派失去权威。而且，那封信件已经到了皮埃尔·拉考的手里。默茨巴赫建议，与其暂时不理会弃权信，不如设法对它进行逐步更改。卡特表示赞同。他相信齐瓦会下令，使庄园方面可以得到部分珍宝作为继续清理陵墓的报酬。迄今为止，这位首相似乎十分愿意接受。

默茨巴赫贝伊劝卡特向恰在其位的英国官员寻求帮助。他确信这一次英国将会支持卡特的事业。他们的援助在应付齐瓦时至关重要。如果英国驻节专员公署施加适当的压力，加上首相提供的优惠条件，那么慑于英国的政治报复，没有人可以批评他。默茨巴赫贝伊告诉卡特，他们应该假装只对发掘的"科学"方面感兴趣，同时为了争取更有利的环境来分割珍宝而做好机智的幕后工作。

12月16日中午，卡特在英国大使馆拜见了一位高级官员，此人的头衔是东方部部长。对卡特来说，幸运的是，这个人不是早前被他激怒的同一个大使馆官员。卡特曾威胁那位官员要把一份"秘密纸草"公布于众，要揭露犹太人被驱出埃及的"真相"。这位部长要求卡特保证，如果能做出新安排，将不会出现"私下的新闻机构合同"。卡特马上就向他保证不会"出现任何新闻机构垄断的情况"，并指出，关于这一点要明确地写进新的特许书。这位官员随即说，他愿意支持卡特，并把此事呈交高级专员。几天以后，卡特得到了好消息，艾伦比勋爵已经决定在谈判的天平上取下英国保护国的全部砝码。

艾伦比勋爵已经认识到，陵墓的重新开放将在政治和公共关系方面为大不列颠带来重大好处。全世界对英国接管埃及的批评不断升级，此举可能有助于减少批评压力。另外，艾伦比看到了一个讨好埃及金融界，具体来说是旅游业和宾馆业的机会。他也清楚地意识到，陵墓能够成功地再度开放将被看作英国傀儡齐瓦的一项重大功绩。秘书通知卡特说，艾伦比希望陵墓尽快开放。得知卡特不能立即开始全面清理工作后，艾伦比敦促卡特1月份用十天时间向公众开放这处圣所，并说这是出于"政治原因"。先前为阻止观光者进入陵墓而坚定斗争的卡特对此没有异议。

有了英国驻埃专员公署的铺路，卡特得以在部长理事会办公室会见首相。在他等待时，法国的埃及考古代表团主管乔治·富卡尔，顺便进了办公室，并与卡特随意地聊了一些有关皮埃尔·拉考处事多么无能之类的话。富卡尔如此公开地表达自己的态度令卡特非常震惊，虽然卡特私下里觉得这是最轻率的行为。

延误了一个小时以后，首相齐瓦到了。但是乔治·富卡尔有话要对这位国家首脑说，所以，尽管事实上卡特约见在先，不过他还是得到通知说要再等一会儿。当几分钟后卡特获准进入首相办公室时，他看到富卡尔还在，不由吃了一惊。陵墓衍生出的所有问题都是在富卡尔在场时讨论的。卡特注意到富卡尔"一直在密谋反对拉考"。

卡特再一次向首相表达了自己想立刻回到陵墓的诚挚愿望。他说，自己非常愿意在陵墓完全得到清理之前将复品分配之事搁置一旁，因为没有人看到过墓中超过一半的物品。卡特解释说，若不是"公正分配"

的问题和一些细枝末节，他早已做好履行提出的特许书条件的准备。

在给自己律师的一封信中，卡特指出首相"强调最多的……就是发掘者和发现者应该得到公平待遇，他甚至指出埃及的民法体现的正是这一态度"。卡特的活力和希望达到了这一年多来的顶峰。

卡特问首相自己是否可以安排一次他与新任公共事务部长及默茨巴赫贝伊的会面，以即时达成协议，但是首相没有同意。首相说，比起会面，自己更想要一份包括所有细节的信件。尽管卡特对这样的推延感到不快，却还是草拟了信件。

一周后，即 1925 年 1 月 4 日，卡特得到消息，首相最终安排了此次会晤。与会者有卡特、默茨巴赫贝伊和内政部长塞德基帕夏（据说是内阁最有权力的部长），但令他气恼的是另有两名谈判者——不是别人，正是政府接管陵墓时担任法律顾问的贝达维帕夏和他的旧敌皮埃尔·拉考。卡特彻底糊涂了，他认为齐瓦首相对过去发生的事情一无所知。

但是，齐瓦首相十分明白自己在做什么。有关陵墓的争端，他了解得一清二楚。齐瓦不仅是霍华德·卡特的私人朋友，而且他还是埃及首相。他最不愿看到的事情就是，仅仅为了一位已逝法老的陵墓而将自己的政治势力暴露于狂风暴雨之下，或者在英法的利益之间被迫处于风雨飘摇的困境。因此，他有意将拉考和拉考的敌手乔治·富卡尔卷入此次争论，以便制造出势均力敌的态势。

这位首相知道文物分配问题是紧迫的政治问题，因此下定决心不惜任何代价避免在此事上发生直接冲突。于是，在协商会议召开前的数小时，他邀请卡特出席在穆罕默德·阿里俱乐部举行的私人会议。齐瓦和蔼而畅快地向卡特保证，一切都会按计划进行，很快卡特就可以重新开始发掘工作了。但是，他透漏说还有一个拦路的"小问题"。古物服务部方面必定不愿进行讨论，除非卡特和庄园方面以书面形式确定他们正式完全放弃对珍宝包括对复品的权利，同时答应避免上诉情况的发生。

卡特简直不能相信自己的耳朵。齐瓦忙补充说："当然，届时会有物质补偿。"他许下私人诺言，"在复品一事上卡纳冯女士和庄园方面非常慷慨，因为复品之事无碍全局"。

卡特被这个骗子搞得非常沮丧，他极其想去提醒这位老朋友自己在几天前说过的话。那时这位老朋友自信地宣称，"埃及所有的民法几乎都要求给予发掘者公平的待遇"，他们有权在艺术品和金钱做出合理选择。卡特极其想要滔滔不绝地说起那些年——多年来——卡纳冯和他一直工作却一无所获，为巨额的现金支出而变得一天比一天气馁。他有一股强烈的冲动，想要说出法国人和埃及人都不能真正有效地进行发掘工作的所有原因。他一定想过恳求这位朋友再考虑一段时间，以使其政治情绪平息，但是他实在说不出这些话。卡特一生中从未因任何事而乞求过他人，恳求有违他的本性，所以他坐在那里一言不发。当这位首相耸耸肩暗示"我还能做些什么"时，卡特点头表示同意。当他把此次谈话的情况告知默茨巴赫贝伊时，这位律师伤心地摇了摇头，低声抱怨道，首相此举正合某些人的心愿——尤其是在埃及。

据卡特所说，在几天后召开的协商会议上，皮埃尔·拉考发起了"一次全方面坚决反对当前一切讨论的活动"。卡特讲述道，不过默茨巴赫贝伊"自始至终都天才地提出了诸多观点：我们放弃分得文物的所有权利，但是我们会得到一封信，在信中埃及政府要保证工作结束后给予卡纳冯伯爵夫人一些复品。现在，关键之处就在于这封信的措辞"。

时至 1 月 13 日，卡特罢工、政府强令收回卡特的锁并安排自己的护卫队、关闭陵墓，这些事已经过去了 11 个月。这天，卡特得到新任公共事务部长玛哈穆德·赛德基贝伊为期一年的授权，他将代表卡纳冯伯爵夫人阿尔米纳和卡纳冯伯爵庄园的遗嘱执行人，作为考古代理人继续进行陵墓的清理工作。信的关键部分这样写道：

　　　　本人诚挚希望看到此项工作得以继续，所以不反对进行授权，只要……卡纳冯伯爵夫人阿尔米纳弃权，并使遗嘱执行者同意不仅对图坦哈蒙墓及其出土文物，还对撤销授权和政府因撤销行为而采取的措施放弃一切法律行动，无论是索赔还是要求。

　　　　尽管政府意识到对陵墓中发现的文物**没有任何义务**，由于急于表达对此次惊人发现的感激之情，所以根据此次考古发现之后拉考先生即刻提出的建议，政府决定在从所有文物中抽离那些复品也不会有损于科学事业的前提下，让卡纳冯伯爵夫人阿尔米纳选择最具代表性的文物复品。

　　卡特在动身前往帝王谷返回陵墓之前，按照齐瓦的指示，帮助皮埃尔·拉考取出不少安放艺术品的箱子。这些箱子是在喋喋不休的争论中临时存放在埃及博物馆的。他辛酸地提到，古物服务部的人在陵墓中文物装箱时胡乱操作。此外，他们还试图把一辆双轮战车的轮子安装在另一辆车身上。接着，他压低嗓门喃喃自语地说，埃及人无法胜任此项工作。卡特对麦克斯韦尔的律师这样总结说，也许几年前他就已经有了这样的认识："这使我想要引用歌德的话：'往昔如此精致，触摸它要心怀敬畏，如同它是炙热的铁块。'"

第 35 章
秘密分配

围绕着这座不幸的陵墓以及文物分配的紧要问题，又发生了一件具有讽刺性的事件。早在阿赫迈德·齐瓦帕夏于 1925 年 1 月对卡特做出保证很久之前，霍华德·卡特和他的资助人已经对图坦哈蒙墓中的文物进行了分配，在他们完全控制陵墓之时未经许可擅自做了挑选。

从首相做出保证的那一天起到 1930 年，这曲折的五年中相继有五届埃及政府更迭。1930 年，华夫脱党人再次执掌埃及大权。事实上，这届新的"人民"政府的第一个举措就是通过一项法律，禁止图坦哈蒙墓中的任何文物流出埃及——无论是复品还是其他物品。

尽管埃及人实际上从未履行过他们的承诺——用艺术品奖赏卡纳冯庄园，不过在 1930 年秋天，他们确实支付了卡纳冯女士 36 000 英镑，按照汇率相当于 173 000 美元。这个金额差不多就是那些年卡纳冯勋爵为此次发掘而花费的准确数额，真可谓是"别具匠心"。卡特和古物服务部鉴定了一组复品，随后又由让·卡帕进行"独立"评估。卡帕的估价恰巧就是 36 000 英镑这一数额，这当然也恰好是卡纳冯庄园遗嘱执行者所希望的数目。

尽管华夫脱党人制订了律法，但仍有一定数量的墓中珍宝通过卡特和卡纳冯勋爵离开了埃及。50 多年来他们的这一举动都是埃及学史上隐藏最深的秘密之一。

卡特在自己的笔记中描述了一组他移出陵墓并带离埃及的陵墓文

物。这组宝物总计 17 件，最终进了大都会艺术博物馆。其中一些是由大都会从卡纳冯勋爵庄园和霍华德·卡特生前及 1940 年的遗产中购买来的，其他则是卡特赠予博物馆的。除了某些一直存在仓库且不重要的碎片外，其余物品从入馆之日起就公开展览过。虽然这些年大都会艺术博物馆一直都拥有这些文物，但却从未公开过它们的来源。

显然，卡特出于纯粹科学研究的目的而带走了少数文物：一杯干透的尸体防腐剂，第四层棺上的两块镀金木头碎片，那庄严棺罩上的一块碎麻布，掉在外棺和第二层棺之间的大亚麻布袋上的另外一些织物，墓室地板上覆盖的席子碎片，玫瑰色石棺上的一块石英岩。

其他九件则要重要得多，包括两枚蓝色彩陶制成的漂亮指环，上面饰有图坦哈蒙的登基名——奈布凯普鲁拉王名环。它们都是大都会于 1926 年从卡纳冯勋爵的庄园处购买的。卡特的笔记描述说，它们是在前厅地板上发现的——但是他没有说到底在何处。

两根细长的银钉，一根来自卡纳冯的收藏，另一根来自霍华德·卡特的收藏。大都会的目录卡片上记载，它们来自于图坦哈蒙国王的第二层棺。另外两根皇室所用的纯金钉子来自第三层棺。棺罩上的一个精美绝伦的镀金青铜玫瑰花结是 1935 年直接从霍华德·卡特那里获得的。还有一个优雅的宽颈圈，用蓝釉珠制成，博物馆记载说它发现于前厅的地板上。最后是一只考究的青铜小狗，它正回过头来，好似突然听到主人的呼唤——在博物馆的记录中，它也是发现于前厅的地板上。尽管这些文物引人注目，但大概除了宽颈圈和小狗以外，其他文物无论如何都不会被认为是十分重要而独特的埃及艺术品。鉴于图坦哈蒙墓中数以千计的杰作仍留在埃及，保存在埃及博物馆中，这些对文物的非法转移实际上是考古学上一次无关紧要的轻率之举。

然而在目录卡片上，大都会的埃及藏品中有十件艺术品被说成是

"很可能来自图坦哈蒙墓，但是卡特的清单里却没有明确指明"。在任何一部古埃及艺术辞典中，它们都堪称杰作。

第一件是一枚纯金戒指，上面雕刻着图坦哈蒙的登基名。早在 1922 年 12 月，委员会主席爱德华·哈克尼斯就把它赠给了该博物馆。由温劳克编写的埃及部文件说，这枚绝妙的纯金戒指自 1915 年起——早在此次发现之前——就在开罗的艺术品市场中出售！无疑，赠予哈克尼斯这枚戒指的人，不是卡纳冯勋爵，就是霍华德·卡特。它可能是作为此次考古发现的一个绝佳的象征而赠送的，也可能是出于对大都会艺术博物馆"出色"的合作关系的感谢而赠送的。因为大都会派出了自己最重要的埃及考察队成员襄助卡特。

大都会艺术博物馆中另外一件是金扇或权杖的小碎块，可能来自陵墓，上面嵌有许多玛瑙、天青石和绿长石，它们被设计成一道道平行的波浪纹。镶嵌技艺也很娴熟。这些装饰品如此微小和精美，以至后人难以想象古代宝石匠，在没有现代眼镜和放大设备协助的条件下是如何进行制作的。墓室中曾发现过国王权杖的镶嵌部分，这小碎块的风格和技巧与之十分接近，以至人们能非常确定地说它来自那座陵墓。

两只精美的象牙妆盒雕刻成了鸭子的形状，灵活的脖子分别从右边和左边向后转去。在编目中，它们被认为极可能来自图坦哈蒙墓，1940 年购自卡特的遗产。从风格和美学品质上看，这些设计新颖的鸭子和在耳室中发现的一对盒子几乎完全相同。卡特在前厅工作的最初几周也曾搬走了一把象牙乌木折叠凳，它由传统风格的豹皮装饰，腿上雕刻了几只鸭子。这两只鸭子与它们也很相似。

一条全力奔跑的着色象牙猎犬，不仅下颚可以转动，而且还带着用来拴皮带的颈圈。这也许是年轻君主的一个玩具，是 1940 年从卡特的遗产中购买的。这绝美物件经常展出，在与之相关的文件中，博物馆总是将它与图坦哈蒙墓联系在一起，但却从未公开承认此事。

博物馆里还有一件精美的文物，一个 3 英寸（约 7.6 厘米）高的雪花石膏香水瓶，很是华丽。这一件于 1940 年从卡特的遗产中购得，它是雕刻艺术之杰作，在对称和做工方面都堪称完美。它的风格很罕见，由一连串贴花，以玛瑙、黑曜石、紫色和蓝色的玻璃镶嵌而成，还有金叶，这些特征在图坦哈蒙珍宝以外的埃及艺术品中很少看到。该香水瓶还装饰着一个最为纤小的女仆的画像，女仆站在一朵绽放的莲花上——深棕色皮肤和瓶子本身半透明的奶白色调形成鲜明对比。博物馆相关文件声称，这件文物体现的是底比斯风格，"很可能"来自图坦哈蒙墓。

根据该博物馆文件记录，另外两件可能来自陵墓的艺术品分别是一块调色板和一块象牙书写板，均从卡纳冯的遗产中购得。后者饰有四团颜料和一对芦苇刷子。画着刷子的位置处，表层已经脱落，这里写有一段圣书体文字："国王的亲生女儿，他所爱的梅丽塔吞，伟大的国王之妻奈弗尔奈弗阿吞·奈弗尔提提之女，将获得永生。"这些物品一定属于图坦哈蒙的年轻妻子安开萨蒙的姐妹或异母姐妹。1926 年，艾伯特·利思戈曾协助卡特整理卡纳冯的收藏品以装载运到大都会。当时他偶然向卡特问起这些文物是从哪里来的，卡特的回答是"阿蒙霍特普墓"。但是这似乎不可能，因为卡特早在 1915 年就已经发现了那座墓，里面只有少许物品，而这调色板和书写板直到 1923 年才归卡纳冯所有。

最后两件被大都会认为可能来自图坦哈蒙墓的艺术品实在精美绝伦。在该博物馆浩如烟海的古埃及藏品中，它们始终被认为是最珍贵的文物，而且人们一般认为，在所有从法老时代流传至今的小型杰作中，它们也是出类拔萃的。

其中一件是一匹跃马的形象，象牙质地，着色，有着红褐色皮肤和黑色鬃毛。这庄重生灵的眼中嵌入了石榴石，其中一只还留存至今。

这匹马看上去不像马，而更像一种鸟，优雅而有力地在空中翱翔——平稳而坚定。它的头向斜上方昂起，那角度表现出高度的自信。这高贵之兽的两条前腿侧面有一条象牙管，很可能是用来放细鞭子的。两条后腿轻轻踏在一个象牙球上。这匹马在转向一个直立位置时，似乎将自己转变成了某种纹章中的动物，在尘世之上腾跃。它就像在人们手中旋转那般，欣然地变换着特征。

另一件也是着色精美的象牙制品，它让人不由想起意大利文艺复兴时期一位优秀微图画家的一幅天才之作。这是一只非洲羚羊或瞪羚，近6英寸（约15厘米）高的动物被赋予了生命。它十分警觉——细瘦却有力的腿紧绷，尾巴紧紧蜷缩，头部扬起，保持警惕状态——这只小动物站在一个象牙底座上，而这个底座经过描绘看起来像是生长着花朵的荒凉峭壁。该生灵似乎已经准备好了，即使在最细微的危险信号出现时，也要即刻转过身去逃向安全之处。这么多的含蓄动作被慢慢积淀在了一块静止的象牙上，实在令人难以想象。它就站在那里，生气勃勃地抖动着。

大都会的记录声称，这两只没有任何王室标志的可爱动物是1926年从卡纳冯的收藏品中购得的，可能来自图坦哈蒙墓。那组文物的目录由卡纳冯勋爵根据霍华德·卡特提供的信息亲自编写。目录上说这两件作品是第18王朝晚期底比斯王室作坊自然主义的自由雕刻风格，即图坦哈蒙时期风格巅峰时刻的最好例子。这些精美的造物真的来自他的陵墓吗？完全有可能。

1922年12月24日——离这两位同事秘密进入墓室的那个晚上不到一个月之时，卡纳冯勋爵写给卡特的一封私人信件从海克利尔被送往帝王谷。人们可以从这封信中看出一些端倪。显然卡纳冯在写信时满怀热情，口吻揶揄而诙谐。他向卡特描述说各界人士都已经向他表示祝贺——政党领袖、显贵们、夫人们、各界知名人士，包括这些人中最重要的"Jockey Denoghull！"他接着写到他已经把"瞪羚和马——购自开罗——放进了壁柜中。它们看上去相当不错。经过详细考察，我断定它们属于第18王朝早期，而且一定来自萨卡拉"。

这纯粹是埃及学的笑话。在"详细考察"（完全是他们两人间诙谐的私下交流）后，就说这两件雕刻属于第18王朝早期的萨卡拉——从图坦哈蒙时代整整1000年之前的第5王朝起埃及国王就不再使用的地方，这就近乎说"经过详细考察"认定一幅卡纳冯所珍视的范戴克①画作是创作于图坦哈蒙时期的绅士肖像。

"购自开罗"这句话显然是插入信中的结论性的妙语。两天前卡纳冯曾写给卡特一封信，信中询问卡特是否会在陵墓中发现"更多没有标记的物品"。这两件象牙珍品确实没有王室标志，但是从风格、材质和水准来看，它们都与图坦哈蒙墓中发现的其他文物相近，而且只和那些物品相近。

图坦哈蒙墓的部分珍宝在一些博物馆中找到了归宿，大都会只是其中之一。20世纪40年代早期，四件绝佳珍品被收到了布鲁克林博物馆那杰出的埃及藏品行列里：一尊站在一个蓝色彩陶底座上的小型象牙女孩雕像，一个蓝色彩陶宽颈圈，一只用象牙雕刻而成的精美油膏勺，一个小小的蓝色玻璃瓶。它们购自一个伦敦商人，而这个商人则是从霍华德·卡特的遗产中买到它们的。

在正式确定它们为图坦哈蒙墓中珍品一事上，布鲁克林博物馆从得到这些宝物之日起就保持着一定的谨慎态度。1948年秋，博物馆公报上

---

① 范戴克（Anthony Van Dyck，1599-1641年），英国国王查理一世时期的英国宫廷首席画家。——译者注

发表了一篇文章，埃及艺术馆员约翰·库尼开篇就提到，这些文物与霍华德·卡特、图坦哈蒙和第 18 王朝晚期的一个重要王室陵墓有关。1978年初，有人问这些精美的文物是否来自图坦哈蒙墓，埃及部的一个成员只评论道："还能是别的地方吗？"约翰·库尼深信它们是那份惊世宝藏的一部分。当初就是他建议布鲁克林博物馆购买这些宝物的，他现在已是克利夫兰艺术博物馆的古代艺术馆员。从风格上来看，布鲁克林博物馆这四件艺术品具有的完美雅致与大都会藏品和埃及博物馆的图坦哈蒙藏品完全一致，与 19 世纪俄罗斯大师法贝热[①]的最好作品相近但又胜之。

布鲁克林博物馆另有一件于 1947 年从盖诺藏品中暂借来的埃及文物，它一直同图坦哈蒙宝藏有联系。这是一件象牙雕，雕刻的是一只蚱蜢，做工如此精巧以至看似马上就要逃掉。这只令人叫绝的蚱蜢由纽约艺术品商人约瑟夫·布吕默尔转卖给盖诺藏品，而他是从霍华德·卡特的遗产中买到的。

除了大都会和布鲁克林以外，美国的另外三家博物馆的一些珍宝有可能也是来自该墓。克利夫兰艺术博物馆有一个用黑色赤铁矿制成的猫形小护身符，由约翰·库尼于五年前取得。库尼将其源头追溯至霍华德·卡特，认为可能是卡特从陵墓中拿走它的。还有一条王室项链的若干镶金部分，现藏于堪萨斯城的威廉·罗克希尔·纳尔逊艺术馆。卡特把这些物件赠给了他的医师，并说它们来自陵墓。这位医师把这金器卖给了一个伦敦商人，纳尔逊艺术馆则是从这个商人手中买到它们的。

在美国的所有藏品中最好的一件埃及艺术品是一只华美的青铜豹，它有一双水晶般的眼睛，警觉地翘起尾巴潜随它的猎物，漂亮的头转向

---

① 法贝热（1846-1920 年），俄罗斯著名金匠、珠宝首饰匠人、工艺美术设计家。——译者注

一边。这绝妙的生灵现藏于辛辛那提艺术博物馆，它曾经是霍华德·卡特的藏品，很可能来自图坦哈蒙墓。

看起来至少还有六件文物是发掘者从陵墓中带走的，然而有一件从未离开过埃及，一件金制饰品——一个肩饰或是某种皮带扣。该金饰品展现了双轮战车上的年轻国王勇猛前冲的场面，其部分是以纯金小珠制成，如同微小的金种撒在了这件文物上。这件饰品是 1952 年法鲁克国王赠送给埃及博物馆的，数月之后他退位并逃离了埃及。有人猜测这件杰出的装饰艺术品是卡纳冯勋爵送给法鲁克的父亲国王福阿德的，这位父亲把它交给了无能的儿子，并指示他这件文物最终应归属于埃及博物馆。法鲁克国王似乎在埃及博物馆接收其他四五件图坦哈蒙珍品一事中也起到了中介作用，这几件文物是霍华德·卡特取走并带到英国的。卡特在遗嘱中指定把几件物品——黄金和彩釉制成的戒指——赠给他的侄女菲利斯·沃克。得知珠宝上的王名环是举世闻名的法老的名字时，她大吃一惊，并通过卡特的遗嘱执行者把戒指交给了法鲁克。这位君主就在退位前把这些物件赠送给了埃及博物馆，还因未经许可而占有这些艺术品遭到全面批判。

尽管人们很容易理解挖掘者为何要带走这些明显的陵墓文物，但是一定会质疑他们在做出此举时的常识。如果他们的举动被当局发现，那么他们的特许权就会马上有风险。但是人们一定记得，发掘者发现陵墓时在心里早已认为自己"拥有"这座陵墓了。

1926 年，大都会艺术博物馆埃及部职员惊喜地得知，有可能得到卡纳冯的所有收藏，其中就包括图坦哈蒙墓中的文物。这些藏品似乎不是特价品——那时候有 145 000 美元可是一名巨富啊！然而这些艺术品似乎暂时根本不可能为大都会所有，因为卡纳冯勋爵的遗嘱明确指定这些珍宝必须优先售给大英博物馆，但是显然遗嘱执行者非常巧妙地处理了其雇主的遗嘱。

一天上午 10 点钟，在没有和大英博物馆馆长预约的情况下，遗产执行者的律师之一来到馆长办公室，提议他购买卡纳冯的所有埃及藏品。如果不是那位律师温和地补充说，博物馆必须在当天下午四时之前做出决定并定好价格的话，这位馆长一定欣喜万分。不管是当时还是现在，在大英博物馆，购买数量如此巨大的文物通常都需要几周，甚至几个月的时间来详细考虑。于是，卡纳冯收藏的埃及文物就到了纽约城。

此次购买的几年后，赫伯特·温劳克在日常工作时见到了大英博物馆的埃及艺术馆员，他无意间提到了卡纳冯藏品的话题。"哦，是啊，卡纳冯藏品。"温劳克带着羞怯的笑容说道。他停顿了一下，突然拍了一下他的侧边口袋说："你知道——那真的只是一个口袋藏品。"

1925 年 1 月 25 日，霍华德·卡特返回帝王谷时，他被隆重地授予了一套陵墓和实验室的复制钥匙。他和皮埃尔·拉考马上着手检查墓室中的文物。他停顿了几分钟，透过护目镜凝视着外棺上年轻君主那容光焕发的面容，心中涌出了一种强烈的神秘感——那挥之不去的力量仍萦绕着这座陵墓。接着，卡特在库房各处走了走。一切都未经挪动，一切都没有变化。他向拉考表达了自己的满意之情，拉考轻轻地点了点头，低声告诉卡特看到他能够回来自己是多么高兴。那是一个短暂的、私密的、令人动情的时刻。

从那一天起，在和以前一样艰难进行的整整八年工作中，在帝王谷里骇人的高温、狂风和灰尘中，霍华德·卡特很少表现出他性格中阴暗、冲动的一面。由于再次沉浸在纯粹的考古学系统研究中，他专注而敏感的天性占了上风，那些微不足道的干扰不再令他烦恼了，以前吞噬他的问题似乎根本不再是他所关心的事了。

这位帝王谷中原来的黑骑士能这般转变使赫伯特·温劳克十分惊喜。1926 年他写信给爱德华·罗宾逊说，这个季节中最令人愉快的事情就是他和他们的"朋友霍华德·卡特"的友好关系。温劳克叙述了他们第一天是如何"友好地开始"的。事实上，尽管卡特刚打开国王的木乃伊时就面临着相当大的压力，"身边有本地人和法国人交相混杂的一大群人时刻都在告诉他应该做什么"，但是他仍保持平和，而且心情不错。温劳克由他的妻子和两个孩子陪伴，他们在许多个夜晚与卡特一起吃晚饭，并看着他开博物馆的一辆旧车来回奔波。

然而霍华德·卡特没有一下子变成圣人。正如温劳克所言，有时候"他当然仍是原来的那个霍华德·卡特……在某种精神错乱的恐惧中，他仍显露出了某些根深蒂固的本性"。但是温劳克说，压力已经减轻——而且减轻得如此之快，他已经冷静下来，并且"的确变得比发现图坦哈蒙墓后的任何时候都可爱"。艾尔弗雷德·卢卡斯来到帝王谷，在卡特的住处做客。无论是独自工作，还是和他在一起，卡特是"无与伦比的"。"他工作起来颇为干净利落，"温劳克写道，"他天生长了一双艺术家的手，如果要将这些精美的文物委托于某个人，他是最可以信赖的人选。"

重新开始工作后，卡特的第一个任务就是开启一年前自己发现的镀金棺盖。它巨大无比，长达 7.4 英尺（约 22.5 米），用木头制成，整体覆了一层黄金，雕刻有奥西里斯神形象的国王肖像，十分瑰丽。神的周围饰有一串黄金羽毛。卡特思忖到底最后会出现多少层棺椁呢？里面真的有某些古代文献所描述的奇珍异宝吗？卡特打开巨大棺盖的一刻，对他而言是一个奇迹般的时刻——其实对全世界来说也是如此。历史上从来没有人踏上过卡特的旅程，他是开路者：对一位法老保存完好的随葬品进行耐心科学地探查。

卡特费了很大气力才小心翼翼地移开了第一层棺盖。他发现里面好像是第二层棺椁，上面覆盖着上好的亚麻裹尸布，并有花环装饰。卷起亚麻裹尸布后，卡特凝视着"古代棺木制作者手艺的最佳例证，这是迄今见过的最好实例"。第二层棺盖与第一层一样，把年轻的国王塑造成了奥西里斯的形象，但是它的质量要好得多。第二层棺椁有 6.6 英尺（约 20.1 米）长，用厚厚的金箔制成，镶嵌着众多如同红碧玉、天青石、绿松石的浮雕玻璃。

卡特决定将其余所有棺椁抬出石棺，以便自己工作起来更容易些。移动整组石棺时，卡特深受震惊，因为八个人要用尽全力才能将它们从石棺中移出。

第二层棺盖被取下后，另一尊人像映入了卡特充满兴奋的双眼。这尊人像也因一层轻薄的亚麻裹尸布而影影绰绰。当他把这块布与围绕着脖颈的精巧珠子和带有花饰的项圈叠起后，一幅令人屏息的景象进入了他的视野。第三层棺椁长度超过 6 英尺（约 18.3 米），用纯金打制——有些地方厚达半英寸。卡特说它"绝对出自令人感到不可思议的一大块纯金"。

这件华丽的珍宝覆盖着精美绝伦的浮雕，这些浮雕表现的是女神伊西斯和涅菲悌斯以及秃鹰奈赫伯特与布托蛇的形象。它周身叠加镶嵌着一层层华丽的半宝石以及玻璃和彩陶制成的景泰蓝作品。卡特预料到会有一些珍稀物品，但如此的富丽堂皇还是令他彻底不知所措了。他写道："与那些古代法老被一同埋藏的宝物究竟有多少啊！帝王谷曾经隐藏着多少财富啊！"难怪古代盗墓贼甘愿冒着生命危险，潜入 27 位被埋谷中的君主的陵墓。

卡特开启了令人敬畏的第三层棺盖，国王的木乃伊躺在那里，身着带有镶嵌装饰的金盔甲——引人注目、优雅齐整、做工精细。真人大小的国王金面具熠熠生辉，与亚麻布的暗淡背景形成鲜明对比。俯视着图坦哈蒙年轻的面容，卡特发现言语已经完全无法表达自己的感受。自从上一次人们凝视着年轻法老那深深的黑色眼眸，3200年的时间倏然而逝。卡特说："这一奇观如此直逼人心，不由令人想到一个逝去文明的庄严教仪。在这奇观面前，以短暂人生为标尺的时间似乎失去了通常的意义。"这张金面具镶嵌着仿天青石的蓝玻璃。它装饰着礼仪性的胡子，包裹的头巾上有秃鹰和神圣眼镜蛇的形象。国王的金面具光芒四射，如同神祇一般，但这位年轻人同时又带着悲伤的、近乎平静的表情，那是对早夭令青春戛然而止的伤感。卡特看了十几遍、上百遍，这张面具似乎每次都展现出了不同性格——时而沉思，时而坚强，时而平静。它确实堪称人类历史上最漂亮的肖像之一。

带有镶嵌装饰的金盔甲裹着包装木乃伊的亚麻布并雕刻着铭文，这些铭文都是众神对图坦哈蒙的欢迎之辞，因为他进入了幸福而永恒的来世：

> 我揣度你的美丽，
> 奥西里斯，国王奈布凯普鲁拉，
> 你的灵魂永生！你的脉动坚定有力！
> 你的永生出于生者之口，哦！
> 奥西里斯，国王图坦哈蒙。
> 你的灵魂将在你的体内永存。

自这具木乃伊重见天日起，卡特就开始了一段最为不同寻常的旅程——一种在层层包装中进行的发掘活动。他在层层亚麻布中不断深入，许多亚麻布却因浸在制作木乃伊的油膏、药膏和泡碱中而腐朽。具有讽刺意义的是，正是由于用了太多，这些防腐剂反而造成了更大程度的破坏。

在埃及大学解剖学教授道格拉斯·德里博士的协助下，卡特用磨得最锋利的解剖刀费力地切开了第一层已经变硬的亚麻布，于是真正的黄金宝藏终于显露了出来。遗体左侧放着一顶高贵的王冠，饰有一条身躯蠕动着的神圣眼镜蛇。国王的颈前戴着一件薄如蝉翼的黄金胸饰，胸饰上面描画着庇护一切的荷鲁斯神。第二层有一把匕首和刀鞘，都是纯金制品，这两件物品被插在了一条金腰带上。刀鞘上刻有一只猎物的华丽浮雕。它一定是这位国王最心爱的物件之一。

相互叠抱的两条脱水手臂戴着贵重的手镯——总计 13 个。随着探测的越发深入，卡特发掘出了整个陵墓中最为杰出的艺术品之一——一个胸膛大小的鹰型胸饰。该胸饰用黄金和玻璃制成，镶嵌着数以百计的饰品。在那下面，卡特无意中发现了另外一件巨大的漆釉胸饰，差不多有一英尺宽，描绘的是鹰神奈赫伯特，用数百颗宝石和玻璃镶嵌而成，这的确是古代幸存下来的最好的珠宝之一。

卡特惊愕地发现，当拆开全部 13 层包裹后，珠宝、饰物、护身符和工具数量已经不少于 143 件了。

最终国王本人那具干瘪的遗体映入了眼帘。卡特定然感到吃惊，它保存得十分糟糕。遗体上除了三件装饰外一无所有：脚趾、手指和国王的阳物都用金制护套包装。

移开国王面部的最后一层亚麻布需要格外小心。卡特用上好的黑貂皮刷把最后一些腐坏的织布碎片清扫干净。图坦哈蒙本人的面孔最终得以重见天日。在霍华德·卡特看来，他那尊贵的面庞沉着平静，脸部保存得完好无损。这位国王的英俊必定使人难以置信。当卡特手捧这尊头像时，他仿佛突然回到了这充满朝气的年轻人仍然在世的时代。他因这次经历而深受触动。

1932 年 2 月底，霍华德·卡特从图坦哈蒙墓中清理出了最后一件物品，并监督它们转移至开罗的埃及博物馆。他取得了历史上最具轰动性的考古发现。从那一天起，已经过去了将近十年时间。1933 年 11 月他已经完成了《图坦哈蒙之墓》的第三卷，也是最后一卷。十年前，卡纳冯勋爵就是以该名来称呼"这本书"的。从各方面来说，这一卷都是三卷中的最优者。该卷介绍了卡特将文物清理出库房和耳室的技术——以充满诗意的方式洞察到了这些文物的美学特质和宗教上的重要意义。

库房很小，面积仅为 15 英尺 × 12 英尺（约 4.6 米 × 3.6 米）。正是房间的小和朴素使卡特觉得"对过去的不可磨灭的记忆"得以保存。第一次进入墓室时，他感觉"几乎像个亵渎者一样……破坏了这笼罩着墓室的永恒宁静"。他写道："就算是最迟钝的人，跨过这不可侵犯的门槛时，也一定会感到敬畏和惊奇，这感觉源于惊人历史中的秘密和阴影。"

库房和那些较大的房间、前厅和耳室有明显区别，那些房间都填满了"随意取来的"王室财产。卡特断定，这间内室实际上是为国王准备的葬礼祈祷室，相应地存放的物品从根本上说几乎都是用于宗教的物品。

当然，库房中最精致的就是带有华盖的镀金木制神龛，它被伊西斯、奈弗提斯、尼斯和塞尔克特这四位神祇的小雕像所环绕。对卡特来说，库房中的所有文物组成了一个"晦涩难解的有机整体"，它们围绕着神龛，使每一件都充满神秘的力量。

那些不详的黑匣子激起了卡特的极度好奇，里面原来装满了国王进行各种活动的小雕像。此外，还有不少镀金的木制小雕像，包括古埃及所有男神和女神的全部神祇。

一些国王小雕像令人吃惊不已。其中一尊最好的，它表现的是一位年轻人在一只舢板状小船上"打猎"的场景。他一手握住鱼叉，另一只手抓住一圈用来收回鱼叉的绳子。这尊雕像呈现的图景是一种舒展自如的运动状态，并且如此充满力量和生机，躯体动作如此流畅，不由使人们惊诧地想起，这件杰作甚至早在希腊艺术发端的大约七百年前就已诞生，比希腊艺术达到全面鼎盛时期早了足足一千年。

在拆除神龛的木头华盖和箱子时，卡特发现了一个如同箱子一样大的巨大物件，它被包裹在一块黑色的亚麻裹尸布中。他将覆盖物移开，里面放置的是一座坚实的雪花石膏内龛，每个角落都雕刻着四位保护女神，闪耀的石头表面描画精致。卡特移开盖子，发现了四个相同的国王头像，它们面对面，精确地朝向东方和西方，也就是太阳升起和落下之处。头像被取走时，卡特看到了一番古怪的特异景象：四口圆井，每口井里都有一件肋骨状的小物件。卡特激动地将它们取出，如同他发现三座金棺时一样。因为这些物品原来都是微型棺材，6 英寸（约 15 厘米）高由纯金打制，镶嵌彩色玻璃和次宝石，饰有图坦哈蒙的小肖像。每一个小棺材里都刻着制止邪恶力量的咒语和符咒，安放着国王一件重要器官。这些器官都用几码亚麻布包裹着，已经木乃伊化。

卡特在库房里发掘出一些令人惊奇的神秘之物。他发现了两个小型人形棺，显然是为最高等级的人准备的。他发现里面是两具死胎的木乃伊遗骸，且都是女孩。这可怜的遗骸让卡特思考良多。卡特坚信他们是图坦哈蒙和安开萨蒙的孩子。他们的死亡是意外，还是可怕的预谋？卡特不得而知。

然而在所有物件中，在库房的棺材和匣子里，卡特没有发现丝毫历史信息。他希望能找到些书面记录，以拨开围绕着图坦哈蒙统治时期的历史迷雾。可到达第四间墓室——耳室时，他的希望破灭了。从这最后的房间里，卡特取出了数百件华丽的"床架、椅子、脚凳、坐垫、游戏板、干果篮、各种雪花石膏器皿和陶制酒罐、装有陪葬雕像的箱子、玩具、盾牌、弓箭以及其他投掷武器，所有这些都被翻得乱七八糟"。但一份文献也没有。

耳室中的一些珍宝胜过了陵墓中的其他所有宝物。有一把令人惊异的"御座"，装饰着数不清的乌木镶嵌和形姿各异的象牙。这把椅子配有一个脚凳，上面雕刻着九个被缚俘虏的肖像。不过在卡特心中，雪花石膏制品才是耳室中的最佳艺术品。在凌乱的墓室地板上，有一条几乎完好无损的雪花石膏小船漂浮在一个装饰细致的蓄水池内，一位公主坐在船头。另一个雪花石膏制品表现的是一只挺身屹立、阴茎勃起的狮子，它的巨爪悬在空中，犹如行礼致敬。起初在狮子头上的花瓶被一个盗墓贼撞倒了，落在几英尺开外。

就在耳室卡特的辛勤劳动接近尾声时，他发现了一件最杰出的艺术品。那是一个木箱，覆以象牙，描画已经褪色，雕制华美，是一位佚名大师之作。他的成就可居于古代最优之列。箱子上描绘着国王和王后，笔法自如而娴熟，风格和埃赫那吞时期十分类似。有一面旗帜装饰着诸多鲜花组成的花彩。旗帜下，国王正伸出手来接受他的王后献上的两束荷花、纸草和罂粟花。她是他的忠实伴侣，会使自己的丈夫永远快乐。审视这对如此优雅年轻、体态如此轻盈的夫妻，人们会因对他们知之甚少而愈发沮丧。

卡特认为，图坦哈蒙去世时仅仅十八九岁，还"只是一个小伙子"。他可能死于肺结核①。他11岁时娶了奈弗尔提提的一个女儿安开萨蒙，在自己统治的九年中几乎毫无作为。他仅仅是一位年轻国王，可能有些轻狂，不受国家大事的影响，只是享受着在渐趋成熟的青春期可以得到

---

① 关于国王图坦哈蒙的死因有多种说法，有人认为图坦哈蒙死于疾病，有人认为死于谋杀，也有人认为死于意外事故，参见王海利：《图坦哈蒙3000年》，山东画报出版社2010年。——译者注

的快乐。他在数以百计的平原上狩猎和在尼罗河全境捕鱼。他收藏最好的珠宝，像历史上的任何一位统治者都可能进行过那样的收藏。他用罕见而活泼的艺术品、家具和王室标志装饰周围。但是对于霍华德·卡特来说，图坦哈蒙的一生仍是一个幻影——"阴影移走了，但是黑暗却从未升腾而去"。

完成陵墓相关工作后不久，霍华德·卡特于 1932 年春回到英国。1933 年初，他感到身体不适，并且在此后的六年中都没有恢复健康。尽管他后来曾几次返回埃及，但从未再进行过发掘工作。1939 年 3 月 2 日，卡特离开了人世，享年 65 岁。只有为数不多的人参加了他的葬礼，其中包括伊芙琳·赫伯特女士。

霍华德·卡特是谁？他到底做过些什么？他做事专注，有着令人敬畏的勇气，精力充沛，做事系统条理，具有野心和抱负，完成了前人未曾做到甚至无法想象的事情。然而，霍华德·卡特有时冲动、固执、迟钝、粗鲁、欺骗、虚伪，又折损了自己的成就。在他的一生中，他既使自己饱受折磨，也折磨了许多人。

在图坦哈蒙事件中，卡特遭遇了各种挫折，他也从未完成自己的工作，除了他为普通大众所作的三卷本《图坦哈蒙之墓》以外，哪怕是针对这惊世宝藏最微不足道的细节，卡特都没有发表过任何严肃的学术研究。由于对学问没有浓厚兴趣，他很像自己所喜爱的考古学家乔万尼·贝尔佐尼。也许描述霍华德·卡特本人的最佳方式就是将他描述为最后一个，同时也是最伟大的埃及探险家。

而今，他的笔记、目录卡片和图样多保存在牛津大学的格里菲斯研究院。距离这次考古发现已经过去了好多年，然而这些年中仅出现了一份薄薄的列有图坦哈蒙墓中发现的弓的目录。显然没有资金出版其余资料，筹措基金和提供完全义务的学术研究的机会也尚未到来。

除了那些藏于大都会艺术博物馆和布鲁克林博物馆的宝物未做条目汇编之外，卡特做的其他所有宝物的《条目汇编》保存在了埃及博物馆内。如今《条目汇编》已经破旧不堪、污迹斑斑，它所粘附的照片如今已然折角、破裂。墓中出土的艺术品则躺在肮脏的玻璃箱里，被杂乱地摆放在埃及博物馆二楼那未被粉刷过的展厅内。那里满是灰尘和沙子。有些顶级珍宝贴着标签以便识别，但随着时间的流逝，这些标签已经褪色，而且皱皱巴巴的，大部分实际已经难以辨清，甚至连一本收藏品手册都没有。数以百计的镀金物品，小雕像、工具、器具、盾牌、匣盒、家具——甚至包括饰有四位庄严女神雕像的内脏罐——正在慢慢朽坏、裂开。维修或保存文物的资金无处筹措。图坦哈蒙珍宝的境况是人类和公共机构的耻辱，只有埃及古物服务部从"图坦哈蒙宝藏"的展览中赚得的数百万美元才可能洗刷这一耻辱，而这也仅仅是可能。然而迄今为止，连一个复原或重装工作的具体计划也没有出炉。不过，尽管资金少得可怜，这一官僚机构也引起了人们对皮埃尔·拉考管理系统的嘲笑。由于一些在古物服务部工作的埃及人不断投入和努力，相信计划最终会得以构思并出炉。

图坦哈蒙又是谁？他做过什么？他可能是一个年轻的傀儡，一些更有阅历、更有权势的人，为了重建帝国的秩序和自己的权力而将其推上王位宝座。他可能只是一个漂亮的男孩，怅然而英俊。他最终几乎悄无声息地离开了古代历史的舞台。

不过，如果人们选择相信卡尔纳克神庙石碑上的记载，那么图坦哈蒙本可能是一位重要得多的人物。他本可能是一个积极行动之人，就如他在石碑上所宣告的那样，他发现尼罗河的神圣土地"被灾难所蹂躏"，其神龛"日渐坍圮"，并被神明所遗忘；他本可能是一位年轻的领导者，试图重新获取神明庇佑；他本可能"永恒地统治着这片土地"，使神庙的财富成倍增长，"使其金银、青金石、孔雀石、各色贵重宝石、敕定的亚麻布、白色亚麻布……以及各种无法胜计的珍宝变成以前的两倍、三倍、四倍"；他本可能"不偏不倚地将公正广布"，使所有地方的所有人都"欢呼雀跃、高声称颂、拍打胸膛并快乐地起舞"。

除了卡尔纳克神庙石碑外，没有其他任何历史文献资料证实这一观点。然而还是存在某些详细证据，一些埃及学家据此推理出图坦哈蒙终究不是如此模糊的影子。一些专家相信图坦哈蒙不是埃赫那吞的儿子，而是他的弟弟，同时也是斯门卡拉的兄弟。他们认为埃赫那吞很有可能故意放纵自己在阿玛尔那虚度光阴，而斯门卡拉和图坦哈蒙作为共同摄政者，在皇城底比斯管理政府事务。

这种理论有一定的逻辑性。如果图坦哈蒙果真无所作为，为什么他的继任者之一哈伦希布要设法破坏这位年轻国王的一切官方书面记录呢？难道不是至少存在这样一种可能，即哈伦希布作为一个篡位者，力图抹去一位卓越青年的记录，因为他赢得了人民的爱戴和称颂？

有人猜测，这位年轻国王在自己短暂的统治时期内为帝国做出了相当重要的成就。有一件关乎图坦哈蒙王后的离奇的事件，为这一猜测增添了砝码。国王去世后不久，王后安开萨蒙就致信赫梯国王说："我的丈夫去世了。我得知您有多名成年的王子。请派遣其中一位到我这里来吧。我将让他成为我的丈夫，他也将成为埃及的国王。"

赫梯国王十分谨慎，答复道："那已故国王的儿子在哪里？……"

安开萨蒙回答："我为什么要欺骗您？我没有儿子，而且我的丈夫去世了。请派您的一个王子来埃及，我将使他成为国王。"

泥板恰在此处遭到了破坏。我们无法知道更多的内容。这段对话大概表述了一位孤独、惊惧的王后在绝望中所采取的最后策略。不过一位埃及学家评论说，在古代若无外交基础，人们根本不会考虑进行这种王室联姻的可能。难道不是至少存在这样一种可能，即图坦哈蒙像他杰出的祖先图特摩斯三世一样，成功地指挥了对抗赫梯人的战役并签订了协议，因此他的寡后才能试图依赖这一协议？也许人们将永远无从知晓了。

然而，还有更多的意外发现可能会惊现于世，它们或许就在帝王谷中某个意想不到之处。拥有像霍华德·卡特同样梦想和抱负的人，会不断地使它们重见天日，或许就在一小片亚麻布或一块陶器碎片上，或者是在几卷纸草或破碎石碑的表面上。在那之前，关于"强壮的公牛，高贵的出生"的怀疑和论战一直存在。相比古代大多数统治者而言，图坦哈蒙湮没于寂静之中，被深深的迷雾所笼罩，这使得他本人更具有不可抗拒的魅力，所以他已然赢得了最终胜利——永恒而无虞的来世。安放其华美石棺的最后一层棺椁上写着他充满自信的言辞，这听起来如此真实：

"我见证了昨天，我知悉明天。"

参考资料
（以下只列出每章的主要资料来源）

导言
查尔斯·伊凡·休斯和阿伦·杜勒斯的相关信件在此次展览筹备过程中所发挥的作用，
参见大都会艺术博物馆的相关档案。

第 1 章
关于 1903 年霍华德·卡特与埃及古物服务部之间的问题，以及加斯顿·马斯佩罗对该问
题的处理，要感谢大英博物馆埃及艺术部的馆员 I. E. S. 爱德华兹提供的帮助。

第 2 章
关于霍华德·卡特对神秘帝王谷的个人感受，参见发表于《泰晤士报》上的亚瑟·摩尔
顿于第一季度发掘开始时对卡特的采访。

第 3 章
有关库尔纳的盗墓贼的介绍，参见卡特的《图坦哈蒙之墓》第一卷中的有关资料。

第 4 章
关于雅各布·罗杰斯的信息，要感谢大都会艺术博物馆的帮助。

第 5 章
该章主要资料在正文中已经提到。

第 6 章
关于对皮埃尔·拉考的认识，要感谢大都会艺术博物馆近东部荣誉馆员查尔斯·威尔金
森的帮助。
1922 年 1 月艾伯特·利思戈写给默顿·豪厄尔的书信，参见大都会艺术博物馆埃及部档
案。该书信的复印件给了博物馆馆长爱德华·罗宾逊，并由他转交博物馆董事会。

关于卡特作为卡鲁斯特·古尔班基的"艺术顾问"的身份，参见大都会艺术博物馆埃及部收藏的卡特写给古尔班基的一封信。

第 7 章
关于 1924 年发现第一个台阶的信息，来自基迪克讲座局主席李·基迪克以及其子罗伯特补充的未发表的笔记。

第 8 章
本章主要资料已经在正文中提到。

第 9 章
关于卡特、卡纳冯勋爵、伊芙琳·赫伯特小姐、卡伦德进入前厅的信息，参见卡纳冯撰写于 1922 年 11 月 26 日未发表过的新闻稿，保存在大都会艺术博物馆埃及部档案。
关于伊芙琳小姐第一次见到雪花石瓶的描述，来自她的女儿托马斯·李特哈姆夫人向我的描述。

第 10 章
关于霍华德·卡特、卡纳冯勋爵、伊芙琳小姐进入"最神圣的地方"（即葬室）的情况，参见 1922 年 12 月伊芙琳·赫伯特小姐写给霍华德·卡特的信件，保存于大都会艺术博物馆埃及部。

第 11 章
本章主要资料在正文中已经提到。

第 12 章
进入前厅的有关情节，由赫伯特·温劳克的女儿弗朗斯提供，该信息是由赫伯特·温劳克仍旧在世的女儿讲述给我的。

第 13 章
三公主宝藏的故事，在 1922 年 12 月 6 日卡纳冯勋爵写给霍华德·卡特的信中提及，保存于大都会艺术博物馆埃及部档案。
关于三公主宝藏墓的发现、卡特和卡纳冯的角色、他们与大都会艺术博物馆之间的协商，以及经济资助等资料，参见大都会艺术博物馆埃及部保存的有关信件。这些信件数量丰富，包括 50 多件书信、笔记和文件。尤为重要的是以下几封：1916 年麦基的"临时报道"、1917 年霍华德·卡特写给爱德华·罗宾逊的报告、1920 年 6 月艾伯特·利思戈写给赫伯特·温劳克的书信、1920 年 3 月赫伯特·温劳克写给爱德华·罗宾逊的书信、1921 年 3 月赫伯特·温劳克写给艾伯特·利思戈的书信和 1922 年 3 月温劳克写给利思戈的书信。

第 14 章
关于卡纳冯勋爵对此次考古发掘的态度，参见 1922 年 12 月 24 日卡纳冯写给霍华德·卡特的书信，保存于大都会艺术博物馆埃及部。
关于艾伯特·利思戈在伦敦与卡纳冯勋爵的往来，参见 1922 年 12 月 20 日、23 日利思戈写给爱德华·罗宾逊的书信，保存于大都会艺术博物馆埃及部。

第 15 章
关于伦敦《泰晤士报》想从卡特手中获得独家信息专有权的安排，来自 1922 年 12 月 24 日亚瑟·摩尔顿写给坎贝尔的书信，发表于伦敦《泰晤士报》。

第 16 章
卡特试图获取最好新闻机构主动帮助的信息，来自于卡纳冯勋爵 1922 年 12 月 29 日发给卡纳冯勋爵的电报，保存于大都会艺术博物馆埃及部。
关于卡纳冯勋爵试图与埃及古物服务部加强合作的倾向，参见 1923 年 1 月 25 日卡纳冯勋爵写给霍华德·卡特的书信，保存于大都会艺术博物馆埃及部档案。
关于亚瑟·韦格尔与霍华德·卡特之间爆发的激烈争论的信息，参见 1923 年 1 月 25 日韦格尔写给卡特的书信，保存于大都会艺术博物馆埃及部档案。

第 17 章
关于对国王真人大小的雕像的描述，参见霍华德·卡特的笔记，保存于大都会艺术博物馆埃及部档案。
关于阿兰·伽丁纳尔对纸草文献的研究，参见大都会艺术博物馆埃及部未发表的备忘录。

第 18 章
关于亚瑟·梅斯对文物复原工作的评论，参见大都会艺术博物馆埃及部档案。
关于艾伯特·利思戈对布拉德斯特里特发表在纽约《时代杂志》上的文章的愤怒，参见 1923 年 2 月 26 日利思戈写给爱德华·罗宾逊的书信，保存于大都会艺术博物馆埃及部档案。
关于艾伯特·利思戈对于卡特“被压得喘不过气来”的评论，参见利思戈写给爱德华·罗宾逊的书信，保存于大都会艺术博物馆埃及部档案。

第 19 章

赫伯特·温劳克的出席葬室正式开幕仪式的名单，参见大都会艺术博物馆埃及部档案。

关于霍华德·卡特透露的葬室内容的伪造信息，参见 1923 年 2 月 19 日或 20 日亚瑟·摩尔顿写给伦敦《泰晤士报》编辑的备忘录，保存于伦敦《泰晤士报》档案部。

卡特对带有三朵荷花的雪花石瓶的描述，参见 2 月 19 日艾伯特·利思戈的备忘录，保存于大都会艺术博物馆埃及部档案。

第 20 章

关于艾伯特·利思戈对比利时女王和艾伦比勋爵的讨论，参见 1923 年 2 月 20 日利思戈写给爱德华·罗宾逊的书信，保存于大都会艺术博物馆埃及部档案。

第 21 章

关于艾伯特·利思戈对于陵墓关闭之前的评论，参见利思戈写给他的妻子的一封信件，保存于美国大都会艺术博物馆埃及部。

卡特引用的关于陵墓即将关闭前的有关内容，参见亚瑟·摩尔顿于 1923 年 2 月 26 日、27 日发表在伦敦《泰晤士报》上的文章。

第 22 章

卡纳冯勋爵对图坦哈蒙木乃伊的评论，参见亚瑟·摩尔顿编撰的发表于 1923 年 2 月 23 日伦敦《泰晤士报》上的文章。

1923 年 2 月 23 日卡纳冯勋爵写给霍华德·卡特的致歉信，保存于大都会艺术博物馆埃及部档案。

1923 年 3 月 20 日艾伯特·利思戈写给霍华德·卡特的关于卡纳冯勋爵处境的信件，保存于大都会艺术博物馆埃及部档案。

1923 年 3 月 26 日，理查德·贝瑟尔写给霍华德·卡特的关于卡纳冯勋爵身体状况欠佳的信件，保存于大都会艺术博物馆埃及部档案。

第 23 章

温劳克的关于被"诅咒"的牺牲者的名单，参见 1934 年具体时间不详的一份备忘录，保存于大都会艺术博物馆埃及部档案。

第 24 章

关于前厅里因移动文物而导致的问题，来自一个不知名字的评论者，发表于 1923 年 5 月 5 日至 11 日伦敦《泰晤士报》。

第 25 章

关于分离棺椁的记载，参见卡特写给赫伯特·温劳克的备忘录，保存于开罗埃及博物馆档案部。

关于卡特后来与埃及古物部官员们的会晤内容、卡特对皮埃尔·拉考及其助手的言论，以及卡特与詹姆斯·魁贝尔的会见内容，参见未公开出版的一本小册子《图坦哈蒙墓：1923－1924 年冬季发表的声明和文件》，保存于大都会艺术博物馆埃及部。

第 26 章

詹姆斯·魁贝尔写给霍华德·卡特的关于询问合作者名字的信件以及卡特的反应，参见上面提到的卡特未正式出版的小册子。

卡特写给林兹·斯密斯表达他准备"艰苦的战争"的信件，参见 1923 年 11 月 16 日伦敦《泰晤士报》，保存于伦敦《泰晤士报》档案部。

关于卡特提议的新妥协方案，参见上面提到的卡特未正式发表的小册子。

关于皮埃尔·拉考访问帝王谷的信息，同样参见上面提到的这本小册子。另外，保罗·托特纳姆曾致电霍华德·卡特，报告此事。

卡特的电报以及 1923 年 12 月 19 日和 20 日写给伦敦《泰晤士报》反映埃及政府导致的麻烦的信件，保存于伦敦《泰晤士报》档案部。

第 27 章

关于卡特打开第二个神龛上的封印的行为，参见上面提到的未公开出版的小册子。

关于保罗·托特纳姆提交的建议埃及公共事务部认真考虑卡特打开第二个神龛的封印导致的严重问题，同样见于上面提到的未公开出版的小册子。

第 28 章

皮埃尔·拉考写给霍华德·卡特的信件以及卡特的回应，同样见上面提及的未公开出版的小册子。

关于卡特拜访公共事务部部长莫尔科斯·汉纳贝伊商谈关于特许权问题的谈话，同样参见上面提及的未正式出版的小册子。

关于亚瑟·摩尔顿在打开石棺时试图获取抢先报道权的信息，参见摩尔顿 1924 年 1 月 28 日写给伦敦《泰晤士报》的一封信，保存于伦敦《泰晤士报》档案部。

第 29 章

关于卡特允许发掘者们的妻子进入陵墓参观的请求，所谓的"罢工"以及皮埃尔·拉考关于"罢工"的信息，参见卡特未正式出版的小册子。

1924 年 2 月 13 日，卡特通过亚瑟·摩尔顿发给伦敦《泰晤士报》告知编辑他被迫关闭陵墓的电报，参见伦敦《泰晤士报》档案部。

柴鲁尔首相对霍华德·卡特的两次回应，参见卡特未正式出版的小册子。

第 30 章

关于皮埃尔·拉考进入封闭的墓室的报道，参见上面提及的卡特未正式出版的小册子，保存于大都会艺术博物馆埃及部。

卡特发给柴鲁尔首相的电报，同样见于上面提及的小册子。

《周六评论》报道的关于陵墓发生争执的故事，发生于 1924 年 3 月 20 日。

关于卡特写信给联合法庭、程序的执行以及使用"强盗"一词，参见 F. M. 麦克斯韦写给卡纳冯遗产执行人莫罗尼（R. H. Molony）的信件，保存于大都会艺术博物馆档案部。

关于从 3 月 8 日至 12 日联合法庭的进展情况，参见亚瑟·摩尔顿及助手莫伊纳发表在伦敦《泰晤士报》上的文章。

第 31 章

关于赫伯特·温劳克对霍华德·卡特起到的委任作用以及协调者的作用，参见 1924 年 4 月 5 日温劳克写给卡特的一封信，保存于大都会艺术博物馆埃及部档案。

关于布雷斯特德与莫尔科斯·汉纳贝伊之间的会晤，参见查尔斯·布雷斯特德撰写的关于他父亲的书《研究过去的先驱者：考古学家詹姆士·亨利·布雷斯特德的故事》（纽约：斯克里布纳出版社，1943 年）。

关于卡特与英国领事代表之间的冲突，参见李·基迪克讲座局负责人李·基迪克的笔记，他曾经陪伴卡特进行美国之旅。这些资料都是罗伯特·基迪克寄给我的。

关于布雷斯特德对于霍华德·卡特的个人印象，参见 1924 年 3 月 31 日布雷斯特德写给温劳克的一封信，保存于大都会艺术博物馆埃及部档案。

关于卡特对《泰晤士报》的不满，参见 1924 年 3 月 22 日亚瑟·摩尔顿写给林兹·斯密斯的一封信，现保存于《泰晤士报》档案部。

关于豪厄尔与莫尔科斯·汉纳贝伊之间的谈判，温劳克在这个事件中的作用，豪厄尔被美国国务院的责难，以及布拉德斯特里特的新闻故事，参见赫伯特·温劳克的三封信件：一封是 1924 年 3 月 28 日写给卡特的，一封是 1924 年 4 月 5 日写给艾伯特·利思戈的，一封是 1924 年 4 月 5 日写给卡特的。这三封信件均保存于大都会艺术博物馆埃及部档案。

新的特许权参见霍华德·卡特未正式出版的小册子，保存于大都会艺术博物馆埃及部档案。

第 32 章

关于埃及的编目清单、酒瓶架上的荷花雕像的发现、工头的报道、温劳克与卡特之间的交流等信息，参见 1924 年 3 月 31 日、4 月 1 日、4 月 3 日的信件，保存于大都会艺术博物馆埃及部档案。

卡特对温劳克的回复，参见卡特的未正式出版的小册子，保存于大都会艺术博物馆埃及部档案。

温劳克发给卡特解码的和未解码的电报，保存于大都会艺术博物馆埃及部档案。未解码的电报也见于卡特未正式出版的小册子。

皮埃尔·拉考在荷花雕像事件上的合作，参见1924年4月5日温劳克写给卡特的信件，保存于大都会艺术博物馆埃及部档案。

关于温劳克与皮埃尔·拉考之间的讨论，参见1924年4月10日温劳克写给卡特的信件，保存于大都会艺术博物馆埃及部档案。

第33章

卡特1924年4月24日写给大都会艺术博物馆董事会的信件，保存于大都会艺术博物馆埃及部档案。

1924年5月22日赫伯特·温劳克写给卡特的信件中，谈论温劳克与F. M. 麦克斯韦之间谈判的每一个细节。该信件保存于大都会艺术博物馆埃及部档案。

1924年6月3日艾伯特·利思戈写给卡特的安慰信，保存于大都会艺术博物馆埃及部档案。

温劳克对卡特未正式出版的小册子的烦恼和他对爱德华·罗宾逊的声明，参见罗宾逊1924年7月15日、18日写给利思戈的两封信，保存于大都会艺术博物馆埃及部档案。

1924年9月13日卡纳冯女士的信件，保存于大都会艺术博物馆埃及部档案。

关于卡特重返埃及，与齐瓦帕夏以及埃及古物服务部之间的谈判的信息，参见1925年1月卡特写给莫罗尼的一封长信，保存于大都会艺术博物馆埃及部档案。

埃及公共事务部部长马哈穆德·斯迪基贝伊1925年1月13日写给卡纳冯女士的信件，保存于大都会艺术博物馆埃及部档案。

第34章

关于霍华德·卡特态度的转变，参见1926年4月15日赫伯特·温劳克写给爱德华·罗宾逊的信件，保存于大都会艺术博物馆埃及部档案。

第35章

关于图坦哈蒙墓中的文物在大都会艺术博物馆展览的信息，部分参见埃及部馆员克里斯汀·利利奎斯特（Christine Lilyquist）交给我的资料，其他信息参见大都会艺术博物馆中的文物信息卡片。1924年12月24日，卡纳冯勋爵写给卡特的信件中提及马车和车轴，该信件保存于大都会艺术博物馆埃及部档案。

关于布鲁克林博物馆、堪萨斯的威廉·洛克·希尔尼尔森博物馆、辛辛那提艺术博物馆、克利夫兰博物馆中的图坦哈蒙墓中出土的文物展品，来自克利夫兰博物馆馆员约翰·库尼提供我的资料，另外一些资料来自阿拉斯塔尔·布拉德里·马丁（Alastair Bradley Martin）。关于埃及古物服务部为卡纳冯遗产支付 36 000 英镑，以及卡纳冯遗产代理人访问大英博物馆的故事，以及赫伯特·温劳克将卡纳冯的收藏个人化等内容，是由大英博物馆埃及部荣誉馆员 I. E. S. 爱德华兹讲述给我的。

霍华德·卡特讲给他的侄子的部分故事，以及后来讲给法鲁克国王的故事，这些都是由约翰·库尼讲述给我本人的。

译名对照表

Carnarvon, Henry H. S. M. Herbert, 4th Earl of 亨利·H. S. M. 赫伯特（第四代卡纳冯伯爵）

Carnarvon, Henry S. M. Herbert, 6th Earl of 亨利·S. M. 赫伯特（第六代卡纳冯伯爵）

Carter, Howard 霍华德·卡特

Carter, Sammuel John 塞缪尔·约翰·卡特

Cecil, Lord Edward 爱德华·塞西尔勋爵

Chaban, Mohammed 穆罕默德·沙邦

Cincinnati Art Museum 辛辛那提艺术博物馆

Cleveland Museum of Art 克利夫兰艺术博物馆

Colossi of Memmon 门侬巨像

Coolidge, Calvin 卡尔文·库利奇

Cooney, John 约翰·库尼

Cottrell, Leonard 莱奥纳德·克特雷尔

Crabites, Pierre 皮埃尔·克拉贝特

Crane, Lancelot 兰斯洛特·克兰

Cust, Sir Charles 查尔斯·卡斯特爵士

D

Daily Express《每日快讯》

Daily Mail《每日邮报》

Daily News, Chicago《芝加哥日报》

Daily News, New York《纽约日报》

Daily Telegraph《每日电讯报》

Daoud Pasha 达瓦帕夏

Daressy, Georges 乔治·达雷西

Davis, Theodore M. 西奥多·戴维斯

Dawson, Geoffrey 杰弗里·道森

de Forest, Robert 罗伯特·德·福雷

Deir al-Bahri 戴尔·埃尔-巴哈里

Derry, Dr. Douglas 道格拉斯·德里

Disraeli, Benjamin 本杰明·迪斯雷利

Doyle, Sir Arthur Conan 亚瑟·柯南·多伊尔爵士

Drovetti (archaeologist) 德罗韦第（考古学家）

Dulles, Allen 阿伦·杜勒斯

E

Eastern Telegraph Company 东电报公司

Egyptian Archaeological Fund 埃及考古基金会

Egyptian Exploration Fund 埃及勘察基金会

Egyptian Museum of Antiquities 埃及古物博物馆（即开罗埃及博物馆）

Elisabeth, Queen of the Belgians 伊丽莎白（比利时女王）

Engelbach, Reginald (Rex) 雷金纳德·恩格尔巴赫（雷克斯）

Erment 埃尔芒特

F

Fahmy, Mohammed Bey 穆罕默德·法赫米贝伊

Fahmy Bey, Ali 阿里·法赫米贝伊

Farouk, King 法鲁克国王

Foreign Office, Egyptian 埃及外交部

Foucart, Georges 乔治·富卡尔

Fuad, King 福阿德国王

G

Gabbanet al-Kurud 加巴纳·埃尔-古鲁德

Gardiner, Sir Alan 阿兰·伽丁纳尔爵士

Garstin, Sir William 威廉·加斯廷爵士

George V, King 亨利五世（国王）

Giza 吉萨

Goldwyn Ltd. 戈尔德温公司

Gould, George J. 乔治·古尔德

Griffith, Francis Llewellyn 弗朗西斯·格里非斯

Griffith Institute (Oxford University) 格里菲斯研究院（牛津大学）

Guennol Collection 盖诺收藏品

Gulbenkian, Calouste 卡卢斯特·居尔本基恩

Gurgar, Ahmed 艾哈迈德·古尔伽

H

Haggard, H. Rider 利德・哈格德

Hall, Lindsley 林斯利・霍尔

Hammad, Mohammed 穆罕默德・哈马德

Hanna, Morcos Bey 莫尔科斯・汉纳贝伊

Haremhab 哈伦希布

Harkness, Edward S. 爱德华・哈克尼斯

Hatshepsut 哈特舍普苏特

Hauser, Walter 沃尔特・豪泽

Hebrews 希伯来人

Herbert, Lady Evelyn 伊芙琳・赫伯特女士

Herbert, Mervyn 默文・赫伯特

Highclere 海克利尔

Hittites 赫梯人

Holloway, Jim 吉姆・哈罗威

Holy of Holies 最神圣的地方（棺室）

Howell, J. Merton 默顿・豪厄尔

Hughes, Charles Evans 查尔斯・伊凡・休斯

Hussein, Dowager Sultana 侯赛因遗孀

Hussein, Reis 赖斯・侯赛因

I

Ibrahim Effendi 易卜拉欣阁下

Ikhenaton, see Akhenaton 埃赫那吞

Ineni 伊南尼

J

Jegen Pasha, Adly 阿德利・杰根帕夏

"Journal of Entry"《条目汇编》

K

Kamal, Prince Yusef 尤瑟夫・卡马勒王子

Kamalel-din, Prince 卡马勒尔－丁王子

Karnak stele 卡尔那克石碑

Keedick, Lee 李・基迪克

Kurna 库尔纳

L

Lacau, Pierre 皮埃尔・拉考

Lahun 拉宏

Lansing, Ambrose 安布罗斯・兰辛

Legrain, Georges 乔治・勒格林

Leigh, Lord 莱格勋爵

Leopold, Prince 利奥波德王子

Lepsius, Karl Richard 卡尔・理查德・莱普修斯

London *Times*（伦敦）《泰晤士报》

Lucas, Alfred 艾尔弗雷德・卢卡斯

Luxor 卢克索

Lythgoe, Albert 艾伯特・利思戈

Lythgoe, Mrs. 利思戈太太

M

MacDonald, Ramsay 拉姆齐・麦克唐纳

Mace, A. C. 梅斯

Mackay, Ernest 欧内斯特・迈基

Macy, Mr. and Mrs, J. Everett 埃弗里特・梅西夫妇

Malet, Sir Louis 路易・马莱爵士

Maspero, Sir Gaston 加斯顿・马斯佩罗

Mauretania, S. S. 毛里塔尼亚号

Maxwell, F. M. 麦克斯韦

Maxwell, Sir John 约翰・麦克斯韦尔爵士

"Mecham, George Waller" 乔治・沃勒・米查姆

Meketra 麦凯特拉

Menhet, Menwi and Merti 曼赫特，曼威，迈尔蒂

Merenptah 梅楞普塔赫

Meretaton 梅丽塔吞

Merton, Arthur 亚瑟・摩尔顿

Merzbach Bey 默茨巴赫贝伊

Metropolitian Museum of Art 大都会艺术博物馆

Mixed Courts 混合法庭

Mixed Tribunal 混合法庭

Mohammed Ali 穆罕默德·阿里

Mohassib, Muhammed 穆罕默德·穆哈西比

Morgan, J. Pierpont 皮尔庞特·摩尔根

Morton, H. V. 莫顿

Morning Post《早报》

N

Napoleon 拿破仑

National Party (Wafd) 国家民族党（华夫脱党）

Naville, Edouard 爱德华·纳维尔

Nefertiti 奈弗尔提提

Nekhbet 奈赫伯特

Nessim Pasha, Tewfik 陶菲克·奈辛帕夏

Newberry, Percy E. 珀西·纽伯利

New York Times《纽约时报》

Nubians 努比亚人

O

Observer《观察家》

Ochs, Adolph 阿道夫·奥克斯

Oxford University 牛津大学

P

Palestine 巴勒斯坦

Parliament, Egyptian 埃及国会

Petrie, Sir William Flinders 威廉·弗林德斯·皮
特里

Porchester 波彻斯特

Pococke, Richard 理查德·波考克

Pyramids 金字塔

Q

Quibell, James Edward 詹姆斯·爱德华·魁贝尔

R

Ramesses II 拉美西斯二世

Ramesses III 拉美西斯三世

Ramesses IV 拉美西斯四世

Ramesses VI 拉美西斯六世

Reisner, George 约翰·莱斯纳

Reuters 路透社

Riad Bey, Mohammed 穆罕默德·利雅得贝伊

Richardson, R. B. 理查德森

Robinson, Edward 爱德华·罗宾逊

Rogers, Jacob 雅各布·罗杰斯

Rorimer, James J. 詹姆斯·罗米默尔

Rosetti (lawyer) 罗塞蒂（律师）

Royal Geographic Society 皇家地理学会

Rushdi Pasha, Hussein 侯赛因·拉什迪帕夏

S

Said Pasha, Mohammed 穆罕默德·赛伊德帕夏

Saqqara 萨卡拉

Sarwat Pasha, Abdel Khalek 阿布杜·萨尔瓦特帕夏

Sassoon, Sir Philip 菲利浦·萨松爵士

Senusert II 塞努瑟尔特二世

Seti I 塞提一世

Seti II 塞提二世

Sidky, Mahmoud Bey 玛哈穆德·赛德基贝伊

Sidky Pasha, Ismail 伊斯梅尔·赛德基帕夏

Siptah 西普塔赫

Sirry Pasha 瑟利帕夏

Smenkhkara 斯门卡拉

Smith, Dr Elliot 埃利奥特·史密斯

Somerleyton, Lady 萨默莱顿女士

Stack, Sir Lee 李·斯达克爵士

Suleman, Abd-el-Hallin Pasha 阿布德-埃尔-哈
林·苏莱曼帕夏

Suleman Pasha, Abdel Hamid 阿布杜·哈米德·苏
　勒曼帕夏
Swaythling, Lord and Lady 斯韦思林夫妇

T

Teye, Queen 泰伊（王后）
Thebes 底比斯
Thutmose I 图特摩斯一世
Thutmose II 图特摩斯二世
Thutmose III 图特摩斯三世
Thutmose IV 图特摩斯四世
The Times《泰晤士报》
Toussoon, Prince Omar 欧玛尔·图松王子
Tottenham, Paul 保罗·托特纳姆
Trevor, Lady Juliet 朱丽叶·特雷弗女士
Tutankhamun 图坦哈蒙
Tuya 图娅

U

Underwood, Oscar W. 奥斯卡·安德伍德

W

Wafd, Wafdists, see National Party 华夫脱，参见国
　家民族党
Walker, Phyllis 菲利斯·沃克
Weigall, Arthur 亚瑟·韦格尔
Westbury, Lord 韦斯特伯里爵士
Wilkinson, Charles 查理·威尔金森
Williams, Valentine 瓦伦丁·威廉姆斯
Winlock, Herbert E. 赫伯特·温劳克
Wombwell, Almina 阿尔米纳·伍姆韦尔

Y

Yale University 耶鲁大学
Yehia, Abd-el-Aziz Bey 阿布德－埃尔－阿兹
斯·耶黑亚贝伊
Yehia Ibrahim Pasha 耶黑亚·易卜拉欣帕夏

Z

Zaghlul, Mohammed Pasha 穆罕默德·柴鲁尔帕夏
Ziwar, Ahmad Pasha 阿赫迈德·齐瓦帕夏

译后记

　　1922 年 11 月 4 日。英国考古学者霍华德·卡特，拖着疲倦的身躯，带领一批无精打采的工人，再一次来到了底比斯的帝王谷。这个充满神秘和传奇的地方，就是几十个世纪以前，古埃及帝王们选择的死后栖身之地。卡特心情沉重，因为这很可能是他最后一次光临帝王谷了。他们这些日子以来一直在苦苦寻找一座距今三千余年前，古埃及国王图坦哈蒙的坟墓。他的坟墓究竟在哪里呢？这个问题已经困惑卡特整整十一个春秋了。充满自信，性格颇有几分倔强的卡特，仍旧坚信图坦哈蒙的坟墓就在帝王谷附近。这使得他和他的资助人卡纳冯勋爵发生了龃龉。卡纳冯已对卡特发出了最后通牒，正式声明只为卡特支付最后一个季度的费用，如果再没有结果，卡特不得不收拾行囊，撤出帝王谷。

　　日子在一筹莫展中一天天过去，宣告失败之日渐渐无情地逼近。卡特心急如焚，虽然气候是如此凉爽，但豆大的汗珠还是从他的额头上滚落下来。卡特用手抹了抹额上的汗珠，然后，他痛苦地摇了摇头，长长地叹了一口气。莫非他真的绝望了？突然，随着一声清脆而尖锐的金属与石块的撞击声，从此，20 世纪世界考古史上最为轰动、最为重大的发现就这样姗姗拉开了帷幕。卡特为我们打开了一座距今三千多年前，充满神秘，充满传奇，令人遐思万千的古埃及地下王国。

　　图坦哈蒙墓是迄今为止发现的古埃及历史上唯一一座几乎未遭受破坏的国王陵墓。墓中出土了国王的金棺材、金面具等三千余件珍贵文物，其中还包括国王的木乃伊。图坦哈蒙墓的发现轰动了世界，很快，图坦哈蒙、卡特的名字传遍了五大洲、四大洋。卡特声名鹊起，须臾间成了全世界家喻户晓、妇孺皆知的考古学家。

图坦哈蒙墓位于埃及古都底比斯西部的帝王谷。近代以来，这个地方一再遭受盗掘和劫掠，以至于后来被人宣称为"空无之地"，但卡特却坚信图坦哈蒙墓仍旧埋在帝王谷。为了寻找此墓，他殚精竭虑，孜孜以求，真可谓"衣带渐宽终不悔，为伊消得人憔悴"了。

图坦哈蒙是生活在距今三千余年前，古埃及第18王朝时期的一位国王。据埃及学家研究，图坦哈蒙八九岁时继承埃及王位，成为古埃及历史上年幼的法老。然而，正当他十八九岁，开始能够自立有所作为时，却神秘地驾崩了。国王的英年早逝成了古埃及历史上的不解之谜。1926年，当卡特打开国王的金棺，剥开缠包在国王木乃伊上的最后一层亚麻布时，他惊奇地发现，在国王面部靠左耳垂的地方有一块致命的创伤！年轻的国王究竟是怎样死的呢？对国王的死因问题，学者们曾提出过种种猜测和假说，有的猜测国王死于疾病，有的猜测死于意外事故，有的猜测死于谋杀……然而，众说纷纭、莫衷一是。法老的英年早逝，唤起了众多研究者的好奇心，诱导探索者们穿越时空，拨开历史的层层迷雾，去触摸那个久远而神秘的古埃及世界。

为了试图解开图坦哈蒙死因之谜，1968年，英国利物浦大学解剖学教授哈里森率领英国考察队，在埃及政府的允许下，对图坦哈蒙的木乃伊进行了第二次检测。十年后，即1978年，美国密歇根大学医学专家哈里斯教授，在埃及古物部的允许及监督下，对图坦哈蒙的木乃伊进行了第三次检测。2000年11月，为了解决国王的死因问题，埃及最高文物委员会尝试使用DNA技术，对图坦哈蒙的木乃伊提取样本。但遗憾的是，由于木乃伊保存状况太差，没有能够成功地提取出检测所必需的有效样本。2005年1月，时任埃及最高文物委员会主席的哈瓦斯博士决定使用

CT扫描技术，对图坦哈蒙的木乃伊进行第四次检测，期待能够解开国王的死因之谜。此次检测，埃及方面还邀请了来自意大利、瑞士的专家共同参与。2005年3月，专家组得出的结论认为，国王图坦哈蒙并非死于谋杀，而很可能是由于生前腿部骨折并受到感染，从而导致了最终的死亡。虽然埃及方面对这次检测结果非常自信，但是全世界的埃及学者们却并不以为然。

图坦哈蒙生活的时代是古埃及历史上一个特殊的、令人目眩而神迷的时代。那段历史纷繁而芜杂，许多历史真相仍被笼罩在神秘的面纱之下。自图坦哈蒙墓被发现以来，国王的珍宝一直不断地激发着公众的想象力。图坦哈蒙珍宝展先后在世界各地进行巡回展览，每次展览都吸引了几十万，甚至几百万的观众，世界上没有任何文物展具有如此大的吸引力。

本书作者托马斯·霍温在研读了各种相关文献，查考了卡特的日记、笔记、信件，以及大都会艺术博物馆保存的大量档案资料之后，发现了围绕图坦哈蒙墓发掘前前后后的许多矛盾之处，真实复原了围绕图坦哈蒙墓发掘背后的活生生的不为人知的故事。我们不得不由衷地佩服作者敏锐的洞察力。正如作者所说，"整个故事并不全是为我们所熟知的，是一个高尚、盛大、得体、荣誉的神话。故事的真相同样充满着复杂的阴谋、私密的交易、隐蔽的政治活动，以及舞弊、自私、傲慢、谎言、无助、悲伤、痛苦等等一系列的事件"。读起来跌宕起伏、引人入胜，令我们耳目一新。

本人研习埃及学近20年来，一直密切关注着这位年轻法老的相关问题的研究，成为一个名副其实的图坦哈蒙"粉丝"。在读大学本科期间，我曾发表了《图坦哈蒙之死新探》一文，接下来便有了处女作《法老墓迷雾三千年》一书的问世（2010年山东画报出版社再版，书名为《图坦哈蒙3000年》）。正是出于对图坦哈蒙相关问题的浓厚兴趣和关注，因此当商务印书馆联系我翻译这本书时，我便欣然接受了。

下面简要介绍一下该书作者的一些情况。

作者托马斯·霍温（1931-2009年），出生于美国纽约。他的父亲沃尔特·霍温（Walter Hoving）是美国蒂芙尼公司（Tiffany & Company）的总裁。托马斯·霍温从小在富有的美国上层社会长大。1949年，托马斯·霍温毕业于霍奇基斯学校（Hotchkiss School），后来考取普林斯顿大学，1953年获得学士学位，1958年获得硕士学位，1959年获得博士学位。1967年被任命为大都会艺术博物馆馆长。作为一名博物馆馆长，托马斯·霍温具有丰富的学识、鉴赏、美学，以及高超的外交、募捐、领导、协调能力。托马斯·霍温本人身材高大、形象潇洒，充满贵族气质。在担任大都会艺术博物馆期间，托马斯·霍温还笔耕不辍，先后出版了与艺术相关的多本书籍，如《让木乃伊跳舞》（*Making the Mummies Dance*）、《图坦哈蒙：不为人知的故事》（*Tutankhamun: the Untold Story*）等。从大都会艺术博物馆退休后，托马斯·霍温担任多家博物馆独立顾问，还担任ABC新闻杂志的艺术记者。1981-1991年间，托马斯·霍温编辑《鉴赏》（*Connoisseur*）杂志。

本书由我本人与我指导的三名埃及学硕士研究生合作翻译完成。具体分工如下：

致谢　王海利

导言　王海利

第1-11章　王海利

第12-19章　周广英

第20-29章　李慧

第 30-35 章　方丽娜

译名对照表　王海利

参考资料　王海利

译后记　王海利

译文初稿完成后，由我对全部译稿进行了统校，并对其他人的译稿逐句进行了修订，最后由王庆先生对全部译稿进行了校对。当然，译文不妥之处由我本人负全部责任。

由于时间紧迫，加上译者学识、能力所限，书中错误在所难免，请读者朋友批评指正。

王海利

2013 年 1 月初稿

2013 年 5 月修订

2013 年 9 月改定

图书在版编目（CIP）数据

图坦哈蒙：不为人知的故事 /（美）托马斯·霍温著；
王海利等译. — 北京：商务印书馆, 2016
（外国考古纪实丛书）
ISBN 978 − 7 − 100 − 12551 − 2

Ⅰ. ①图⋯　Ⅱ. ①托⋯ ②王⋯　Ⅲ. ①纪实文学 —
美国 — 现代　Ⅳ. ①I712.55

中国版本图书馆 CIP 数据核字（2016）第220965号

图 坦 哈 蒙
不为人知的故事

〔美〕托马斯·霍温著　著

王海利等　译

商 务 印 书 馆 出 版
（北京王府井大街36号　邮政编码 100710）
商 务 印 书 馆 发 行
山西人民印刷有限责任公司印刷
ISBN　978 − 7 − 100 − 12551 − 2

2016年11月第1版　　　开本787×1092　1/16
2016年11月第1次印刷　　印张23¼　插图8
定价：65.00元